ro
ro
ro

Susanne Swantje Falk wurde 1976 in Kappeln an der Schlei geboren und wuchs in einem Dorf im Herzen Angelns auf. Mit knapp zwanzig verließ sie die dörfliche Idylle, um zu studieren. 2008 promovierte sie im Fach Germanistik. Heute lebt sie mit ihrer Familie in Wien, der Hauptstadt der Musik. In einem anderen Leben wäre sie gerne Opernsängerin geworden. Bei Rowohlt erschienen bisher ihre Romane «Das Wunder von Treviso», «Schöne Tage in Weimar» und «Liebe in Schwarzbunt».

Über «Liebe in Schwarzbunt»:

«Locker-leicht, lustig und liebevoll erzählt.»
NDR 1 Welle Nord

«Eine Liebeserklärung an den Norden.»
Der Nordschleswiger

Susanne Falk

LIEBE *aus Nordnordost*

Roman

Rowohlt Taschenbuch Verlag

Originalausgabe
Veröffentlicht im Rowohlt Taschenbuch Verlag,
Reinbek bei Hamburg, Februar 2016

Umschlaggestaltung any.way, Barbara Hanke / Cordula Schmidt
Umschlagillustration Wolf-Rüdiger Marunde
Satz aus der Janson Text, InDesign,
bei Pinkuin Satz und Datentechnik, Berlin
Druck und Bindung CPI books GmbH, Leck, Germany
ISBN 978 3 499 27046 8

Prolog

Der junge Mann öffnete schnell die Tür und schlüpfte durch Regen und Wind hinein ins Innere des Ladens. Ein helles Klingeln erfüllte den Raum. Mit einem dumpfen Knall fiel die Eingangstür wieder ins Schloss.

«Hallo?»

Der Kunde schüttelte sich den Regen von seiner Jacke und sah sich suchend um.

«Bin gleich da!», rief Karl Kleve aus dem Hinterzimmer. Es war Mittagszeit, und eigentlich hatte Kleves kleiner Musiksalon gerade zu. Offenbar hatte er vergessen, die Tür abzuschließen. Es kam auch eher selten vor, dass jemand um diese Zeit etwas von ihm wollte. Er nahm schnell einen weiteren Bissen seines Butterbrots und trat nach vorne in den Laden.

«Moin, Moin. Was kann ich denn für Sie …?»

Sein Satz blieb einfach in der Luft hängen. Karl Kleve starrte auf den Mann, der sich gerade das Regal mit den Gitarrensaiten ansah, und war sprachlos. Konnte das *er* sein? Karl Kleve sah das strahlende Lächeln des Mannes, seine blitzblanken Zähne, und dann war da auch noch diese kecke, blonde Haartolle. Das konnte doch nur … Der junge Mann nahm drei Päckchen mit Gitarrensaiten heraus und legte sie neben die Kasse. Er sah Karl Kleve freundlich an.

«Ich glaube, ich hab schon gefunden, was ich brauche. Ich nehme die hier.»

Kleve tastete nach den Gitarrensaiten, aber seine Hand griff ins Leere. Er konnte einfach nicht aufhören, den jungen Mann anzustarren.

«Was macht das denn?», wollte dieser wissen.

«Weiß nich», sagte Karl Kleve nur matt. «Muss ich nachsehen.»

«Oh», antwortete der junge Mann. «Wären Sie dann so lieb?»

Karl Kleve nickte, blieb aber wie angewurzelt stehen. Der junge Mann wirkte leicht irritiert, und es brauchte weitere zehn Sekunden, bis Karl Kleve endlich begriff, dass er sich irgendwie bewegen musste. Er senkte den Kopf und starrte auf die drei Päckchen mit den aufgerollten Gitarrensaiten. Da stand er, der Preis, deutlich lesbar am unteren rechten Rand der Packungen: 30 Pfennige.

«Macht 30 Pfennige pro Saite», sagte Kleve.

«Aha», machte der junge Mann und nickte. Er zog ein Portemonnaie aus seiner Hosentasche, kramte in der Kleingeldtasche und legte dann ein Markstück auf den Tresen. Karl Kleve starrte auf die Münze.

«Schönen Tag noch», sagte der junge Mann und war schon durch die Tür hinaus in den Regen, als Kleve ihm hinterherrief: «Ihr Wechselgeld!»

Plötzlich kam Leben in Karl Kleve. Er griff zur Kasse, tippte den Betrag von 0,90 Mark hinein, kurbelte und entnahm dem metallenen Ungetüm auf dem Tresen das Wechselgeld von 10 Pfennigen. Dann schoss er hinterm Tresen hervor, riss die bimmelnde Ladentür auf und hastete hinter dem jungen Mann her, der dabei war, in sein Auto einzusteigen, einen ziemlich schneidigen MG TF.

Für meine Familie

«Ihr Wechselgeld», sagte Karl Kleve, kniff dabei wegen des starken Regenfalls die Augen zusammen und streckte dem jungen Mann die Hand mit der Münze entgegen.

«Das können Sie behalten», antwortete der junge Mann lachend und wollte sich schon hinters Lenkrad schwingen, als ihm plötzlich etwas einfiel.

«Sagen Sie, Sie haben nicht zufällig einen Westerngitarrengurt? Mir fällt gerade ein, dass meiner es nicht mehr lange machen wird und …»

Und da schlug Karl Kleves große Stunde. Mit unerwartet aus ihm hervorsprudelnden Worten und ausladenden Gesten bat er den jungen Mann noch einmal in sein Geschäft und zeigte ihm, was er an Waren dahatte. Ja, er vollführte einen regelrechten Tanz um seinen Kunden, um ihn nur ja zufriedenzustellen, und holte an Gitarrengurten hervor, was sein Laden zu bieten hatte. Der junge Mann entschied sich schließlich für ein schlichtes schwarzes Modell aus Leder mit Gravur.

«Die 10 Pfennige rechne ich Ihnen an», sagte Karl Kleve strahlend.

«Ist gut.» Der junge Mann lachte.

Und dann ging es mit Karl Kleve plötzlich durch. Er raffte all seinen Mut zusammen und fragte: «Würden Sie eventuell …?» Er holte dabei eine Gitarre aus dem Schaufenster und drückte sie dem jungen Mann in die Hand, dazu einen schwarzen Stift.

«Aber sicher», sagte der, kritzelte seinen Namen auf die Gitarre, reichte Kleve den Stift zurück und fragte: «Was hören Sie denn gerne?»

«Können Sie *Sound of Silence* spielen?» Aber dann war es Karl Kleve etwas peinlich, keinen der Songs des jungen Musikers vor ihm genannt zu haben, und er fügte fast entschuldigend hinzu: «Ist von meiner Lieblingsband.»

«Oh, Simon and Garfunkel. Finde ich auch super! Tolle Musiker, toller Song.»

Und wirklich – der Mann brachte die Gitarre in Stellung und spielte. Es waren die zwei schönsten Minuten, die Karl Kleve je in seinem Geschäft verbracht hatte. Dann setzte der junge Mann das Instrument wieder ab und reichte es an Kleve zurück.

«Guter Klang», sagte er. «Jetzt muss ich aber los. Tschüs!» Und er legte die Gitarre auf dem Tresen ab, griff seinen neu erworbenen Gurt und verschwand hinaus in den Regen.

«Tschüs, ne», sagte Karl Kleve mit seligem Lächeln und schaute dem jungen Mann nach, wie er in sein Auto stieg und durch den Regen davonfuhr. Dann griff er kopfschüttelnd, so als könne er gar nicht glauben, dass dies eben wirklich passiert sein sollte, zu der Gitarre auf dem Tresen und inspizierte die Unterschrift. Dort stand, in wild geschwungenen Lettern, der Name des jungen Mannes mit dem freundlichen Lächeln. Karl Kleve schüttelte noch einmal verwundert den Kopf, kratzte dann vorsichtig das Preisschild von der Gitarre und ging schließlich wieder ins Hinterzimmer, um Hammer und Nägel zu holen. Mit einigen geschickten Schlägen trieb er die Nägel ins Mauerwerk und hängte die Gitarre an der Wand hinter sich auf, gleich neben dem Porträt seines Vaters und der großen Uhr. Dann brachte er das Werkzeug wieder ins Kabuff, schnappte sich sein Butterbrot und trottete zurück in den Verkaufsraum. Dort stellte er sich vor den Tresen, biss genüsslich in sein Brot, schaute kauend auf die Gitarre an der Wand und las die Unterschrift des jungen Mannes ungefähr ein Dutzend Mal hintereinander mit leisem andächtigem Schaudern: *Peter Kraus*.

Erster Teil

I am just a poor boy
Though my story's seldom told
I have squandered my resistance
For a pocketful of mumbles
Such are promises
All lies and jest
Still, a man hears what he wants to hear
And disregards the rest …

Simon and Garfunkel,
The Boxer

1/ Es regnete. Natürlich! Sie hatten immerhin Januar! Und an einem solchen Tag musste es selbstverständlich ganz besonders stark regnen, garniert mit heftigen Sturmböen aus Nordnordost. Heute war die Beerdigung seines Vaters, und Karl versuchte hinter dem wild hin und her schlagenden Scheibenwischer die Ausfahrt in Richtung Tarp nicht zu verpassen.

Sechzig. Er war auf einer Autobahn und fuhr sechzig km/h! Und selbst das war noch zu schnell bei diesem Wetter!

«Fährst du nicht ein bisschen zu schnell? Du siehst ja gar nichts mehr!», beschwerte sich Maren.

«Hm», machte er nur und fuhr weiter. Er hasste es, wenn Maren recht hatte. Sie arbeitete als Lehrerin an der gleichen Schule wie er selbst, Fächer Bio und Sport, und wenn sie glaubte, im Recht zu sein, verfiel sie in diesen unangenehm überheblichen Lehrertonfall, diesen «Ich hab es dir ja gesagt»-Singsang.

«Wie spät ist es?», fragte er.

«Schau doch auf die Armatur», antwortete Maren.

Er hasste es, wenn sie sich weigerte, auf klare Fragen klare Antworten zu geben, und ihn stattdessen mit irgendeinem

Hinweis abspeiste. («Wie heißt die Hauptstadt von Wales?» «Das war doch gestern in den Nachrichten!»)

Er wagte es bei den Wetterverhältnissen nicht, den Blick von der Straße zu nehmen. Er war kein guter Autofahrer. Aber er wollte auch nicht zu spät kommen, also tastete er mit der rechten Hand nach dem Radio, ohne die Augen von der Fahrbahn zu wenden, und schaltete es ein. Vielleicht würden ihm die Nachrichten verraten, wie spät es war. Es lief irgendeine billige Popmusik. Er dachte nach, kam aber nicht auf den Namen der Sängerin. Katy Perry?

«Stellst du bitte einen anderen Sender ein?», bat er sie.

«Konzentrier dich lieber auf die Straße. Ich möchte nicht auf dem Weg zu einer Beerdigung sterben. Das hat so etwas Absurdes.»

Die Popmusik blieb an. Karl trommelte unruhig mit den Daumen auf dem Lenkrad herum. Popmusik machte ihn nervös. Dieses Wetter machte ihn nervös. Der Gedanke an die Beerdigung machte ihn …

«Was bist du denn so zappelig?», fragte Maren.

«Ich bin nicht zappelig. Es ist nur wegen …» Aber er beendete den Satz nicht.

«Kommt jetzt schon wieder die Geschichte mit deinem Bruder?», fragte sie seufzend und biss geräuschvoll in einen Apfel, den sie aus ihrer Handtasche gezogen hatte. «Das ist doch schon Jahre her.»

Sein Bruder. Karl sah im Geiste zwei kleine Jungs in giftgrünen Strumpfhosen vor einem riesigen Röhrenfernseher hocken und *Raumschiff Enterprise* schauen, auf den Knien eine Schüssel mit Erdnussflips, ihre Nickipullis voller Krümel. Er sah sich und Jens beim Fußballspielen, im Linienbus auf dem Weg zur Schule, beim gemeinsamen Schuhkauf in Kappeln. Jens hatte immer schon riesige Füße gehabt, und obwohl er vier Jahre jünger war als Karl, hatte er ihn schon im Alter von zehn überrundet. Mit sechzehn hatte Jens die unglaubliche Schuhgröße von 47 erreicht. Sein «kleiner» Bruder.

Sie waren so unheimlich unterschiedlich. Und wenn Karl ehrlich war, dann musste er sich eingestehen, dass er tatsächlich nie in diese Familie gepasst hatte. Jens schon, er nicht.

Karl sah in Gedanken Jens und sich in der Küche ihres Elternhauses stehen und sich anschreien, weil Karl sich weigerte, das Geschäft des Vaters zu übernehmen und stattdessen nach Hamburg ging, um Klarinette zu studieren. Jens hatte ihm vorgeworfen, ihn im Stich zu lassen. Denn natürlich durfte Kleves kleiner Musiksalon nicht einfach aufhören zu existieren, und wenn Karl sich weigerte, das Familienunternehmen fortzuführen, dann war eben Jens an der Reihe, ganz gleich, ob der das nun wollte oder nicht. So war das einfach. Jens sollte sich in das Schicksal fügen, das Karl nicht erfüllen wollte. Aber dass Karl ihn mit dem maroden Musikgeschäft und den alten Eltern in Sonneby zurückließ, um als Orchestermusiker Karriere zu machen, hatte Jens ihm nie verziehen. Erst recht nicht, als aus der Musikerkarriere nichts wurde und Karl auf Lehramt umsattelte. Dafür habe er ja wohl nicht nach Hamburg gehen müssen, hatte ihm Jens in den folgenden Jahren immer wieder vorgeworfen. Nichtsnutzige Lehrer gebe es schließlich auch in Angeln. Und dass Karl ein unfähiger und offensichtlich auch noch unbegabter Träumer sei. Das war am Tag der Beerdigung ihrer Mutter vor sechs Jahren gewesen. Seitdem hatten sich die Brüder nur noch ein einziges Mal gesehen, als Karl den alten Kleve einmal im Hospiz besucht hatte. Bei dieser Gelegenheit waren er und Jens auf dem Parkplatz des Krankenhauses ineinander gerannt. Sie hatten nicht viel miteinander gesprochen. Wiegehtesdir? Mirgehtesganzgut. ScheißedasmitPapa. Blablabla.

«Karl?»

Er schreckte aus seinen Gedanken hoch.

«Was?»

Maren begann zu fluchen. «Verdammt! Die Abfahrt! Mensch, Karl! Nun schau auf die Fahrbahn! Rechts raus! Jetzt!»

«Scheiße!» Er setzte den Blinker, schnitt einen dänischen Laster und preschte mit 110 km/h an ihm vorbei in Richtung Tarp. Der Wagen geriet leicht ins Schlingern, Karl drosselte die Geschwindigkeit und kam am Ende der Ausfahrt sicher zu stehen.

«Das nächste Mal fahr ich», sagte Maren, ließ das Fenster herunter und warf den Apfelknust schwungvoll aus dem Wagen.

2 /

Sie waren natürlich viel zu spät dran. Der Gottesdienst war längst vorbei, und als Maren und Karl völlig außer Atem am Friedhof ankamen, hatte sich die Trauergemeinde bereits um das Grab versammelt. Sein Bruder Jens, Hartmuth, der alte Klavierstimmer seines Vaters, und drei Nachbarn ließen gerade den Sarg ächzend auf einer vorbereiteten Fläche nieder, unter der schon die Kordeln lagen, um ihn ins Grab hinabzusenken.

Karl starrte auf den Sarg. Darin lag nun also Karl Kleve senior. Karl musste schlucken und dachte ganz benommen an die letzte Begegnung mit seinem todkranken Vater und wie zart und hinfällig dieser alte Mann da gewirkt hatte. Und trotzdem hatten sie es noch fertiggebracht, sich zu streiten, weil der alte Kleve es auch nach zwei Jahrzehnten nicht verwunden hatte, dass Karl nicht in seine Fußstapfen treten wollte. Aber Karl war einfach kein Kleve. Punkt. Aus. Fertig. Da gab es nichts dran zu rütteln. Er passte einfach nicht in diese Sippe.

Als Karl an das Grab trat, fing er den Blick seines Bruders auf. Jens sah nicht gerade freundlich aus und trug ein griesgrämiges Stirnrunzeln zu langem Pferdeschwanz mit Geheimratsecken. Eigentlich, dachte Karl, sah er ihn nicht nur griesgrämig, sondern sogar ziemlich feindselig an. Und tatsächlich tippte Jens auf sein Handgelenk, was wohl so viel heißen sollte wie: Du bist viel zu spät!

Karl zuckte mit den Achseln und formte mit den Lippen das Wort «Sorry!».

Jens verdrehte die Augen, aber dann ging es auch schon daran, den Sarg hinabzusenken. Jeder der Männer griff nach einem Kordelende, und vorsichtig ließen sie den Sarg hinunter, Stück für Stück. Dann war auch das erledigt, und leicht keuchend traten sie vom Grab zurück. Der Pastor brachte sich in Stellung.

«Liebe Trauergemeinde, wir nehmen heute Abschied von Karl Kleve.»

Da zuckte Karl zusammen. Senior, dachte er, Karl Kleve *senior* – verdammt! Er selbst war ja schließlich nicht tot. Karl verfluchte zum sicher tausendsten Mal in seinem Leben die Unart, den ältesten Sohn nach dem Vater zu benennen.

Den Rest der Grabrede des Pastors bekam er schon gar nicht mehr mit. Karl starrte auf den Sarg, der erstaunlich groß und ebenso hässlich war. Helles Holz, Messinggriffe, ein Bouquet mit orangefarbenen Rosen darauf, davor einige Kränze mit den üblichen Trauerbändern. *Unvergessen, der Shantychor Sonneby*, dann die Tanten, *In tiefer Trauer, Else und Marie* und dazwischen auch der von ihm und seinem Bruder, *Die Liebe höret nimmer auf. Deine Söhne Karl und Jens.* Karl brummte missbilligend. Liebe war in dieser zerstrittenen Sippe ein ziemlich großes Wort. Ein paar der umstehenden Trauergäste blickten auf und sahen ihn fragend an. Karl gab daraufhin sein Brummen für einen Hustenanfall aus und suchte in seinem Mantel nach einem Tempotaschentuch. Maren gesellte sich zu ihm und sah ihn leicht irritiert von der Seite an.

Der Posaunenchor, der die Trauergemeinde zum Grab begleitet hatte, begann zu spielen. *Herr, deine Liebe ist wie Gras und Ufer.* Wer hatte das denn ausgesucht? Das hier war doch keine Seebestattung.

Es folgte das Blockflötenensemble von Frau Köpke, der Buchhalterin seines Vaters, mit einem Trauermarsch. Aber weil Frau Köpke während des Spiels nicht aufhören konnte zu schluchzen, geriet der Auftritt zum Fiasko. Sie spielten so schief, dass es ihm körperliche Schmerzen verursachte. Am Ende konnte man nicht mehr sagen, ob Frau Köpke nun über den Tod seines Vaters oder über ihren völlig verhunzten Auftritt weinte. Eine ihrer Mitspielerinnen legte sachte den Arm um sie, und Frau Köpke murmelte unentwegt: «Dat deit mi so leed! Dat deit mi so leed!»

Den vorläufigen Höhepunkt an Scheußlichkeit setzte dann der Shantychor, der nicht umsonst als der schlechteste Chor in ganz Nordelbien galt.

Und dann begann das unbarmherzige Schauspiel, dass sich auf jeder Beerdigung in Angeln abspielte, so der Verstorbene dies nicht testamentarisch untersagte: Ein langer Zug an Grabrednern reihte sich ein, um ein paar freundliche Worte über den Verstorbenen zu sagen. Sein Vater war Mitglied in sehr vielen Vereinen gewesen, und die Reden dauerten schier endlos. Außerdem hatte es wieder stärker zu regnen und zu stürmen begonnen, und Karl hatte seinen Schirm im Auto vergessen. Er sah zu Jens, der ihm gegenüberstand und auch keinen Schirm dabeihatte. Das Regenwasser lief in einem feinen Rinnsal über Jens' Halbglatze an seiner Nase entlang bis in seinen Kragen, und nur wenn man genau hinsah, konnte man erahnen, dass sich auf seinem Gesicht Regen und Tränen vermischten. Karl senkte den Blick. Dann, endlich, waren alle Reden gehalten worden, und Karl wollte schon nach der Schaufel greifen, um seinen Vater endlich der Erde zu überantworten, als Maren ihn zurückhielt. Karl schaute auf.

Eine junge Frau trat an das offene Grab, ein kleines Kind, einen Jungen, an der Hand und einen vollkommen durchweichten Hut auf den verregneten braunen Haaren. Sie drückte das Kind kurzerhand Frau Köpke in den Arm, rückte ihren schwarzen Bleistiftrock zurecht, strich sich eine nasse Locke aus dem Gesicht, holte Luft und begann zu singen. Und plötzlich verschwamm alles vor Karls Augen. Die Frau sang mit einer Engelsstimme *Bridge Over Troubled Water.* Das war das Lieblingslied seines Vaters gewesen, und Karl konnte seinen Blick nicht von der im Regen stehenden Frau mit den strahlend blauen Augen wenden, die mit ihrer Stimme mühelos die zweihundert Trauergäste verzauberte. Karl war wie vom Donner gerührt, und Regen und Wind waren vergessen. Alle lauschten wie gebannt.

Als sie zur zweiten Strophe ansetzte, passierte das Unglück. Ihr kleiner Sohn hatte sich aus den Armen von Frau Köpke frei gestrampelt, war an ihrem dicken Busen hinuntergerutscht und stürmte auf seine Mutter zu, in der rechten Kinderfaust eine angebrochene Tüte Gummibärchen. Während seine Mutter seelenruhig weitersang, zog und zerrte das Kind an ihrem Rock und begann zu schreien: «Schluss jetzt mit Singen!» Ihr Blick suchte den von Jens, aber der stand wie versteinert auf der anderen Seite des Grabes und rührte sich nicht.

Und da kapierte Karl endlich, mit wem er es hier zu tun hatte: Das musste Anne sein, die Lebensgefährtin seines Bruders. Und das zappelnde, kreischende Kind war sein Neffe. Anne nahm den quengelnden Jungen auf den Arm und versuchte tapfer, sich durch die zweite Strophe zu kämpfen. Doch der Kleine gab keine Ruhe. Er riss ihr den Hut vom Kopf und begann sie zu treten. «Mama, nein!» Schließlich wurde er so wild, dass er mit der kleinen Hand ausholte, um im Zorn seine Mutter zu schlagen. Da griff Anne hart durch, nahm den Arm des Kindes und hielt ihn fest, wodurch der Junge seine Hand öffnete und die Tüte mit den Gummibärchen fallen ließ. Ein bunter Gelatineregen prasselte auf den Sarg.

Als das Kind bemerkte, dass es seine Süßigkeiten ausgestreut hatte, begann es noch lauter zu brüllen und zu kreischen als zuvor und versuchte, sich in das Grab zu stürzen, um zu den Gummibärchen zu gelangen. Dabei warf es sich schwungvoll nach vorne und brachte damit seine Mutter aus dem Gleichgewicht. Anne rutschte aus und prallte mit ihrem Hintern mit voller Wucht auf den lehmigen Erdboden. Den Kleinen konnte sie gerade noch festhalten, sonst wäre er womöglich in das Grab gerutscht.

Anne rappelte sich mit Hilfe einiger Trauergäste auf, zog ihr plärrendes Kind aus dem Schlamm, wischte sich die dreckigen Hände an ihrem dunklen Rock ab und sagte, in die überlaute Stille hinein, nur ein Wort: «Scheiße!»

Und da musste Karl lachen. Dieser unsägliche Tag, diese schrecklichen Leute, dieser hässliche Sarg, der Regen, und dann das! Dieser Fluch kam aus vollem Herzen, und er stimmte ihm so sehr zu, dass er nicht anders konnte, auch wenn sich nun alle Blicke auf ihn richteten und er wusste, dass er sich vollkommen danebenbenahm. Karl prustete einfach drauflos und beruhigte sich erst, als Maren ihn unsanft in die Rippen stieß.

Es war Zeit, das Grab zuzuschaufeln. Karl leerte ein paar Brocken Erde auf den Sarg und gab den Spaten dann an Jens weiter. Nach und nach taten es ihnen die anderen gleich, und so verschwanden die Gummibärchen langsam unter der Erde. Karl sah plötzlich den Grabstein vor seinem inneren Auge und konnte nur mit Mühe an sich halten: *Hier ruhen Karl Kleve senior und fünfundzwanzig Gummibärchen.*

Dann brachen sie zum Leichenschmaus auf.

3 /

«Was ist denn nur in dich gefahren?», fragte Maren, als sie in der Küche seines Elternhauses standen, um Kaffee, Kuchen und belegte Brötchen für die Trauergäste anzurichten.

«Keine Ahnung», antwortete Karl nur knapp. «Hast du irgendwo ein Kännchen für die Sahne gesehen?» Er durchstöberte die cremefarbenen Küchenschränke mit den alten blau-weißen Gänseaufklebern und stieß sich dabei den Kopf an der viel zu großen braunen Dunstabzugshaube, auf der zahlreiche Küchenmagneten aus aller Herren Länder geheftet waren. Karl starrte auf den schiefen Turm von Pisa, der neben einer Kuhglocke mit dem Schriftzug «Grüße aus den Tiroler Alpen» hing.

Maren räusperte sich. «Karl, das ist nicht normal. Dein Vater ist tot, und du lachst am Grab! Ich meine, ich weiß schon, ihr habt euch nicht so gut verstanden und so, aber das …»

«Kännchen», bat er sie erneut.

«Du willst nicht darüber reden!», stellte sie fest.

«Maren, da draußen warten fünfzig Leute darauf, sich mit

Kaffee, Kuchen und Schinkenbrötchen vollzustopfen. Also: Nein, ich hab jetzt keine Lust, darüber zu reden.»

Sein Bruder kam in die Küche. «Seid ihr bald so weit? Die warten da draußen schon alle. Wäre schön, wenn du dich wenigstens hier nützlich machen könntest, wenn du es schon nicht pünktlich zu Papas Beerdigung geschafft hast.» Das waren die ersten Worte, die die beiden seit Karls Ankunft wechselten, und Jens gab sich keine Mühe zu verhehlen, wie genervt er war. Er griff nach einem Teller mit Brötchen, machte aber keine Anstalten, diesen auch ins Wohnzimmer zu tragen.

Karl blickte seinen Bruder an. «Geh ruhig. Wir deichseln das hier schon!»

«Mok man to», sagte Jens nur und stapfte aus der Küche. Karl sah, wie er im Flur auf Anne traf, die ihren vollkommen verdreckten Rock gegen Jeans und Pulli eingetauscht hatte. Anne nahm Jens' Kopf wortlos zwischen ihre Hände, zog ihn zu sich hinunter, küsste ihn auf den Mund und fragte: «Kann ich euch helfen?»

«Wo sind die Jungs?», hörte Karl seinen Bruder fragen.

«Anton liegt oben in Opas Bett. Und die Großen kommen gleich und helfen dann beim Kellnern. Ich geh mal in die Küche.»

Und dann stand sie plötzlich vor ihm. Die Frau mit der Engelsstimme.

«Hallo, ich bin Anne. Schön, dass wir uns endlich mal kennenlernen.»

«Hallo. Karl», stellte sich Karl vor. Er bemühte sich, freundlich zu lächeln, bekam jedoch nur eine alberne Grimasse zustande. Maren schoss vor und reichte Anne die Hand.

«Ich bin Maren, die Lebensgefährtin von Karl. Freut mich.»

«Ja, mich auch», sagte Anne und schüttelte Marens Hand. «Wo ist dein Kleiner?»

«Der schläft. Hab ihn oben hingelegt. Die zwei Großen kommen auch gleich und helfen mit.»

«Ah ja. Wie heißt der Kleine denn?» Maren versuchte höflich zu sein, dabei interessierte sie sich außerhalb des Klassenzimmers rein gar nicht für Kinder.

«Anton», sagte Anne. «Der Kleine Anton, der Mittlere Andreas und der Große heißt Arne.»

«Anton, Andreas und Arne. Kindernamen mit Alliteration! Wie lustig», sagte Maren und klang dabei gar kein bisschen erheitert. «Ich geh mal.» Und damit verschwand sie aus der Küche.

«Kann ich dir bei etwas helfen?», fragte Anne.

«Ich suche Sahnekännchen.» Karl sah Anne ratlos an. Die ging einfach an ihm vorbei, öffnete zielsicher die dritte Tür rechts im Hängeschrank und holte zwei Kännchen heraus.

«Sonst noch etwas?»

«Große Kuchenteller», bat Karl und ließ Anne dabei nicht aus den Augen.

Die drehte sich um die eigene Achse und zog zwei große Kuchenplatten, eine rund, eine eckig, aus der Schublade unter dem Herd hervor.

«Da.»

«Ähm, danke. Und jetzt bitte noch ein paar Goldbarren und einen Abreißkalender mit 500-Euro-Scheinen.»

«Das wirst du hier schwerlich finden», sagte Anne. «Aber ich könnte ja mal nachschauen, wo euer Vater die Diamanten versteckt hat.»

«Wahrscheinlich gleich neben dem Kandiszucker», schlug Karl vor.

«Wahrscheinlich», nickte Anne und lächelte. «Kommst du klar?»

«Ja, ich denke schon. Und du?»

Anne kaute nachdenklich auf ihrer Unterlippe herum, bevor sie sagte: «Geht so.»

Karl wollte etwas Nettes sagen, sich bei ihr bedanken, für ihre Hilfe und dafür, dass sie für seinen Bruder da war. Und natürlich auch dafür, dass sie sich zusammen mit Jens in den letzten Monaten so viel um ihren Vater gekümmert hatte.

«Danke fürs Singen», sagte er stattdessen.

«Singen?»

«Ja, am Grab. Du singst echt … schön.»

Da lachte sie. «Ja, besonders wenn ich dabei auf dem Hintern lande und meine Kinder sich aufführen wie die Teufel.»

«Ja, das war schon sehr … lustig?»

«Ich fürchte, darüber kann ich erst dann lachen, wenn die blauen Flecken am Po wieder weg sind.»

Karl nickte. «Klar.»

Mein Gott, fiel ihm nicht etwas Besseres ein? Etwas Kluges, Witziges, Geistreiches? Im Umgang mit Frauen war er sonst eigentlich nicht auf den Mund gefallen. Aber irgendetwas an dieser Frau brachte ihn völlig aus dem Konzept.

Sie lud sich zwei Teller mit belegten Brötchen und eine Kuchenplatte auf und griff noch nach dem Serviettenhalter.

«Stark», sagte Karl und deutete auf Annes zarte Oberarme. «Schaffst du das alles?»

«Sicher. Gelernt ist gelernt!» Sie grinste. «Und wenn die Leute alle weg sind, bezieh ich euch oben noch die Betten.»

Betten? O Gott, daran hatte er gar nicht gedacht. Erwarteten die etwa, dass Maren und er hier schliefen?

«Also, wegen der Betten …» Aber da war Anne schon aus der Küche geeilt.

Karl wollte heute Abend unbedingt wieder nach Hause fahren. Die Vorstellung, in diesem Haus auch nur eine einzige Nacht verbringen zu müssen, rief bei ihm Gänsehaut hervor. Er wischte sich mit der Hand übers Gesicht. Dann begann er erneut die Küchenschränke seines Vaters zu durchstöbern. Im Gegensatz zu den Sahnekännchen fand er das, was er nun suchte, auf Anhieb. Sie waren noch immer in einem leeren Glas Gemüsebrühe versteckt. Karl holte das Glas aus der hintersten Ecke des Schranks hervor und drehte es gegen das Licht. Etwa ein Dutzend lose Zigaretten und ein kleines Päckchen Zündhölzer warteten darauf, dass sein Vater von den Toten auferstehen und sie hinten im Garten, unter der Wellblechveranda, qualmen würde. Er machte das Glas auf und roch daran. Er war seit acht Jahren Nichtraucher.

«Ich geh kurz nach draußen. Bin gleich zurück!», rief er ins Wohnzimmer und schlüpfte durch die Hintertür hinaus in den Garten.

Die kalte Luft tat ihm gut, dazu dieses vertraute Duftgemisch aus alten Äpfeln, die am Boden vor sich hin faulten, nassem Laub und den letzten Dahlien. Er schraubte das Brüheglas auf, zog eine Zigarette und die Streichhölzer heraus und zündete sie an.

Er hatte seinen totkranken Vater genau einmal besucht. Als er ins Hospiz kam, war er kurz entschlossen nach Flensburg gefahren, ohne jede Erwartung. Oder doch, eigentlich hatte er gehofft, sie würden sich am Sterbebett versöhnen. Stattdessen hatte sein Vater ihn mit Tränen in den Augen angesehen und ihm erneut vorgeworfen, er habe sie alle im Stich gelassen: ihn, seinen Bruder und sogar seine Mutter, obwohl das nicht stimmte. Seine Mutter hatte er durchaus öfter besucht, als sie krank wurde, und sie, zusammen mit Jens, durch die letzten Wochen begleitet. Aber auch seine Mutter hatte ihn oft leise gefragt, ob er sich nicht doch vorstellen könne, eines Tages nach Sonneby zurückzukehren und ins Geschäft einzusteigen. Er sei doch immerhin ein Kleve! Nein, das könne er nicht, hatte er immer geantwortet, und in erster Linie sei er er selbst, Nachname hin oder her.

Sein Vater hatte es fertiggebracht, ihm noch im Hospiz zu erklären, wie enttäuscht er war, dass Karl sein Erbe nicht fortführen wollte. Dann war er erschöpft eingenickt, und Karl war nach zehn Minuten, in denen er schweigend neben seinem schlafenden Vater gesessen hatte, gegangen.

Sein Vater. Karl zog fest an seiner Zigarette und blies eine große Rauchwolke in den grauen Himmel. Mit seiner Mutter hatte er sich immer gut verstanden. Sie war diejenige, die er am meisten vermisste. Aber sein Vater und er waren einfach nicht aus demselben Holz geschnitzt. Wortwörtlich. Da war, trotz aller Herzlichkeit, die ihm sein Vater als Kind entgegengebracht hatte, einfach immer eine Barriere zwischen ihnen gewesen, die sie nie hatten überwinden können. Doch erst nach dem Tod der Mutter wurde Karl klar, warum dies so war. Er war einfach kein Kleve.

Es war ein merkwürdiges Gefühl, jetzt hier zu stehen, die Zigaretten seines Vaters zu rauchen und dabei auf den verwahrlosten Garten zu schauen. Seine Mutter hatte den Garten immer so geliebt. Da hinten hatte sie immer gesessen in ihrem Liegestuhl und gelesen oder sich einfach gedankenverloren ihre Staudenbeete angeschaut. Die Dahlien waren ihr ganzer Stolz gewesen. Karl fiel plötzlich ein, dass er seine Mutter einmal dabei beobachtet hatte, wie sie große rosafarbene Pillen in Wasser auflöste und den Sud dann in eine kleine Gießkanne gab.

«Was machst du da, Mama?», hatte er gefragt.

Da hatte seine Mutter gekichert wie ein kleines Mädchen. «Das sind alte Anti-Baby-Pillen», hatte sie ihm erklärt. «Nichts bringt Dahlien mehr zum Wachsen.» Und dann hatte sie hinzugefügt: «Aber sag es nicht deinem Vater. Der findet das unanständig, in der Natur rumzupfuschen.»

«Und du?», hatte Karl gefragt.

«In der Liebe und beim Gärtnern ist alles erlaubt!», hatte seine Mutter gesagt. Erst sehr viel später verstand Karl, was sie damit gemeint hatte.

Letzte Woche hatte Jens ihm dann am Telefon gesagt, dass es vorbei war, ihr Vater war in der Nacht zuvor gestorben. Jens hatte geweint. Karl aber empfand eigentlich gar nichts, weder Trauer noch Erleichterung. Immerhin war er so reflektiert, dieses Nichtempfinden als kein gutes Zeichen zu deuten. Da gab es eine ganze Menge, was er hätte empfinden sollen, aber tief in sich drin vergraben hatte.

Hierher zu fahren hatte ihn einige Überwindung gekostet, aber er wollte seinen Bruder am Tag der Beerdigung nicht allein lassen, trotz allem, was zwischen ihnen vorgefallen war. Doch als Karl nun hier stand, rauchend, unter dem alten Verandadach, da kam er sich nicht gerade wie eine große Hilfe vor. War er auch nicht. Die Beerdigung hatten Jens und Anne im Alleingang organisiert. Er hatte angeboten, die Kosten zu übernehmen, und Jens hatte nicht protestiert. Dreitausendvierhundert Euro und achtzig Cent für seinen Seelenfrieden. Das empfand Karl als fairen Preis. Den Preis für die Grabsteininschrift und die restlichen Kosten würden sie sich teilen. So hatten sie das am Telefon besprochen.

Karl blies den Rauch in den Nieselregen und sah den Wölkchen hinterher. Er würde heute Nacht sicher nicht hierbleiben. Das musste Jens verstehen. Es ging einfach nicht. Er würde es ihm sagen, nachher, wenn alle anderen fort waren. Er konnte unmöglich …

«Was machst du denn hier? Ich dachte, du hast aufgehört.» Sein Bruder steckte den Kopf aus der Tür.

«Hab ich auch.» Er drückte die Zigarette aus. «Ich komm gleich wieder rein. Ich brauch nur … einen Augenblick.»

«Aha», sagte Jens und zog die Stirn in Falten. «Weißt du, wenn du schon bei den Vorbereitungen für die Beerdigung nicht mithilfst, dann könntest du wenigstens jetzt mal einen Finger rühren.»

Reichte es nicht, dass er den ganzen Mist bezahlte? Offenbar nicht.

«Ich hab gesagt, ich komm gleich!», zischte Karl zurück.

Jens stand noch immer in der Tür, unschlüssig, ob er jetzt hineingehen oder doch herauskommen sollte.

«Heute Abend müssen wir reden. Es gibt noch ein paar Sachen zu regeln, wegen dem Grab und so.»

«Ja.»

«Und wegen dem Testament», fügte Jens hinzu.

Testament? Soweit Karl wusste, hatte sein Vater wohl kaum etwas zu vererben.

«Ist gut», sagte Karl genervt. Jens schnaufte einmal, zog den Kopf zurück und schloss die Tür. Das wäre jetzt wohl der Zeitpunkt gewesen, ihm zu sagen, dass sie heute Abend abreisen würden.

«Jens?», rief er. «Jens?» Hatte er ihn gehört?

Sein Bruder steckte tatsächlich noch einmal seinen Kopf aus der Tür.

«Was?»

Na los, dachte Karl, sag es ihm.

«Nichts. Ist schon gut. Ich komm jetzt.» Karl seufzte, stellte das Glas mit den Zigaretten auf ein Fensterbrett und folgte seinem Bruder ins Innere des Hauses.

4/ «Und er hat ja auch so gelitten!»

«Am Ende ist es dann doch eine Erleichterung.»

Er fühlte sich nicht erleichtert. Zwischen all diesen Klönschnack haltenden Leuten fühlte er sich nicht einmal angehörig. Eigentlich war Karl nur gestresst. Dieser Leichenschmaus zog sich ewig hin, und mit Grausen sah er die von ihm bezahlten Kuchen und Brötchen im Schlund der Trauergäste verschwinden, von denen gut ein Drittel mit ihm verwandt sein sollte. Eine absurde Vorstellung.

Wenn seine Familie eine Symphonie war, dann befand sich Karl inmitten eines endlosen Adagios. Wie in Zeitlupe sah er die Mäuler der anderen auf und zu gehen, aber in seinen Ohren dröhnte nur ein immergleiches Rauschen aus den unterschiedlichsten Tonlagen. Da waren zum Beispiel seine Tanten, Else und Marie, die wie zwei pfeifende Oboen über alle anderen hinweg quäkten. Die Cousins mit ihren leicht verfetteten Frauen und den noch dickeren Kindern kamen einem dumpfen immergleichen Rhythmus nahe, der unaufhörlich in demselben Takt schlug, wie eine schlecht bespannte Pauke. Sein Bruder war der Bass, tief und dunkel. Und Maren gab die Oberstimme, durchdringend, kaum zu überhören, von ausgesuchter Penetranz. Eindeutig eine Querflöte. Die zwei Stiefsöhne von Jens, Arne und Andreas, setzten sich mittels ihrer enormen Lautstärke und der nervtötenden Geräusche ihrer Nintendos im Orchester durch, wobei sie weder Ober- noch Unterstimmen ähnelten. Sie waren das Husten, Niesen und Bonbonpapiergeraschel des undankbaren Publikums. Dann gab es da einen Sopran, hell und klar, aber irgendwie unpassend in dieser Umgebung. Das war Anne. Und dann war da noch eine Stimme, ein kleines, zartes Glöckchen, das man nur in den Atempausen der anderen wahrzunehmen überhaupt eine Chance hatte. Anton.

Karl blickte auf den inzwischen von seinem Schläfchen erwachten jüngsten Sohn von Anne, der sich auf dem Schoß seiner Mutter lümmelte. Anton war sein einziger leiblicher Neffe. Die großen Brüder von Anton, Arne und Andreas, stammten aus einer Verbindung Annes mit einem Kunsttischler, der, wie ihm eine seiner Tanten vorhin zugeflüstert hatte, hin und wieder einmal in Sonneby auftauchte, seine Söhne zum Fußballspielen abholte, etwas Bargeld daließ, nur um dann wieder für Wochen zu verschwinden. Nun hätte Jens zwar die Vaterrolle übernehmen können, doch der gebärdete sich Karls Beobachtung nach eher wie ein großer Bruder oder ein guter Kumpel.

«Karl?»

Maren holte ihn aus seinen Gedanken.

«Ja?»

«Wir sollten dann bald mal wieder los. Es wird sonst so spät.»

«Wie? Ihr wollt schon fahren?» Karl hatte gar nicht bemerkt, dass Anne ihren Platz verlassen hatte und nun, Anton auf dem Arm, hinter ihnen stand. «Ich dachte, ihr bleibt wenigstens bis morgen. Wir müssen noch über die Grabgestaltung sprechen, einen Stein aussuchen und so. Und dann wird ja noch das Testament verlesen. Da muss doch auch Karl anwesend sein.»

«Testament?», fragte Maren überrascht. «Ach so, daran hab ich gar nicht gedacht.»

Jetzt gesellte sich auch Jens dazu. «Wie, ihr wollt schon los?»

«Wir müssen, leider», beeilte sich Maren zu sagen. «Morgen ist ja wieder Schule und so. Ich bin mir sicher, ihr macht das mit dem Grabstein gaaanz toll. Und das mit dem Testament lässt sich bestimmt auch anders …»

«Das kannst du besonders gut, ne? Dich verpissen, wenn's drauf ankommt.» Jens verschränkte die Arme vor der Brust und sah Karl herausfordernd an.

Konnte Jens denn nicht mal an einem Tag wie heute seinen Ärger runterschlucken? Karl hatte weder Kraft noch Lust, sich auf eine weitere Diskussion zum alten Thema einzulassen. Er gab klein bei. «Also gut. Wenn es sein muss, dann bleiben wir», sagte er schließlich matt.

«Bitte?» Maren klang sichtlich verärgert. «Wie stellst du dir das vor? Ich kann doch morgen nicht einfach so nicht zum Dienst auftauchen!» Sie nannte den Unterricht tatsächlich immer «Dienst», was sich in Karls Ohren noch schlimmer anhörte als das Wort Unterricht. Dienst hatten nur Krankenschwestern und Polizeibeamte, aber Kindern etwas über den Zitronensäurezyklus beizubringen machte sie weder gesund, noch hielt es sie davon ab, Ladendiebstahl zu begehen. Doch Maren nahm ihren Job ernst. Sehr ernst.

«Und wenn du fährst und Karl bleibt einfach bis nach der Testamentseröffnung hier?», schlug Anne nun vor.

«Ja, gut, das wäre etwas anderes», nickte Maren.

«Schön, dann sind wir uns ja einig», stellte Karl trocken fest, und damit war es beschlossene Sache. Maren würde nach Hamburg fahren und er mit Jens und Anne die letzten Dinge seines Vaters regeln.

5 / «Ich entschuldige dich dann morgen beim Kollegium», sagte Maren, als sie im Auto saß und Karl sich durch das heruntergekurbelte Fenster von ihr verabschiedete. Sein Atem beschlug in kleinen Wölkchen die Scheibe ihres VW-Polos.

«Ist gut.»

«Kommst du klar?» Maren ließ den Motor an.

«Jaja, fahr mal los.» Karl hasste Abschiede. Besser, man brachte sie schnell hinter sich. Außerdem hatten er und Maren nicht so eine sentimentale Beziehung. Maren war ein überaus pragmatischer Mensch. Eine Frau, mit der man IKEA-Regale zusammenbaute und seine Steuererklärung machte. Und wenn Maren romantisch sein wollte, dann zündete sie irgendeine Duftkerze an, die sie bei Budnikowski erstanden hatte, Vanille-Zimt. Das war's.

«Also dann», sagte Maren, und Karl klopfte zum Abschied aufs Autodach. Er sah dem Polo noch kurz hinterher, hob die Hand zum Gruß, und dann war sie auch schon verschwunden.

Karl schlang die Arme um den Oberkörper. Er trug immer noch den schwarzen Anzug, und ihm war kalt. Er drehte sich zum Haus um und betrachtete das unscheinbare rote Backsteingebäude. Hier war er aufgewachsen. Dort oben links war einmal sein Kinderzimmer gewesen. Jetzt hingen dort weiße Spitzengardinen. Die braunen Holzrahmen der Fenster wirkten unmodern im Vergleich mit den weißen Sprossenfenstern der Nachbarhäuser, und dass sein Vater vor ein paar Jahren die alte Weide neben dem Haus gefällt hatte, ließ das Haus irgendwie nackt erscheinen. Im Kies auf der Auffahrt spross das Unkraut. Er sah durchs große Fenster ins Wohnzimmer. Die Tanten waren noch da, Jens und Anne hatten schon mit dem Aufräumen begonnen, die Kinder daddelten auf ihren Nintendos herum.

Karl atmete tief durch. Jetzt hineinzugehen schaffte er nicht. Er brauchte ein paar Minuten für sich, also machte er sich fröstelnd auf den Weg durchs Dorf. Es war schon halb sieben, und kein Mensch war mehr unterwegs. Seine schwarzen Schuhe klackten durch den Ort, als würde ein seltsam fremder Vogel durch Sonneby spazieren, und Karl dachte, es hört sich nicht einmal mehr so an, als gehörte ich hierher.

Das letzte Mal, dass er mit seinem Vater durch den Ort gegangen war, war so lange her. Und noch viel länger war es her, dass er seine Hand gehalten hatte und diese Hand so viel Wärme und Stärke ausgestrahlt hatte. Da, hatte sein Vater gesagt, hörst du das? Ja, hatte Karl immer geantwortet, ja, hör ich. Ein Vogel, das leise Brummen eines Treckers, draußen auf den Feldern vor Sonneby, das Krähen eines Hahns, der Dieselmotor eines alten Mercedes. Und dann das Lachen seines Vaters, wenn er etwas richtig erkannt hatte. Gut gehört, min Lütten. Und diese warmen Hände, diese großen warmen Hände.

Karl hauchte sich in die klammen Finger und rieb sie aneinander. Mein Gott, war das lange her! Und nichts hatte sich verändert. Ein bisschen Farbe hier, ein Anbau dort. Sonneby zeigte immer noch dasselbe Gesicht wie vor vierzig Jahren. Da war seine alte Grundschule, unter deren Wellblechvordach er sich als Sechsjähriger herumgedrückt hatte, um nur ja als Letzter in die Schule hineinzugehen. Er war, wenn auch kein schlechter, so doch auch kein besonders enthusiastischer Schüler gewesen. Seine Lehrerin bezeichnete ihn gern als verträumt, seine Mutter nannte es lieber phantasievoll.

Schräg gegenüber der Schule war der Hof von Bauer Lassen mit dem kleinen Teich neben dem Haus, auf dem Karl Schlittschuhlaufen gelernt hatte. Den Tante-Emma-Laden, den Frau Lassen im Nebengebäude des Bauernhofs geführt hatte, gab es schon lange nicht mehr. Zum Einkaufen mussten die Sonnebyer immer ins benachbarte Lönstrup oder gleich nach Sörup ausweichen. Im Ortskern hielt sich allerdings noch immer der alte Kiosk, bei dem schon Karl und Jens ihr Taschengeld in Kaugummis mit Brausepulverfüllung und

Lutschmuscheln zu zehn Pfennig das Stück ausgegeben hatten. Und gegenüber war das Gemeindebüro, in dem die grauen Lamellenjalousien ganz schief hingen und sich die toten Fliegen im Dutzend zum Sterben in die Auslage gelegt hatten. Das Postamt war inzwischen geschlossen und verwaist, und die Dorfkneipe «Bei Fiete» sperrte nur noch hin und wieder für große Familienfeiern auf. Die Küche dort war legendär schlecht. Neben dem ehemaligen Gasthaus stand ein verwittertes Schild mit der Aufschrift *Sonneby. Schönstes Dorf 1967.*

Als Karl den Entschluss gefasst hatte, Sonneby zu verlassen, hatte er es genossen, in die Anonymität der Großstadt abzutauchen. Hamburg war für ihn die große Freiheit. Dort interessierte sich kein Mensch dafür, wer er war und was er tat. Dort gab es nur ihn, Karl Kleve. Ob junior oder senior, spielte keine Rolle. Den Namen Kleve kannte keiner. Da gab es keinen großen Schatten, der über ihm schwebte. Er war ganz auf sich gestellt, studierte Musik, Klarinette. Seinen Lebensunterhalt finanzierte er sich weitgehend durch Jobs in der Krankenhauskantine und am Wochenende als Museumsaufsicht. Hin und wieder steckte ihm seine Mutter bei seinen seltenen Besuchen zu Hause heimlich ein paar Mark zu. «Aber sag es nicht Papa.» Der hatte ihm jede finanzielle Hilfe entzogen, wohl auch in der Hoffnung, es möge Karl zurück in den Schoß der Familie treiben. Das Gegenteil war der Fall gewesen. Und Karl fühlte sich umso freier, je weniger er von seinem Elternhaus abhängig war. Es war so, als könne er das Familienband leichter durchtrennen, wenn kein Geld im Spiel war. Und dass er kein Teil dieser Familie war, das hatte er immer gefühlt. Da reichte eigentlich auch ein Blick in den Spiegel. Diese graublauen Augen, die dunklen Haare. So sah kein Kleve aus. Also wollte Karl fortan auch kein Kleve mehr sein. Er wollte er selbst sein.

Zunächst lief auch alles gut. Die ersten Engagements kamen, ein paar kleinere Festivals. Dann das Quartett, das er mit drei Freunden gründete. Die Zukunft war groß und weit und verheißungsvoll. Und dann blieb es dabei. Das Quartett ging auseinander. Das Orchester, bei dem er unterkam, löste sich wieder auf. Der ganz große Durchbruch kam nie. Dafür der Alltag: Rechnungen, Miete, Krankenkasse. Und ein Vertrag an einem Hamburger Gymnasium, wo er minderbegabten Kindern fortan Musikunterricht erteilte. Es sollte für den Übergang sein, bis er was Besseres gefunden hatte, aber dann war er geblieben. Er lernte Maren kennen, sie zogen zusammen, er arrangierte sich. Es war kein schlechtes Leben. Es war nur ganz anders, als er es einmal geplant hatte.

Karl hing seinen Gedanken nach und ging immer weiter. Ohne es zu merken, hatte er den Weg zum Laden eingeschlagen. Und dann stand er plötzlich davor. Das Schild war hell erleuchtet, braune geschwungene Schrift vor gelbem Hintergrund: *Kleves kleiner Musiksalon.* Karl stellte sich vor das Schaufenster und wippte mit den Füßen auf und ab. Da standen zwei E-Bässe und eine akustische Gitarre, daneben Boxen und ein Verstärker, im rechten Fenster hingen die Blockflöten, umrahmt von einer Mozart- und einer Beethovenbüste. In die Glastür hatten sie einen Zettel geklebt. *Geschlossen wegen Trauerfall.*

Jens hatte später das Geschäft Zug um Zug erweitert. Die meisten Einnahmen hatten sie in den letzten Jahren mit Hi-Fi-Anlagen gemacht. Eine Weile lang waren CDs ganz gut gegangen, aber dann brach auch in Sonneby das Internetzeitalter an, und die Kinder luden für sich und ihre Eltern die Musik im Netz herunter, statt sie bei Kleve zu kaufen.

Eine weitere fixe, wenn auch geringe Einnahmequelle waren die Noten, die die Musikschulen im Umkreis bei ihnen bestellten. Flötenschule für Anfänger und Fortgeschrittene, Gitarrenschule für Anfänger und Fortgeschrittene, Klavierschule für Anfänger und Fortgeschrittene. Für die ganz Hartgesottenen gab es auch die Geigenschule für Anfänger, aber das hielten die Eltern selten länger als ein paar Monate durch. Eine Geigenschule für Fortgeschrittene bestellte so gut wie keiner.

Karl trat ganz nah an das Schaufenster heran und blickte durch die beschlagene Scheibe ins Innere. Immer noch die grauen Teppichfliesen, immer noch die alten CD-Ständer, bestückt mit Volksmusik der Sorte Andrea Berg und Helene Fischer, dazwischen AC/DC und Metallica.

Über Karl krächzten mit einem Mal die Krähen los, und Karl sah nach oben, zu den großen Kastanien am Weg bei der Kirche. Da saßen sie und störten seine Erinnerungen.

«Krakrah», machten die Krähen.

«Krakrah!», krächzte Karl zurück.

«Krakrah!», hallte es aus hundert rauen Kehlen.

Da stand er, in seinem bescheuerten schwarzen Anzug, am Tag der Beerdigung seines Vaters und krächzte mit den Krähen.

6 /

«Bist du endlich fertig?», rief Jens nervös.

«Bin gleich da», brüllte Karl hinunter. Er versuchte immer noch, sich die Krawatte zu binden – zum achten Mal. Also ließ er sie schließlich ganz weg und öffnete den obersten Hemdknopf. Dann eben so.

«Karl?»

Herrgott, er kam ja schon! Jens machte mit seiner Hektik alle anderen wahnsinnig.

Anne wartete neben dem Auto auf ihn. Jens saß schon am Steuer.

«Moin», grüßte sie.

«Moin», murmelte Karl. «Ich steig dann mal hinten ein.»

«Nee, geh du nach vorne», bat ihn Anne. «Du hast doch so lange Beine.»

Dankbar nahm Karl das Angebot an und setzte sich auf den Beifahrersitz, während Anne sich nach hinten quetschte.

Vor seinen Augen zog die Landschaft Angelns vorbei, Knick an Knick, kahle Felder unter einem trüben Winterhimmel. Dazwischen vereinzelt ein paar Backsteinhäuser, die sich zwischen windschiefen Bäumen vor den Stürmen wegduckten, und hin und wieder ein Ort, den die Raiffeisen mittels ihrer betonseligen Silobauten bis zur Unkenntlichkeit entstellt hatte. Karl lehnte seinen Kopf ans Fenster. Das kühle Glas tat ihm gut, hinter seiner Stirn pochte es.

Jens hatte ihn gestern Abend zugetextet mit irgendwelchen Zahlen, was für die Beerdigung wie viel gekostet hatte, und ihm die Rechnungen vorgelegt. Karl hatte eigentlich erwartet, dass sie ein paar grundsätzliche Dinge besprechen würden, zum Beispiel was mit dem Haus und dem Kleinen Musiksalon passieren sollte. Zumal Jens ja unheilvoll angekündigt hatte, dass er etwas mit Karl zu besprechen habe. Aber dann hatte sein Bruder sich mit Tätigkeiten wie Küche aufräumen, Tanten nach Hause fahren, Lego bauen mit den Kindern und so weiter aufgehalten. Und irgendwann war es so spät gewesen, dass die Gelegenheit für ein ernstes Gespräch unter Brüdern verstrichen war. Heute Morgen hatte Jens die beiden Großen gerade zur Schule gebracht, als Karl aufstand. Und nun waren sie auf dem Weg zum Notar. Karl fragte sich, welcher von ihnen beiden wohl als Erster endlich den Mut aufbrachte, die längst überfällige Aussprache herbeizuführen. Aber anstatt selbst den ersten Schritt zu machen, starrte er weiter nach draußen.

Jens fingerte eine CD aus einer Sammelbox, die zwischen den Vordersitzen klemmte, und schob sie wortlos in den CD-Player.

«Was ist das?» Karl blickte misstrauisch auf die Musikanlage des Wagens.

«Was ganz Neues!», informierte ihn Jens. «Haben die Jungs und ich erst letzten Monat aufgenommen.»

Karl schwante Schlimmes. Die Hard-Rock-Combo seines Bruders war weit von dem entfernt, was bei ihm als noch annehmbarer Musikgeschmack durchging. Jens hatte schon immer andere Musik gehört als er. Während Karl früher in seinem Zimmer die alten Swing- und Jazz-Platten seiner Mutter dudelte oder heimlich die eine oder andere Symphonie auflegte (heimlich deshalb, weil Klassik zu hören unter Siebzehnjährigen nicht gerade als cool galt), drangen aus Jens' Zimmer gerne Led Zeppelin, Def Leppard oder AC/DC. Das Einzige, auf das sein Bruder und er sich musikalisch je hatten einigen können, waren die Dire Straits. Und die Zeiten waren lange vorbei.

Der CD-Player begann zu schnurren und spuckte kurz darauf ein Tongemisch aus quietschenden E-Gitarren, tiefen Bässen und einer auf Englisch grölenden Männerstimme aus. Augenblicklich stellten sich Karl die Nackenhaare auf.

«Cool, nich?», fragte Jens. «Jetzt hör mal den Riff an!» Und Jens begann am Steuer des Corsas Luftgitarre zu spielen.

O Gott, mach, dass das aufhört!, dachte Karl. Hilfesuchend sah er zu Anne nach hinten, die daraufhin Jens ermahnte: «Kannst du mal die Finger am Lenkrad lassen?»

Jens hörte auf, seine imaginäre Gitarre zu malträtieren, und konzentrierte sich wieder auf die Straße.

«Und? Was sagst du?», wollte Jens wissen.

Was sollte er darauf jetzt antworten? Er wollte Jens nicht kränken.

«Singst du selber?», fragte Karl.

«Nee, das ist Björn. Aber ich spiel den Bass, und», Jens richtete sich in seinem Sitz auf, «das Lied ist von mir!»

«Echt? Das hast du komponiert?» Karl war tatsächlich erstaunt.

«Ja. Ist echt gut geworden, ne?»

«Ja, schon.» Hoffentlich klang er überzeugend. Karl schielte zu Jens, der leise den Refrain mitsummte («The devil is a heartbreaker!»). Er hätte sich sehr gefreut, wenn der CD-Player in diesem Moment den Geist aufgegeben hätte. Noch fünf Kilometer bis Süderbrarup. Er schloss die Augen.

7/

«Wir sind da», sagte Anne.

Karl schreckte hoch. War er bei dem Krach tatsächlich eingenickt? Der Corsa parkte vor einem gelb verputzten Haus. Jens hatte den Motor abgestellt, und Karl griff nach seinen Sachen, stieg aus und klappte den Vordersitz um, damit auch Anne aussteigen konnte. Karl sah auf das Messingschild, das neben der Eingangstür hing. *Dr. jur. Kurt Boysen, Notar.* Er drehte sich zu Jens und Anne um.

«Wie spät ist es denn jetzt?»

Anne sah auf ihr Handy. «Zehn vor zehn.»

«Dann geht schon mal rein. Ich rauch noch eine.» Er hatte sich die Zigaretten seines Vaters in die rechte Jackentasche gesteckt, in der linken befanden sich die Zündhölzchen.

«Ist gut», sagte Anne und zog Jens mit ins Innere des Gebäudes.

Es war windig, und Karl verbrauchte drei Zündhölzer, bis seine Zigarette endlich brannte. Er lehnte sich an die Mauer und blies mit geschlossenen Augen den Rauch in den Himmel. Er war angespannt. Ob sein Vater ihn im Testament überhaupt berücksichtigt hatte? Karl konnte sich nicht vorstellen, dass er ihm mehr vermachte als den Pflichtteil. Und vielleicht war das auch gut so. Wenn das hier vorbei war, würde er zurück nach Hamburg fahren und musste nie wieder einen Gedanken an den Kleinen Musiksalon verschwenden. Das war dann Jens' und Annes Sache. War ja auch immer schon ihre Sache gewesen.

Karl öffnete die Augen, als er hörte, wie ein weiteres Auto auf den Parkplatz fuhr. Kurz darauf entstieg Walter Hansen, der neue Leiter des Posaunenchors von Sonneby, seinem Mercedes S-Klasse. Der alte Chorleiter, Simon Petersen, war erst vor zwei Monaten tot auf seinem Trecker zusammengebrochen. Das hatte ihm Frau Köpke bei der Beerdigung erzählt. Dass Walter Hansen und sein Vater sich nicht mochten, war ein offenes Geheimnis. Woher diese Feindschaft rührte, hatte Karl jedoch nie in Erfahrung bringen können. Jedenfalls war es mehr als nur seltsam, dass ausgerechnet Walter Hansen hier auftauchte.

«Moin, Moin», begrüßte er ihn. «Schietwetter heute, nich? Noch mal: Mein Beileid!» Walter Hansen reichte Karl die Hand. Der warf seine Zigarette auf den Boden, trat sie aus und nahm die Beileidsbekundungen mit festem Händedruck entgegen.

«Danke.»

«Dein Vater war ein feiner Kerl.» Immer noch hielt Walter Hansen seine Hand fest umklammert. «Die Gemeinde verdankt ihm viel!»

«Ja», machte Karl.

«Dein Vater hatte immer das Wohl der anderen im Sinn.»

«So war er», sagte Karl mit einer gehörigen Portion Ironie in der Stimme. Da ließ Hansen endlich Karls Hand los, die sich anfühlte, als käme sie aus einem Schraubstock frei.

Was sollte ihm das jetzt sagen?

«Ich meine, so großzügige und menschenfreundliche Leute findet man heute ja kaum noch», legte Hansen nach. «Immer hat er gesagt: Walter, wenn du mal Hilfe brauchst – ich bin für dich da! Und da konnte man sich dann immer drauf verlassen. Und die Musik war ja sein Leben, nich?»

«Hm», machte Karl irritiert. Das mit der Hilfe war ja wohl eine faustdicke Lüge.

«Er hat die Gemeinde ja auch immer so großzügig unterstützt. In allem! Besonders unseren Posaunenchor. Was wir nur ohne den alten Kleve gemacht hätten … Also, das kann ich gar nicht sagen. Schon die Instrumente, die er uns zur Verfügung gestellt hat! Da war immer so eine Großzügigkeit in ihm … Ein feiner Kerl war er, dein Vater!»

Falscher Schleimer, dachte Karl. Hansen wollte offenbar gut Wetter machen, damit er im Laden weiter Prozente für seine minderwertige Blasmusikkapelle bekam. Sollte er ruhig, dachte Karl. Das war ihm herzlich egal. Er war da die falsche Adresse.

«Ja, da sollten Sie vielleicht mit meinem Bruder …», wollte er gerade sagen, doch er wurde jäh von Walter Hansen unterbrochen.

«Ist ja nicht leicht, so ein Erbe anzutreten, ne? Ich meine, wenn der eigene Vater da so große Fußstapfen … Also, da muss man ja erst mal reinwachsen, ne? Ich weiß das, ich hab ja auch den Hof von meinem Vater damals übernommen und so, ne? Is' nich einfach.»

«Hm», machte Karl erneut.

«Kann einem auch schnell übern Kopf wachsen, so was.»

«Hm.»

«Also, wenn ihr, ich meine, du und Jens, Hilfe brauchen solltet ... Kannst mich immer fragen!»

«Danke», sagte Karl, wusste sich aber keinen Reim auf dieses Angebot zu machen.

«Wollen wir dann mal hineingehen?», fragte er und hielt die Tür auf. Walter Hansen ging voran, Karl folgte ihm. Da kam ihnen der Notar entgegengeeilt.

«Herr Kleve, mein herzliches Beileid.»

«Danke.»

«Ihr Vater war ja ein ganz, ganz besonderer Mensch.»

«Ja.»

«Es werden ihn alle schrecklich vermissen.»

«Ja, ja.»

«Es ist immer so ein Verlust, wenn ein geliebter Mensch geht.»

«Ja.» Mein Gott, hatte der Mann viele Phrasen auf Lager.

«Aber das Leben geht weiter, nicht wahr?»

Karl sah leicht verzweifelt zu Jens und Anne hinüber, die schon Platz genommen hatten.

«Aber: Niemand ist tot, solange er nicht vergessen ist, ist es nicht so?»

Hörte das gar nicht mehr auf? «Ja, ja», sagte Karl.

Er musste an sich halten, sich nicht sofort umzudrehen und den Raum zu verlassen. Stattdessen nickte er dem Notar zu und nahm schließlich neben Jens Platz.

«Herr Hansen, schön, dass Sie auch da sind.» Noch mehr Hände wurden geschüttelt. Karl musterte Walter Hansen und fragte sich erneut, was der hier zu suchen hatte. Eine Testamentsverkündung war schließlich immer noch eine Familienangelegenheit.

Als alle saßen, blickte sie Notar Kurt Boysen feierlich an.

«Liebe Hinterbliebene von Karl Kleve, lieber Herr Hansen. Wir haben uns heute hier zur Testamentseröffnung des Testaments von Karl Kleve versammelt. Ich darf nun das Testament verlesen.»

Senior, dachte Karl wieder. Karl Kleve senior, du Heini. Ich sitze ja noch hier, unter den Lebenden.

«Das Testament wurde am 3.12.2006 hinterlegt und von mir amtlich beglaubigt.»

Karl begann zu rechnen. Das war etwa ein halbes Jahr nach dem Tod ihrer Mutter gewesen.

«Ich verlese nun das Testament.» Und dann kam das, wovor sich Karl so gefürchtet hatte. «Ich, Karl Kleve», begann der Notar zu zitieren, «vermache hiermit meinen gesamten Besitz meinen beiden Söhnen Karl und Jens Kleve zu gleichen Teilen.»

Karl, der den Arm auf der Stuhllehne abgestützt hatte, rutschte ab und wäre beinahe vom Stuhl gekippt.

Der Notar fuhr fort: «Das Geschäft Kleves kleiner Musiksalon und das Wohnhaus in der Hofstraße 7 gehen demnach an meine beiden Kinder zu gleichen Teilen. Diese verpflichten sich, das Geschäft Kleves kleiner Musiksalon mindestens ein Jahr lang gemeinsam zu führen. Ein Verkauf des Geschäfts darf erst nach Ablauf dieser Frist erfolgen. Sollte einer der beiden vor Ablauf dieser Frist aus der Geschäftsführung aussteigen, fällt das Geschäft mit allen dazugehörigen Werten (Sach- und Barvermögen) an die Kirchengemeinde von Sonneby zur Finanzierung des örtlichen Posaunenchors.»

Das war es. Das war der Haken. Und der Grund, warum Walter Hansen eingeladen worden war. Ausgerechnet Walter Hansen! Der wäre sicher der Letzte gewesen, dem sein Vater etwas hätte vererben wollen. Aber dass der alte Chorleiter tot vom Trecker gefallen war und man Hansen zu seinem Nachfolger gewählt hatte, hatte Kleve senior im Hospiz ja nicht mehr mitbekommen. Ergo war auch das Testament nicht mehr geändert worden. Und nun hatten sie den Salat.

Jens lehnte sich vor. «Sind Sie sicher», fragte er den Notar, «dass da ‹zu gleichen Teilen› steht?»

«Ja, ganz sicher, Herr Kleve», bestätigte ihm der Notar.

Anne legte ihm die Hand auf die Schulter. «Ist doch gut so. Euer Papa hatte Karl genauso lieb wie dich», hörte Karl sie flüstern. Jens atmete schwer.

«Und was heißt das jetzt?», fragte Jens den Notar.

«Dass Sie beide, Sie und Ihr Bruder, von nun an Geschäftsführer von Kleves kleinem Musiksalon sind.»

Karl zog angestrengt die Luft ein. Er hatte das Gefühl, er müsse etwas sagen. «Also, ich lebe in Hamburg», wandte er sich dem Notar zu. «Ich meine, wie soll das gehen, wir beide als Geschäftsführer? Kann ich da auch als stiller Teilhaber …»

Kurt Boysen räusperte sich.

«Zu diesem Punkt gibt es eine ausführliche Fußnote, die besagt, dass die Anwesenheit von Ihnen beiden während des gesamten Jahres in Sonneby gewährleistet sein muss, ausgenommen sind natürlich Wochenenden sowie Urlaubstage, allerdings maximal 28 im Jahr pro Person.»

Da begann Karl zu lachen, aber es klang kein bisschen belustigt.

«Das ist nicht Ihr Ernst! Ich kann doch nicht einfach so zurück nach Sonneby ziehen! Wie stellen Sie sich das vor? Wissen Sie was, ich verzichte auf meinen Erbteil! Jawohl. Jens darf alles haben, und ich bin raus aus der Nummer!»

Karl konnte aus dem Augenwinkel sehen, wie sich Walter Hansen die Schweißperlen von der Oberlippe abtupfte und dann interessiert in seinem Sitz vorlehnte. Jens saß immer noch wie versteinert in seinem Stuhl und verzog keine Miene.

«Das», Notar Boysen machte ein ernstes Gesicht, «geht nicht. In diesem Fall fällt das Erbe automatisch an die Kirchengemeinde Sonneby.»

Walter Hansen strahlte. Wieder sah Karl zu Jens hinüber, der zu Anne blickte, die wortlos mit den Schultern zuckte.

«Wie hoch, wenn man fragen darf, ist das Geschäftsvermögen denn?», wollte Walter Hansen wissen.

«Das muss erst durch ein Gutachten ermittelt werden. Da gilt dann der Todestag als Verrechnungsdatum.»

Wie passend, dachte Karl, Tod und Abrechnung an einem Tag. Er musste hier raus, und zwar schnell.

«Ich brauch eine Pause.» Karl stand von seinem Stuhl auf und zwängte sich zwischen Jens und Hansen nach draußen.

8 /

Kaum stand er im Freien und atmete durch, da kam ihm auch schon Jens hinterhergelaufen.

«Was ist los?», wollte der wissen.

«Was los ist? Du warst doch auch da drinnen!», fuhr Karl ihn an.

«Ja, und? Kannst doch froh sein. Bist du doch gut ausgestiegen. Nie einen Finger gerührt und trotzdem das halbe Geschäft geerbt.» Jens' Stimme klang bitter.

«Verdammt, ich will das blöde Geschäft doch gar nicht! Kapier das doch endlich mal! Was soll ich in Sonneby, Jens? Mein Leben ist in Hamburg. Ich hab einen Job, ich hab Freunde, ich hab … Ach, Scheiße!»

Karl trat wütend und mit voller Wucht gegen die Hausmauer.

«Gut. Vielleicht lässt sich das irgendwie regeln.» Jens wirkte mit einem Mal ein wenig verunsichert.

«Und dieser Aasgeier da drinnen?», wandte Karl ein. «Hansen wird schon dafür sorgen, dass er was vom großen Kuchen abbekommt!»

«Herrgott, Karl, beruhig dich!», schnauzte Jens ihn an. «Komm mal runter, Mann! Papa wollte, dass wir uns zusammenraufen, und dann tun wir das eben. Dass Hansen als Chorleiter zum Zug kommen würde, wenn wir uns zerstreiten, das hat Papa ja nicht mehr mitgekriegt. Sonst hätte er so einen Schwachsinn sicher nicht ins Testament geschrieben. Ich seh das so: Das war halt sein letzter Wille, dass die Familie nicht komplett auseinanderfällt. Also machen wir es einfach so, wie Papa es gewollt hat. Und fertig.»

«Familie? Wir sind keine Familie, Jens! Nur hatte Papa nicht den Anstand, sich das auf dem Totenbett endlich einzugestehen.»

Jens kämpfte ganz offensichtlich mit seinen Gefühlen. Dann presste er hervor: «Was soll der Blödsinn denn jetzt? Karl, wenn du uns jetzt hängen lässt, Alter … Wenn du das machst, dann …»

«Dann was?»

«Dann …» Karl konnte sehen, wie sehr Jens mit seiner Wut und Enttäuschung kämpfte, aber schließlich beherrschte er sich und sagte nur: «Wehe du lässt uns hängen, Karl.» Und damit verschwand er wieder im Gebäude, nicht ohne hinter sich die Tür laut zuzuschlagen.

Karl atmete tief durch, lehnte sich an die Hauswand und schloss die Augen. Er war wütend, unfassbar wütend. Was hatte sich ihr Vater nur dabei gedacht? In ihm kämpften Zorn, Trauer und auch sein schlechtes Gewissen miteinander, weil er zu gerne seine Sachen gepackt hätte und nach Hamburg abgehauen wäre. Und es nicht konnte. Oder doch? Warum stapfte er nicht einfach zum Bahnhof und ließ das alles hinter sich?

«So eine verdammte …», murmelte Karl leise vor sich hin.

«Hast du eine Zigarette für mich?», fragte eine sanfte Stimme neben ihm. Anne. Er hatte sie gar nicht kommen hören. Karl zog eine Zigarette und Zündhölzer aus der Jackentasche und reichte sie ihr.

«Sind das die von eurem Papa?»

«Ja.»

Sie bliesen schweigend den Rauch von sich. Über ihnen kreischte eine einsame Krähe, während sie stumm auf ein quietschgelbes Werbeplakat einer Supermarktkette blickten, die gerade Bierschinken, Kinderschokolade und einen Hometrainer im Angebot hatte. Dann sagte sie: «Was auch immer zwischen dir und Jens war – er braucht dich jetzt. *Wir* brauchen dich jetzt.»

Karl schluckte. Er hätte gerne etwas darauf erwidert, aber er war so unfassbar wütend – auf Jens, auf seinen Vater, auf die ganze Welt. Nie hätte er gedacht, dass dieser verdammte Musiksalon noch einmal über seine Zukunft bestimmen würde. Er hatte wirklich geglaubt, dass er aus der Nummer raus war. Karl drehte sich zu Anne um und sah sie an.

«Und was jetzt?», fragte er.

«Hängt ganz von dir ab.»

Er blickte auf ein kleines Schild, das an der gläsernen Eingangstür angebracht war und auf dem in goldenen Buchstaben *V rsic t tufe!* stand. Einen Teil der Buchstaben hatte jemand fein säuberlich weggekratzt.

«Lass uns nicht im Stich, Karl.» Und sie fügte ganz leise noch ein «Bitte!» hinzu. Dann legte Anne kurz ihre Hand auf seinen Arm, trat ihre Zigarette aus und verschwand wieder hinter der Glastür.

Karl starrte auf die Stelle, wo eben noch ihre Hand gelegen hatte. Selbst durch den Stoff seines Sakkos hindurch hatte er einen Augenblick lang ihre Wärme spüren können. Er bekam eine Gänsehaut und schüttelte sich. Zumindest in einer Hinsicht schienen sein Bruder und er den gleichen Geschmack zu haben. Noch immer kreischte die Krähe in einem der hohen Bäume über Karl, laut und ausdauernd. Pleitegeier hatte sie sein Vater immer scherzend genannt. Wie passend, dachte Karl. Dann warf er die Zigarette auf den Boden, genau neben die von Anne, und trat sie aus. Und da begriff Karl, dass er verloren hatte.

9 /

«Du willst WAS?»

Marens Stimme klang ungewohnt schrill.

«Unbezahlten Urlaub nehmen.»

Er konnte hören, wie Maren zischend die Luft durch die Zähne einsog.

«Das ist nicht dein Ernst!»

«Doch, ist es.»

«Werde ich da auch mal gefragt?»

«Nein.»

Das war eine ungewohnt harte Ansage, aber Karl wusste, dass er bei Maren standhaft bleiben musste, wenn er das hier durchziehen wollte. Maren konnte nämlich sehr überzeugend sein, und es war nie gut, sich mit ihr auf eine Diskussion einzulassen, wenn man das Gegenteil von dem wollte, was sie wollte. Da hatte man schon so gut wie verloren. Also versuchte Karl einfach, jegliche Diskussion im Keim zu ersticken und Maren vor vollendete Tatsachen zu stellen.

«Darüber reden wir noch», sagte sie.

«Da gibt es nichts zu reden.»

«Das seh ich aber anders.» Er konnte Marens kaum unterdrückte Wut spüren.

«Maren, die hängen alle da drin. Ich kann meinen Bruder und die anderen nicht im Stich lassen. Sonst verlieren die alles! ALLES! Anne arbeitet doch auch im Geschäft mit. Die sind sonst beide plötzlich arbeitslos. Und dann die Kinder … Der Laden wäre futsch. Die brauchen mich hier.»

Was zum Teufel redete er da eigentlich? Im Grunde hatte Maren ja vollkommen recht. Er wollte doch selbst gar nicht zurück nach Sonneby. Aber wenn er Maren gegenüber auch nur den Hauch eines Zweifels äußerte, würde sie diesem absurden Unterfangen nie zustimmen.

«Nein, Maren, ich hab mich entschieden», sagte er mit entschlossener Stimme. «Ich bleibe hier. Vorerst mal. Wie gesagt, ich werde hier gebraucht.»

«Weißt du was? Ich brauch dich auch. Hier! In Hamburg! Aber ich bin jetzt zu wütend, um mit dir am Telefon zu streiten.»

«Okay.»

Pause.

«Und wo willst du da überhaupt wohnen?»

«Na, wahrscheinlich hier.»

«Wo hier?»

«Hier, in meinem Elternhaus. Steht ja jetzt leer.»

Maren atmete angestrengt in den Hörer.

«Mach, was du glaubst. Aber wir reden noch mal darüber. Bis Samstag dann.»

«Ja, bis Samstag.»

Er legte auf. Das war also geschafft. Karl sah auf die Uhr. Gleich hatten sie einen Termin beim Steinmetz wegen des Grabsteins und der Einfassung, danach wollte er mit Jens ins

Geschäft fahren, um gemeinsam mit Frau Köpke, der Buchhalterin, einen ersten Blick auf die Finanzen zu werfen.

«Wir stehen nicht besonders gut da», hatte ihn Anne gewarnt. «Es lief die letzten Jahre nicht so dolle.»

Hartmuth, der alte Klavierstimmer seines Vaters, wurde zu einem geringen Gehalt immer noch beschäftigt, obwohl der Absatz von Klavieren in den letzten zehn Jahren gegen null tendierte. Doch den achtundsechzigjährigen Hartmuth endgültig in Pension zu schicken, das hatten weder ihr Vater noch Jens und Anne übers Herz gebracht.

«Wie geht es Hartmuth eigentlich?», fragte er Jens, als sie sich zu Fuß auf den Weg zum Steinmetz machten. «Auf der Beerdigung hab ich ihn nur ganz kurz gesehen.»

«Nicht so gut», sagte Jens. «Seine Frau ist vor zwei Jahren gestorben. Waren dreiundzwanzig Jahre verheiratet. Seitdem ist er ziemlich einsam.»

«Und Frau Köpke?», erkundigte sich Karl. Frau Köpke hatte schon die Buchhaltung seines Vaters gemacht, als Karl noch in den Windeln lag. Sie gehörte also fast zur Familie.

«Hat Zucker. Aber sonst geht's, glaub ich, ganz gut.»

«Gibt sie den Kindern im Ort immer noch Flötenunterricht?», wollte Karl wissen.

«Jo, was denkst du denn? Frau Köpke wird mal mit der Blockflöte in der Hand tot umfallen …»

«… um dann im Himmel wieder aufzustehen, um weiterzuspielen, bei den Engelchen im Chor, gleich hinten links», vollendete Karl den Satz seines Bruders. Ihr Vater hatte das immer gesagt. Ob Frau Köpke im Himmel wohl auch so schräg spielen würde wie auf der Beerdigung? Konnte man wegen unmusikalischem Verhalten aus dem Chor der Engel ausgeschlossen werden?

Eine halbe Stunde später standen die Brüder vor dem Geschäft des Steinmetzes. An der Hausmauer lehnten verschiedene Grabsteine, grau, braun, weißer Marmor oder klassisch schwarz.

«Welche Schrift haben wir denn bei Mutti genommen? Gold oder weiß?», wollte Karl wissen.

«Weiß», sagte Jens. «Und was schreiben wir drauf?»

Karl überlegte. Den Witz mit den Gummibärchen wollte er vor seinem Bruder nicht wiederholen. Also dachte er ernsthaft über die Frage nach.

«Karl Kleve senior. Sein Leben war Musik?»

«Nee, eher nicht.»

«Na, dann vielleicht: Karl Kleve senior, ein begnadeter Gitarrenverkäufer vor dem Herrn?»

Jens schüttelte den Kopf. «Wir haben in den letzten Jahren doch gar nicht mehr so viele Gitarren verkauft.»

«Das war ein Witz, Jens.»

«Ach so. Ja, klar. Na dann.»

Karl machte einen letzten Versuch. «In aller Musik ist Gott. So frei nach Bach.»

«Meinst du?»

Karl merkte, wie er immer genervter wurde. Das war so typisch für Jens. Nie konnte er sich für irgendetwas entscheiden.

«Ja, mein ich», sagte Karl. «Im Ernst. Passt doch für beide, ich meine für Mutti und für Papa.»

«Ist gut», nickte Jens und zeigte auf ein paar lange, schmale Steine am Boden.

«Brauchen wir so was auch?»

«Wieso? Was ist denn bei Mama drum herum?»

«Da war 'ne Hecke. Aber die sah nicht mehr so gut aus», meinte Jens. «Haben wir vor der Beerdigung von Papa rausnehmen lassen. Anne sagt, wir sollen mal fragen, was so eine Umrandung kostet.»

«Gut, dann fragen wir einfach den Steinmetz. Der wird das schon wissen», schlug Karl vor.

Und wie aufs Stichwort trat der plötzlich um die Hausecke.

«Kleve, ne?», fragte er und streckte zuerst Jens die Hand entgegen.

«Ja. Moin!»

«Moin, Moin. Und – mein aufrichtiges Beileid!»

«Danke.»

«Haben Sie sich denn schon ein bisschen umsehen können?»

«Ja», erwiderte Jens. «Also, der Stein unserer Mutter ist schwarz.»

«Gute Wahl, gute Wahl. Ist ja ein Klassiker. Sozusagen der Audi Passat unter den Grabsteinen. Und die Schrift?»

«Weiß», sagte Jens.

«Weiß ist ganz wunderbar. Obwohl die weiße Inschrift ja schnell vermoost. Muss ich auch immer dazusagen, ne? Gold ist zwar teurer, aber weniger pflegeintensiv. Dafür muss man es nach ein paar Jahren erneuern.»

«Ach», machten Jens und Karl gleichzeitig.

«Jo, ne? Ganz modern is' ja wieder mit Foto. Wollen Sie vielleicht ein Foto?»

«Foto?», fragte Jens und sah verzweifelt zu Karl hinüber.

«Hatte man ganz früher mal, ist jetzt wieder im Kommen. Kostet aber natürlich extra. Dauert auch länger.»

«Äh ...»

«Kein Foto», entschied Karl. «Und wir nehmen dieselbe Schrift wie bei unserer Mutter.» Karl zeigte auf die schmalen Steine zu seinen Füßen. «Wie ist das mit der Umrandung? Brauchen wir die?»

«Ja, wenn Sie keine Hecke wollen. Manche wollen ja lieber eine Hecke.»

«Also, da war zwar eine, aber die sah nicht mehr so dolle aus.»

«Buchsbaum ist sehr beliebt. Gibt dem Grab so was Frisches. Is' ja immergrün, ne? Wollen Sie eine neue Hecke?»

Karl suchte Jens' Blick, doch der schien genauso überfordert zu sein wie er selbst. Der Steinmetz sprach munter weiter. «Ich rate ja ab, wegen diesem Schmetterling.»

«Schmetterling?»

«Ja, dieser Schmetterling. Buchsbaumzünsler. Macht die Buchsbäume kaputt. Gibt es hier noch nicht so viel, kommt aber sicher auch bald in den Norden. Is' nich' schön, so 'ne kaputte Buchsbaumhecke. Kann ich Ihnen flüstern.» Der Mann zog den Rotz in der Nase hoch. «Wollen Sie eine Hecke?»

«Was kostet denn eine Grabumrandung?», versuchte Karl es erneut.

«Kommt auf den Stein an. Sieht gut aus, is' aber nich' billig. Geht sonst auch in Verbindung mit Kies. Liefern wir Ihnen auch. Is' aber pflegeintensiver, weil mit Unkrautjäten und so.»

Wieso machten Tote so viel Arbeit? Grabstein putzen, Unkraut jäten, womöglich auch noch Pflanzen gießen … Tot war tot. Wer sollte sich denn da noch am Unkraut stören?

«Was meinst du?», wollte Karl von Jens wissen.

«Keine Ahnung.» Sein Bruder wirkte zwischen den Steinen und den kleinen Kiesbergen ganz verloren, trotz seiner 1,92 Meter.

«Gut. Also dann nehmen wir die Umrandung. Und auf den Stein schreiben wir ‹In aller Musik ist Gott›.» Er wollte das hier so schnell wie möglich hinter sich bringen.

«Geht nach Buchstabe», sagte der Mann.

«Bitte?», fragte Karl.

«Vorname, Nachname, Geburtsdatum, Todesdatum und dann der Spruch. Is' lang, ne? Wir verrechnen pro Buchstabe. Karl Kleve. Zum Glück hatte Ihr Vater ja einen kurzen Namen, ne?» Der Steinmetz lachte, wobei Karls Blick auf seinen rechten oberen Schneidezahn fiel, der nahezu waagerecht nach vorne abstand. Seltsamerweise verlieh es dem Mann etwas Spitzbübisches, statt ihn zu entstellen. Ganz im Gegensatz zu seinen Händen. Die Finger wirkten alle um ein Fingerglied zu kurz geraten, so abgearbeitet waren sie.

«Äh, Karl?» Jens drehte sich zu seinem Bruder um.

«Senior», sagte Karl. «Da kommt noch ein ‹senior› dazu.»

«O haueha. Karl Kleve senior? Da müssen wir gucken, ob das auf den Stein passt. Steht ja schon was drauf. Also, das wird knapp», fügte der Steinmetz hinzu und kratzte sich mit seinen kurzen Fingern am Kopf.

«Bist du sicher?», fragte nun auch Jens. «Ich meine, jetzt, wo Papa tot ist, da bist du doch der einzige Karl Kleve. Oder nicht? Und ich meine, müssen wir dann noch senior draufschreiben?»

«Wie gesagt: Geht nach Buchstabe», wiederholte der Steinmetz. Beide sahen erwartungsvoll auf Karl. Der atmete einmal tief durch – und gab schließlich jeden Widerstand auf. Am Ende einigten sie sich auf einen einfachen Violinschlüssel neben dem Namen und eine schwarze Grabumrandung. Das Ganze kostete so viel wie ein Karibikurlaub.

10 /

«Bereit?», fragte ihn Jens, als er den Schlüssel im Schloss umdrehte.

Eigentlich nicht, dachte Karl. Trotzdem nickte er brav und atmete ein paarmal tief durch.

Sein Elternhaus zu betreten war ihm schon nicht ganz leichtgefallen. Etwas gänzlich anderes aber war es, in den Kleinen Musiksalon hineinzugehen. Es war so, als ob er gleichzeitig nach Hause kommen und eine Zeitreise machen würde, und am Ende dieser Reise stand er nun unter der Türglocke des Musikgeschäfts seiner Familie und war wieder sechs Jahre alt. Derselbe Geruch, dasselbe Klingeln beim Öffnen der Tür, dasselbe Licht, derselbe Raum – und doch war alles ganz anders.

«Willst du einen Kaffee?», fragte Jens, der vorangegangen war und bereits seinen schwarzen Ledermantel ausgezogen hatte. Seit er Jens mitgeteilt hatte, dass er sich die ganze Geschichte mit der gemeinsamen Geschäftsführung noch einmal überlegen würde, bemühte sich sein Bruder darum, freundlich zu ihm zu sein. Wahrscheinlich hatte ihm Anne zugesetzt. «Ich kann uns auch einen Tee machen. Anne trinkt immer diese Gewürztees. Mit Ingwer und so.»

«Nein, danke», hörte Karl sich sagen, während er seinen Blick durch den Verkaufsraum schweifen ließ. An der Wand hing diese eine besondere Gitarre, auf dem Verkaufstisch standen immer noch das große Glas mit den bunten Bonbons und die alte Kasse, und über dem Durchgang zum Hinterzimmer prangte, seit Karl denken konnte, die große Uhr mit zwei Noten als Zeiger, die noch genauso laut tickten wie in seiner Erinnerung.

Wenn Karl als kleiner Junge aus der Schule gekommen war, dann war er als Erstes zum Musiksalon gerannt und hatte wie ein Verrückter an die Scheibe geklopft. Und sein Vater kam dann immer aus dem Hinterzimmer nach vorne, schloss lachend die Tür auf und sagte jedes Mal den gleichen Satz.

«Eigentlich haben wir ja schon Mittagspause, aber für einen so besonderen Kunden öffnen wir gern!»

Und dann hatte er Karl auf die Theke gesetzt, und er durfte sich aus dem großen Glas ein paar Bonscher herausnehmen.

«Aber sag das nicht deiner Mutter! Die schimpft sonst mit uns, weil du vor dem Mittagessen was Süßes isst!»

«Nee, Papa, mach ich nicht!»

«Soll ich dir zeigen, was ich heute reinbekommen habe?»

«Ja! Was denn?»

Und dann hatte sein Vater immer irgendeine besonders schöne Gitarre oder Flöte oder einfach nur eine Mundharmonika hervorgeholt, und Karl hatte andachtsvoll den mit Samt ausgeschlagenen Koffer berührt und dieselbe Freude empfunden, die sein Vater beim Anblick der neuen Instrumente jedes Mal überkam. Und in ganz, ganz seltenen Augenblicken holte sein Vater auf Wunsch von Karl diese eine Gitarre von der Wand, und er durfte ein paar Akkorde auf dem Instrument spielen, das schon Peter Kraus in der Hand gehalten hatte.

«Nu is aber gut», sagte sein Vater dann immer, nahm die Gitarre wieder an sich und hängte sie zurück an ihren Platz. «Lauf mal nach Haus zu Mama.»

«Karl?» Jens sah ihn fragend an.

«Bitte?» Karl schreckte aus seinen Gedanken auf.

«Ich frag dich schon zum dritten Mal, ob du einen Kaffee willst, und du stehst nur da.»

«Ja. Nein. Ich meine, nein danke. Ich möchte keinen.»

«Okay, okay. Sollen wir uns gleich an die Bücher machen?»

Karl starrte immer noch gedankenverloren auf die Theke, auf der Jens jetzt seinen Ledermantel abgelegt hatte und auf der er doch gerade eben noch gesessen und mit seinem Vater geredet hatte.

«Mensch, Karl, hörst du mir überhaupt zu? Frau Köpke kommt in einer halben Stunde, und dann schauen wir zusammen alles durch. Aber falls du möchtest, können wir ja auch vorher das Wichtigste gemeinsam durchgehen. Oder willst du eine Schlossführung? Ich kann dir ja erst einmal alles zeigen. Du warst ja so lange nicht mehr da!»

«Ja. Schlossführung klingt gut.» Reiß dich zusammen, Karl! Er schälte sich aus seinem Beerdigungsmantel, den er erst vor fünf Tagen in Hamburg erstanden hatte, weil er keinen schwarzen Mantel besaß, und folgte seinem Bruder in den hinteren Teil des Ladens.

«Also viel hat sich ja nicht verändert, aber hier im Lager gibt es jetzt ein neues System. Hat Anne eingeführt», erklärte Jens beinahe entschuldigend. Er deutete auf ein paar einzelne CDs und Notenbücher, an denen gelbe Zettel mit Namen klebten. «Das hier sind die Bestellungen. Sind alphabetisch sortiert. Im Herbst und vor Weihnachten bestellen die Leute immer mehr als sonst. Und das hier», er zeigte mit dem Finger auf ein paar Kartons, «sind die Sachbestellungen. CD-Player, Boxen und so weiter. Instrumente lagern wir da drüben im alten Laufstall, damit die nicht beschädigt werden.» Tatsächlich stand in einer Ecke des Lagerraums ein alter Babylaufstall, in dem eine einsame Kindergitarre auf ihren neuen Besitzer wartete.

«Ich nehme an, das hat auch Anne eingeführt?», fragte Karl mit einem schiefen Grinsen.

«Jo. Ist der alte Laufstall von Anton. Und das hier», Jens drehte sich um die eigene Achse, «sind die Remittenden. Ist nicht viel, weil wir selten was auf eigene Faust bestellen.» Jens fuhr fort, auf diverse Schachteln, Stapel oder Regalbretter zu zeigen und Karl zu erläutern, was er jeweils wo fand, doch Karl verlor bereits nach ein paar Minuten den Überblick. Wie durch Watte hörte er Jens' Stimme, ohne dass der Inhalt der Worte in seinem Kopf ankam.

Was für eine tiefe Stimme Jens hatte! Mit heimlichem Staunen betrachtete er den Mann, der da vor ihm stand. Der Jens von heute hatte nichts gemein mit dem kleinen Jungen, der er einmal war. Karl erinnerte sich noch genau daran, wie er seinen vier Jahre jüngeren Bruder im Kinderwagen durch Sonneby geschoben hatte. Oder wie er Jens gezeigt hatte, wie man Roller fuhr. Oder wie sie sich um ein Spielzeugauto gestritten hatten. Oder darum, wer im Auto vorne sitzen durfte. Karl hatte meistens gewonnen. Er starrte auf den großen Mann mit Pferdeschwanz und Gothic-Montur vor ihm, der ihm mit tiefer Stimme erklärte, wie man Buchungen in ein Computersystem eintrug, von dem Karl noch nie zuvor gehört hatte. Da ging mit einem Mal die Türglocke.

«Hattest du nicht abgeschlossen?», fragte Karl verwundert.

«Nee, muss ich vergessen haben. Schaust du mal nach?», bat ihn Jens.

Karl ging die Stufen zum Verkaufsraum hinab und sah sich einem stark übergewichtigen Mann mit dichtem Wuschelkopf gegenüber, der ihm seltsam vertraut vorkam, den er aber erst dann zuordnen konnte, als er mit hoher Fistelstimme zu sprechen begann.

«Ist die neue Andrea Berg schon da?», fragte der Mann.

«Ähm», räusperte sich Karl, «wir haben eigentlich geschlossen.»

«Ist die neue Andrea Berg schon da?», wiederholte der Mann in exakt demselben Tonfall wie eben.

«Jens?», rief Karl nach hinten.

«Was?»

«Ist die neue Andrea-Berg-CD schon da?»

Doch statt eine Antwort zu geben, erschien Jens nun selbst am oberen Treppenabsatz.

«Manni, wir haben zu.»

«Ist die neue Andrea Berg schon da?», fragte Manni unbeirrt.

«Nee, Manni. Und wir haben zu. Unser Papa ist doch gestorben.»

«Oh», machte Manni. Er wirkte ehrlich betroffen. «Blöd», sagte er.

«Ja, blöd», stimmte ihm Jens zu. Und Karl erinnerte sich mit einem Mal daran, wie sie Manni als Kinder immer gehänselt hatten. Er war schon damals unheimlich dick gewesen und hatte diese absurde Fistelstimme, die so gar nicht zu seinem voluminösen Körper passen wollte. Manni, der Döspaddel, hatten sie ihn immer genannt. Der Idiot. Der Dödel. Karl fielen plötzlich all die bösen Namen ein, mit denen sie Manni immer gequält hatten, bis einer der Erwachsenen dazwischenging.

«Ihr müsst nett zu Manni sein», hatte sein Vater immer gesagt, «der hat es nicht leicht im Leben.»

Und nun stand Manni vor ihm und Jens und schlug sich mit der Faust gegen den Kopf und wiederholte immer das Wort «Blöd, blöd, blöd!».

«Ist nicht so schlimm, Manni», beruhigte ihn Jens. «Willst du einen Bonscher?»

Manni nickte, und Jens holte das Glas mit den Bonbons vom Tresen, ließ Manni eine Handvoll daraus nehmen, stellte es dann wieder zurück und fügte abschließend hinzu: «So, und nun müssen wir hier was besprechen. Geh mal wieder nach Hause, Manni.»

Manni nickte, glücklich über die Bonbons in seinen Händen, und breitete dann mit einem Mal seine dicken Arme aus, schlang sie erst um Karl, der zusammenzuckte, und dann um Jens.

«Danke, danke», sagte er und: «Blöd, dass dein Papa tot ist!»

«Ja, echt blöd.»

Schließlich schob Jens den dicken Manni sanft zur Tür.

«Und wenn die neue Andrea-Berg-CD da ist, sag ich dir Bescheid, ja?»

Daraufhin umarmte Manni Jens nochmals heftig und sagte: «Du bist mein allerbester Freund! Bist du mein Freund? Ja, ne?»

«Klar», pflichtete ihm Jens bei.

«Andrea Berg ist die Beste!»

«Tschüs, Manni. Und grüß deine Mutti schön», sagte Jens und schloss die Tür hinter Manni.

Karl sah ihm nach. «Das war also Manni.»

«Jo.» Jens lächelte. «Wenn man Glück hat, kommt er nur einmal am Tag vorbei. Wenn er seiner Mutti auf die Nerven geht, schickt sie ihn ins Dorf, und dann tigert er stundenlang herum, und du kannst ihn drei- oder viermal pro Tag rausschmeißen.»

«Aha», machte Karl und fügte dann hinzu: «Nur so aus Neugier: Wann kommt denn die nächste Andrea-Berg-CD raus?»

«Was weiß ich?», grinste Jens. «Seine Mutti hat gesagt, wir dürfen ihm nix verkaufen. Also brenn ich ihm hin und wieder eine CD schwarz. Dann freut er sich und gibt ein paar Tage Ruhe.»

«Klingt logisch», sagte Karl und dachte im Stillen, dass es kein Wunder war, dass der Laden so mies lief.

11 /

Die nächste halbe Stunde textete Jens ihn mit weiteren Details über das Warenbestellsystem zu, und Karl bekam in dem schlecht gelüfteten Kabuff langsam Kopfschmerzen.

«Ich muss mal kurz an die Luft, eine rauchen», sagte er zu Jens.

«Ist gut. Danach zeig ich dir die Adressdatenbank.»

In Karls Ohren klang das wie eine Drohung. Er schloss die Ladentür wieder auf, griff in seine Hosentasche, fingerte eine Zigarette hervor und nahm gerade den ersten Zug, als …

«Karlchen!», erklang eine schrille Stimme hinter ihm. «Mein Gott, Karlchen!»

Karl fuhr herum. Frau Köpke. Am Tag der Beerdigung hatte Karl nur ganz kurz Gelegenheit gehabt, mit der guten Seele des Musiksalons zu sprechen. Jetzt musterte er Frau Köpke, die zu ihrem braunen Mantel einen roten Filzhut trug, genauer. Etwas älter, noch etwas dicker war sie geworden, aber die Apfelbäckchen waren noch genauso leuchtend rot wie früher. Hartmuth trottete hinter ihr her. Der hatte sich ebenfalls kaum verändert, nur war er noch etwas grauer und noch etwas hagerer geworden mit den Jahren. Aber er trug immer noch diese grässlichen alten Wollpullover. So etwas hatte doch kein Mensch mehr an.

«Frau Köpke! Hartmuth!»

«Lass dich mal drücken, min Jung!», sagte Frau Köpke und zog Karl einfach an ihren Riesenbusen, schlang ihre dicken Arme um ihn und hüllte ihn in eine Wolke aus süßlichem Parfüm. Karl warf seine Zigarette in den Rinnstein, um Frau Köpke nicht zu entflammen.

«Schön, Sie zu sehen!», sagte er, als er wieder atmen konnte. Hartmuth feixte ihm zu.

«Ach, Jung, wie freuen wir uns, dass du wieder da bist!» Frau

Köpke hielt mühsam ein paar Tränen zurück und schniefte in ein zerknülltes Taschentuch, das sie aus ihrem Ärmel zog, während Hartmuth ihm die Hand reichte.

«Ist Jens schon da?», fragte Frau Köpke.

«Ja, der ist drinnen», antwortete Karl.

«Na, dann mal rin mit uns! Ich muss noch mal kurz für kleine Musikanten, und dann machen wir uns an die Buchhaltung. Kaffee?»

«Gerne», sagte Karl lächelnd. Wer konnte dieser Frau schon etwas abschlagen?

Karl hielt Frau Köpke die Eingangstür auf, durch die sie ihren massigen Körper einigermaßen elegant hindurchzwängte. Hartmuth folgte ihr wie ein treues Hündchen ins Ladeninnere, wo Jens leise fluchend auf dem Computer herumtippte.

«Frau Köpke und Hartmuth sind da», informierte ihn Karl.

«Hab ich gehört», sagte Jens. «Ich hab schon die Löffelbiskuits bereitgestellt.»

Hartmuths Vorliebe für Löffelbiskuits war legendär. Schon in Karls und Jens' Kindertagen hatte es der freundliche Klavierstimmer verstanden, die beiden damit regelmäßig so zu schoppen, dass sie das «gesunde» Essen ihrer Mutter verschmähten.

«Ach, wie schön», sagte Hartmuth und rieb sich die Hände.

Karl deutete Jens mit ein paar Gesten hinter dem Rücken von Hartmuth an, dass sich Frau Köpke und Hartmuth keinen Deut verändert hätten, und er und Jens grinsten sich an, zum ersten Mal überhaupt, seit Karl wieder in Sonneby war. Doch dann wurde Jens' Gesichtsausdruck mit einem Mal ernst, und er zog zwei dicke Aktenordner aus einem Regal, auf denen die Worte *Buchhaltung 2013, 2014* zu lesen waren. «Also, dann nehmt mal alle Platz. Leider stehen wir nicht besonders gut da. Aber das wirst du ja gleich selbst sehen.»

Nicht gut war eine glatte Untertreibung. *Miserabel* hätte die finanzielle Situation weit besser umschrieben. Das hatte Karl bereits nach fünf Minuten begriffen, in denen ihm Frau Köpke und Jens die Lage geschildert hatten. Die weiteren zwanzig Minuten waren eine einzige traurige Aufzählung von Fehlposten, Kreditschulden und ungedeckten Personalkosten.

«Soll das heißen, keiner von euch erhält derzeit ein Gehalt?», fragte Karl ungläubig.

«Mehr oder weniger», stimmte ihm Frau Köpke zu. «Das Gehalt von Hartmuth fällt ja nicht weiter ins Gewicht. Den könnten wir auch gleich mit Löffelbiskuits bezahlen.»

Hartmuth stieß daraufhin einen Laut aus, der entfernt an ein ersticktes Kichern erinnerte.

«Euer Vater hat eine Art Minirente bezogen, die ja nun wegfällt, und Jens und Anne werden als eine gemeinsame Stelle geführt, obwohl sie beide Vollzeit arbeiten. Und ich, tja, ich stunde mein Gehalt jetzt seit ...», Frau Köpke blätterte in ihren Unterlagen, «... seit Dezember letzten Jahres.»

Karl konnte es nicht fassen. Sie hatten einen bankrotten Betrieb geerbt. Und als wäre das noch nicht schlimm genug ...

«Und dann ist da noch die Hypothek», sagte Frau Köpke.

«Welche Hypothek?», fragte er.

«Die auf dem Haus. Also, auf eurem Elternhaus, meine ich.»

«Verstehe ich das richtig», führte Karl weiter aus. «Das Geschäft wirft fast nichts ab, ihr bekommt keine Gehälter, und der Laden existiert nur noch, weil das Haus praktisch der Bank gehört?»

Jens, Frau Köpke und Hartmuth nickten. Und da war sie wieder, die Wut.

«Verdammte ...!», begann er, hielt sich aber zurück. Zu

gern hätte er gegen einen Verpackungskarton mit Blockflöten getreten. «Dann frag ich mich», sagte er mit Blick auf Jens, «wieso ihr das hier noch weiterführen wollt? Ich meine, wie soll das funktionieren? Wenn nichts da ist außer Schulden? Das ist doch alles ein schlechter Witz! Dieser ganze Laden hier ist ein schlechter Witz!» Und dann fiel ihm noch etwas ein. «Wovon soll ich denn eurer Meinung nach das nächste Jahr leben? Und wo zum Teufel soll ich wohnen? Ich meine, wenn unser Elternhaus der Bank gehört, dann kann ich da doch wohl kaum bleiben, oder? Wie stellt ihr euch das eigentlich vor? Soll ich mit euch fröhlich pfeifend in den Privatkonkurs schlittern? Nein, Jens, das kannst du vergessen!»

Jens' Miene verfinsterte sich augenblicklich.

«Komm mal runter, Mann! Wir reißen uns seit Jahren den Arsch auf, damit das hier nicht alles den Bach runtergeht, und machen und tun, und du bist keine zwei Tage da und meckerst nur rum! Mach dir lieber mal Gedanken, wie wir den Laden wieder auf Vordermann bringen können. Dass die Bank das Haus verkauft, ist noch gar nicht gesagt. So lange kannst du da sicher erst einmal drin wohnen. Und falls nicht, kommst du bei Anne und mir immer unter. Dann räumt halt eines der Kinder sein Zimmer.» Es klang, als wollte er sich selbst Mut zusprechen.

«Oder du kommst zu mir», sagte Hartmuth leise. «Ich hab ja jetzt viel Platz, seit meine Frau gestorben ist.»

Und Frau Köpke sagte: «Wir kriegen das hin, Karl! Gemeinsam schaffen wir das schon.»

Aber Karl hatte genug gehört. Er schüttelte den Kopf. Nein, er wollte das nicht hinkriegen. Er wollte nicht hier sein. Das war doch alles verrückt! Dass er überhaupt zugestimmt hatte, den Laden gemeinsam mit Jens zu führen! Wo es doch offensichtlich war, dass er nicht hierhergehörte, nicht mehr.

Sein Leben in Hamburg für ein derart hoffnungsloses Unterfangen aufzugeben, das war doch komplett bescheuert!

«Dazu fällt mir nur ein Wort ein: Katastrophe!», sagte Karl laut. «Und ihr macht da alle munter lustig mit! Das ist doch Schwachsinn! Totaler Schwachsinn!»

Hartmuth zog sein ohnehin schon faltiges Gesicht in noch tiefere Sorgenfalten, und Frau Köpke versuchte, Karl durch das Auflegen ihrer Hand auf seinem Arm zu beruhigen. Doch Karl sprang auf und griff nach seinem Mantel. Er hatte genug, definitiv genug.

«Karlchen, nun setz dich doch wieder. Das ist doch ein Familienbetrieb! Das kann man doch nicht so einfach wegwerfen. Dein Vater hätte gewollt, dass du bleibst. Das war doch sein letzter Wille und ...», flehte Frau Köpke, aber da fiel ihr Jens ins Wort.

«Nein, Mann, hau ruhig ab. Fahr zurück in dein Scheiß-Hamburg! Das konntest du immer schon am besten, ne, Karl? Abhauen, wenn's drauf ankommt. Wir kommen auch ohne dich klar.»

«Jens, bitte ...», ging Frau Köpke dazwischen. Vergeblich.

«Nein, Frau Köpke, ist schon gut. Wenn Jens glaubt, dass er mich hier nicht braucht – umso besser. Soll er seinen Scheiß doch alleine machen. Tschüs allerseits!»

Karl schlüpfte in seinen Mantel, stapfte wütend aus dem Laden und in den diesigen Wintertag hinaus, während ihm die Eingangstür das vertraute Glockenklingen hinterherschickte.

Die konnten ihn alle mal. Und zwar kreuzweise! Karl legte den Kopf in den Nacken und starrte in den trostlosen grauverhangenen Himmel über ihm. Über Hamburg war das Grau irgendwie anders. Aber es war derselbe Himmel, immerhin.

12 / Die Vorratskammer wies einen erstaunlich großen Bestand an Schnittbohnen in der Dose, Schattenmorellen im Glas und einer ominösen Bihunsuppe auf. Dagegen war die Tiefkühltruhe so gut wie leer geräumt, bis auf einen ziemlich großen Vorrat an Eis am Stiel. Das hatte sein Vater wohl für die Enkelkinder eingelagert. Karl schnappte sich je eine Dose Bohnen und Bihunsuppe und stapfte wieder die Kellertreppe hinauf.

Er hatte es einfach nicht über sich gebracht, etwas von den Resten des Leichenschmauses zu verzehren. Alte Salami- und Käsebrötchen und angestoßene Kuchenstücke hatten schon per se nichts Attraktives an sich, aber die Vorstellung, etwas zu essen, das in Zusammenhang mit der Beerdigung seines Vaters stand – nein, das ging einfach nicht. Schon gestern hatte er kaum etwas angerührt. Also hatte Karl mit leicht schlechtem Gewissen alle Reste in einen großen Müllsack geleert und in die Tonne gegeben, immer die Stimme seiner Mutter im Ohr, die nie etwas wegschmeißen konnte und stets die Reste von seinem und von Jens' Teller leer gegessen hatte, weil «ja nichts umkommen soll». Und nun waren seine Eltern beide tot, und er kippte tonnenweise alte Brötchen in den Müll und fühlte sich schlecht dabei.

Mit dem einen Arm voller Dosen bahnte er sich seinen Weg ins Wohnzimmer, wo er aus der kleinen Bar beim Bücherregal eine angebrochene Flasche Doppelkorn zog.

Als Karl wieder in der Küche stand, öffnete er die Dosen, leerte die Bohnen und die Suppe zusammen in einen Topf und stellte ihn auf den Herd. Die Mikrowelle befand er für nicht vertrauenswürdig. Dann schraubte er die Flasche Korn auf und nahm einen kräftigen Schluck.

Während er etwas lustlos in dem Topf herumrührte, suchte er auf seinem Handy nach Zugverbindungen zwischen Süderbrarup und Hamburg. Eigentlich wäre er am liebsten heute schon abgereist, aber morgen sollte der Wirtschaftsprüfer kommen, und den wollte er wenigstens noch abwarten. Karl hatte sich inzwischen wieder ein wenig beruhigt. Trotzdem hatte sich an der Lage und an seiner Meinung nichts geändert, und insgeheim hoffte er, dass der Finanzheini ihm recht gab und Jens von der Anmeldung eines Konkursverfahrens überzeugen würde. Dann könnte er wieder in die Stadt, in sein normales Leben und zu Maren zurückkehren.

Ob Maren sich freute, wenn er statt Samstag schon am Freitagabend kam? Karl schrieb ihr eine SMS.

Komme morgen schon. Alles sehr kompliziert hier.
Vermisse dich.

Dann hielt er kurz inne. Vermisste er sie eigentlich wirklich? Tatsächlich war er eher sauer auf Maren, weil sie ihn mit all dem hier allein gelassen hatte, obwohl er natürlich wusste, dass sie für seine Misere eigentlich nichts konnte. Er löschte das *Vermisse dich* wieder und schickte die Nachricht ab. Aber eigentlich, dachte Karl, wollte er auch nicht mit ihr streiten. Noch eine weitere Baustelle in seinem Leben konnte er gerade nicht verkraften. Er nahm noch einen kräftigen Schluck aus der Kornflasche und schickte dann eine zweite SMS mit dem Text *Vermisse dich!!!* hinterher. Eine Minute später kam die Antwort: *Bis morgen dann.*

Was sollte das jetzt heißen? Vermisste sie ihn auch? Freute sie sich? War es ihr egal? Karl nahm einen weiteren Schluck Klaren zu sich und schaltete die Herdplatte aus. Noch im Stehen begann er, aus dem Topf heraus seine Bohnen-Bihunsuppe in sich hinein zu löffeln – mit mäßigem Enthusiasmus, aber relativ großem Hunger.

«Iss nicht so schnell, sonst kriegst du Bauchweh!», hatte seine Mutter immer gesagt.

«Jaja.»

«Nichts jaja. Karlchen, ich mein das ernst!»

«Sag nicht Karlchen zu mir.»

«Iss langsamer, Karlchen! Dein Vater schlingt auch immer so. Immer sag ich, mach langsamer, Karl, das ist nicht gut für den Magen. Aber das kann er nicht. So sind sie, die Klevemänner: immer up'm Sprung und mit'm Kopp durch die Wand.»

Irgendetwas schien er mit seinem alten Herrn also immerhin gemeinsam zu haben. Karl seufzte und sah auf die große Küchenuhr. Sie tickte so laut wie eh und je, aber in der Stille des Nachmittags kam ihm ihr Ticken besonders laut und aufdringlich vor. Hielt man nicht alle Uhren an, wenn jemand starb? Und wann ließ man sie dann eigentlich wieder laufen? Wer entschied, wann die Zeit weiterging?

Karl war sich nicht sicher, ob er überhaupt traurig war. Im Augenblick war er hauptsächlich genervt. Bankrott. Kleves kleiner Musiksalon war bankrott. Da würden diese Aasgeier von der Kirchengemeinde nicht viel zu lachen haben, wenn sie das erfuhren. Er freute sich schon auf das Gesicht von Walter Hansen, wenn er ihm mitteilte, dass das große Fressen leider ausblieb. Tut uns leid, Herr Hansen, außer ein paar rostigen Musikinstrumenten und ein paar Schlager-CDs haben Kleves nichts zu verschenken, geschweige denn zu vererben. Karl sah missgelaunt in den Suppentopf. «Aber wenn Sie schlechtes Dosenessen möchten, davon haben wir reichlich! Nehmen Sie sich, so viel Sie tragen können! Karl Kleve senior ist ja so ein großzügiger Mensch!»

Laut mit sich selbst zu reden hatte etwas Beruhigendes. Man fühlte sich dann nicht so allein. Karl tat das oft. Und hier, in dem großen, stillen, leeren Haus, war es ihm ein besonderes Bedürfnis.

Lustlos löffelte er weiter das Suppen-Bohnen-Gemisch in sich hinein. Schließlich knallte er mit einem Ruck den halb leer gegessenen Topf auf die Arbeitsfläche und ließ sich mit der Kornflasche auf einen der Küchenstühle nieder. Karl sah sich um. Mein Gott, war diese Küche hässlich! Diese Rüschenvorhänge aus den Siebzigern am Fenster, die braunen Fliesen an der Wand und überall diese absurden Gänse mit den blauen Schleifchen um den Hals! Seine Eltern hatten wirklich einen grauenvollen Geschmack. Das setzte sich im Bad nahtlos fort: kotzgrüne Fliesen, kotzgrüne Badewanne, sogar der verdammte Duschvorhang war kotzgrün!

«Deine Mutter hat die Farbe der Fliesen ausgesucht», protestierte sein Vater in Karls Vorstellung.

«Das war damals modern!», sagte seine Mutter beleidigt und verschränkte die Arme vor der Brust.

«Wann, bitte schön, war Kotzgrün modern?», murmelte Karl.

«Erbsengrün», antwortete seine Mutter schnippisch. «Es ist Erbsengrün, Karlchen, nicht Kotzgrün.»

«Ich finde, es sieht aus wie Popel», maulte der alte Kleve leise.

«Ach, du! Du hast doch gar keine Ahnung!», schimpfte seine Mutter zurück.

Da strich Karl sich angestrengt durch die braunen Locken. So hatten sie immer gestritten, seine Eltern. Es begann mit der Farbe der Fliesen im Bad und mündete zuverlässig in einem Streit darüber, wer eigentlich mehr für die Familie schuftete, seine Mutter oder sein Vater.

«Und überhaupt!», rief seine Mutter. «Ich muss ja alles alleine machen! Haus, Kinder, Garten – alles! Du verkriechst dich immer in deinem Laden! Und am Ende wird dann nur gemeckert!»

Das alte Thema. Immer ging es darum, dass seine Mutter keine Anerkennung für das bekam, was sie leistete. Stattdessen waren die Klevemänner ganz groß darin, alles schlecht zu machen, allen voran sein Vater. Hatte jedenfalls seine Mutter immer gesagt.

Karl nahm noch einen großen Schluck aus der Kornflasche, dann stand er auf und schlurfte in den ersten Stock. Seine Eltern geisterten ihm hinterher und stritten sich hinter seinem Rücken unablässig über Einbauschränke, Raufasertapeten und Deckenlampen. Mit der fast leeren Kömflasche ließ Karl sich ins elterliche Ehebett fallen, während die Alten sich vor dem Wandschrank im Schlafzimmer aufbauten und einander weiter mit Vorwürfen traktierten.

«Und überhaupt! Wer hat eigentlich dieses grässliche Bett mit dieser Kopfleiste ausgesucht?», rief sein Vater.

«Du hattest ja nie Zeit und hast dich um nichts gekümmert! Ich hab die Verantwortung für den Haushalt ganz allein getragen! Du hast dich doch nie für irgendwas interessiert und bist immer in deinen Laden verschwunden, wenn ich dich gebraucht habe!»

Karl schloss die Augen und lauschte in sein Inneres hinein, wo die Stimmen der Eltern immer leiser wurden und schließlich verstummten. Dann schlief er ein.

13 /

Es war schon dunkel, als er erwachte. Wie lange hatte er geschlafen? Offensichtlich war es schon Abend, aber wie spät war es? Hinter Karls Schläfen pochte es, und er glaubte, Schritte auf der Treppe zu hören. Hörten diese

Hirngespinste denn nie auf? Doch es war keine Einbildung, Karl war nicht allein im Haus.

«Hallo?», rief eine Stimme. «Karl?»

Noch bevor er ganz bei sich war, stand das Kind auch schon im Zimmer.

«Was machst du da?»

Karl gähnte. «Hallo.»

Dann erschien Anne im Türrahmen. «Anton!», sagte sie vorwurfsvoll. «Lass Karl erst einmal … Du meine Güte! Wie siehst du denn aus?»

«Schlecht geschlafen», murmelte Karl.

«Wir warten wohl besser unten auf dich. Ich hab dir was zu essen mitgebracht. Es sei denn, du bestehst auf deine Bohnen-Bihun-Suppendiät. Dann nehme ich die Quiche wieder mit.» Anne grinste und zog den Kleinen mit sich aus dem Zimmer.

«Danke», beeilte sich Karl zu sagen, aber da waren die zwei auch schon wieder verschwunden.

Als er fünf Minuten später in die Küche kam, saß der Kleine am ausziehbaren Küchentisch und lutschte an einem Eis am Stiel herum. Neugierig musterte er Karl aus seinen großen, runden Kinderaugen. Karl zog sich einen Hocker heran und setzte sich gegenüber von Anton.

«Brauchst du ein Aspirin?», fragte Anne, die gerade dabei war, die Quiche aufzuschneiden.

«Bitte», murmelte Karl.

Anne fischte eine Arzneipackung aus einem kleinen Bastkörbchen im oberen linken Hängeschrank und schmiss eine der Brausetabletten in ein Glas Wasser. Dann stellte sie es zusammen mit einem Teller, auf dem ein großes Stück der Quiche lag, vor Karl hin.

«Mahlzeit!», wünschte sie.

«Danke», antwortete Karl tonlos. Ihm war schrecklich

übel, und obwohl die Quiche wirklich sehr gut aussah, würde er nur mit Mühe etwas davon herunterwürgen können. Er griff zum Glas und trank einen Schluck.

«Ist das Brause?», fragte Anton.

«So was in der Art», sagte Karl.

«Ich will auch Brause!»

Doch Anne schüttelte den Kopf. «Das ist gegen Karls Kopfschmerzen», sagte sie. «Schmeckt eklig, glaub mir.»

Anton sah nicht überzeugt aus, begann dann aber wieder an seinem Eis herumzulutschen.

«Schmeckt's nicht?», fragte sie.

Karl wollte Anne nicht enttäuschen und griff daher zur Gabel, nahm einen Bissen und begann tapfer zu kauen.

«Doch, doch», sagte er mit vollem Mund.

Anne nickte zufrieden. «Ich stell dir den Rest in den Kühlschrank.» Dann fragte sie beiläufig: «Und, wann fährst du nach Hamburg?»

«Freitag. Also morgen Abend.»

Anne nickte wieder. «Gut. Ich fahr dich zum Bahnhof. Wann kommst du zurück?»

«Wahrscheinlich gar nicht.»

«Bitte?» Anne fuhr herum und starrte ihn an.

«Mein Gott, hast du blaue Augen!», murmelte Karl und erschrak. Hatte er das jetzt etwa laut gesagt? Annes Gesichtsausdruck wechselte von wütend zu ziemlich irritiert. «Anne, hör zu. Ich wollte noch das Gespräch mit dem Wirtschaftsprüfer morgen abwarten, ehe ich es euch sage, aber ganz ehrlich, das hat wirklich alles keinen …»

Da war sie wieder, die Wut in ihren Augen. Über Karl ging plötzlich ein Gewitter hinweg, mit dem er tatsächlich nicht gerechnet hatte.

«Ich glaub, ich hab mich verhört! Was soll das denn jetzt?

Du hast doch gesagt, du bleibst! Und dass du uns helfen wirst. Und nun überlegt es sich der feine Herr wieder anders, oder was?»

«Anne, bitte!»

«Nix da, Anne, bitte, du bist echt ein solcher …!» Sie hielt kurz an sich, um vor Anton nicht zu fluchen.

«Was glaubst du denn, was passiert, wenn du einfach abreist? Dann kann Kleves kleiner Musiksalon endgültig dichtmachen. Für immer! Und alles, was deiner Familie mal hoch und heilig war, geht an die Kirchengemeinde von Sonneby, zur freundlichen Unterstützung des miesesten Posaunenchors in ganz Nordelbien. Wir hatten wirklich ein ziemlich hartes letztes Jahr. Und jetzt brauchen wir deine Hilfe. Sonst war all die Arbeit, die Jens und ich in das Geschäft gesteckt haben, umsonst. Und Frau Köpke und Hartmuth dürfen sich eine neue Beschäftigung suchen. Darum müssen wir uns alle zusammenreißen und gemeinsam eine Lösung finden, wie wir den Laden retten können. Das bist du deinem Vater schuldig. Und deinem Bruder auch.» Anne hatte die Arme vor der Brust verschränkt und sah Karl an.

«Anne», begann Karl, «ich kann unmöglich hierbleiben. Bitte versteh doch, dass …» Ihm war irrsinnig schlecht. Ein weiterer Bissen von der Quiche, und er würde sich übergeben müssen.

«Mama, warum streitet ihr?», fragte Anton dazwischen.

«Wir streiten nicht», sagte Anne.

«Tun wir nicht?» Karl drehte das Glas mit dem Aspirin in seiner Hand.

«Doch, das tut ihr!» Anton blickte ernst zwischen seiner Mutter und seinem Onkel hin und her und wischte das Vanilleeis, das sich über seine rechte Hand, sein Kinn und den Tisch verteilt hatte, mit dem Ärmel seines Pullovers ab.

«Oh Mann, Anton! Sau dich nicht immer so ein!», schimpfte Anne und griff nach einem feuchten Lappen, der neben der Spüle lag, um den Kleinen zu säubern.

«NICHT mit dem Lappen!», kreischte Anton. «Der ist EKLIG!»

Doch gegen seine Mutter hatte er keine Chance. Binnen zwei Sekunden war das Eis von Hand und Kinn weggewischt. Zum Schluss kam die Tischplatte dran. Dann klatschte Anne den Lappen ins Spülbecken, zog Anton von seinem Sitz hoch und wandte sich Karl zu.

«Also, wenn du den Schwanz einkneifen und davonlaufen willst, Karl Kleve, dann fahr zurück nach Hamburg.»

«Ich kneif nicht den Schwanz ein!», protestierte Karl. Unwillkürlich war er zusammengezuckt, als Anne seinen Namen sagte.

«Von hier sah es ganz so aus!» Dann griff sie sich Anton, rauschte aus der Küche und knallte wenig später die Haustür hinter sich zu. Augenblicklich war es still im Haus. Nur das laute Ticken der Küchenuhr war zu hören, das in Karls Kopf als schmerzhaftes Pochen widerhallte.

14 /

Am nächsten Morgen stand Karl mit einer Tasse Kaffee und einer Zigarette unter dem Wellblechdach und wappnete sich für den Termin mit dem Wirtschaftsprüfer.

Als Anne und Anton gestern Abend gegangen waren, hatte Karl noch lange am ausziehbaren Küchentisch gesessen und vor sich hin gestarrt, wütend, gereizt und voller Schuldgefühle hatte er über das nachgedacht, was Anne ihm an den Kopf geworfen hatte. Dass er seine Familie im Stich ließ. Dass er das Erbe seiner Vorfahren wegwarf. Dass ihm scheinbar egal war, was mit den anderen passierte. Aber das war es nicht. Es war ihm nicht egal, was mit seinem Bruder, was mit Anne und den Kindern passierte. Aber er war auch nicht bereit, sein ganzes Leben, seine Kraft, Zeit und Energie in eine verlorene Sache zu stecken. Es lag doch auf der Hand, dass der Konkurs nicht mehr abzuwenden war und dass man besser früher als später dem Elend ein Ende bereitete. Verdammt noch einmal – so konnte es doch nicht weitergehen! Das Haus hier war schon futsch. Es gab ohnehin nur noch das Geschäftslokal, und so, wie die Dinge standen, würde auch das früher oder später an die Bank fallen. Jens hatte zwar das absolute Gehör, worum Karl ihn schon immer beneidet hatte, auch wenn er das mit der Rockscheiße, die er Musik nannte, sukzessive wieder zerstörte, und von Geschäftsführung hatte sein kleiner Bruder nun einmal ohnehin keine Ahnung. So sah es doch aus! Sonst wäre der Laden schließlich nicht in einer derart desolaten Lage. Und das musste man, verdammt noch einmal, sagen dürfen! Aber Annes Worte gingen Karl nicht mehr aus dem Kopf. Ihr Temperament, ihre helle Stimme, wie ihre Lippen gebebt hatten, als sie ihm all das vorwarf, was sein eigenes schlechtes Gewissen ihm schon seit Jahren still und heimlich eintrichterte – das hatte nachhaltigen Eindruck bei Karl hinterlassen. Ja, er war verdammt sauer auf diese Frau, dass sie es einfach so wagte, ihm eine derartige Szene zu machen. Verdammt sauer! Und verdammt beeindruckt.

Karl drückte die Zigarette aus, trank einen letzten Schluck kalten Kaffee und machte sich auf den Weg zum Musiksalon, vor dessen Tür ihn ein missmutig dreinblickender Jens bereits erwartete. Und dann sagte Karl es ihm. Er warf seinem Bruder all das an den Kopf, was ihm in seiner postalkoholischen Doppelkorndepression am Vorabend durch den schmerzenden Schädel gewandert war, äußerte all seine Bedenken, erläuterte Jens die Risiken und sagte ihm, was für ein unglaublicher Schwachsinn es war, das Familienunternehmen weiterführen zu wollen. Als er damit fertig war, streckte er ihm die Hand entgegen und meinte: «Um es kurz zu machen: Ich bin einverstanden.»

«Was jetzt?», fragte Jens.

«Ich bleibe. Notfalls eben auch ein ganzes beschissenes Jahr. Ich lass euch nicht im Stich. Aber es wird sich einiges ändern müssen, wenn das hier funktionieren soll! Erstens ein anderer Umgangston: Ich will keinen Streit mehr. Und zweitens, was den Laden angeht: Wir können nicht einfach so weitermachen wie bisher, wir brauchen eine Idee, wie wir das Geschäft wieder flottkriegen!»

Jens nickte, und dann umarmte er ihn mit Tränen in den Augen, und Karl erwiderte die Umarmung. Und seltsamerweise fühlte sich das Ganze plötzlich richtig an.

15 /

«Also nee», sagte der Wirtschaftsprüfer Peer Boysen auf die Frage, ob er wisse, wie lange er brauchen werde. «Kann ich wirklich nicht sagen. Gut Ding braucht Weile, ne? Aber ich bin ja ein früher Vogel, und vielleicht finden wir den Wurm ja schneller als gedacht, ne?!»

Dieser Typ kam ihm irgendwie bekannt vor. Karl kratzte sich gedankenverloren am Hinterkopf.

«Oder Gold», fügte Peer Boysen hinzu.

«Bitte?», fragte Jens.

«Na, Morgenstund hat ja bekanntlich Gold im Mund, und nu haben wir ja erst acht Uhr und fünfzehn Minuten. Also früh genug, würde ich sagen.»

«Für was?», fragte Karl.

«Na, für Gold. Würde ich euch zwei ja wünschen, ne, dass wir hier Gold finden. Allerdings sieht euer Musiksalon nicht so richtig nach einer Goldader aus, wenn ich das mal in aller Bescheidenheit sagen darf.»

Boysen war zwar ein häufiger Name in Angeln, aber das konnte doch unmöglich ein Zufall sein.

«Ihr Bruder ist nicht zufällig Notar?», riet Karl ins Blaue hinein.

«Doch, doch. In Süderbrarup!», rief Peer Boysen begeistert. «Ach, das wusste ich ja gar nicht, dass er die Erbschaftssache Kleve betreut hat. Aber wie heißt es so schön? Den Boysens begegnet man immer zweimal im Leben!»

«Offensichtlich», murmelte Karl.

«Kaffee?», schlug Jens vor.

«Da sag ich nicht nein», antwortete Peer Boysen.

«Schwarz oder mit Milch und Zucker?», wollte Jens wissen.

«Schwarz wie die Nacht», antwortete Boysen, und Karl dachte kurz darüber nach, ob es eigentlich ein passendes Sprichwort zu Kaffee mit Milch und Zucker gab. Hell und süß wie … Er kam nicht drauf.

«Wir könnten ihm ja Löffelbiskuits anbieten», schlug Hartmuth vor, der sich im Hintergrund gehalten hatte und versuchte, Frau Köpke zu beruhigen. Dass jemand in ihren Buchhaltungssachen herumschnüffelte, machte sie sichtlich nervös.

«Danke, Hartmuth, aber ich glaube, das Beste wird sein, wenn wir ihn in Ruhe lassen», antwortete Karl.

«Ich glaub, ich frag mal, ob ich ihm helfen kann», schlug Frau Köpke vor und war schon im Begriff aufzustehen, als Karl Jens einen energischen Blick zuwarf, der daraufhin Frau Köpke mit den Worten zurückhielt: «Ich wollte dich eigentlich noch etwas wegen der letzten Bestellung der Musikschule fragen.»

Da vernahm Karl die Türglocke, und weil Hartmuth nervös an der Kaffeemaschine herumdrückte und Jens sich nach Kräften darum bemühte, Frau Köpke davon abzuhalten, Peer Boysen ins Handwerk zu pfuschen, fühlte sich Karl bemüßigt, selbst in den Laden vorzugehen und nach dem Rechten zu sehen.

«Wir haben eigentlich noch geschlossen», sagte Karl. «Wir öffnen um neun.»

«Weiß ich. Tür war auf.»

Wer war das denn? Dunkler Mantel, dunkle Haare, dunkle Jeans, dunkler Kinnbart. Das konnte nur einer aus Jens' Band sein.

«Wollten Sie zu meinem Bruder?», fragte Karl vorsichtig.

«Jo. Isser da?»

«Ja, das schon. Aber er ist im Augenblick, äh, beschäftigt.»

Dass sie gerade einen Wirtschaftsprüfer im Haus hatten, wollte Karl nicht gleich jedem auf die Nase binden. Der dunkle Barde der wahrhaft übelsten Musikrichtung der Welt nickte kurz, beugte sich dann vor und brüllte in die hinteren Räume des Ladens: «JENS! Komm vom Klo runter, Alter! Kacken kannst du später!»

Und während Karl noch um Fassung rang, streckte der Typ seine mit schwarzem Nagellack verzierte Pranke aus und stellte sich vor: «Björn. Nix für ungut, ne?»

Karl rang sich dazu durch, dem Bandkollegen seines Bruders die Hand zu schütteln und sich nunmehr mit einem tonlosen «Karl» vorzustellen.

«Der große Bruder, ne? Hab schon gehört, dass du im Lande bist.»

«Ja.»

«Is' voll scheiße, das mit eurem Vadder. Mein Beileid und so.»

«Danke.»

Zum Glück kam in diesem Moment Jens nach vorne in den Ladenraum, um nachzusehen, wer ihn da gerufen hatte.

«Björn? Alter, Mann, wir haben den Wirtschaftsprüfer im Haus. Mach nicht so einen Wind!»

«Oh! Tut mir leid», sagte Björn mit betroffenem Gesichtsausdruck.

Jens umarmte seinen Freund kurz, und Karl wollte schon in die hinteren Räume zu Herrn Boysen, Frau Köpke und Hartmuth verschwinden, als sein Bruder ihn zurückhielt.

«Kennst du Björn eigentlich?»

«Gerade kennengelernt», presste Karl mit schmalen Lippen hervor.

«Björn ist zwar ein Idiot, aber der beste Kumpel, den es gibt. Und, by the way, der beste Cellist, den ich kenne.»

«Du spielst Cello?» Das hatte Karl nun wirklich nicht erwartet.

«Jo. Fünf Jahre Konservatorium. Die härteste Zeit meines Lebens. Dann NDR-Symphonieorchester und so. Und dann war Schluss. Nun spiel ich Metal, hauptsächlich. So wie Apocalyptica, ne?!»

Daraufhin fingen Jens und Björn tatsächlich an, Luftcello zu spielen und ihre langen Haare rhythmisch vor und zurück zu schmeißen. Karl konnte nicht fassen, was sich da vor seinen Augen abspielte.

«Was brauchst du denn?», fragte Jens nun.

«Neue Cellosaiten. Aber nicht die, die du mir letztes Mal angedreht hast. Ich will 1-a-Ware, verstehst du? Ich hab einen Gig in den Deichtorhallen, und da muss ich gut rüberkommen!»

Karl konnte es einfach nicht fassen. Dieser Volltrottel war tatsächlich ausgebildeter Cellist? Doch bevor er sich noch mehr Gedanken darüber machen konnte, wie seltsam das Leben manchmal spielte, ging schon wieder die Türglocke, und eine aufgebrachte Mutter mit ihrer etwa achtjährigen Tochter im Schlepptau verwickelte ihn sofort in ein Gespräch über die Schwierigkeiten der professionellen, musikalischen Ausbildung ihres wahrscheinlich hochbegabten Kindes hier in der Norddeutschen Tiefebene und ob er, Karl, ihr nicht zustimmen würde, dass es ganz und gar unmöglich sei, diese hier in Sonneby auch nur im Entferntesten zu gewährleisten. Nach einigem Hin und Her stellte sich dann heraus, dass sie für ihre Tochter eine Blockflöte kaufen wollte, «Aber eine professionelle Blockflöte!» und ob er so etwas überhaupt habe.

«Eigentlich haben wir ja noch geschlossen», versuchte Karl die aufgebrachte Mutter aus dem Laden zu komplimentieren – erfolglos. Sie redete einfach weiter auf ihn ein. Also gab er klein bei. «Ich schau mal nach den Blockflöten», sagte Karl und sah seinen Bruder hilfesuchend an, der allerdings immer noch damit beschäftigt war, Björn sein Sortiment von Cellosaiten vorzuführen. Aus dem Augenwinkel konnte er in den hinteren Räumen einen nervös hin und her tigernden Hartmuth erkennen, der an einem Löffelbiskuit kaute, während sich die Stimme von Frau Köpke, die nunmehr um Herrn Boysen herumtrippelte, nach und nach ins Hysterische hochschraubte. Dazwischen vernahm Karl das Gemurmel von Herrn Boysen, der am Computer saß und dabei hin und wieder Sätze von sich gab wie «Kind nicht mit dem Bade ausschütten» und «Wer wird denn gleich weinen».

Karl begann nervös in der Ecke mit den Blockflöten nach einigen Exemplaren der Firma Moeck zu suchen, als zum dritten Mal die Türglocke ging. Verdammt! Was war denn plötzlich los? Sonst schien der Musiksalon doch auch kein Publikumsmagnet zu sein, und auf einmal stürmten die binnen zehn Minuten in aller Herrgottsfrühe das Geschäft? Und da hörte er schon eine ihm bereits bekannte Stimme: «Ist die neue Andrea Berg schon da?»

Manni. Ausgerechnet jetzt. Karl fuhr ruckartig hoch, wobei er sich den Kopf an einem Hängeregal stieß.

«Au. Scheiße!», fluchte er, und dann wurde ihm schwarz vor Augen.

Als er wieder zu sich kam, kreischte die hysterische Blockflötenmutter irgendetwas von «kühlen», und Jens und Björn blickten irritiert in seine Richtung, während Manni laut auf das wahrscheinlich hochbegabte Mädchen einzureden begann: «Andrea Berg ist die Beste! Die ist total schön! Und die singt auch total schön! Geil, oder?» Dazwischen hörte Karl Frau Köpke sagen: «... hab ich immer in Ordnung gehalten! Immer, sag ich!»

Das Stimmengewirr um ihn herum schwoll weiter an, dazu kam ein dumpfes Rauschen in seinen Ohren, das von dem heftigen Zusammenstoß mit dem Regal herrühren musste. Karl tastete den Kopf nach einer Beule ab und fühlte sich außer Stande, auch nur einen klaren Gedanken zu fassen.

Als die Türglocke einen weiteren Besucher ankündigte, richtete Karl sich benommen auf und blickte zum Eingang. Zum Glück war es kein weiterer Sonnebyer, der um halb neun in der Früh dringend das musikalische Genie in sich entdecken musste, sondern Anne, die mit einem Blick das Chaos erfasste und entschlossen das Kommando übernahm. Sie scheuchte Jens zurück zu Frau Köpke und Herrn Boysen, drückte der Blockflötenmutter einfach das teuerste Modell in die Hand, und noch während sie kassierte, griff sie einmal tief in das Glas mit den Bonbons hinein, fütterte Manni ab und schickte ihn mit ein paar freundlichen Worten nach Hause zu seiner Mutti. Zum Schluss bestellte sie noch drei Packungen Cellosaiten für Björn.

Währenddessen rieb sich Karl seinen schmerzenden Schädel und sah Anne dabei zu, wie sie das alles spielend leicht bewältigte, und in ihm kroch ein Gefühl uneingeschränkter Bewunderung hoch.

«Gut, dass du da bist», sagte Karl, immer noch die Hand auf der schmerzenden Stelle.

«Was hast du denn angestellt?», fragte Anne.

«Kopf angehauen», gestand Karl.

«Zeig mal her.»

Und damit nahm sie ganz sanft seine Hand von der Stelle und besah sich das Elend. Dabei konnte er ihre warmen Finger auf seiner Hand spüren, und ihm wurde erst heiß, dann kalt.

«Ich würde sagen, der Kopf ist noch dran», stellte sie fest.

«Du bist aber keine Expertin auf dem Gebiet», warf Karl ein.

«Nun, die Kleveschädel sind hart. Die halten was aus. Aber wer weiß – du bist ja angeblich anders. Vielleicht ist deiner nun hin.»

Karl dachte kurz nach.

«Kommt drauf an.»

«Worauf?», wollte Anne wissen.

«Ob die neue Andrea-Berg-CD schon da ist», antwortete Karl.

«Idiot.» Anne grinste ihn an. Dann wurde ihre Miene schlagartig ernst. «Du bleibst?», fragte sie.

«Ja, ich bleibe», nickte Karl.

«Danke.»

Und ehe er es sich versah, hauchte sie ihm einen Kuss auf die Wange. Dann ging sie nach hinten zu Jens. Karl, dem immer noch leicht schwindelig war, starrte ihr kurz nach, dann griff er sich die herumliegenden Blockflötenkartons und begann diese wieder ordentlich zu stapeln. Nur einmal blickte er noch auf und schaute in Annes Richtung, als diese gerade ihre Hand auf Jens' Rücken legte, der sich angeregt mit Peer Boysen unterhielt.

Vorsicht, Karl Kleve, Vorsicht!, mahnte er sich selbst. Dann atmete er einmal tief durch. Ihm war immer noch mulmig zumute, aber er ahnte, dass nicht nur der Schlag auf den Kopf daran schuld war.

16 /

Am Freitagabend war Karl bei Anne und Jens zum Essen, um zu beratschlagen, wie es nun weitergehen sollte. Kurz zuvor hatte er Maren in Hamburg angerufen, um ihr zu sagen, dass er heute Abend nicht kommen würde, und Maren hatte ihn durchs Telefon angefaucht und ihn wissen lassen, was sie von der Idee, in das bankrotte Familienunternehmen einzusteigen, während er sich gleichzeitig für ein ganzes Jahr unbezahlten Urlaub nehmen musste, tatsächlich hielt. «Schwachsinn» und «vollkommen irre» waren da noch die freundlichsten Worte, die sie für die Pläne ihres Lebensgefährten übrighatte. Aber Karl hatte sich endgültig entschieden und damit basta. Er blieb.

Das Gespräch mit dem Wirtschaftsprüfer war allerdings so deprimierend gewesen, dass er Maren insgeheim recht geben musste. Die Prüfung der Bücher hatte genau das ergeben, was Karl erwartet hatte. Peer Boysen hatte Karl und

Jens deutlich zu verstehen gegeben, dass die Bank nicht mehr allzu lange stillhalten würde, was die Ratenzahlungen der Hypothek betraf. Er riet ihnen, das Wohnhaus schnellstmöglich zu verkaufen, denn sonst würde der Besitz über kurz oder lang zwangsversteigert werden, und sie würden noch schlechter aussteigen.

«Dann werde ich mir eine Bleibe im Ort suchen», sagte Karl und nahm sich noch eine Kelle von Annes leicht verkochtem Schnüsch, einer Angeliter Spezialität aus in Milch gegartem Gemüse, «und wir räumen das Haus, so schnell es geht, aus und verkaufen es.»

«Vergiss es. Hier gibt es nicht gerade viele Mietwohnungen, höchstens eine Handvoll Ferienwohnungen, aber die sind auf Dauer zu teuer», wandte Jens ein.

Karl dachte nach. Jens' halbherziges Angebot, bei ihm und Anne unterzukommen, wollte Karl auf keinen Fall annehmen. Er hatte seine Familie jahrelang kaum gesehen, da brauchte er nicht von jetzt auf gleich bei ihr einzuziehen.

Da hatte Anne die rettende Idee. «Was ist denn mit der kleinen Butze?», fragte sie.

«Butze?» Karl zog die Stirn in Falten.

«Die kleine Butze, oben über'm Geschäft», sagte Jens. «Ja klar, das wäre eine Möglichkeit. Da gibt es auch einen Wasseranschluss. Muss man halt renovieren. Und erst einmal leer räumen. Steht 'ne Menge Gerümpel drin.»

Jetzt erinnerte sich auch Karl an das kleine Zimmerchen über dem Musiksalon. Es war mehr eine Art ausgebauter Boden, mit zugigem Dachfenster und Waschbecken vor Blümchentapete. Das Ganze hatte in früheren Jahrzehnten vorübergehend als Ferienwohnung gedient, damals, als es bei Kleves noch Tanztees gegeben hatte und man dazu oben regelmäßig zwei oder drei Musiker einquartierte. Das war

Ende der sechziger Jahre gewesen. Die Tanztees hatte man in dem kleinen Saal abgehalten, der sich an das Geschäftslokal angeschlossen hatte. Das Gebäude war in den achtziger Jahren abgerissen worden. Weder Karl noch Jens hatten diese Veranstaltungen selbst miterlebt und kannten sie nur aus den Erzählungen ihrer Eltern. Es war die Glanzzeit des Kleinen Musiksalons gewesen, aus der auch der Name des Geschäfts erhalten geblieben war.

«Okay», sagte Karl. «Dann zieh ich in die Butze. Ich brauch ja nicht viel Platz. An den Wochenenden fahre ich ohnehin nach Hamburg.»

Anne reichte ihm eine Schüssel mit den Kartoffeln hinüber. «Was sagt denn eigentlich Maren zu deinen Plänen?»

«Hm», machte Karl nur. Zum Glück gerieten sich in diesem Augenblick die drei Jungs von Anne mal wieder in die Haare, und das Thema war vorerst vom Tisch.

«Ich wollte aber das Meister-Yoda-Glas!», maulte Andreas, der Mittlere.

«Pech!», hielt Arne, der Große, dagegen und schenkte sich genüsslich Saft in sein Star-Wars-Glas ein, während bei Andreas Tränen der Wut in den Augenwinkeln standen.

«Ich will auch ein Meister-Yoda-Glas!», quiekte Anton dazwischen.

Anne rollte mit den Augen, ging zurück in die Küche, holte zwei weitere mit Star-Wars-Motiven bedruckte Gläser heraus und verteilte sie an die zwei jüngeren Söhne.

«Und jetzt ist Ruhe!», ermahnte Jens die Kinder – mit mäßigem Erfolg.

«Wieso wissen die Knirpse überhaupt, was Star Wars ist?», wunderte sich Karl.

«Machst du Witze? Gerade du als Lehrer müsstest das doch eigentlich wissen. Du kriegst heutzutage weder Puschen noch Unterhosen, noch Schulsachen für die Kinder, ohne dass Lucas-Film daran mitverdient!», stöhnte Anne. «Star Wars ist ü-ber-all!»

Da hatte Karl eine Idee. «Vielleicht sollten wir auf alle Blockflöten, Gitarren und Geigen Meister Yoda draufkleben. Das würde den Absatz sicher steigern!»

Jens warf ihm einen bösen Blick zu, sagte aber nichts, sondern begann, seinem Jüngsten die Kartoffeln klein zu schneiden, während Anne den Vorschlag offenbar recht witzig fand – jedenfalls begann sie zu lachen.

«O ja! Und für die Mädchen gibt es dann nur noch Prinzessin Lillifee auf jedem Instrument.»

«Könnte schwierig werden, so etwas auf einer Triangel unterzubringen, aber einen Versuch wäre es wert!», stimmte Karl zu.

«Spiderman-Klangstäbchen!», jubelte Anne.

«Batman-Maultrommeln!», hielt Karl dagegen.

«Oh, oh, ich weiß es: Ninja-Turtles-Tamburine!» Anne schüttete sich beinahe aus vor Lachen, und Karl ließ sich davon anstecken. Jens sah verwundert zu den beiden hinüber und meinte nur: «Schön, dass ihr euch so einig seid. Wenn ihr eine vernünftige Idee habt, wie man den Umsatz des Musiksalons steigern kann, dann lasst es mich wissen. Ansonsten hole ich jetzt den Nachtisch.»

Und damit ging er kopfschüttelnd in die Küche. Jens und Anne sahen sich einen Augenblick lang an – dann kippte Anton seine klein geschnittenen Kartoffeln auf den Boden, und Arne und Andreas lieferten sich Wettkämpfe im Schienbeintreten unter dem Esstisch, sodass Anne erneut eingreifen musste.

Karl saß in völliger Ruhe auf seinem Stuhl, nahm einen Schluck von seinem alkoholfreien Bier und dachte darüber nach, dass er besser früher als später eine zündende Idee brauchte, wie sie den Laden wieder zum Laufen bekamen. Und da würde ein kleiner grüner Jedi mit spitzen Ohren auf Blockflöten wohl nicht ausreichen, dazu brauchte es einfach etwas mehr. Etwas Großes, Lautes, etwas, das jedem noch so tumben Angeliter klarmachen würde: Hier spielt die Musik!

Es war bereits stockdunkel, als Karl sich zu Fuß durch Sonneby auf den Weg von Jens zu seinem Elternhaus machte. Er wurde jäh aus seinen Gedanken gerissen, als neben ihm ein Auto hielt und jemand das Fenster herunterkurbelte.

«Moin, Moin», rief Walter Hansen durch die offene Scheibe nach draußen.

«Moin», antwortete Karl.

«Wie geht's denn so?»

«Gut.»

«Schön, schön.»

Was wollte der denn jetzt?

«Kann ich was für Sie tun?», fragte Karl.

«Kommt drauf an», sagte Walter Hansen und stellte den Motor aus, ohne jedoch aus seinem Auto auszusteigen.

«Ich hab gehört, der Gutachter war bei euch.»

«Ach so, ja. Und?»

«Bist du immer noch sicher, dass du das willst?»

«Was?», fragte Karl, obwohl er sich schon denken konnte, worauf Hansen hinauswollte.

«Den Laden und so. Dein Bruder reitet dich da in was hinein … Ist ja schön, wenn Familie so zusammenhält, aber ob das so 'ne gute Idee ist mit dir und deinem *Bruder*? Also, falls du aussteigen willst, dann weißt du ja, wo du mich findest.»

«Ich will nicht aussteigen», sagte Karl.

«Na, vielleicht kommt das noch», antwortete Walter Hansen und fügte hinzu: «Du wirst schon noch sehen, wohin das Ganze führt.» Und das klang schon beinahe wie eine Drohung. Dann ließ er den Motor wieder an, brauste mit seinem Mercedes davon, und Karl stand allein an der Ortsstraße.

17 /

Als Karl den Schlüssel in die Eingangstür zu seinem Elternhaus steckte, betrachtete er gedankenverloren das Namensschild neben dem Klingelknopf: *Kleve.*

«Karl?»

«Ja, Papa?»

«Vergiss nicht, du trägst Verantwortung: gegenüber der Familie, gegenüber dem Geschäft. Was soll denn sonst daraus werden?»

«Ich kann das nicht, Papa! Ich will Musiker werden, begreif das doch endlich!»

«Aber das Geschäft gehört unserer Familie in dritter Generation!»

«Stellst du die Familientradition über das Glück deines Sohnes?»

«Blödsinn! Als ob du hier nicht glücklich sein könntest», hatte sein Vater bitter gesagt.

«Ich will den Musiksalon nicht!»

«Du lässt deine Familie im Stich, Karl! Bedeutet dir der gute Name Kleve denn gar nichts?»

«Nein, verdammt. Ich lass mich hier nicht anketten. Ich scheiß auf den guten Namen Kleve.»

Da hatte sein Vater ihn mit Tränen in den Augen angesehen und gemurmelt: «Kleve, Kleve … Es ist ohnehin nicht alles Kleve, was Kleve heißt.»

Karl schloss die Eingangstür hinter sich und ließ sich im Flur auf die alte Sitzbank fallen. Er war müde. Gleichzeitig fühlte er sich aber auch seltsam überdreht. Dieses Haus und der Musiksalon weckten so unglaublich viele Erinnerungen in ihm, gute wie schlechte. Und nun wäre es eigentlich an der Zeit, diese Erinnerungen ordnungsgemäß in Kisten zu verpacken und zu entsorgen. Aber er blieb einfach sitzen.

Karl kramte sein Handy hervor. Das Display zeigte drei Anrufe von Maren an. Er war jetzt nicht in Stimmung, mit seiner Freundin zu telefonieren. Also tippte er nur eine kurze Nachricht und teilte ihr mit, dass er sie morgen anrufen werde. Dann drehte er das Handy ab und stopfte es gedankenverloren wieder in die Hosentasche.

Es ist nicht alles Kleve, was Kleve heißt. Mann, das hatte damals gesessen! In den folgenden Jahren hatte Karl immer wieder gegrübelt, was diese Worte genau zu bedeuten hatten, war aber zu feige gewesen, seinen Vater noch einmal darauf anzusprechen. Weil, das wusste Karl, er schlicht und einfach Angst vor der Antwort hatte. Und vor den weiteren Fragen, die eine Antwort hervorrufen würde. Als er seinen Vater im Hospiz besucht hatte, hatte er die letzte Möglichkeit verstreichen lassen, Klarheit einzufordern. Denn da hatten sie ja nach zwei Minuten wieder zu streiten begonnen. Karl hatte sich so oft gefragt, warum er so wenig in diese Familie zu passen schien, aber durch die Bemerkung seines Vaters ergab plötzlich alles einen Sinn! Warum er nie dazugehört hatte, warum er so anders war, warum er sein Leben nicht damit vergeuden wollte, das Geschäft seiner Familie fortzuführen, warum er und sein Bruder so verschieden waren. *Es ist nicht alles Kleve, was Kleve heißt …* Er war kein Kleve. Aber wer war er dann? Das Geheimnis um seine Herkunft, darum, wer er wirklich war, hatte er nicht herausgefunden, hatte es zusammen mit den anderen Familienmitgliedern totgeschwiegen. So machte man das eben bei den Kleves.

Karl atmete hörbar aus. Dieses Haus war so unglaublich still! Er warf seine Jacke achtlos auf die Sitzbank, schlüpfte aus den Schuhen, ging ins Wohnzimmer und stellte das Radio der alten Stereoanlage an. Er suchte nach einem Klassiksender und fand ihn: Es lief irgendein Beethoven-Klavierkonzert. Na gut, dachte er, dann eben Beethoven. Er holte sich eine Rolle schwarzer Plastiksäcke aus der Küche und begann damit, die Habseligkeiten seiner Eltern hineinzustopfen. Nach und nach leerte er Schränke und Kommoden und arbeitete so viele Stunden lang, ohne eine Pause und auch ohne irgendwelche Ermüdungserscheinungen. Er stopfte wie besessen die alten Pullunder seines Vaters und die Schundromane seiner Mutter in Kisten und Säcke, bis er völlig erschöpft auf den Fußboden des Elternschlafzimmers sank und ihm der Schweiß von der Stirn rann.

Karl sah auf die Uhr. Es war gleich zweiundzwanzig Uhr. Mit müden Gliedern schlich er die Treppe hinunter in die Küche, drehte den Wasserhahn auf und ließ sich ein großes Glas Wasser ein, das er in einem Zug hinunterstürzte. Dann stromerte er in den Keller, wo sein Vater das Bier lagerte. Hinter einem mit einem zerrissenen Betttuch abgedeckten Regal fand er weitere Kartons und Schachteln, die mit dem Hinweis «Gudrun» versehen waren. Seine Mutter. Karl griff sich wahllos eine der Schachteln und schnappte sich im Vorbeigehen eine Flasche Flensburger Pilsener. Dann ging er zurück in die Küche, und während er das warme Bier trank, sah er die persönlichen Dinge seiner Mutter durch. Leider stellte er sich, müde, wie er war, dabei ziemlich ungeschickt an und stieß einen kleinen Stapel Dokumente und Briefe zu Boden.

Dabei segelte vor seinen Augen ein Foto seiner Mutter auf den Küchenfußboden. Es war ein altes rotstichiges Polaroid, und darauf war seine Mutter zu sehen, wie sie einen Mann küsste. Das Gesicht des Mannes wurde einerseits von seiner Mutter und andererseits von dem Rauschebart des Mannes verdeckt, der einen rot-schwarz gestreiften Wollpullover mit einem grässlichen dunkelblau abgesetzten Kragen trug. Es sah aus, als hätte die rote Wolle für den Kragen nicht mehr gereicht. Aber wahrscheinlich trug man das damals so. Karl beugte sich nach unten, hob das Foto auf und betrachtete es genauer. Wann hatte sein Vater denn einen solchen Bart getragen? Er drehte das Foto um. Auf der Rückseite stand nur eine Jahreszahl: *1976*.

Kein Wunder, dass er sich daran nicht erinnern konnte. Da war er ja erst drei Jahre alt gewesen. Karl gähnte, trank den letzten Schluck Bier und legte das Foto auf den Küchentisch. Zeit, ins Bett zu gehen.

18 /

Am nächsten Morgen verursachte Karl beinahe einen Hausbrand, als er einen Tee machen wollte und ihm dabei der Wasserkocher durchschmorte. Beißender Qualm breitete sich in der Küche aus, und Karl riss zunächst das Fenster auf. Als das nicht viel nützte, lief er durch die Hintertür ins Freie. Ihm tränten die Augen, und er hustete.

«Du stinkst», informierte ihn eine ihm inzwischen bekannte Kinderstimme.

«Das bin ich nicht. Das war der Wasserkocher.»

«Warum?», fragte Anton.

«Ist durchgeschmort.»

«Warum?»

«Kurzschluss.»

«Warum?»

«Keine Ahnung. Ist vielleicht feucht geworden oder so.»

«Warum?»

«Gib dir keine Mühe», erklang eine fröhliche Stimme. «Das kann der stundenlang.» Anne kam den Weg durchs Gartentor hinauf zur Terrasse und gesellte sich zu Karl und Anton.

«Was?» Karl drehte sich um.

«Warum-Fragen stellen.»

«Okay.» Karl rieb sich die brennenden Augen. «Was verschafft mir die Ehre?»

«Ich dachte, du brauchst vielleicht mal ein paar Lebensmittel und so, und da wir gerade zum Einkaufen unterwegs waren, wollte ich dich fragen, ob du mitkommen magst.»

«Gerne.»

Anne deutete auf die Küche. «Was war denn los?»

«Wasserkocher, durchgeschmort», informierte Karl sie. «Nichts Schlimmes.»

«Stinkt ja furchtbar!», sagte Anne. «Hast du den Stecker gezogen?»

«Nein.»

«Oh, Karl!», rief Anne, und dann hasteten beide in Richtung Hintertür und rannten zurück in die stinkende Küche. Der Qualm hatte sich zwar verzogen, aber der Gestank blieb. Anne riss den Stecker vom Wasserkocher aus der Steckdose.

«Geschafft», sagte sie zufrieden. «Dann sollten wir das Teil vielleicht entsorgen und einen neuen erwerben.»

«Gute Idee», stimmte Karl ihr zu.

Sie warf einen Blick auf den Küchentisch und den halb geleerten Karton mit den Sachen von Karls und Jens' Mutter Gudrun.

«Was ist das denn?», wollte Anne wissen.

«Sachen meiner Mutter, ich hab gestern ein bisschen entrümpelt», antwortete Karl.

Nun war ihnen auch Anton in die nach verschmortem Plastik riechende Küche gefolgt. Der Kleine zeigte auf das Foto.

«Wer ist das?», wollte er wissen.

«Deine Oma», sagte Anne. «Und dein Opa», fügte sie noch hinzu.

«Der sieht ja komisch aus», sagte Anton.

«Tja, das ist lange her. Damals waren Rauschebärte noch in Mode. Sollen wir dann?»

Karl nickte. «Ich hol noch meine Jacke.» Er deutete auf das Fenster. «Und das lass ich wohl besser auf.»

«Jepp», sagte Anne lachend. «Wir warten im Wagen auf dich.»

Karl ging in die Garderobe, schnappte sich seine Jacke und den Haustürschlüssel und wollte ebenfalls durch die Hintertür hinausgehen, als sein Blick noch einmal auf das Polaroidfoto fiel. Anton hat wirklich recht. Mit Bart sah Karl Kleve senior wirklich ganz anders aus. Irgendwie gar nicht wie er selbst. Karl spürte einen Kloß im Hals, griff nach dem Bild und steckte es an den Kühlschrank. Dann ging hinaus zum Wagen und ließ sich auf den Beifahrersitz fallen.

«Bereit für ein bisschen Konsumrausch?», fragte Anne.

«Bereit», antwortete Karl.

Karl ließ sich von Anne durch Angeln kutschieren, während aus dem CD-Player in Dauerschleife *Der kleine Drache Kokosnuss* schallte. Anton, eingezwängt und festgeschnallt in seinem Kindersitz, sang lauthals das Titellied mit. «Hier kommt der kleine Drache Kokosnuss …»

Das war zwar nicht wirklich besser als der grauenvolle Musikgeschmack seines Bruders, aber dafür deutlich kürzer. Nach dem Lied begann die Geschichte. Dachte Karl jedenfalls, bis das Kind vom Rücksitz laut «Noch mal das Lied!» einforderte. Also hörten sie das Lied vom Drachen Kokosnuss geschlagene sieben Mal hintereinander. Beim achten Mal warf Karl Anne einen gequälten Blick zu.

«Süßer, wir hören jetzt mal die Geschichte», schlug diese vor und ließ die CD weiterlaufen. Und dann fügte sie noch hinzu: «Man wird da als Mutter irgendwie resistent. Ich hör das schon gar nicht mehr.»

«Merk ich», sagte Karl. «Wieso ist Anton eigentlich nicht im Kindergarten?»

«Hab heute Nacht gekotzt!», informierte ihn der Kleine lautstark vom Rücksitz aus.

«Er hat nichts», beschwichtigte Anne.

«Hoffentlich», sagte Karl.

Die erste Station ihrer Einkaufstour war *Frank's Elektroladen* in Lönstrup.

Als sie den Laden betraten und nach einem Wasserkocher fragten, drückte ihnen ein dicker Typ mit schlechter Frisur sofort ein solides Markengerät in die Hand und meinte: «Da haben Sie länger was von als von den No-Name-Dingers.»

«Aha», sagte Karl. «Und was kostet dieses Wunderding?»

«Muss ich nachsehen», sagte der dicke Mann, auf dessen schief sitzendem Namensschild *Eddi* zu lesen war.

«Na, dann sehen Sie mal nach», bat ihn Karl.

Und der dicke Eddi schlurfte hinter den Tresen, blätterte in irgendeiner Liste, um sie dann anschließend darüber zu informieren, dass der Wasserkocher 45,99 Euro kosten sollte.

«Stolzer Preis», fand Karl.

«Isser aber wert», sagte Eddi.

«Na, wenn Sie das sagen, dann glaub ich Ihnen das mal.»

Eddi stand weiter vor Karl und rührte sich nicht.

«Ich nehm ihn.» Karl wurde langsam ungeduldig.

«Gut. Is' echt besser als diese No-Name-Dingers.»

«Das sagten Sie schon.»

«Wat?»

«Das sagten Sie schon», wiederholte Karl.

«Ach so. Dann is' ja gut.»

«Kann ich dann mal bezahlen?»

Eddi begann zu kichern. «Ach so, ja klar. Ich bin ein bisschen dulli heute. Noch nix gefrühstückt, wissen Sie? Ich mach 'ne Diät.»

«Oh», sagte Karl und musste Eddi insgeheim zustimmen, dass das wohl auch dringend notwendig war.

Als Karl das Gerät endlich gezahlt hatte und aus dem Laden ging, konnte er aus dem Augenwinkel sehen, wie Eddi aus einer Schublade unter dem Verkaufstresen einen Schokoriegel zog.

«Und nun?», fragte Karl, als er mit dem Wasserkocher auf dem Schoß wieder im Wagen saß. Es war bereits später Vormittag, und er bekam langsam Hunger.

«Aldi», schlug Anne vor. «Du musst ja mal was zu essen im Haus haben.»

«Ist gut.»

«Au ja, nach Aldi», kreischte Anton von hinten. «Ich will im Wagen sitzen!»

«Das heißt *zu* Aldi», sagte Karl bestimmt, was Anne und Anton zu der gemeinsamen Aussage «Was? Schon *zu* bei Aldi?» brachte, um dann in einen kollektiven Lachkrampf zu münden.

«Haha», machte Karl nur matt, während sich Anton in seinem Kindersitz kaum mehr halten konnte und Anne Karl kumpelhaft in die Rippen stieß.

«Ach komm, der Witz ist uralt», brummte Karl.

Bei Aldi in Süderbrarup war an diesem Samstagmorgen der Teufel los. Anne setzte Anton in den großen Einkaufswagen und schob ihn durch die überfüllten Gänge.

«Was brauchst du denn so?», wollte sie von Karl wissen.

«Keine Ahnung. Alles?»

Sie begannen, wahllos Dinge in den Wagen zu werfen, vom Kaffeepulver bis zum Klopapier.

«Vielleicht sollten wir nicht allzu viel einkaufen», gab Karl zu bedenken. «Immerhin ziehe ich da bald wieder aus.»

«Essen muss man», sagte Anne.

«Und Kacki machen», quietschte Anton und bohrte seine kleinen Finger in die weiche Plastikumhüllung der Klopapierpackung.

«Pscht, Anton», machte Anne. «Und lass das!»

Sie diskutierten gerade darüber, ob Karl eine Familienpackung Schokoladeneis brauchen würde oder nicht (Karl war dagegen, Anton dafür, Anne enthielt sich der Stimme), als jemand hinter ihnen sagte: «Moin, Moin, Familie Kleve und Konsorten.» Das «Konsorten» galt eindeutig Anne und Anton. Karl drehte sich um. Hinter ihnen stand ein gut aussehender Mittdreißiger mit blonden Haaren und Dreitagebart, der eine auffällige Ähnlichkeit mit Annes großen Söhnen hatte.

«Sven!», quietschte Anton los.

«Hallo», sagte Karl.

«Was tust *du* denn hier?», fragte Anne mit genervtem Unterton in der Stimme.

«Einkaufen?», sagte der Mann, der Anton aus dem Einkaufswagen gehoben hatte und nun auf dem Arm trug.

«Na, Kleiner, wie geht es dir?», wollte Sven von ihm wissen.

«Gut», informierte ihn Anton. «Ich hab gekotzt.»

«Iiih», sagte Sven lachend. «Das klingt nicht gerade gut. Deine Brüder auch?»

«Nee, die nicht. Die sind in der Schule. Aber ich bin heute einkaufen mit Mama und Karl.»

Sven würdigte Anne keines Blickes, streckte stattdessen die Hand aus und sah Karl direkt in die Augen.

«Du bist also der verlorene Sohn? Ich bin Sven, Annes Ex.»

«Karl», stellte er sich umgekehrt vor und erwiderte den Händedruck.

«Mein Beileid», wünschte Sven.

«Danke.» Karl war sich nicht sicher, ob das mit dem verlorenen Sohn freundlich gemeint war. Annes Reaktion war jedenfalls alles andere als freundlich.

«Bist du mal wieder in der Gegend?»

«Jo. Hab einen Auftrag in Esgrus», informierte sie ihr Exmann.

«Wunderbar. Du bist vier Monate im Rückstand mit den Unterhaltszahlungen.»

Anne griff sich Anton und nahm ihren Sohn auf den Arm.

«Also am Hungertuch scheint ihr noch nicht zu nagen», sagte Sven mit Blick auf den vollen Einkaufswagen.

«Das ist für Karl», informierte ihn nun Anton.

«Hab schon gehört, dass du wieder hierhergezogen bist.» Sven sah Karl prüfend an.

«Nur für eine Weile», entgegnete Karl. Die Dorftrommeln schlugen offensichtlich ziemlich schnell rund um Sonneby.

«Kommst du mal vorbei und kümmerst dich um Arne und Andreas?», wollte Anne wissen.

«Schauen wir mal. Ich ruf dich an», sagte Sven, stupste Anton noch einmal kurz mit dem Finger auf die Nase und hob dann die Hand zum Gruß. «Tschüs. Man sieht sich.»

«Hm», machte Anne nur, aber Anton rief ein freudiges «Tschü-hüs!» hinterher und winkte mit seiner kleinen Patschehand.

«Das war also dein Exmann», stellte Karl fest.

«Jo», sagte Anne nur und pfefferte sichtlich genervt die Familienpackung Schokoladeneis zurück in die Tiefkühltruhe.

«Sven ist voll cool», informierte ihn Anton.

«Aha», machte Karl nur.

«Komm jetzt», sagte Anne zu Anton, den sie auf dem Boden abgestellt hatte und nun an der Hand zur Kasse zog.

19 /

«Ist eigentlich ein ganz netter Typ», sagte Jens, als Karl ihm am Nachmittag von ihrer Begegnung mit Annes Exmann erzählte. «Ist nur leider ziemlich unzuverlässig, was Anne total auf den Keks geht. Er zahlt nur dann Unterhalt, wenn er meint, er kann es sich leisten, und überlässt alles andere gerne uns.»

«Und nervt dich das nicht?», fragte Karl. «Ich meine, immerhin musst du ja vollumfänglich für seine Söhne sorgen.»

«Hey, das sind auch *meine* Söhne», sagte Jens scharf und fügte hinzu: «Ich kümmere mich jedenfalls mehr um die zwei als er.»

Und damit war für Jens das Thema erledigt. Karl nickte. So langsam begriff er, dass sein kleiner Bruder nicht nur für den Laden und die alten Eltern, sondern auch für seine neue

Familie eine Menge Verantwortung übernehmen musste. Kein Wunder, dass Jens so viele Sorgenfalten auf seiner Stirn spazieren trug.

Sie standen in der eiskalten Dachkammer über dem Kleinen Musiksalon und besprachen, wie man die «Butze» herrichten konnte.

«Also das Fenster ist zumindest in Ordnung», sagte Jens. «Haben wir mal vor ein paar Jahren erneuert, als das Dach repariert werden musste.»

Karl nickte. Das Fenster war aber auch schon das Einzige, was hier in Ordnung war. Von den Wänden blätterten die alten Blümchentapeten, der Linoleumfußboden war komplett hin, und das Waschbecken hatte eindeutig schon dort gehangen, als Adenauer noch deutscher Bundeskanzler war. Als Karl an dem Heizkörper drehte, gab der ein wenig vertrauenerweckendes Gluckern von sich. Außerdem war der Raum zugemüllt mit verbeulten Aktenordnern, kaputten Möbeln und uralten Matratzen, beleuchtet von einer einsamen, verstaubten Glühbirne, die von der Decke baumelte.

«Sieht nach viel Arbeit aus», sagte Karl und dachte mit Grausen an ihr Elternhaus, das sie ja auch noch komplett ausräumen mussten.

«Jo», stimmte ihm Jens zu.

«Am Montag hat Maren frei, da kommt sie hoch und hilft mit. Und bringt mir auch ein paar Sachen mit.»

«Oh, gut», sagte Jens und nickte. «Wie geht es ihr?»

«Ganz gut. Glaube ich zumindest.»

«Glaubst du?»

«Sie war stinksauer auf mich. Aber nun hat sie sich etwas beruhigt. Wir haben am Telefon einiges klären können.»

«Wie zum Beispiel?», fragte Jens.

«Wie zum Beispiel die Tatsache, dass ich ein Oberidiot

bin und es mir noch leid tun wird, mich auf diese Sache hier eingelassen zu haben. Dass ich verrückt bin, meinen Job auf Eis zu legen, und dass ich mir nicht einbilden soll, dass sie jeden Scheiß mitmacht, den ich mir so ausdenke. Solche Dinge. Aber das wird schon wieder.»

«Na dann», sagte Jens nur.

Die beiden Brüder schauten sich stumm in dem Zimmer um.

«Tja, als Erstes sollten wir wohl mal den Schrott hier rausschaffen und uns um die Heizung kümmern», schlug Karl vor.

Daraufhin tat Jens einen Schritt auf den Heizkörper zu, der immer noch gluckerte, klopfte ein paarmal dagegen und meinte: «Ich glaub, der ist okay. Muss man mal Wasser nachfüllen. Mach ich in den nächsten Tagen. Kommst du klar hier? Ich muss nämlich wieder in den Laden runter.»

«Jaja, mach mal dein Zeug. Ich fang hier irgendwo an», sagte Karl, und Jens hob kurz die Hand zum Gruß und verschwand aus der Tür.

Karl rieb sich die kalten Finger. Er hatte keinen Plan, wo er hier beginnen sollte. Aber irgendwie hatte das Ganze auch einen gewissen Reiz, noch einmal von vorne anzufangen. Und plötzlich keimte in Karl so etwas wie Unternehmungslust auf und, ja, auch ein Gefühl von Freiheit. Was wohl Maren gerade machte? Karl sah auf die Uhr. Plötzlich hatte er ein schlechtes Gewissen, er zog sein Handy aus der Tasche und rief Maren an. Leider erreichte er nur ihre Mailbox, und Karl wollte ihr ein paar liebe Worte darauf sprechen. Also wartete er auf das Piep-Zeichen und sagte: «Hi, ich bin's. Ich steh hier gerade in der Butze und schau mir an, was es noch alles zu tun gibt. Könnte was draus werden, mit viel Einsatz und so. Und ich war einkaufen, mit Anne und Anton. Also wenn du am Wochenende kommst, musst du kein Dosenfutter essen. Und, na ja, ich vermiss dich irgendwie. Ruf mich doch mal zurück. Mach's gut. Küsse.»

Karl sah auf das Display seines Handys. Irgendwie hatte er das auch schon besser gekonnt. Dann griff er wahllos nach ein paar Aktenordnern und begann diese im Flur draußen zu Stapeln aufzuschichten.

20 /

«Das ist nicht retro, das ist einfach nur scheußlich.» Montagvormittag war Maren wie besprochen aus Hamburg gekommen, um Karl bei der Renovierung und der Einrichtung der Butze zu unterstützen. Heute war mal wieder ein beweglicher Ferientag, und Maren hatte Zeit. Nur Lust hatte sie offensichtlich keine, mit Karl den Flensburger Baumarkt auf der Suche nach Tapeten für die Butze zu durchstöbern. Das Muster, das der Verkäufer gerade vor ihnen ausbreitete, fand vor Marens Augen keinerlei Gnade. Auch die nächsten zwei Designs, die der Verkäufer ihnen zeigte, konnten Maren nicht begeistern.

«Also mir gefällt das», sagte Karl und deutete auf ein grün-beige-ockerfarbenes Muster.

«Ist total angesagt», bestätigte der Verkäufer. «Sehr speziell, aber hat was.» Er kratzte sich dezent an seinem schon eher spärlich behaarten Hinterkopf. Zwischen all den grellen Mustern um sich herum wirkte der arme Mann extrem farblos: graues Haar, graues Gesicht, grauer Kittel, sogar seine Augenfarbe war Graublau.

«Also ich finde das irgendwie», Karl überlegte, «heimelig?»

«Du weißt schon, dass wir im 21. Jahrhundert leben? Und nicht mehr in den Siebszigern», sagte Maren. «Da kann ich ja von Glück sagen, dass *ich* unsere Hamburger Wohnung eingerichtet habe», stellte Maren fest.

«Ach, Sie kommen aus Hamburg?», fragte der Verkäufer interessiert.

«Ja», sagte Maren.

«Nein», sagte Karl.

«Ähm», machte der Verkäufer. «Hamburg ist ja auch 'ne tolle Stadt. Also ... mein ich mal so, ne?»

«Gibt schon einen Grund, warum ich mich in der Wohnung seit Jahren immer noch fühle wie auf der Durchreise», sagte Karl.

«Ich hab einfach einen anderen Geschmack als du.» Maren verschränkte die Arme vor der Brust.

«Du meinst besser», sagte Karl.

«Ja, das auch.»

Es war das alte Thema. Als Karl und Maren ein Paar wurden, besaß sie schon eine hübsche Dreizimmerwohnung in Wandsbek, die sie von dem Erbe ihrer Großmutter erworben hatte. Karl war damals einfach mit eingezogen. Seitdem redeten sie davon, sich wohnungstechnisch irgendwann noch einmal «zu verändern», was sie letztlich nie getan hatten. Stattdessen hatte Karl sich dauerhaft in diesem Provisorium eingerichtet, mit einer Kleiderstange statt eines Kleiderschranks (was Maren seit nunmehr acht Jahren auf die Nerven ging, weil sie Kleiderstangen hasste) und einer alten Kommode vom Sperrmüll, die noch aus Karls Studentenzeiten stammte und die das meiste seiner Sachen enthielt. Maren warf ihm hin und wieder vor, er lebe wie auf der Flucht, und Karl antwortete dann immer gerne, dass dies schließlich nicht seine Wohnung sei. Und tatsächlich kam er sich in seinem Zuhause manchmal vor wie ein geduldeter Dauergast. Das einzig Wertvolle, das Karl für die gemeinsame Wohnung angeschafft hatte, war eine sündhaft teure Stereoanlage mit Boxen so groß wie Wolkenkratzer. Es hatte ihn Tage gekostet, die Boxen so im Raum aufzustellen, dass sie den optimalen Sound für das Abspielen eines Violinkonzerts von Tschaikowsky erzeugten. Als er Maren stolz den Soundeffekt vorführte, meinte diese nur, die Boxen stünden irgendwie im Weg und die Musik sei zu laut. Seitdem hörte er seine Musik ausschließlich über Kopfhörer.

«Und? Welche nehmen wir jetzt?» Karl hatte keine Lust, den Rest des Tages im Baumarkt zu verbringen.

«Ich würde Ihnen ja zu dieser hier raten», sagte der Verkäufer und zog ein Muster mit dezenten Farbtupfern in Pastelltönen hervor. «Ist ein Klassiker. Wird gern gekauft.»

Maren überhörte den Einwand des Verkäufers. «Wer tapeziert denn heute überhaupt noch? Ich meine, du könntest den Mist, der noch an der Wand klebt, herunterkratzen und dann drüberstreichen. Ist doch ohnehin nur für ein Jahr. Da musst du dich doch nicht wer weiß wie aufwendig einrichten.»

«Farben haben wir auch. Erster Stock, gleich links. Große Auswahl. Macht dann aber der Kollege.» Der Farblose wollte sie offenbar loswerden.

«Nee, Tapete. Und ich find die da gut», sagte Karl trotzig und deutete nun wieder auf das grün-beige-ockerfarbene Siebziger-Jahre-Muster.

Maren verdrehte nur die Augen und stöhnte: «Oh Gott, womit hab ich das verdient? Glaub ja nicht, dass ich da auch nur einmal bei dir übernachte. Von diesem Muster bekommt man ja Albträume!»

«Wir sind nur sieben Kilometer von der Küste entfernt. Seeluft macht ja bekanntlich müde. Du wirst in der Butze schon gut schlafen.»

«Hungrig», sagte der Verkäufer.

«Bitte?» Maren und Karl blickten ihn fragend an.

«Seeluft macht hungrig, nicht müde. Also, müde auch, aber das sagt man so nicht.»

Pause. Entnervt griff Karl zu dem Muster und wandte sich dann zum Gehen.

«Danke. Wir nehmen die hier.» Und zu Maren gewandt: «Kommst du?»

Maren sah ihn böse an.

«Ich schau mal nach, wie viel wir von der noch auf Lager haben» sagte der Verkäufer. «Wird nicht so oft gekauft.»

«Wundert mich nicht», sagte Maren.

«Ich sag Ihnen da gleich Bescheid. Vielleicht warten Sie vorne auf mich? Ich mach Ihnen einen guten Preis für die Dagmar Berghoff.»

«Für wen?», fragte Karl verwirrt.

«Dagmar Berghoff. So heißt das Tapetenmuster», informierte ihn der Verkäufer.

«Na, wenigstens eine Frau, die dann dein Schlafzimmer betreten wird», sagte Maren, drehte sich um und stolzierte den Gang mit den Waschbeckenarmaturen entlang in Richtung Ausgang. Karl sah ihr mit einer Mischung aus Wut und Resignation nach, in der Gewissheit, dass er das Tapezieren wohl ohne Marens Hilfe durchziehen musste.

21 /

«Klingt ja furchtbar», sagte Anne, nachdem Maren ihr das Tapetenmuster beschrieben hatte.

«Es ist noch furchtbarer als furchtbar.» Maren nahm einen Schluck Wein. «Albtraumhaft!»

«Ich weiß wirklich nicht, was du hast», brummte Karl.

«Ich will einfach nicht in einem Zimmer übernachten, das

aussieht wie das Fernsehstudio der Tagesschau von anno dazumal! Ist doch nicht so schwer zu verstehen, oder?»

«Ich mag Dagmar Berghoff», sagte Karl trotzig.

«Die echte oder die Tapete?», wollte Anne wissen.

«Sowohl als auch», antwortete Karl.

«Nun, jetzt ist es bewiesen: Du bist in den Siebzigern hängen geblieben. Quasi ein Höhlenmensch des TV-Zeitalters.»

«Ich bezweifle», sagte Karl trocken, «dass die Höhlenmenschen ihre Behausungen mit Dagmar Berghoff tapeziert hätten.»

Maren wechselte einfach das Thema. «Und was sagt der Typ von der Bank zu eurem Musiksalon?», wollte sie von Jens wissen.

Augenblicklich verfinsterte sich Jens' Miene. Doch bevor der etwas sagen konnte, fiel ihm Karl ins Wort: «Wird schon irgendwie werden.»

«Sagt das der Finanzheini oder du?», fragte Maren bissig.

«Der Finanzheini sagte wortwörtlich: Die Hoffnung stirbt zuletzt.»

«Und was soll das, bitte schön, heißen?»

«Das», sagte Karl, «soll heißen, dass unser Finanzheini Peer Boysen erstens Sprichwörter zum Frühstück frisst und zweitens die Lage ziemlich düster aussieht. Wir werden nicht einfach so weitermachen können. So kommen wir nämlich nicht über die Runden. Sollten wir keine zündende Idee haben, ist der Musiksalon schon in ein paar Monaten endgültig pleite.»

Anne war um Zwangsoptimismus bemüht. «Mit ein bisschen Glück kommen wir durch diese Krise durch. Und natürlich mit ein paar guten Einfällen. Wir brauchen einfach so etwas wie Publicity. Und natürlich mehr Kunden, wir müssen irgendwie Geld in die Kasse bringen.»

«Und was für Ideen habt ihr bislang?», bohrte Maren weiter nach.

«Maren, bitte, nicht heute Abend», bat sie Karl.

«'tschuldige mal, ich wollte ja nur wissen, wie der Stand der Dinge ist. Ich meine, immerhin soll ich dich ein Jahr lang mitfinanzieren. Da kann ich doch mal fragen, ob ...»

«Keiner hat gesagt, dass du mich mitfinanzieren musst», sagte Karl scharf. «Wir kriegen das schon hin.»

«Na hoffentlich», sagte Maren.

«Gute Ideen sind immer willkommen», beeilte sich Anne die Situation zu entschärfen. «Also, wenn dir was einfällt, dann nur zu!»

«Ihr braucht auf jeden Fall mehr Werbung», sagte Maren. «Anzeigen in Lokalzeitungen und so weiter.»

«Ich glaub nicht, dass das so viel bringen wird. Uns kennt in Angeln doch jede Sau», brummte Jens.

«Dann macht ihr eben Werbung für die Nichtsäue», hielt Maren dagegen, was für viel Heiterkeit bei Tisch sorgte.

«Genau, mehr Musik für Rind und Kind», sagte Anne lachend.

«Krach mit Bach für den modernen Bauern von heute!», schlug Karl vor. «Und eine Blockflöte für jedes Huhn!»

Maren war leicht beleidigt. «Aber jetzt mal im Ernst: Wer kennt denn schon Sonneby und Kleves kleinen Musiksalon außerhalb von Angeln? Ich meine, wofür ist Sonneby überhaupt berühmt? Gibt es irgendeine Sonnebyer Spezialität? Berühmte Sonnebyer Persönlichkeiten? Ist hier mal irgendwann irgendetwas von Bedeutung geschehen?»

«Frau Petersen von gegenüber macht hervorragenden Aal in Aspik», sagte Jens trocken. «Und ich glaube, Stoltenberg hat hier mal auf der Durchreise gegen einen Baum gepinkelt. Ganz abgesehen von Peter Kraus.»

«Maren, im Ernst: Ich glaube, es gibt kein einziges Dorf in ganz Schleswig-Holstein, das für *irgendetwas* wirklich berühmt ist.» Karl faltete die Arme vor der Brust, so als gäbe es zu diesem Thema nichts weiter zu sagen.

«Das stimmt nicht!», protestierte Anne. «Kappeln hat zum Beispiel den *Landarzt*. Die Serie kennt einfach jeder.»

«Kappeln ist kein Dorf, sondern eine Kleinstadt. Und kein Mensch kennt Kappeln als Kappeln, sondern höchstens als Dekelsen», hielt Jens dagegen.

«Nein, da braucht es etwas Medienwirksameres», pflichtete ihm auch Maren bei.

«Okay, was ist dann mit Süderbrarup?», fragte Anne.

«Wer kennt denn, bitte schön, Süderbrarup?», wollte Jens wissen. «Und weshalb?»

«Werner!», sagte Anne. «Wegen des Films! *Werner beinhart* kennen ganz viele Leute, und natürlich gibt es den Brarupmarkt.»

«Ja, aber Sonneby zur Vergnügungsmeile zu machen, wo sich ganz Angeln zusäuft und rumhurt, ist jetzt auch nicht das, was unseren Musiksalon auf Vordermann bringen wird», urteilte Karl ziemlich gnadenlos. Anne streckte ihm daraufhin beleidigt die Zunge raus.

«Herrgott, es wird doch wohl irgendetwas geben, was mit Musik zu tun hat und wofür man hier berühmt ist», warf Maren ein.

«Was ist mit Jübek?», fragte Anne. «Früher gab es das Jübek Open Air. Das war sogar mal ziemlich berühmt.»

«Tatsächlich?» Maren war skeptisch.

«Aber ja! Da hat sogar mal Joe Cocker gespielt!»

«Jübek Open Air ist letztes Jahr pleitegegangen», sagte Jens. «Mussten wegen Sturms alles absagen. Die machen zwar dieses Jahr weiter, aber nur mit so Coverbands. Aber die

Idee mit dem Festival ist nicht schlecht.» Pause. «Gar nicht schlecht. Nur müsste man das richtig aufziehen, mit guten Bands und so. Damit da finanziell auch was bei rumkommt, was wir in den Laden stecken können.» Und plötzlich kam Leben in Jens. «Wacken», sagte er, offenbar einer Eingebung folgend, «Wacken ist sogar sehr berühmt. Und dabei genauso ein Kuhdorf wie Sonneby.»

«Na, da seht ihr's!», sagte Maren triumphierend.

«Ja, aber Wacken und seine Heavy-Metal-Freaks gibt es ja schon», bemerkte Karl. «Da müssen wir uns wohl was anderes ausdenken.»

«Ich rede auch nicht von Heavy Metal, Alter. Ich rede von Hard Rock! Sonneby Rock! Ein Hard-Rock-Festival, hier, bei uns, in Sonneby!»

«Ich glaub, du hast den Verstand verloren, Brüderchen. Willst du die armen Sonnebyer jetzt mit deinem persönlichen Musikgeschmack vergraulen?»

«Rock begeistert die Massen», schnauzte Jens zurück. «Das ist erwiesen. Und mobilisiert mit Sicherheit eine größere Fangemeinde als die elitäre Musikscheiße, die du hörst.»

«Und wie stellst du dir das vor?», fragte Karl.

«Ganz einfach: große Bühne, berühmte Bands, tolles Programm, Zeltplätze und dazu jede Menge Presseheinis, die Sonneby in die Schlagzeilen bringen. Und unseren Musiksalon.»

«Klingt gar nicht schlecht», gab Maren zu.

«Ihr habt sie ja wohl nicht mehr alle!», schimpfte Karl. «Wen kennst du denn in der Hard-Rock-Szene? Wie willst du berühmte Bands dazu kriegen, in Sonneby zu spielen? Das ist doch Schwachsinn. Wenn die das in Jübek nicht schaffen, warum sollte das in Sonneby funktionieren?»

«Ich kenne eine Menge Leute», maulte Jens.

«Wen? Deinen Saufkumpel Björn? Der ist so doof, dass er sich nicht mal selber die Schuhe zubinden kann.»

«Also, jetzt wirst du gemein», sagte Maren.

«Ist doch so!», rechtfertigte sich Karl. Aber Jens war schon mit zutiefst beleidigter Miene vom Tisch aufgestanden und tigerte in die Küche, um sich noch ein Bier zu holen.

«Jetzt mal ehrlich. Die Idee mit dem Festival ist wirklich nicht schlecht. Aber wenn man hier so was aufzieht, dann müsste es ein Klassikfestival sein. Große Namen, gutes Programm. Und ein Publikum, das bereit ist, für die Tickets viel Geld auszugeben. Und ich hab noch immer beste Kontakte in die Szene», sagte Karl.

«Ach ja?», fragte Maren skeptisch.

«Ja», echote Karl.

Jens kam zurück aus der Küche und ließ sich mit seinem Bier am Tisch nieder.

«Wenn dem so wäre, großer Bruder, warum bist du dann nicht der Starklarinettist bei den Berliner Philharmonikern, sondern so ein mieser kleiner Lehrer an einer miesen kleinen Hamburger Schule?»

Maren kräuselte empört die Nase.

«Genug jetzt!», ging Anne dazwischen. «Die Kinder haben schon den ganzen Tag gestritten, da brauch ich das heute Abend nicht auch noch. Ich will einfach nur in Ruhe etwas essen. Aber ich will ein Essen, das nach etwas schmeckt.» Sie stocherte lustlos in ihrem Gemüse herum und sah dann zu Jens hinüber. «Reichst du mir mal das Salz?»

Jens schien sie nicht gehört zu haben. Er kaute gedankenverloren auf seiner Unterlippe herum und murmelte: «… so Bands wie Apocalyptica …»

«Jens?», versuchte Anne es erneut. Und noch einmal: «Jehens?»

«Was?», schreckte dieser hoch.

«Ach, schon gut», sagte Anne verstimmt und beugte sich weit über den Tisch, um sich den Salzstreuer selbst zu nehmen. Um ihren Ärger zu überspielen, wandte sich Anne an Maren und griff das vorherige Thema Renovierungsarbeiten wieder auf. «Wollt ihr die Butze wirklich tapezieren?», fragte sie. «Ihr könnt doch auch einfach streichen.»

«Meine Rede!», sagte Maren. «Aber Karl hat sich das so in den Kopf gesetzt.»

«Typisch Klevemänner», bemerkte Anne. «Stur wie tausend Rinder.»

«Ich hol mir auch noch ein Bier», sagte Karl. Und noch während er sich ein Flens aus dem Kühlschrank nahm, konnte er Maren im Wohnzimmer die Worte sagen hören: «Und ich meine, was soll mir das sagen, wenn mein Mann auf Dagmar Berghoff steht?»

«Ach, weißt du», antwortete Anne, und es klang mehr resigniert als belustigt, «immerhin bekommst du dann pro Tag fünfzehn Minuten Aufmerksamkeit geschenkt. Das ist mehr, als so manch andere Frau bekommt.»

22 /

Wie sich ein paar Tage später herausstellte, brauchte Dagmar Berghoff weit mehr als nur fünfzehn Minuten Aufmerksamkeit. Karl hatte einfach zwei linke Hände beim Tapezieren, und was er nach drei Stunden mühsamer Arbeit an Flüchen ausstieß, ging auf keine Angeliter Kuhhaut mehr. Eine weitere Dreiviertelstunde verging, bis Karl sich endlich dafür entschied, professionelle Hilfe in Anspruch zu nehmen.

«Vielleicht sollte ich einen Tapezierer kommen lassen»,

teilte Karl seinem Bruder mit, als er ihm dabei half, zwei große Hi-Fi-Boxen ins Auto zu laden, die Jens zu einem Kunden nach Großsolt karren musste.

Jens klappte den Deckel des Kofferraums zu. «Meinst du? Ist doch ganz schön teuer.» Jens kaute auf seiner Unterlippe herum. «Vielleicht fragst du mal Sven.»

«Sven?», fragte Karl erstaunt. «Annes Ex?»

«Der kann so was», versicherte ihm Jens.

«Ich dachte, du magst den Typen nicht», sagte Karl, erstaunt darüber, dass dieser Vorschlag ausgerechnet von seinem Bruder kam.

«Ich hab nix gegen Sven», sagte Jens. «Da ist keine Konkurrenz zwischen uns, falls du das meinst.»

Also ließ sich Karl von Jens die Telefonnummer geben, und tatsächlich war Sven nicht nur nach wie vor in der Gegend, sondern er sagte ihm auch zu, bei der ordnungsgemäßen Anbringung von Dagmar Berghoff zu helfen.

Am nächsten Tag standen Karl und Sven nebeneinander in der Butze und starrten auf die leere Wand. Dann griff Sven zum Tapetenmuster und warf einen genaueren Blick auf Dagmar Berghoff.

«Sieht ziemlich retromäßig aus», meinte Sven.

«Ja», stimmte ihm Karl zu.

«Solche Muster sind schwierig zu tapezieren.»

«Ja», sagte Karl noch einmal.

«Na gut, dann mal ran!» Sven rieb sich die Hände. «Ist ganz schön kalt hier, ne? Vielleicht drehst du mal die Heizung 'ne Spur höher», schlug Sven vor.

«Die funktioniert nicht so richtig.»

«Na, dann gib einen aus. Köm wärmt auch durch.»

«Es ist erst halb neun.»

«War ein Scherz», sagte Sven lachend. «Ich trink nie um die Uhrzeit. Hab ich mir auf'm Bau abgewöhnt. Sonst wirst du ganz schnell zum Säufer.»

Karl nickte zustimmend.

«Eine Frau ginge auch, von wegen Wärme und so. Und die machen auch nicht so schnell abhängig.»

«Bitte?», fragte Karl. Er hatte sich wohl verhört.

«Noch ein Scherz», sagte Sven und fügte dann hinzu: «Nun mal ran an die Tapete!»

Karl war sehr dankbar, dass Sven seine dummen Witze sein ließ und sich mit einigem Elan Dagmar Berghoff widmete. Nach etwa einer Stunde waren sie fertig, wobei Sven gut und gerne neunzig Prozent der Arbeit geleistet hatte.

«Danke», sagte Karl beim Anblick der perfekt tapezierten Wand.

«Da nich' für.» Sven schmiss schwungvoll die Tapetenbürste in einen leeren Eimer.

«Was willst du denn dafür haben?», fragte Karl vorsichtig.

«Lass ma' stecken. Wir gehören ja irgendwie zur selben Familie. So mehr oder weniger.»

«Mehr oder weniger», stimmte ihm Karl zu.

«Außerdem schulde ich Anne noch Geld», sagte er und fügte leise hinzu: «Behauptet sie jedenfalls.» Karl sah Sven fragend von der Seite an, und dieser fuhr fort: «Na ja, von wegen Unterhalt und so. Anne ist da sehr fordernd. Aber ich kann auch nur nach Auftragslage zahlen. Ist doof, aber ist nun mal so. Nur reagiert Anne immer total angepisst, also, genervt, während Jens das ziemlich cool nimmt.» Dann räusperte er sich. «Ist sowieso ein ganz cooler Typ, dein Bruder», fügte Sven hinzu.

Karl staunte. Dass jemand seinen kleinen Bruder als cool bezeichnete, war ihm noch nicht untergekommen.

«Ich hoffe», setzte Sven nach, «dass das mit den beiden bald wieder besser läuft. Wäre schade, wenn nicht. Schon wegen Anton und unseren Jungs und so.»

«Wie kommst du darauf, dass es zwischen ihnen nicht gut läuft?», fragte Karl und hätte sich im selben Moment am liebsten auf die Zunge gebissen.

Sven sah ihn lange von der Seite an und sagte dann: «Ich kenn meine Anne ein bisschen. Und ich weiß auch, wenn es ihr nicht gut geht. Und im Moment geht es ihr nicht besonders, wenn du mich fragst.»

«Waren ja auch anstrengende Zeiten», sagte Karl. «Ich meine, der Tod von unserem Vater, dann die Sorgen um den Laden, die Kinder und so weiter.»

«Ja, vielleicht hast du recht.» Sven nickte. Und nach einer Pause fügte er hinzu: «Vielleicht.»

Und etwas in diesem «vielleicht» ließ Karl die kommenden Tage nicht mehr los.

23 /

Die Heizung ging immer noch nicht, und Karls Finger waren schon ganz steif vor Kälte. Die Renovierungsarbeiten waren weit anstrengender, als er erwartet hatte, und so stieß Karl etwa alle zehn Minuten wahre Salven von Flüchen und Verwünschungen aus, die in ihrer Lautstärke selbst bis in den Laden runter zu hören waren. Irgendwann erschien Anne in der Tür zur eiskalten Butze.

«Karl, hör auf zu fluchen, komm runter in den Laden, wärm dich auf und hilf Anton und mir beim Auspacken. Vorhin ist eine Lieferung angekommen.»

Karl seufzte. «Ist gut. Ich kann sowieso eine Pause gebrauchen.»

«Hört sich ganz so an», stimmte Anne zu.

«Wobei kann ich euch helfen?», fragte Karl, als er unten im Büro stand.

«Schnapp dir einen Cutter und öffne mal die Kartons da», forderte sie ihn auf.

«Wird erledigt.»

«Und dann schichten wir den Inhalt dort hinten hin.» Anne zeigte auf eine frei geräumte Ecke neben dem Laufstall.

«Zu Befehl!» Karl salutierte, was Anne ein mildes Lächeln abrang. Herrgott, benimm dich nicht so dämlich, forderte Karl sich selbst in Gedanken auf.

«Kann ich auch was schneiden?», fragte Anton.

«Willst du nicht lieber ein Haus bauen aus den alten Kartons?», schlug Anne vor.

Anton nickte eifrig, und seine Mutter drückte ihm kurz entschlossen eine große Rolle Klebeband in die Hand, mit der Anton beseelt Pappe an Pappe zu kleben begann, ohne dass dabei auch nur annähernd so etwas wie ein Haus entstanden wäre. Aber immerhin, dachte Karl, ist er jetzt beschäftigt.

Sie waren immer noch dabei, die Kartons auszuräumen, als Annes Handy klingelte.

«Ja?», hörte Karl sie sagen. «Was ist passiert? Ich komm sofort! Bin in zehn Minuten da!» Dann legte sie auf.

«Ich muss weg. Arne hat sich beim Sportunterricht den Arm ausgerenkt. Ich fahr jetzt nach Lönstrup zur Schule, hol ihn ab und karr ihn dann zum Arzt. Kannst du so lange auf Anton aufpassen?»

Sie griff nach ihrem Mantel, dem Autoschlüssel und ihrer Handtasche und sah Karl fragend an.

«Ja klar», beeilte sich dieser zu sagen.

«Gut, bis dann!» Und mit diesen Worten eilte Anne aus dem Laden und war verschwunden. Karl sah zu Anton.

«Warum bist du eigentlich schon wieder nicht im Kindergarten?»

«Bauchweh», antwortete der Kleine.

«Aha.»

«Kann ich Bonbons haben?»

«Du hast doch gerade gesagt, dass du Bauchweh hast.»

«Sind schon weg.»

«Ja, aber ich glaube nicht, dass Bonbons da so gut sind.»

«Ich will aber Bonbons. BITTE!»

«Nein, ich glaube wirklich, es wäre besser, wenn du …»

«Ich will zu Mama!» Anton begann zu weinen. O Gott, das konnte ja was werden.

«Weißt du was, wir machen dir jetzt mal einen Tee.»

«MAMA!»

«Schsch, nicht weinen. Du kriegst ein Bonbon. Aber nur eins! Verstanden?»

Anton hörte augenblicklich auf zu weinen und nickte. Sie gingen in den Verkaufsraum, und Karl setzte den Kleinen auf den großen Tresen und ließ ihn ein Bonbon aussuchen. Das Kind brauchte eine gefühlte Ewigkeit, ehe es sich für ein lilafarbenes Bonbon mit Waldbeerengeschmack entschied.

«Und nun?», fragte Karl etwas ratlos.

«Weiß nicht», sagte Anton, zufrieden lutschend.

«Hast du was zum Spielen dabei?»

«Autos», sagte Anton und deutete auf einen kleinen Kinderrucksack mit Darth-Vader-Aufdruck, der neben dem Tresen stand.

«Wunderbar. Dann spiel du mal mit deinen Autos, und ich mach im Lagerraum weiter, ja?»

«Hm», machte Anton nur. Offenbar gefiel ihm der Gedanke nicht, aber immerhin ließ er sich von seinem Onkel wieder auf den Boden setzen und den Kinderrucksack in die Hand drücken. Karl ging nach hinten ins Lager und begann Pakete hin und her zu räumen, von denen er im Grunde keine Ahnung hatte, was sie enthielten oder wohin sie gehörten. Nach zehn Minuten gab er auf und schaute wieder nach vorne in den Laden.

Anton hatte sich aus Hi-Fi-Boxen einen Art Treppe gebaut, damit er an die Theke heranreichte, und angelte gerade nach dem Bonbonglas, als Karl ihn mit seinem plötzlichen Auftauchen so erschreckte, dass er ruckartig die kleine Hand aus dem Glas zurückzog, dabei aber den Deckel des Gefäßes zu Boden warf. Mit einem lauten Knall zerbarst der Glasdeckel auf dem Fußboden. Antons Augen weiteten sich vor Schreck, und er hielt sich die Ohren zu, so als würde nach dem Knall noch etwas kommen.

Was kam, war ein lauter Fluch von Karl, der sich beinahe ebenso erschrocken hatte wie Anton und nun stinksauer war, woraufhin Anton wieder die Tränen in die Augen stiegen, als er, immer noch die Händchen über den Ohren, in das wütende Gesicht seines Onkels sah. Und dann geschah etwas Ungewöhnliches: Karl beherrschte sich. Er atmete zweimal tief durch, nahm behutsam die Hände von Antons Ohren und sah ihm direkt in die verängstigten Kinderaugen.

«Ist dir was passiert?», fragte Karl.

«Nein», sagte Anton kleinlaut.

«Dann ist ja gut», sagte Karl. «Bleib mal da oben sitzen. Ich hole den Besen.»

Anton nickte und blieb ausnahmsweise ganz brav dort sitzen, wo er war, während Karl nun dem Scherbenhaufen mit Handfeger und Schaufel zu Leibe rückte. Dann kippte er alles in einen bereitgestellten Eimer, knallte den Deckel drauf und sagte: «So, fertig. Alles gut bei dir?»

Wieder nickte Anton.

«Mach das nicht wieder, hörst du?»

Noch ein Nicken.

«Hilfst du mir, die Boxen zurückzuräumen?»

Heftiges Nicken.

Karl hob den Kleinen vom Tresen herunter, und zusammen schoben sie die Hi-Fi-Boxen wieder an ihren Platz.

«Ich mach mir jetzt mal einen Kaffee. Willst du auch einen?», fragte Karl.

«Au ja!»

Zusammen befüllten sie die Kaffeemaschine, und Karl machte für sich einen doppelten Espresso. Für Anton füllte er einen winzigen Schluck in eine weitere Tasse ab, den er mit viel Milch aufgoss. Dann trugen sie ihre Tassen vorsichtig zurück in den Verkaufsraum und setzten sich dort auf die kleine Treppe, die zum Lager führte.

«Ich mach mal Musik an, ja?»

«Ist gut.»

Karl beugte sich weit vor und stellte das Radio an, das unter dem Tresen angebracht war. Aus den Boxen erklang Gustav Mahlers Erste Symphonie. Karl begann sich zu entspannen. Und bemerkte etwas Erstaunliches.

Anton, der eben noch ganz ruhig neben ihm auf der obersten Stufe der Treppe gesessen und seinen Milchkaffee geschlürft hatte, richtete sich plötzlich kerzengerade auf, stellte die Tasse neben sich ab, drehte sich in Richtung der Lautsprecher, wiegte den Kopf leicht hin und her und hörte zu, auf eine Art und Weise, wie nur sehr, sehr aufmerksame Kinder zuhören können.

«Gefällt dir die Musik?», fragte Karl.

Anton nickte heftig. Dann deutete er mit dem ausgestreckten Zeigefinger auf den Lautsprecher und fragte: «Was ist das?»

«Mahler Eins», sagte Karl.

«Das ist schön», befand Anton.

«Na, das ist ja was.» Karl sah mit Staunen auf seinen kleinen Neffen. Und dann ging es mit ihm durch.

«Ich hab hier irgendwo ein paar Aufnahmen gesehen. Ich glaub, die Fünfte müsste hier irgendwo herumliegen, und vielleicht finden wir auch noch Mahler Zwei irgendwo. Warte mal – nein, das ist keine gute Aufnahme.» Karl wühlte in den CDs unter dem Tresen herum. «Na, wer sagt's denn!» Triumphierend hielt er eine CD mit Ausschnitten aus Mahlers Symphonien unter dem Dirigat von Leonard Bernstein hoch. Karl legte sie ein und begann zu dozieren.

«Also, das ist natürlich nicht der Weisheit letzter Schluss, aber Bernstein ist bei Mahler auch keine schlechte Wahl. Wobei ich ja gerade bei Mahler die neuen, ganz jungen Dirigenten spannend finde, etwa Yoel Gamzou. Kriegt man nur keine Aufnahmen, bis auf die Zehnte natürlich. Aber die ist wirklich interessant, wenn man hört, was Gamzou daraus macht. Ich hab den mal live gesehen, und ich muss sagen, er hat mich in seiner Virtuosität wirklich tief beeindruckt, wenn man bedenkt, wie jung der … Äh, Anton?»

Anton hatte sich seinen Rucksack mit den Autos geschnappt und sie auf dem Fußboden ausgeschüttet. Nun spielte er Massenkarambolage. Karl musste schmunzeln. Okay, er hatte es übertrieben. Aber dass dieses Kind Mahler mochte – das war doch ein gutes Zeichen! Karl drehte die CD leiser und ließ Mahler weiterlaufen, während Anton, vollkommen im Spiel gefangen, seine Matchboxautos gegeneinanderkrachen ließ.

Als Anne eineinhalb Stunden später mit einem frisch verbundenen Arne im Schlepptau wieder im Musiksalon auftauchte, hatten Karl und Anton aus einem riesigen Verpackungskarton bereits ein großes Parkhaus gebaut, das gerade von einem Alien-Raumschiff in Form eines Geigenkastens angegriffen wurde.

24 /

Da Anne sich in den nächsten Tagen um den kranken Arne kümmern musste und Jens hauptsächlich damit beschäftigt war, Lieferungen abzuholen oder auszufahren, verbrachte Karl sehr viel Zeit allein in und über dem Musiksalon. Kunden kamen nur selten vorbei, und so schaffte Karl es, sich sowohl mit dem Bestellsystem als auch mit der Buchhaltung etwas vertraut zu machen, zwei komplette Hi-Fi-Anlagen, eine Kindergeige und einen Radiowecker zu verkaufen, was Jens nörgelnd mit dem Satz «Ach, nur so wenig?» kommentierte.

Das Wochenende verbrachte Karl in Hamburg, vorwiegend deshalb, weil Maren sich weigerte, nach Angeln zu fahren.

«Was soll ich denn da?», fragte sie. «Euer Elternhaus verkommt gerade zu einer Müllkippe, und die Butze ist noch nicht bewohnbar. Mal ganz abgesehen davon, dass ich wirklich nicht wüsste, was ich da oben das ganze Wochenende tun sollte, außer bei Regen, drei Grad plus und sieben Windstärken am Strand entlangzuwandern.»

Karl konnte dem wenig entgegensetzen. Also: Themenwechsel.

«Wollen wir heute Abend ins Kino gehen?», fragte Karl.

«Gute Idee. Wie wäre es mit *Still Alice*?»

Karl verzog das Gesicht. Depressive Streifen über Frauenschicksale waren Marens bevorzugte Abendunterhaltung. Er mochte Actionfilme. Da entsprach er, dessen war er sich bewusst, jedem Männerklischee. Meistens einigten sie sich dann auf irgendeinen Science-Fiction-Blockbuster. Maren war, das musste er ihr zugute halten, Star-Trek-Fan.

«Läuft nicht irgendetwas mit Aliens und viel Weltraumschrott?», fragte er.

«Nein. Aber, hey, Julianne Moore hat für die Alice einen Oscar gekriegt!»

«Fein. Du kriegst eine ganz große Schachtel Popcorn für dich allein, wenn ich den Film *nicht* anschauen muss.»

Maren blätterte genervt in der Zeitung. Dann verkündete sie das Ergebnis ihrer Recherche. «Es läuft noch ein Dokumentarfilm über den deutschen Wald. Den hab ich noch nicht gesehen. Wäre vielleicht gut, ich schau ihn mir mal an, ob er was für meine Schüler wäre.»

«Deutscher Wald?» Karl war nicht überzeugt.

«Wir können auch zu Hause bleiben», sagte Maren gereizt, und Karl gab sich geschlagen.

In der U-Bahn auf dem Weg zum Kino brachte Maren das Gespräch dann auf die finanzielle Lage des Musiksalons.

«Wie sieht es denn jetzt eigentlich aus? Ich meine, kommt ihr über die Runden?»

«Geht so», sagte Karl ausweichend. «Müssen wir das jetzt besprechen?»

«Ich frag ja nur.»

«Maren, ich hatte eine anstrengende Woche. Lass uns ein andermal über den Untergang des Hauses Kleve reden.»

«Gottchen, bist du melodramatisch!», fand Maren.

«Sagt ausgerechnet die Frau, die mich in ein Alzheimerdrama verschleppen wollte!»

«Haha. Aber mal im Ernst: Was ist aus eurer Idee geworden, mehr Werbung für den Musiksalon zu machen, um den Verkauf anzukurbeln? Was ist mit diesem Musikfestival oder Konzert, von dem du und dein Bruder gesprochen habt?»

«Was soll damit sein?»

«Na, hast du deswegen schon etwas angeleiert? Musikerkollegen angesprochen? Sponsoren angefragt? Ein passendes Gelände gefunden?»

«Nein, hab ich nicht», musste Karl ganz kleinlaut zugeben. «Ich war so mit der Renovierung beschäftigt, und dann hab ich mich auch noch um den Laden gekümmert, da war keine Zeit für so was.»

«Dann solltest du dich aber mal ranhalten, du lahme Ente. Denn sonst versenkt dein Bruder noch die letzten Euros, die euer Laden abwirft, in dieser Hard-Rock-Festival-Geschichte. Und das endet ganz sicher in einer Katastrophe.»

«Ich dachte, du fandest die Idee von Jens so toll», sagte Karl ironisch.

«Ich wollte nur nett sein», antwortete Maren, und Karl musste sich auf die Zunge beißen, um nicht zu sagen, dass das ja sonst auch nicht ihre Art war.

Im Kino holte Maren die Karten, während er für das Popcorn anstand. Gerade als Karl überlegte, ob er noch ein Getränk dazu bestellen sollte, tippte ihm jemand von hinten auf die Schulter.

«Karl?»

Er drehte sich um.

«Peter!» Sie fielen einander mit gespielter Theatralik um den Hals.

«Mensch, wir haben uns ja ewig nicht gesehen! Was spielt sich bei dir so ab?», fragte Peter.

«Ach, nicht viel. Ich bin vorübergehend wieder in Angeln, bin gerade eigentlich nur auf Stippvisite in der Stadt», sagte Karl.

«Wie jetzt? Du wohnst nicht mehr in Hamburg?»

«Nee, oder doch, an den Wochenenden. Mein Vater ist gerade gestorben, und ich helfe meinem Bruder, das Musikgeschäft wieder auf die Beine zu stellen. Und du?»

«Mein Beileid!», wünschte ihm Peter. Da trat Maren, die Kinokarten in der rechten Hand, auf sie zu. Karl stellte sie einander vor.

«Maren, das ist Peter, ein alter Kollege von mir aus Orchesterzeiten. Und das ist Maren, meine Lebensgefährtin.»

Maren reichte Peter die Hand. «Ah, also Musiker. Welches Instrument?»

«Waldhorn», sagte Peter, fügte ein halblustiges «Von Tuten und Blasen keine Ahnung!» hinzu, lachte kurz über seinen eigenen Witz und griff dann nach Marens Hand, auf die er tatsächlich einen formvollendeten Handkuss hauchte. «Sehr erfreut!»

Musikerhumor war wirklich von der speziellen Sorte, dachte Karl und beeilte sich zu fragen: «Und? Wo spielst du so?»

«Symphoniker», sagte Peter. «Seit zwei Jahren jetzt.»

«Respekt!»

«Danke! Ich bin halt der Beste!»

Maren sah nervös auf die Uhr. «Wollen wir dann mal?»

Karl grinste Peter an. «War schön, dich zu sehen!»

«Ja, dich auch», sagte Peter.

«Falls du mal nach Angeln kommen solltest, dann melde dich.»

«Ich bin vielleicht tatsächlich im Sommer im hohen Norden. Ich arbeite als Springer fürs *l'arte del mondo* beim Schleswig-Holstein-Musikfestival. Mit dem Hope.»

«Im Ernst? Daniel Hope?», fragte Karl und pfiff anerkennend durch die Zähne.

«Ich glaub, wir sind da in Flensburg. Ist das weit von dir?», fragte Peter, während er gleichzeitig versuchte, mit Maren zu flirten, was diese geflissentlich ignorierte.

«Nee, ist sogar ganz nah an Sonneby, so knapp fünfundzwanzig Kilometer», sagte Karl.

«Komm doch zum Konzert», schlug Peter vor. «Hannes ist auch dabei. Wir könnten was zusammen machen.»

«Echt? Hannes ist auch da?»

Peter griff in die Hosentasche, zog eine Visitenkarte heraus und reichte sie Karl.

«Hier. Meld dich einfach.»

«Danke.»

Maren begann derweil nervös mit den Füßen zu trippeln. Ein sicheres Zeichen dafür, dass er jetzt besser das Gespräch beenden sollte. Also umarmte Karl Peter kurz und klopfte ihm auf die Schulter. «Du, ich glaub, wir müssen los. Aber ich komm bestimmt zum Konzert!»

«Tu das!», forderte ihn Peter auf. «Immerhin bringen wir ein bisschen musikalischen Glamour in die Norddeutsche Tiefebene!»

Lachend verbeugte sich Peter vor Maren und verschwand dann in der Menge der wartenden Kinobesucher.

«Kommst du, Karl? Es wird Zeit!» Maren stolzierte in Richtung des Kinosaals.

Sie reihten sich in die Schlange beim Kartenabreißer ein.

«War das echt ein Freund von dir?», fragte sie mit kritischem Unterton.

«Ja, schon, irgendwie», sagte Karl. «Aber Horny-Peter ist nicht jedermanns Fall.»

«Horny-Peter?»

Karl grinste. «Na ja, vor Peters Charmeoffensive war kein weibliches Orchestermitglied sicher. Daher der Name.»

«Na, du hast ja Freunde», sagte Maren leise. Dann begann

der Film. Und während Maren sich nun mit Genuss dem Popcorn zuwandte und dabei interessiert zwei fetten Kröten beim Kopulieren zusah, hatte Karl immer noch Peters Stimme im Ohr: musikalischer Glamour. Und er dachte, dass das genau das war, was Sonneby und dem Kleinen Musiksalon fehlte.

25 /

Die Begegnung mit Peter gab Karl den Schubs, den er gebraucht hatte. Und so nahm die Idee des Klassikkonzerts in seinem Kopf konkrete Züge an. Noch in der Nacht hatte Karl eine Liste ehemaliger Musikerkollegen zusammengestellt, die er wegen des Konzerts anrufen wollte.

Am Sonntagvormittag fuhr Karl mit dem Zug zurück nach Sonneby und nutzte die Fahrt, um sich ans Telefon zu schwingen und sein Glück zu versuchen.

«Hallo, Hannes? Hier ist Karl.»

«Karl wer?»

«Karl Kleve!»

Schweigen in der Leitung.

«Ach, Karl! Hi! Wie geht's?»

«Gut. Mir geht es gut. Du, ich plane ein Konzert und suche noch einen guten Bratschisten. Lust?»

«Du veranstaltest ein Konzert?»

«Jepp, ich.»

«Wo? Wann? Mit wem?»

«In meinem Heimatort. Sonneby heißt er, liegt fünfundzwanzig Kilometer von Flensburg entfernt. Und irgendwann in diesem Jahr noch.»

«Ist das so ein Konzert vom Schleswig-Holstein-Musikfestival?»

«Nein, ich mach das alleine.»

Noch längeres Schweigen in der Leitung.

«Und wer dirigiert?»

«Steht noch nicht fest», gestand Karl.

Dieser Dialog wiederholte sich etwa ein Dutzend Mal und endete stets mit einer hanebüchenen Ausrede. «Ich gehe nächste Woche in ein buddhistisches Kloster und werde Mönch.» Oder, das Gegenprogramm: «Kann hier nicht weg. Wir planen ein drittes Kind, und ich muss für meine Frau immer verfügbar sein.» Oder auch: «Ich hab eine schwere Rapsallergie entwickelt und darf Hamburg nicht mehr verlassen.»

Wen Karl auch anrief, keiner seiner alten Kollegen wollte sich für sein Konzert anwerben lassen. Nur seine alte Freundin Sabine war so ehrlich zu sagen, dass sie keine Lust auf ein solch aussichtsloses Unternehmen hatte. Aber sie wünschte ihm viel Glück.

«Danke», sagte Karl zerknirscht, «kann ich gebrauchen.»

Vielleicht war ja Horny-Peter doch keine so schlechte Adresse für sein Vorhaben? Nur was für ein Orchester käme dann dabei heraus? Eine Nudistenkapelle?

«Ach, Karlchen», sagte seine Mutter in Gedanken leise zu ihm. «Du hast immer so komische Ideen.»

«Ach, Mama», sagte Karl leise zu sich selbst, «wenn ich nur drüber lachen könnte.»

26 /

In der darauffolgenden Woche musste Karl seine Festivalpläne erst einmal ruhen lassen, denn für das kommende Wochenende hatten sie einen Flohmarkt geplant, in der Hoffnung, durch den Verkauf der Habseligkeiten seiner Eltern ein wenig Geld in die Kasse zu spülen. Von morgens bis abends entrümpelte Karl, unterstützt von Anne, Jens, Frau Köpke, Hartmuth und den Jungs, das Haus, entsorgte, sortierte und polierte und klebte Preisschilder auf Tassen, Töpfe und in Bücher.

Was sie am Samstag früh mit vereinten Kräften aus dem Haus hievten, konnte sich sehen lassen: Möbel, Bücher, Schallplatten, Küchengeräte, Topfpflanzen und Geschirr standen dicht an dicht auf der Auffahrt, im Garten und auf dem Bürgersteig vor dem Haus. Und es nahm und nahm kein Ende.

«Kaum zu fassen, was sich in so einem Haus alles ansammelt», stellte Karl fest, als Anne eine Bananenschachtel mit alten VHS-Kassetten neben ihm abstellte.

«Kannst du laut sagen», bestätigte sie und versuchte, sich eine vorwitzige Locke aus dem Gesicht zu pusten. Die Locke blieb hängen, und Karl konnte nicht anders, als die Hand auszustrecken und ihr die Haarsträhne ganz sachte aus dem Gesicht und hinters Ohr zu streichen. Dabei berührte er ihre Wange, und diese Berührung ging ihm durch Mark und Bein. Unwillkürlich zuckte Karl zurück. Er räusperte sich verlegen. Auch Anne spürte die Befangenheit, die Karl plötzlich beschlichen hatte, und deutete nun mit schwungvoller Geste auf den Inhalt der Kiste.

«*Die nackte Kanone 2 ½?*», fragte sie mit schiefem Seitenblick auf Karl.

«Das sind die alten Kassetten von Jens», erklärte er.

«Aha», machte Anne, «das erklärt so einiges.»

Anne las die Filmtitel, die auf den anderen Kassetten mit blauem Kugelschreiber notiert waren, laut vor: «*Space Balls*, *Gremlins*, *Club der toten Dichter*, *Die Reifeprüfung*, *Star Wars* Teil 2, *Hängt ihn höher* …»

«Was, echt?», rief Karl begeistert. «Zeig her!» Anne reichte ihm die Kassette. «Hey, das ist eine von meinen alten!»

«Take it!», forderte ihn Anne auf.

«Nee, ich hab ja nicht mal mehr einen VHS-Recorder», wehrte Karl ab. «Aber was ist das hier?» Karl sah weiter die Titel durch. *«Dirty Dancing?»*

«Oh, super!», rief Anne. «Der ist wahrscheinlich nicht von dir, oder?»

«Natürlich nicht!», entrüstete sich Karl. «Der muss von Mutti sein.» Er grinste.

«Also, ich bin mir nicht sicher, ob das hier die Zeit meines Lebens ist», bemerkte Anne, «aber den Glauben an meine Füße hab ich definitiv längst verloren. Ich bin jetzt sicher tausendmal die Treppen rauf und runter gelatscht – ich hätte nichts dagegen, die nächsten anderthalb Stunden mit dem toten, aber unsterblichen Patrick Swayze zu verbringen, und zwar sitzend!»

«O Baby», sagte Karl, «was wird dann aus dem Flohmarkt?»

«O Loverboy, das ist mir scheißegal!»

Sie lachten, und Karl hätte nur zu gerne noch einmal die Hand ausgestreckt, um ihre Wange zu berühren oder durch ihr Haar zu streichen. Wie wohl ihr Haar duftete? O Gott, Karl! Reiß dich zusammen!, dachte er. Sie ist die Freundin deines Bruders! DEINES BRUDERS!

Da stand auf einmal Jens hinter ihnen, und Karl erschrak. Man konnte ihm seine Gedanken doch wohl nicht ansehen?

«Oben sind noch ungefähr dreißig Kartons mit Kram, also könntet ihr euch eventuell von dem Zeug hier losreißen und den Rest runtertragen?»

«Jawohl, Captain, mein Captain!», rief Anne aus, knallte die Hacken zusammen und salutierte vor Jens. Karl begann wieder zu lachen, doch diesmal klang es überdreht und so, als hätte man ihn bei etwas ertappt, das er jetzt mit einem Lachen überspielen musste. Jens dagegen wirkte nur genervt.

«Kommt, lasst den Quatsch und macht mal weiter.»

«Meine Güte, für deinen Humor werden wir heute aber keinen guten Preis erzielen», sagte Anne, rollte kurz mit den Augen und verschwand wieder ins Innere des Hauses.

«Kannst du mir mal mit dem Sofa helfen?», fragte Jens, und Karl, der eben noch Anne hinterhergesehen hatte, hatte plötzlich ein schlechtes Gewissen.

«Ja, klar», beeilte er sich zu sagen. «Wir haben echt Glück mit dem Wetter, ne?», fügte er noch hinzu.

«Hm», machte Jens nur. Dabei hatten sie tatsächlich großes Glück, denn es würde ein sonniger, halbwegs windstiller Märztag werden, und solche gab es in Angeln nicht allzu oft.

Der Flohmarkt sollte um zehn Uhr vormittags beginnen. Doch bereits um Viertel vor neun standen die ersten Interessenten in der Auffahrt und nahmen Rasenmäher, Staubsauger und Heckenschere ins Visier.

«Das sind die Profis», stellte Jens' Kumpel Björn, der auch gekommen war, um zu helfen, fest. «Die picken sich die Rosinen aus dem Kuchen und verticken dann alles auf eBay.»

«Sollen sie nur», sagte Karl. «Hauptsache, wir sind es los.»

In der Tat hatten sie bis zum Mittag bereits einen beachtlichen Teil des Inventars verkauft. Es war erstaunlich, was sie alles unter die Menschheit brachten – und was nicht. So ging beispielsweise die hässliche Sammlung von Geschirr, Küchenhandtüchern und Brotkörben mit blau-weißem Gänsedekor rasend schnell weg, wohingegen der knallrote Holzschaukelstuhl seines Vaters keinen Käufer fand.

Die meisten der Interessenten stammten aus dem Ort oder wenigstens aus der Umgebung von Sonneby. Es waren teils neugierige Nachbarn, alte Freunde der Familie oder auch einfach nur Schnäppchenjäger auf der Suche nach dem passenden Lattenrost. Letzteres weckte nämlich das Interesse bei einem Karl und Jens inzwischen recht vertrauten Herrn.

«Wie man sich bettet, so liegt man, ne?», sagte Peer Boysen.

«Ja, aber wir verkaufen das ganze Bett, nicht nur den Lattenrost», gab Karl zu bedenken.

«So? Ja, schon klar. Ich brauch aber nur den Rost! Der von unserem Gästebett ist nämlich durchgebrochen. Sie wissen ja: Nichts ist für die Ewigkeit.»

Seufzend gaben Karl und Jens nach, vornehmlich deshalb, damit sie sich dann keine weiteren Sprichwörter mehr anhören mussten. Außerdem nahmen sie nicht an, dass jemand das alte zerschrammte Jugendbett von Jens wirklich kaufen würde.

«So haben wir wenigstens unseren Wirtschaftsprüfer glücklich gemacht», sagte Karl, was bei Frau Köpke, die im Hintergrund herumwerkte, nur ein beleidigtes Schnaufen hervorrief. Dass Peer Boysen ein so vernichtendes Urteil über die Finanzlage des Musiksalons gefällt hatte, kränkte sie noch immer tief.

«Ach, Hannelore, nimm es nicht tragisch», sagte Hartmuth und tätschelte ihr freundlich den dicken Rücken. «So ist nun mal die Welt.»

Richtig glücklich machten sie dagegen Manni, der auch vorbeigekommen war, weil er sehen wollte, was los war, und dem sie gleich drei Dutzend alte CDs und Kassetten in die Hände drückten.

«Dann kannst du ganz viel neue Musik hören!», sagte Anne.

Manni stiegen Tränen der Rührung in die Augen, und er drückte jeden von ihnen so lange und so fest, wie er nur konnte. Zum Glück blieben alle Rippen heil.

«Danke, ey, Mann, ey, dankedankedankedanke!»

«Ist schon gut, Manni», sagte Anne. «Noch einen Keks als Wegzehrung?»

«Keks, ja, Keks ist super», antwortete Manni. «Du bist so schön!», strahlte er Anne an.

«Danke, Manni. Aber ich bin total verdreckt, verschwitzt und fertig mit der Welt.»

«Neeneenee», protestierte Manni, die vielen Kassetten und CDs in seinen großen Pranken balancierend. «Schön.» Manni sah sich, Zustimmung erheischend, um und blickte zu Karl. Der grinste Anne einfach nur an, und die lächelte zurück. Da strahlte auch Manni stolz, so als hätte er etwas sehr Kluges gesagt.

«Danke», sagte Anne noch einmal. «Bring mal die Sachen heim zu Mutti und grüß sie schön, Manni.»

Manni nickte eifrig, umarmte nochmals Anne und Karl, wobei ihm die Hälfte der Kassetten herunterfiel, die er mühselig wieder einsammelte, und zuckelte dann vom Hof.

Kaum aber war Manni verschwunden, ging es munter weiter. Frau Koch aus der Süderstraße wollte einen Lampenschirm ohne die dazugehörige Lampe kaufen, Frau Meyer aus der Alten Bahnstraße wollte dieselbe Lampe, aber natürlich mit Schirm, dafür aber zum halben Preis. Herr Lorenzen kam extra mit Anhänger angefahren, um die alte Spülmaschine zu erwerben, wozu ihm Frau Meyer und Frau Koch gratulierten, denn dann gebe es bei Lorenzen ja endlich wieder sauberes Geschirr und nicht so Tassen mit Rand drin wie beim letzten Kaffeekränzchen. («Herbert, du musst zugeben, das war nich' schön!»)

Aber es kamen auch ein paar der wenigen Feriengäste vorbei, die in der vorösterlichen Saison schon in Angeln weilten, darunter ein schräges Paar aus dem Darstellergewerbe. Der eine der beiden Männer, ein riesiger Bär mit Muskelbergen so groß wie die Voralpen, trug eine schwarze Hello-Kitty-Jacke mit rosa Glitzerapplikationen. Offenbar waren die zwei auf Besuch bei Bekannten in Lönstrup, und der starke Kerl im schwarz-rosa Glitterlook durchstöberte gerade mit Hingabe die Bücherkisten, als Karl Anne fragen hörte: «Kann ich Ihnen irgendwie helfen?»

«Danke», sagte der Glitzerriese, «ich suche nach Erstausgaben großer deutscher Autoren. Sie haben nicht zufällig was von Storm da?»

«Vielleicht den *Schimmelreiter*», sagte Anne, «aber sicher nicht als Erstausgabe.»

«Mischa, jetzt komm schon!», rief der Partner des Mannes genervt. «Wir haben doch wirklich genug staubige Schinken zu Hause herumstehen. Mach mal hinne, ich will hier keine Wurzeln schlagen.»

«Mausebär», antwortete Mischa, «du hast überhaupt keinen Sinn für Kultur!» Und zu Anne gewandt: «Er versteht von Literatur ungefähr so viel wie ein Elefant vom Fliegen. Aber was soll ich machen? Er ist nun einmal die Liebe meines Lebens!»

Anne und Karl tauschten daraufhin vielsagende Blicke aus, und Karl begann angesichts der Grimassen, die Anne heimlich schnitt, zu lachen, als er plötzlich eine ihm bekannte Stimme hinter sich vernahm.

«Na, was tut sich so bei euch?» Er drehte sich um. Vor ihm stand Walter Hansen, neuer Leiter des Sonnebyer Posaunenchors und, wenigstens in Karls Augen, fieser Erbschleicher. Was wollte der denn hier? Karl konnte sich nicht vorstellen, dass Hansen ein übermäßig großes Interesse an Heckenscheren oder Entsaftern hatte. Noch dazu waren sich sein verstorbener Vater und Walter Hansen bekanntermaßen spinnefeind. Ein Grund mehr, sich über die Anwesenheit von Walter Hansen zu wundern.

«Moin», grüßte er knapp. «Kann ich helfen?»

«Dasselbe wollte ich dich gerade fragen.»

Was sollte das jetzt heißen? Karl verschränkte die Arme vor dem Oberkörper, ganz so, als müsste er sich wappnen gegen das, was da jetzt kommen würde.

«Nun», sagte Hansen und hob beiläufig seine Schiebermütze vom Kopf, um sich das spärliche graue Haar zu kratzen, «für mich sieht das hier aus wie das letzte Aufgebot.»

«Was wollen Sie damit sagen?» Karl stellte sich dumm.

Walter Hansen setzte seine Mütze wieder auf und sah Karl mit einem bösen Grinsen an. «Ich mein, du und dein Bruder – ihr seid offenbar so dermaßen pleite, dass ihr das letzte Tafelsilber verscherbeln müsst, um den Kahn über Wasser zu halten.»

«Erstens», sagte Karl mit fester Stimme, «ist Kleves kleiner Musiksalon noch lange nicht pleite. Und zweitens verscherbeln wir hier kein Tafelsilber oder andere Familienschätze.»

«Schon klar», antwortete Walter Hansen. «Würde mich auch wundern, wenn noch was vom Silber übrig wäre.» Da gesellte sich Jens zu ihnen. Walter Hansen setzte ein böses Grinsen auf und fügte noch hinzu: «Und eine *Familie* seid ihr doch sowieso nie gewesen.»

«Können wir dir irgendwie helfen, Walter?»

«Nein danke, Jens», sagte der, tippte sich an die Stirn und rief ihnen ein knurriges «Moin, alle zusammen!» zu.

«Was sollte das denn jetzt bedeuten?», fragte Jens seinen Bruder verwundert. Eine berechtigte Frage, dachte Karl. Was zum Teufel wusste Hansen über seine Familie? Wusste er wirklich etwas, oder bluffte er nur?

«Ach, nichts», antwortete Karl nur knapp. «Gar nichts.»

Das war nicht der richtige Zeitpunkt, um dunkle Familiengeheimnisse ans Licht zu bringen. Ganz besonders nicht ans Licht der abscheulichen Nachttischlampe, über deren Kauf sich Frau Koch und Frau Meyer immer noch lautstark zankten.

27 /

«2460 Euro und ein paar Zerquetschte!» Anne ließ das Geld klimpernd und raschelnd wieder in einer Dose mit Karlsbader Zwiebelmuster verschwinden. «Nicht schlecht, oder?»

Karl und Jens nickten zustimmend. Es war zwar nicht so, dass sie damit große Sprünge machen konnten, aber es war besser als gar nichts.

Sie standen alle zusammen in der leer geräumten Küche, um Kriegsrat zu halten, respektive brauchten sie alle drei einmal einen Kaffee oder ein Bier und etwas zu beißen zwischen die Zähne.

Sie hatten den ganzen Vormittag geschuftet wie die Tiere, hatten zu sechst die alte Anrichte aus dem Wohnzimmer auf einen Anhänger verladen, wofür der Käufer sich «überschwänglich» mit einer Extrakiste Flensburger Pilsener bedankt hatte («Mensch auch, ne! Dann mal prost!»), hatten der alten Frau Vogt von gegenüber zwei afrikanische Veilchen hinübergetragen, Herrn Suder von nebenan eine Gartenliege vorbeigebracht, unablässig Gläser, Teller und alte Blumenvasen in Zeitungspapier eingewickelt, und jetzt war es schon weit nach Mittag, und Karl fühlte sich müde und erschöpft.

Als sich alle mit Käsebrot versorgt hatten und der größte Hunger gestillt war, traten Karl und Jens auf die Veranda und ließen sich, jeder ein Bier in der Hand, erschöpft auf die Esszimmerstühle plumpsen, die sie nicht losgeworden waren. Schweigend starrten sie auf die Sonnebyer Hauptstraße, auf der hin und wieder ein Trecker oder eine Familienkutsche vorbeifuhr.

«Du, ich hab mir das überlegt», brach Jens schließlich das Schweigen.

«Was?», fragte Karl, dessen Gedanken hauptsächlich um die Frage kreisten, ob er sich noch ein weiteres Bier aus dem Kühlschrank holen sollte oder ob er dann in der Folge einnicken würde.

«Das mit Sonneby Rock. Ich mach das!»

Hatte sein Bruder sich diese Schnapsidee etwa noch immer nicht aus dem Kopf geschlagen?

«Ich glaub, das wird was», sagte Jens.

Nein, hatte er nicht!

Jens beugte sich auf seinem Stuhl vor. «Was wir bisher gemacht haben, das bringt doch alles nichts. Im Laden verkaufen wir so gut wie nix, und mit den paar Euro, die wir heute eingenommen haben, können wir auch keine großen Sprünge machen. Aber ein Festival – das ist was Großes! Was könnte dem Musiksalon und uns denn Besseres passieren, als dass Sonneby in die Schlagzeilen kommt? Und was die in Wacken können – das können wir auch. Nur eben mit Hardrock statt mit Heavy Metal. Mensch, Karl, gib es zu: Das ist *die* Lösung!»

Karl war nicht in der Stimmung, sich großartig den Kopf darüber zu zerbrechen, ob es eine gute Idee wäre, wenn ganz Sonneby mit der Invasion einer Horde Hardrocker zu kämpfen hatte. Ihm taten alle Knochen weh, und er wollte eigentlich nur in Ruhe hier sitzen, den Autos beim Vorbeifahren zuschauen und an nichts denken müssen. Und vor allem hatte er keine Lust, schon wieder mit Jens zu streiten. Also sagte er nichts weiter als: «Hm.»

«Björn sagt auch, dass das 'ne gute Idee wäre.»

Klar, dachte Karl, Björn ist ja auch ein Idiot.

Jens fuhr unbeirrt fort. «Deshalb haben wir uns das auch genau überlegt, weil ...»

Karl hörte gar nicht mehr zu. In seinem Schädel begann es zu rauschen. Der Straßenverkehr, Jens' Gebrabbel, Vogelgezwitscher, die Flohmarktbesucher, das Kreischen der Kinder hinten im Garten, Annes Stimme, wie sie Arne und Andreas zurechtwies, Hartmuths Gehuste, als er sich an einem Löffelbiskuit verschluckte, und Frau Köpkes aufmunterndes Geplapper und Geklopfe auf Hartmuths Rücken – all das vermengte sich zu einem seltsamen tonalen Brei in seinem Kopf. Und dann immer wieder dieser Satz Walter Hansens: «Eine *Familie* seid ihr sowieso nie gewesen.» Karl schloss die Augen. Die Bemerkung seines Vaters, die in Karl den Verdacht hatte aufkeimen lassen, kein echter Kleve zu sein, kam ihm wieder in den Sinn. Er schluckte. Aber konnte ausgerechnet Hansen wirklich mehr darüber wissen als er selbst?

«... und deshalb zählen wir auf dich! Was sagst du?»

Bitte was? Hatte er da gerade was verpasst? Karl setzte sich in seinem Stuhl auf, drehte den Kopf zu Jens und sah ihn ernst an.

«Ganz ehrlich, das ist doch totaler Blödsinn», sagte Karl. «Und dein Freund Björn hat im übrigen eine Vollmeise. Mag ja sein, dass er als Musiker etwas draufhat, aber wie man auf so eine blöde Idee kommen kann, in Sonneby ein Hard-Rock-Festival zu veranstalten, ist mir schleierhaft. Und wenn ihr ernsthaft glaubt, dass ihr damit den Musiksalon retten könntet, dann habt ihr beide leider einen Lattenschuss. Wenn hier irgendetwas funktioniert, dann ein klassisches Konzert.

Wie ich schon sagte: große Namen, gutes Programm. Und vor allem: hochpreisige Karten an ein finanzstarkes Publikum. So etwas funktioniert, Jens, und nicht eure alberne Idee von ein paar Rockern mit Zelten und 'ner kleinen Feldbühne.»

Jens' Gesicht verfinsterte sich augenblicklich. Wütend stellte er seine Bierflasche in der Auffahrt ab, stand von seinem Stuhl auf und baute sich vor Karl auf: «War ja klar, dass *du* das nicht gut finden würdest. Du bist dir zu fein für alles, was nicht klassische Musik ist. Als ob irgendein Klassikheini seinen vornehmen Hintern in ein Kaff wie Sonneby bewegen würde! Wach auf, Karl. Rock ist Musik für echte Menschen, Musik, die die Leute von hier interessiert! Und kein Violinengejaule oder Klarinettengedudel!»

«Klarinettengedudel? Na, schönen Dank auch! Dafür hab ich Musik studiert, dass mein eigener Bruder sagen kann: Karl dudelt auf der Klarinette!»

«Was interessiert mich dein Scheißstudium? Hier geht es ausnahmsweise mal nicht um dich, Karl! Hier geht es darum, was zu machen, was zu bewegen, darum, den Musiksalon zu retten und was auf die Beine zu stellen. Aber dafür bist du dir wohl zu schade.» Jens' Stimme war immer lauter geworden, sodass Hartmuth, Frau Köpke und all die anderen nun die Brüder anstarrten.

In Karl stieg Wut hoch. Eine sehr vertraute Wut, die ihn schon in einen unerbittlichen Vater-Sohn-Konflikt gestürzt hatte, der sich offenbar mit seinem Bruder fortsetzte. Er war es leid, sich ständig anhören zu müssen, er würde nur an sich selbst denken. Karl holte kurz Luft und überlegte, Jens einfach wortlos hier stehen zu lassen. Aber dann spürte er die Blicke der anderen in seinem Rücken, und plötzlich konnte er nicht anders, als zu sagen: «Weißt du was? Du und Björn, ihr könnt gerne euer beschissenes Hard-Rock-Ding machen.

Wird ohnehin ein Fiasko. Und ich sage dir, was *ich* machen werde: Ich trommle meine ach so feinen Musikerfreunde zusammen und organisiere hier einen Klassikabend, wie ihn ganz Angeln noch nicht gesehen hat! Ach was, ganz Deutschland, verdammt! Mit so vielen hochkarätigen ‹Klassikheinis›, dass sich das Schleswig-Holstein-Musikfestival davon noch eine Scheibe abschneiden kann. Und dann werden wir ja sehen, ob da ein Haufen Wahnsinniger mit übersteuerten E-Gitarren mithalten kann!»

28 /

Das Haus wirkte, als wäre ein Wirbelsturm hindurchgefegt und hätte die gesamte Inneneinrichtung mitgerissen. Überall lagen Zeitungspapierreste herum, im Wohnzimmer stand noch die alte Couch, die Küche war wie ausgestorben. Sogar der alte Besenschrank war heute weggegangen. Sein Elternhaus hatte noch nie so verlassen ausgesehen. Das hier hatte nichts mehr mit einem Zuhause zu tun. Jetzt war es nur noch ein altes, abgewohntes Klinkerhaus mit hässlichen Badezimmerfliesen und zugigen Fenstern.

Karl ging langsam durch die leeren Räume, die sich seltsam fremd anhörten, weil jeder Schritt laut hallte. Das hier war mal der sicherste Ort der Welt gewesen. Hier hatte seine Familie gelebt. Bei dem Wort Familie musste Karl wieder an Walter Hansens Worte denken. Karl hatte seinen Vater ein- oder zweimal über Walter Hansen reden hören, meistens ging es dabei um Hansens Einfluss in der Kirchengemeinde, den Karl Kleve senior kritisierte. Es fielen keine besonders netten Worte. Das war ganz untypisch für seinen Vater, der sonst nicht zu übler Nachrede neigte. Aber Karl erinnerte sich deutlich, dass sein Vater Walter Hansen vor Jahren einmal ein niederträchtiges Rindvieh genannt hatte, und schon damals war Karl klar, dass es um mehr ging als um ein paar Auseinandersetzungen im Kirchenvorstand. Da war noch etwas anderes. Aber was? Der Senior würde sich jedenfalls im Grabe umdrehen, wenn er wüsste, dass ausgerechnet Hansen möglicherweise durch sein Testament begünstigt würde.

«Familie», sagte Karl leise. Aber weil die Küche so leer war, dröhnte das Wort durch den Raum, als ob er es herausgeschrien hätte.

«Jawohl, mein Kind, Familie!», antwortete seine Mutter im Geiste. «Das ist das Wichtigste!» Dann schaute sich Karl im Raum um und imitierte dabei die Stimme seiner Mutter: «Was zur Hölle habt ihr aus meiner Küche gemacht?»

«Wir verkaufen das Haus, Mama», sagte Karl. «An die Bank.»

Karl konnte förmlich sehen, wie seine Mutter federleicht durch den Raum schritt, mit dem Finger über die dreckigen Fensterbretter strich und den Kopf angesichts des fleckigen Spülbeckens schüttelte.

«Wenn ich daran denke, wie viel Zeit ich hier verbracht habe! Und nun sieht es hier aus wie bei Hempels unterm Sofa», stellte sie fest.

«So würden es die Boysens sicher auch sagen», nuschelte Karl. Dann ging er auf den Kühlschrank zu und betrachtete nochmals das Foto seiner Mutter.

«War ich nicht eine Augenweide?», fragte sie.

«O ja», stimmte Karl ihr zu.

«Ja», sagte sie leise. «Das fand *er* auch.»

«Er?», fragte Karl.

Aber da hatte sich seine Mutter schon wieder in Luft aufgelöst. Also nahm Karl das Bild seiner Mutter herunter und betrachtete es, bevor er es in die Jackentasche steckte. Dieser Mann mit dem Bart und dem rot-schwarz gestreiften Pullover, der seine Mutter küsste – das war eindeutig nicht Karl Kleve senior, da war sich Karl mittlerweile sicher. Aber, dachte er, vielleicht war es ja sein Vater.

Zweiter Teil

Slow down, you move too fast
You got to make the moment last
Just kickin down the cobblestones
lookin' for fun and feelin' groovy.

Simon and Garfunkel,
The 59th Street Bridge Song (Feelin' Groovy)

1 / Das Wochenende drauf verbrachte Karl wieder bei Maren. Er war Freitagnacht so spät in Hamburg angekommen, dass sie schon geschlafen hatte, obwohl er ihr ursprünglich versprochen hatte, mit ihr am Abend noch in ihr gemeinsames Stammlokal zu gehen. Kein Wunder also, dass die Stimmung an diesem Samstagmorgen zu wünschen übrig ließ.

«Also, ob das jetzt so eine gute Idee ist, wage ich zu bezweifeln», sagte Maren.

Karl ließ das nicht auf sich sitzen. «*Du* warst doch diejenige, die gesagt hat, Sonneby und der Musiksalon brauchten mehr Werbung und so weiter.»

«Das meinte ich auch nicht», führte Maren aus. «Ich dachte eher an den Streit mit deinem Bruder.»

«Hm», brummte Karl. «Ich hab nicht damit angefangen.»

«Werd nicht kindisch», sagte Maren. «Ich mein ja nur, es ist nicht eben hilfreich, wenn ihr zwei jetzt auch noch gegeneinander arbeitet. *Ein* Festival für Sonneby auf die Beine zu stellen, halte ich für schwierig genug, aber gleich *zwei*? Das kann nicht gut gehen, Karl, und wenn du ehrlich wärst, müsstest du mir da zustimmen. Ich meine, du hast ja noch nicht mal richtig damit begonnen, deine Idee in die Tat umzusetzen.»

«Ich hab letzte Woche einige Leute angerufen, okay? Ein paar von meinen ehemaligen Orchesterkollegen. Ich hab mich bei den zuständigen Behörden erkundigt, hab versucht, einen Finanzplan aufzustellen und so weiter. Aber so ein Konzert zu planen braucht Zeit.»

«Die haben dir einen Vogel gezeigt, deine ehemaligen Kollegen, richtig? Es will keiner mitmachen, oder? Und deswegen bist du so angefressen. Na super! Karl, vielleicht ist das eine Nummer zu groß für dich. Vielleicht solltest du dich deinem Bruder anschließen! So ein kleines Hard-Rock-Fest passt wahrscheinlich besser in eure Provinz.»

«Maren», knurrte Karl, «du weißt genauso gut wie ich, dass diese Hard-Rock-Festival-Idee totaler Schwachsinn ist.»

«Vielleicht.»

«Und dass ich die weit besseren Kontakte zur Klassikszene habe als mein chaotischer Pseudorockerbruder in seiner Sparte.»

«Mit den Kontakten meinst du die Exkollegen, die dich nicht unterstützen wollen?»

Auch diesen Einwand ignorierte Karl. «Also, wenn es ein Konzert gibt, mit dem wir es schaffen, den Karren aus dem Dreck zu ziehen, dann ja wohl meins!»

«Deins? Geht es hier um dich oder um den Musiksalon?»

Das war nicht die moralische Unterstützung, die Karl sich von seiner Freundin erwartet hatte, nein, ganz und gar nicht. Und Maren setzte noch einen drauf. «Was sagt denn Anne dazu?»

Als Maren Annes Namen erwähnte, kippte Karl vor Schreck seine Kaffeetasse um.

«'tschuldigung», murmelte er und begann hektisch, die

Sauerei auf dem Frühstückstisch mit seiner Serviette aufzuwischen.

«Gott, bist du heute fahrig!», stellte Maren fest.

«Schlecht geschlafen», murmelte Karl. «Wahrscheinlich werd ich krank oder so.»

«Na toll», stöhnte Maren. «Da sind wir einmal mit Susi und Paul verabredet, und du wirst natürlich krank. Die denken schon, du machst das mit Absicht!»

Es stimmte, dass Karl Marens beste Freundin und ihren Mann nicht besonders mochte. Aber er wurde nie mit Absicht genau an den Tagen krank, an denen sie mit den beiden zum Nordic Walking (Marens bevorzugte Sportart) oder zum Spieleabend verabredet waren. Es kam ihm allerdings auch nicht ungelegen.

«Also, ehrlich gesagt fühle ich mich wirklich nicht besonders», begann Karl.

«Nein! Sag jetzt nichts», stöhnte Maren. «Du hast Kopfschmerzen und willst lieber im Bett bleiben, stimmt's?»

«So ungefähr», gab Karl zu.

«Fein», sagte Maren schnippisch. «Dann geh ich alleine mit Susi und Paul in die Jeff-Koons-Ausstellung und zum Italiener. Macht ohne dich sowieso mehr Spaß. Wenn du lieber das Wochenende ohne mich verbringen willst – bitte. Kannst du haben!»

«Ich will das Wochenende nicht ohne dich verbringen. Ich will es nur nicht mit hässlichen Glitzerstahlluftballonhunden und Susi und Paul verbringen!», argumentierte Karl. Susi und Paul arbeiteten beide in der Abteilung für Buchhaltung einer großen Krankenversicherung und waren die langweiligsten Menschen, denen Karl je begegnet war. Die Aussicht darauf, mit diesen Leuten einen halben Tag verbringen zu müssen, verursachte bei ihm ganz automatisch ein physisches Unwohlsein. Und Jeff Koons konnte er noch nie leiden.

«Ich hab's schon verstanden», sagte Maren. «Aber räum wenigstens das Chaos hier auf. Und kauf für morgen ein. Zettel hängt am Kühlschrank.»

Und damit stand Maren vom Tisch auf, griff nach Tasche und Mantel, presste ein genervtes «Tschüs!» zwischen ihren schmalen Lippen hervor und zog dann geräuschvoll die Wohnungstür hinter sich zu.

Karl starrte zuerst auf das Chaos auf dem Frühstückstisch, dann auf die Uhr an der Wand. Trotz schlechten Gewissens Maren gegenüber fühlte er eine gewisse Erleichterung über die gewonnene Freiheit. Und noch während er darüber nachdachte, was er mit den Stunden, die vor ihm lagen, alles anfangen könnte, klingelte sein Handy. Karl sah aufs Display: Anne.

Sein Herzschlag verdoppelte sich, und sein Atem ging plötzlich ganz flach. Er hob ab.

«Ja?»

«Karl?»

«Ja?»

«Hi, hier ist Anne.»

«Hi.»

«Stör ich dich gerade bei etwas?»

«Nein», beeilte sich Karl zu sagen. «Nein, ist schon gut. Was gibt es denn?»

«Ich wollte dich um einen Gefallen bitten.»

Anne räusperte sich.

«Jens ist nächste Woche viel unterwegs und … und …»

«Ja?»

«Also, ich hab mit den Kindern derzeit so viel um die Ohren. Und ich … ach, ich weiß auch nicht.»

Karl konnte hören, wie Anne am anderen Ende der Leitung

versuchte, ihren Atem unter Kontrolle zu bringen. Es klang fast so, als müsste sie ein Schluchzen unterdrücken.

«Anne? Ist alles okay bei dir?»

«Nein.» Pause. «Nicht wirklich.»

«Was kann ich tun?», fragte Karl.

Wieder das heftige Schlucken am anderen Ende und dann Annes ganz leise, brüchige Stimme: «Mir geht's nicht so gut. Die großen Jungs sind megaanstrengend, und Anton ist dauernd krank. Und Jens stürzt sich voll in diese Festivalsache mit seinem Sonneby Rock. Ich weiß einfach nicht mehr, wo mir der Kopf steht. Also wollte ich dich fragen, ob du die nächste Woche den Laden schmeißen kannst, zusammen mit Frau Köpke und Hartmuth?»

«Ja, klar», beeilte er sich zu sagen.

«Und dich um Anton kümmern?»

«Ja, mach ich gern. Montagfrüh haben wir noch einen Termin bei der Bank, aber dann steh ich vollumfänglich zur Verfügung.»

«Danke», sagte Anne leise. Dann atmete sie tief durch. «Da wäre noch was.»

«Ja?»

«Jens und du ...», begann sie, führte den Satz aber nicht zu Ende. Das musste sie auch gar nicht, denn Karl wusste ohnehin, um was Anne ihn bitten wollte.

«Wir sollen uns wieder vertragen, hm?», fragte er.

«Wäre besser. Für uns alle. Jens hat seit eurem Streit eine Stinklaune, was auch nicht gerade förderlich ist», antwortete sie. «Und außerdem scheint ihr beide vergessen zu haben, dass es hier um die Rettung des Musiksalons geht, nicht um einen dämlichen Wettstreit zwischen zwei verbohrten Brüdern.» Sie seufzte. «Aber mit Jens ist nicht zu reden, der ist genauso stur wie du.»

«Habt ihr euch gestritten deswegen?», wollte Karl wissen.

«Unter anderem», gab sie zu.

«Das tut mir leid», sagte er und war überrascht, dass er tatsächlich meinte, was er sagte.

«Karl, den Musiksalon zu retten – das schaffen wir nur gemeinsam! Und es geht sicher in die Hose, wenn du und Jens gegeneinander arbeiten.»

«Ja», stimmte er ihr zu, «da hast du wahrscheinlich recht.»

«Wahrscheinlich? Ich hab sogar ziemlich sicher recht.»

«Okay», gab Karl zu, «ziemlich sicher. Aber Anne, so ein Hard-Rock-Festival ist echt totaler Blödsinn.»

«Klär das bitte mit Jens.»

Sie klang immer noch sehr traurig und so, als würde sie gleich wieder anfangen zu weinen.

«Bis Montag, Anne.»

Keine Antwort. Er hörte sie nur schwer durch den Hörer atmen und schniefen.

«Anne? Sag mal, weinst du?»

«Bis Montag, Karl.»

Sie legte auf.

Karl starrte auf sein Handydisplay. Sein Herz pochte wie verrückt. Er sah auf den verwüsteten Frühstückstisch, dann wieder auf das Handy, auf die Uhr an der Wand, auf den Tisch, das Handy. Und dann fasste er einen Entschluss. Er wählte ihre Nummer.

«Ja?»

«Anne? Ich bin es noch einmal. Ich wollte dir nur sagen, dass ich zu Mittag da bin. Also heute. Heute Mittag, meine ich. Ich komme heute Mittag. Und dann besprechen wir, wie ich dir unter die Arme greifen kann. Okay?»

Pause.

«Anne?»

«Danke!»

Als er auflegte, hatte er das Gefühl, sein Herz müsste gleich explodieren. So gut und gleichzeitig so schlecht hatte er sich in seinem Leben lange nicht mehr gefühlt.

Karl räumte in Windeseile das Frühstück weg, steckte seine Brieftasche ein, schrieb Maren einen Zettel und verließ das Haus.

2 / Der Zug war kurz vor Elmshorn, als er sich noch einmal ein Herz fasste und sein Handy zückte.

«Hallo?», meldete sich eine leicht verschlafene Männerstimme am anderen Ende.

«Hallo, Peter? Hier ist Karl.»

«Karl, du alter Schwede», raunte Horny-Peter ins Telefon. «Was verschafft mir die Ehre?»

«Hab ich dich geweckt?»

«Ist schon okay. Ich muss ohnehin in einer Stunde zur Probe.»

«Was probst du denn?,» wollte Karl wissen.

«Warte mal – den wievielten haben wir heute?», fragte Peter und gähnte ins Telefon.

«Den 17. April.»

«Na, dann wird es wohl Beethoven fünf sein. Dafür bin ich ja nun gar nicht in Stimmung.» Karl konnte hören, wie Peter sich am Kopf kratzte.

«Und du? Alles fein? Bist du unterwegs? Die Verbindung klingt so komisch.»

«Bin auf dem Weg nach Hause. Peter, ich wollte dich um etwas bitten», begann Karl. Doch dann wusste er nicht weiter. Schließlich brach Peter das Schweigen.

«Deine Spermien sind so mies, dass du mich jetzt bitten willst, deine Freundin flachzulegen und dir meinen Erstgeborenen zu schenken», riet Horny-Peter ins Blaue hinein.

«Was? Ach Quatsch!»

«Du brauchst 'ne Niere?»

«Nein.»

«Würde ich dir auch nicht geben», sagte Peter.

«Was?», fragte Karl. «Eine Niere oder deinen Erstgeborenen?»

«Niere. Kinder mach ich dir, so viel du willst. Ist hübsch, deine Freundin. Ein bisschen ruppig, aber da steh ich irgendwie drauf.»

O Gott, der Typ war wirklich unmöglich!

«Danke, sehr lieb von dir. Nein, ich brauch dich in deiner Funktion als Hornist.»

«Willst du ein Orchester gründen?»

«So was Ähnliches, ja», sagte Karl.

«Cool. Bin dabei.»

Karl atmete tief durch.

«Was? Echt jetzt?»

Da lachte Peter durchs Telefon. «Nein, Mann, natürlich nicht!»

«Aha.» Mistkerl. Den Anruf hätte er sich ja sparen können. Doch dann …

«War ein Witz. Karl, ich sag dir was: Du bist immer noch der geilste Klarinettist diesseits und jenseits der Elbe. Oder sagen wir mal, einer der zwanzig besten Klarinettisten, die ich kenne. Wenn du was machen willst, dann bin ich dabei.»

«Ganz im Ernst?»

«Ganz im Ernst, Alter. Also, was willst du machen?»

«Ein Konzert», erläuterte Karl seinen Plan. «Mit großen Namen und großartigem Programm.»

«Cool. Wo?», wollte Horny-Peter wissen.

«Hier bei uns im Norden. Direkt in Sonneby», antwortete Karl. Schweigen. «Peter? Bist du noch da?»

«Damit wir uns richtig verstehen: Du willst in Sonneby, einem Scheißkaff am Ende von Nirgendwo, ein Konzert organisieren?»

«Und zwar ein hochkarätiges», führte Karl weiter aus. «Ich will dieselben Stars wie das Schleswig-Holstein-Musikfestival. Oder, nein, ich will *die* Stars, die *die* nicht kriegen!»

«Dachtest du da an wen Spezielles?», wollte Peter wissen.

«Noch nicht.»

«Programm?»

«Ja, weißt du, so genau kann ich das noch nicht sagen.»

«Und wo soll das Ganze stattfinden? Ich meine, gibt es da irgendeinen Raum in deinem Kaff, wo mehr als drei Leute reinpassen? Eine Mehrzweckhalle? Vielleicht 'ne Scheune?»

«Irgendwie so was.» Plötzlich wurde Karl klar, dass er eigentlich gar keine Ahnung davon hatte, wie man so ein Konzert organisierte. War das Ganze doch eine Schnapsidee?

Da begann Peter zu lachen. «Du willst ein Konzert geben und weißt weder, was du spielen willst, noch mit wem, noch wo, und ich soll dir jetzt dabei helfen. Richtig?»

«So ungefähr.»

«Du hast 'nen Knall.»

«Ich weiß. Bist du dabei?»

Wieder entstand eine längere Pause. Karl rechnete mit nichts. Aber plötzlich hatte er eine Eingebung – immerhin.

«Mahler», sagte Karl.

«Was?», fragte Peter.

«Mahlers Erste. Wir spielen Mahlers Erste. Und vielleicht einen Beethoven.»

«Gut. Und weiter?»

«Ich will Gamzou. Und dazu ein bekanntes Orchester. Vielleicht die Hamburger.»

«Gamzou ja, Hamburger sicher nicht, aber ja, einen Versuch ist es wert. Und?»

Karl holte tief Luft. «In Sonneby gibt es nur eine einzige wirklich große Scheune. Der Bauer, dem sie gehört, ist ein mieser Dreckskerl, aber vielleicht tut sich noch was anderes auf.»

«Klingt völlig gaga», sagte Peter. «Ich bin dabei.»

Karl war vollkommen baff. «Wirklich?», fragte er.

«Wenn du Gamzou kriegst – dann, ja, bin ich dabei. Vergiss die Hamburger. Die sind viel zu teuer und außerdem die nächsten dreihundert Jahre ausgebucht. Aber», räusperte sich Peter, «ich kenn ein paar von den NDR-Symphonikern und auch noch welche aus Kassel. Ich frag mal rum, wer Zeit hat. Wann soll das Ganze steigen? Ich an deiner Stelle würde mal 2018 anpeilen.»

«Ähm», sagte Karl, «ich dachte da mehr an den kommenden Herbst.»

Da begann Peter wieder zu lachen. «Unmöglich. Vollkommen ausgeschlossen. Karl, du weißt doch selbst, wie die Branche tickt.»

«Ja, aber es eilt», gestand Karl. «Unser Laden ist pleite, und wir brauchen das Geld. Also die Werbung und so weiter und mehr Kunden und bessere Verkaufszahlen und so, und, tja, also, wir brauchen das Geld. Punkt.»

So, nun war die Katze aus dem Sack. Karl rechnete damit, dass sein alter Kumpel jetzt auflegen würde. Aber …

«Oh Mann, Karl! Du hast Ideen! Ein Konzert, mit halbwegs großen Namen, in der Provinz – und das alles binnen eines halben Jahres!»

«Ich weiß.»

«Klingt so bescheuert, dass es wahrscheinlich funktioniert. Also gut, ich hör mich mal um. Du, ich muss jetzt auflegen. Ich ruf dich an, ja? Und falls du doch wen brauchst, der bei deiner Freundin für Nachwuchs sorgt: Call me, any time! Ciao, Alter.»

Und damit war das Telefonat beendet. Karl sah aus dem Zugfenster. Sie mussten kurz vor Neumünster sein. Vor ihm verschwamm alles grau in grau. Das wäre mal geschafft. Einen Unterstützer hatte er gewonnen. Aber da war noch etwas anderes, das an ihm nagte und ihm keine Ruhe ließ: diese Sache mit seinem Vater. In Karls Kopf hallte immer der gleiche Satz wider: *Es ist nicht alles Kleve, was Kleve heißt.* Wenn er das aus dem Kopf kriegen wollte, musste er sich der Wahrheit stellen. Nur – was war die Wahrheit? Und wer war dieser Mann mit dem Bart und dem hässlichen gestreiften Wollpullover, den seine Mutter so innig küsste? Sein Vater war es nicht, da war Karl sich sicher. Seine Eltern waren beide tot. Die konnte er also nicht mehr fragen. Aber da gab es noch jemanden, der es vielleicht wissen könnte, der beste Freund seiner Eltern: Hartmuth. Bei nächster Gelegenheit würde Karl das Gespräch suchen.

Er seufzte. An die Scheibe schlug eine Windböe Regen in großen Wechten, überschwemmte Felder zogen an ihm vorbei, und der Himmel hing tief über dem Land, das alles andere als anheimelnd aussah. Was hatte er da gerade zu Peter gesagt? Er sei auf dem Weg nach Hause? Tatsächlich – zum ersten Mal seit sehr, sehr langer Zeit beschlich Karl das Gefühl, er führe in die richtige Richtung, gen Norden, gen Heimat. Und er wusste auch, dass das sicher etwas damit zu tun hatte, wer ihn am Bahnhof in Süderbrarup abholen würde.

3 / Der Wind hatte noch an Stärke zugelegt, und wer konnte, hastete aus dem Zug weiter zu einem der wartenden Autos oder einfach, so schnell ihn seine Füße trugen, in ein warmes Zuhause.

Als Karl sich umsah, entdeckte er Anne auf dem Bahnsteig, ihre schmächtige Gestalt in eine viel zu große Wind-und-Wetter-Jacke gehüllt, die nassen Locken klebten ihr am Kinn. Die Arme hatte sie um den Oberkörper geschlungen und die Kapuze weit über das Gesicht gezogen, sodass er unmöglich ausmachen konnte, in welcher Stimmung sie ihn empfing. Karl atmete tief durch.

Er ging mit großen Schritten auf sie zu, sich gegen Wind und Regen duckend. Als er vor ihr stand, reichte er ihr aus lauter Verlegenheit die Hand, weil er sich nicht traute, sie auf die Wangen zu küssen. Ihr so nahe zu kommen hätte ihn schlichtweg überfordert. Also wahrte er Distanz.

«Hallo», brüllte er, lauter als beabsichtigt, durch den Wind. «Da bin ich wieder.»

«Hallo», sagte Anne. «Da bist du.» Und sie nahm lächelnd seine Hand, und dann geschah das, wovor er sich am meisten gefürchtet und was er gleichzeitig am meisten herbeigesehnt hatte: Sie ließ seine Hand eine halbe Ewigkeit lang nicht mehr los. Sie waren inzwischen die beiden einzigen Menschen am Bahnsteig, und es war niemand da, der sie hätte beobachten können. Daher hätte er Anne, wenn er sich getraut und sie es zugelassen hätte, auch küssen können. Hier. Jetzt. Auf den Mund. Was für eine Vorstellung! Stattdessen löste Anne ihre Hand wieder aus seiner und steckte sie zurück in die Tasche ihrer Regenjacke. Dann brach sie das Schweigen.

«Danke, dass du gekommen bist.»

«Ja.»

«Es regnet ziemlich heftig, nicht?»
«Ja.»
«Sollen wir vielleicht irgendwo ...?»
«Ja!»
Das nächste Lokal war gleich hier, am Bahnsteig, Gleis vier. Und genauso hieß es auch: Gleis 4. Sie gingen hinein, Anne vorweg, Karl hinterher. Das Lokal war an diesem Nachmittag kaum besucht. Außer ihnen saß nur ein junges Teenagerpärchen an einem der braunen Holztische Marke Kaltenkirchener Barock und hielt Händchen, während sie sich lautstark darüber unterhielten, was eine gewisse Angelina zu einem gewissen Marcel gesagt und warum Marcel daraufhin mit ihr Schluss gemacht habe.
«Krass, oder?», fragte die junge Frau den Mann. Beide trugen trotz der Kälte und des Regens nur Sweater-Jacken, sie in Rosa, er in Schwarz-Weiß.
Karl und Anne setzten sich an einen Tisch in der Ecke und bestellten bei der gelangweilten Bedienung Schwarztee mit Kandis und Rum. Dann schälten sie sich aus ihren Jacken, sahen einander an und sagten kein Wort, bis die Bedienung mit zwei großen Bechern an ihren Tisch kam.
«Hier ist ihr Tee. Wollen Sie Sahne dazu?»
Karl nickte stumm, Anne schüttelte den Kopf.
«Ist kalt heute, ne? So für Ende März», versuchte es die Bedienung, die einen Pullover mit der Aufschrift *Arnisser Segel-Club* trug. Diesmal nickten beide stumm.
«Sie sind nicht so die Gesprächigen, ne?»
Karl guckte irritiert, Anne bemühte sich angestrengt um ein Lächeln.
«Dann will ich Sie mal beim Anschweigen nicht stören», sagte sie und wandte sich zum Gehen.
«Danke», beeilte sich Karl zu sagen.

«Da nich für», war die Antwort. «Is ja mein Job, ne?» Das Wort «Job», sprach die Dame tatsächlich mit einem «J» aus. Als sie wieder weg war, sagte Karl: «Das hat meine Mutter auch immer so gesagt.»

«Was?», fragte Anne.

«Ach, die konnte auch kein ‹dsch› aussprechen. Ihr Englisch war eine einzige Katastrophe. Sie sagte immer Jumbo Jet und Jogginghose mit einem ‹J›.»

Anne lächelte, und Karl fasste sich ein Herz.

«Willst du reden?», fragte er.

Anne wurde mit einem Mal ganz ernst. Sie schüttelte sanft den Kopf.

«Gut», sagte Karl.

Er hätte gern noch einmal ihre Hand ergriffen, aber er traute sich nicht. Also saßen sie einander schweigend gegenüber und tranken ihren Tee. In die Stille hinein klingelte das Smartphone der jungen Frau mit der rosa Jacke. Während sie leise telefonierte, schaute ihr Partner aus dem Fenster und nippte hin und wieder an seiner Red-Bull-Dose.

«Und nun?», fragte er leise.

«Nun», sagte Anne, «brauch ich noch so einen.»

Sie deutete auf ihren Becher mit Tee.

«Noch mal dasselbe, bitte!», rief Karl der Bedienung zu.

«Na, ihr seid ja durstig. Mehr Tee oder mehr Rum in die Tasse?», brüllte die Frau durch den Raum.

«Mehr Rum!», rief Anne zurück. Karl zog leicht erstaunt die Augenbraue hoch, sagte aber nichts, sondern wartete ab. Wenn sie reden wollte, würde sie reden. Weswegen war er sonst hier?

«Wusstest du, dass es in Flensburg mal über zweihundert Rumhersteller gegeben haben soll?»

«Nein, wusste ich nicht», antwortete Karl.

«Heute sind es nur noch eine Handvoll. Stell dir das mal vor: Die Leute saufen und saufen, und trotzdem bleiben nur fünf von zweihundert über.»

«Und?»

Anne seufzte. «Überleg doch mal: Alkohol verkauft sich eigentlich immer. Aber Musikinstrumente? Wenn die das mit dem Rum nicht hingekriegt haben, wie soll das denn mit unserem Musiksalon klappen?»

Zwangsoptimismus war zwar nicht wirklich Karls Stärke, aber in diesem Fall hielt er es für angebracht. «Das wird schon!», protestierte Karl. «Ganz sicher!», fügte er noch hinzu.

«Und dann die Kinder!», stöhnte Anne. «Die Großen bauen unentwegt Mist. Ich bin alle paar Wochen in der Schule für ein Elterngespräch, weil Arne oder Andreas irgendetwas angestellt hat. Aber kann ich ihnen einen Vorwurf machen? Die leiden halt auch unter der derzeitigen Situation.»

«Sicher. Verstehe», sagte Karl.

«Nein, du verstehst überhaupt nichts!», schniefte Anne. «Du hast keine Kinder. Und du hast Maren, und ihr zwei streitet nicht andauernd, so wie Jens und ich.»

«Das glaubst du», sagte Karl.

«Ihr streitet?», fragte Anne ungläubig.

«Andauernd», bestätigte er.

«Wir auch. Und die Kinder kriegen das natürlich mit. Besonders Anton. Der hängt ja auch immer noch vollkommen an meiner Rockfalte. Er ist zwar im Kindergarten, aber da geht er, wenn es hochkommt, vielleicht drei Tage die Woche hin. Und den Rest der Zeit zerspragel ich mich zwischen den Kindern, dem Laden, Haushalt und so weiter. Das ist so beschissen anstrengend!»

«Verstehe», sagte Karl wieder.

«Nee, verstehst du immer noch nicht. Aber das ist egal. Danke, dass du zuhörst!» Anne lachte, zum ersten Mal an diesem Tag wirkte sie gelöst.

«Immer wieder gern. Und wie gesagt, wenn du Hilfe brauchst …»

«Und dann die Sache mit Jens und dir», fuhr Anne fort, und schon verdüsterte sich wieder ihr Gesicht, «das macht mir echt zu schaffen. Mensch, ihr seid Brüder! Da muss man sich doch irgendwie zusammenraufen können. Aber ihr beide seid wirklich wie Feuer und Wasser.»

«War nicht immer so», erklärte Karl und sah in Annes Augen. Mein Gott, waren die blau und groß und voller Leben, selbst wenn sie so traurig aussahen wie jetzt. In ihre Stirn fiel eine verirrte Locke, und Karl musste einiges an Beherrschung aufbringen, um nicht die Hand auszustrecken und ihr die Haarsträhne hinters Ohr zu streichen.

«Karl», sagte Anne eindringlich, «wenn ihr euch nicht zusammenrauft, dann wird das nichts mit der Rettung des Musiksalons. Und dann stehen wir quasi vor dem Nichts.»

«Ich weiß.»

«Red doch mal mit Jens. Auch wegen dieser Festival-Geschichte. Jens kniet sich da voll rein, und alles andere bleibt an mir hängen, und ich», ihr traten Tränen in die Augen, «ich schaff das alles nicht mehr.»

«Okay, ich red mit ihm.»

«Versprochen?»

«Versprochen!»

«Danke», sagte sie und langte plötzlich über den Tisch, um nach seiner Hand zu greifen und sie kurz zu drücken. Die Berührung durchzuckte Karl wie ein Stromstoß, und ihm wurde heiß. Er musste hier weg. Sofort. Sonst konnte er für nichts mehr garantieren, vor allem nicht dafür, sich endgültig und rettungslos in Anne zu verlieben. Und das würde alles nur noch komplizierter machen, als es ohnehin schon war.

«Sollen wir dann?», fragte Karl heiser und winkte nach der Kellnerin, um zu bezahlen. Wann wohl der nächste Zug nach Hamburg ging?

«Ja, okay. Ich nehme dich mit nach Sonneby und lade dich beim Laden ab, wenn du willst», schlug Anne vor.

Da räusperte sich Karl verlegen. «Ich, ähm, ich muss heute wieder nach Hamburg zurück.»

«Wie jetzt? Du fährst gleich wieder zurück?»

«Genau», gab Karl zu. «Aber Montagfrüh bin ich wieder in Sonneby, wie versprochen, mit dem Zug, ganz pünktlich. Dann helf ich dir nach unserem Banktermin mit allem: Laden, Kinder und so weiter. Nur jetzt fahr ich wieder nach Hamburg.»

«Das versteh ich nicht», sagte Anne.

«Ich kaufe eine Karte, ich steige ein, der Zug fährt los.»

«Nein, du weißt, wie ich das meine. Du bist doch heute nicht nur meinetwegen nach … Oh.»

Mist, dachte Karl. Erwischt. Jetzt hat sie es verstanden. Sie weiß, dass ich nur ihretwegen hier bin. Verdammt, ich hätte sagen sollen, dass ich in Sonneby bleibe.

Zum Glück kam in diesem Moment die Kellnerin, und Karl war dankbar, sich einen kurzen Augenblick mit der Rechnung beschäftigen zu dürfen. So musste er Anne wenigstens nicht in die Augen sehen.

«Ich hab Ihre Sahne vergessen», entschuldigte sich die Kellnerin. «Tut mir leid.»

«Schon okay», sagte Karl, reichte einen Zwanzig-Euro-Schein hinüber, nahm das Wechselgeld und stand ruckartig vom Tisch auf.

«Gehen wir.»

Anne sagte kein einziges Wort. Sie stand nur da, am Bahnsteig, schweigend, und sah Karl mit ihren großen, durchdringenden Augen an, während Karl sie mit lauter Banalitäten zutextete, wie zum Beispiel dem Hinweis darauf, dass er gar nichts zu lesen für die Fahrt dabeihabe, aber die Buchhandlung in Süderbrarup habe sicher schon zu, und ob der Zug wohl heute pünktlich sei, man wisse ja nie bei der Deutschen Bahn, und zum Glück habe es ja zu regnen aufgehört und so weiter.

Nach zehn Minuten fuhr der Zug nach Kiel ein. Karl wollte sich gerade mit einem kurzen, unverbindlichen Winken von Anne verabschieden und in den Zug steigen, als sie auf einmal ihren Arm um ihn legte und ihn fest auf den Mund küsste. Dann trat sie wieder einen Schritt zurück und ließ Karl einsteigen. Als Karl traumwandlerisch auf einem freien Platz zu sitzen kam und aus dem Fenster sah, hatte sich Anne schon umgedreht und war gegangen.

Gegen fünf betrat Karl wieder seine Hamburger Wohnung. Maren war noch nicht zurück. Karl stellte eine Einkaufstüte ab, griff nach dem Zettel mit der Nachricht für Maren, knüllte ihn zusammen und schmiss ihn in den Mülleimer. Dann begann er die Wohnung zu putzen. Als Maren eine halbe Stunde später nach Hause kam, war Karl gerade dabei, die Weingläser vom Vorabend zu spülen, und Maren, die den kleinen Streit am Morgen noch immer nicht ganz überwunden hatte, maulte, was Karl eigentlich den ganzen Tag über gemacht habe, hier sehe es ja immer noch aus, als sei gerade die Welt untergegangen. Dann ließ sie sich aufs Sofa fallen und schaltete den Fernseher ein. Karl starrte auf den Müllsack, der prall und zugebunden neben der Wohnungstür stand und darauf wartete, dass ihn jemand hinuntertrug. Kurz entschlossen schnappte er sich den Sack, lief die Treppen runter, knallte den Müll im Hinterhof in eine der Tonnen und steckte sich dann eine Zigarette an, während er im Regen zwischen den Mülltonnen stand und den Mond anstarrte.

4 / «Das Glück ist ein Vogel, ne?!» Wirtschaftsprüfer Peer Boysen, der beim Banktermin anwesend war, räusperte sich verlegen. «Ich mein, ist wohl besser so. Wenn Sie das Ganze erst mal verkauft haben, dann ist Ihnen sicher bald besser zumute! Dann können Sie wieder Licht am Ende des Tunnels sehen – oder auch den Horizont! Und hinterm Horizont geht's ja bekanntlich weiter, ne?!»

Karl war sich nicht sicher, ob er Herrn Boysen besser mit dem Telefonkabel des vorsintflutlichen Apparates auf dem Schreibtisch erdrosseln oder ihn in dem kleinen Aquarium am Gang ersäufen sollte. Während er kaltblütig die Möglichkeiten abwog, sagte Jens leise neben ihm: «Ja, wenn da denn gar nichts mehr zu machen ist, dann ist das wohl so.»

«Ja, leider», stimmte der Bankbeamte der Sonnebyer Volksbank Herrn Boysen zu. «Sie sollten den Preis akzeptieren.»

Natürlich hatten sie das Haus ihrer Eltern so bald wie möglich verkaufen wollen, aber sie hatten auf eine deutlich höhere Summe gehofft. Doch die Bank drängte auf einen Verkauf, um die Hypothek zu tilgen, und somit akzeptierten sie einen Preis, der weit unter dem tatsächlichen Wert des Hauses lag.

«Aber Sie steigen bedeutend besser aus, als wenn wir das Haus hätten zwangsversteigern müssen!» Herr Boysen sprach ihnen damit Mut zu, endlich die Unterschrift unter den Vertrag zu setzen.

«Ja, danke», sagte Karl, zückte seinen Stift, krickelte seinen Namen unter das Papier, steckte den Kugelschreiber wieder ein und verließ wortlos das Büro des Bankbeamten. Beim Hinausgehen streifte sein Blick noch einmal das besagte Aquarium. Verlockend, aber ... Wenige Augenblicke später folgte ihm sein Bruder.

«Du hättest dich wenigstens von Boysen verabschieden können.»

«Vergebliche Liebesmüh», murmelte Karl, während er in seiner Jacke nach einer Zigarette suchte. Dabei stieß er mit den Fingern an die Fahrkarte, mit der er vorgestern von Hamburg nach Süderbrarup gefahren war, am Samstag, nachdem Anne ihn angerufen hatte. Anne. Karl zog erschrocken die Hand aus der Jackentasche.

«Was hast du gesagt?», fragte er Jens.

«Dass du dich von Boysen verabschieden solltest. Du bist echt megaunhöflich, Karl! Wie so ein typischer Hamburger!»

«Ich bin kein Hamburger», entgegnete er.

«Dann benimm dich auch nicht wie ein Stadtschinken. Klaro?!»

Karl hätte darauf gerne etwas Passendes erwidert, aber dann fielen ihm wieder Annes Worte ein, und er schluckte seinen aufkeimenden Zorn hinunter. Außerdem konnte er nicht aufhören, an Anne zu denken, wie sie dort am Bahnsteig stand und ihn ansah, an den Kuss und die Wärme ihrer Lippen.

«Wenigstens sind wir demnächst wieder flüssig. Ein paar Tausender sollten vom Verkauf übrig bleiben.»

Karl hörte gar nicht richtig zu, weil er daran dachte, worum Anne ihn gebeten hatte. Er solle sich mit Jens einigen. Das fiel ihm nicht eben leicht, aber wahrscheinlich hatte sie recht. Es wäre sicher gut, er würde ihm dieses Hard-Rock-Festival ausreden, wenn es sich nicht sowieso schon erledigt hatte, und dass sie stattdessen ein vernünftiges, ruhiges Gespräch darüber führten, was sie mit dem Geld aus dem Erlös des Hauses machen wollten. Und wie sie das von Karl geplante Klassikfestival als Einnahmequelle nutzen konnten. Der Musiksalon brauchte dringend eine vernünftige Homepage, wo man auch online bestellen konnte. Außerdem musste der Verkaufsraum gestrichen werden und …

«Das Geld können wir echt gut gebrauchen», sagte Jens. «Die Anlage zu mieten ist ja nicht gerade billig, jedenfalls dann nicht, wenn es eine richtig gute Anlage sein soll.»

Karl riss sich von seinen Gedanken los und wandte sich Jens zu. Offensichtlich hatte sich das Thema nicht erledigt.

«Wovon redest du da?»

«Sonneby Rock natürlich», antwortete Jens.

«Fängst du schon wieder davon an?», fragte Karl. «Du willst doch unsere letzten Tausender nicht in dein beschissenes Hard-Rock-Festival stecken? Ich meine, wie blöd muss man sein?! Die brauchen wir wirklich für andere Dinge!»

«Ist schon klar, dass du wieder alles schlecht machen musst. Aber eins sag ich dir, Karl: Das Ding wird laufen! Björn und ich sind schon dabei, eine Bandliste aufzustellen. Mann, wir kriegen vielleicht sogar Apocalyptica! Björn kennt nämlich den Drummer von denen.»

«Apocalyptica? Träum weiter! Die werden nie auch nur einen Fuß nach Sonneby setzen. Dieses Rock-Festival ist eine fixe Idee von dir, die uns nichts bringen wird außer einem Haufen Scherereien und dem kompletten Ruin. Wohingegen ich für mein Klassikkonzert mit den Musikerkollegen von Daniel Hope zusammenarbeite. Das, Brüderchen, hat wirklich Klasse – und bringt Geld!»

Okay, das war nur die halbe Wahrheit, aber er konnte sich von seinem Bruder doch nicht die Butter vom Brot nehmen lassen! Wo käme er denn da hin?

«Hi, ihr zwei.»

«Anne!» Karls Stimme überschlug sich beinahe, und er fuhr erschrocken herum.

«Hi», sagte sie noch einmal. «Ich kam gerade zufällig bei der Bank vorbei, und da dachte ich mir, ich hol euch ab. Wie ist es gelaufen?»

Mit allem hatte er gerechnet, aber nicht damit, dass sie nach ihrer letzten Begegnung gezielt seine Nähe suchen würde. Oder tat sie das gar nicht? War sie wirklich nur zufällig hier? Abgesehen davon, hätten sie sich ohnehin zu Mittag im Musiksalon über den Weg laufen müssen, wenn er sie ablösen würde. Bei dem Gedanken daran schoss Karl das Blut ins Gesicht, und ihm wurde ganz heiß. O Gott, Karl, reiß dich zusammen! Sie ist die Freundin deines Bruders, die Mutter deines Neffen. Nichts weiter. Gar nichts weiter. Verdammt.

Anne gab Jens einen Kuss auf die Wange, was dieser kaum wahrzunehmen schien, und wiederholte ihre Frage: «Und? Was sagt die Bank?»

«Wir haben verkauft», erzählte Jens.

«Was, wirklich? Jetzt gerade?»

«Ja», bestätigte nun auch Karl, der seine Stimme wieder einigermaßen im Griff hatte.

«Dann sollten wir das feiern, oder?», fragte Anne, um einen heiteren Tonfall bemüht. «Immerhin sind wir jetzt einen Teil unserer Schulden los.»

«Mir ist nicht so nach feiern», sagte Karl schnell.

«Und ich muss gleich weiter. Ich fahr mit Björn nach Bredstedt», sagte Jens und fügte mit einem grimmigen Blick auf Karl hinzu: «Ein paar extragroße Boxen besichtigen.»

Anne runzelte die Stirn. Dann sah sie von Jens zu Karl und wieder zu Jens.

«Ihr habt euch schon wieder gestritten, oder?», stellte sie fest. «Herrgottnocheinmal! Es ist Montagmorgen, und ihr zwei beginnt die Woche schon wieder mit Streit! Hört das auch mal auf bei euch?»

Jens schniefte nur missbilligend, was wohl so viel hieß wie «Geht dich gar nichts an!», und sagte: «Ich seh dich heute Abend. Wer holt die Jungs von Sven ab?»

«Die übernachten heute dort», sagte Anne kurz angebunden.

«Und der Laden?»

«Den übernehme ich», sagte Karl.

«Musst dich nicht beeilen. Frau Köpke und Hartmuth sind heute früh beide da», informierte ihn Anne.

Karl war überrascht. Eigentlich hatte er damit gerechnet, den Rest der Woche im Musiksalon arbeiten zu müssen. Aber nun wirkte Anne so, als wäre alles gar nicht so dringend und als hätte sie ihn nicht weinend am Telefon gebeten, einzuspringen. Wollte sie ihn vielleicht gar nicht in ihrer Nähe haben?

«Na, dann ist ja alles geklärt», sagte Jens, und damit stieg er in sein Auto und brauste davon.

«Und du?», wandte sich Anne nun an Karl.

«Keine Ahnung. Was meinst du?» Er hatte nicht den blassesten Schimmer, wie er sich verhalten sollte. Wollte sie, dass er ihr Zusammentreffen am Bahnhof einfach ignorierte und so tat, als hätte es nie stattgefunden? Oder wollte sie das Gegenteil von ihm? Wollte sie überhaupt etwas von ihm?

«Hatte ich dich nicht gebeten, mit Jens in Ruhe zu reden? Und nun streitet ihr euch, und er schlägt unser letztes Geld für die Miete irgendwelcher *Boxen* auf den Tisch???»

Doch bevor er Anne eine Antwort geben konnte, klingelte Karls Handy. Ohne auf das Display zu sehen, ging er ran.

«Hallo?»

«Karl, du alter Schwerenöter!»

Karl zuckte zusammen. «Peter!»

«Was läuft so knapp unter dem Polarkreis?»

«Alles gut, alles okay.» Karl sah zu Anne, die ihn aufmerksam musterte.

«Pass auf, ich hab ein bisschen meine Kontakte spielen lassen. Und nun rate mal, wen ich für dein Konzert gewinnen konnte?»

«Keine Ahnung», sagte Karl.

«Rate doch mal!», forderte ihn Peter auf.

«Ich weiß nicht – Daniel Barenboim?»

Peter lachte. «Ich bin gut, aber so gut nun auch nicht, dass ich den Barenboim aus dem Ärmel schütteln könnte. Nein, aber ich hab was anderes für dich. Jemand anderen.» Peter legte eine dramatische Pause ein. «Sol Gabetta!»

«Wahnsinn? Echt? Sol Gabetta?» Karl war tatsächlich beeindruckt. Aber dann fiel ihm etwas ein. «Ja, aber wir haben überhaupt gar kein Cello-Stück geplant. Ich wollte eigentlich Mahler Eins machen. Und irgendeinen Beethoven, vielleicht die Dritte.»

«Scheiß drauf!», antwortete Peter. «Wir kriegen Sol Gabetta, also spielen wir auch irgendein Cello-Ding. Dvořák! Wir spielen das Dvořák-Cello-Konzert. Was sagst du?»

«Hm.» Das hatte eine gewisse Logik, der sich auch Karl nicht entziehen konnte. «Nur mal aus Neugier: Woher kennst du Sol Gabetta?»

Da kicherte Peter ins Telefon: «Sagen wir mal, ich war mit einem Mitglied ihrer Familie verbandelt.»

«Was auch sonst», murmelte Karl.

«Was sagst du?»

«Nichts, nichts. Sehr cool! Also das mit Sol Gabetta, meine ich.»

«Find ich auch. Ich bin eben ein cooler Typ! Aber jetzt muss ich los. Ich meld mich bei dir. Und, hey: Hast du eigentlich schon eine Location für das Konzert?»

«Nein», sagte Karl wahrheitsgetreu.

«Na, dann beeil dich mal. Ich bring dir die Stars in den Norden, dafür will ich auch einen erstklassigen Schweinestall haben! Verstanden?»

«Verstanden», sagte Karl. «Hier in Sonneby gibt es aber mehr Kühe als Schweine.»

«Ciao!», sagte Peter lachend und legte auf.

Karl starrte auf sein Handy, um Anne, die immer noch vor ihm stand, nicht in die Augen sehen zu müssen.

«Wir kriegen offenbar Sol Gabetta für das Klassikkonzert, das ich in Sonneby veranstalten will.»

«Ist ja toll», sagte Anne ohne jede Spur von Begeisterung in der Stimme. «Was ist mit Jens?»

«Keine Ahnung!», rief Karl. «Ich bin doch nicht sein Babysitter!»

«O Gott», schnaufte Anne, «das gibt es doch nicht! Macht hier eigentlich jeder, was er will? Könnten die Brüder Kleve mal von ihrem Egotrip runterkommen und sich um das kümmern, worum es hier eigentlich geht: nämlich die Rettung des Musiksalons?»

«Aber genau das mach ich doch. Deswegen will ich ja ein Klassikkonzert veranstalten!»

«Du kapierst es einfach nicht», sagte Anne. «Und ich bin zu sauer auf euch beide, um noch weiter mit dir darüber zu diskutieren.»

Karl räusperte sich. «Okay, dann mach ich mich mal auf

die Suche nach einer passenden Scheune für das Konzert und bin um eins im Musiksalon.»

«Gut», sagte Anne.

«Gut», sagte auch Karl.

Annes Miene nach zu urteilen, war es alles andere als gut.

«Ist noch was?», versuchte Karl es vorsichtig.

«Nein, was soll sein? Abgesehen davon, dass meine Beziehung mit Jens gerade den Bach runtergeht, weil mein Freund sich mehr für Musikanlagen und seine blöde Hard-Rock-Band interessiert als für seine Familie und sich offenbar in einen komplett bescheuerten Wettkampf mit seinem Bruder, also dir, stürzt, wer das größere Musikfestival oder Konzert oder Was-auch-immer nach Sonneby holen kann. Und dann wären da noch meine drei nervigen Kinder, ein immer noch bankrotter Laden, ein zahlungsunfähiger Exmann, und, hey, als wäre das alles noch nicht schlimm genug, hab ich mich gerade in den Bruder meines Lebensgefährten verknallt! Aber, nein, sonst ist nichts.»

Und damit drehte Anne ihm einfach den Rücken zu und stapfte wütend in Richtung Musiksalon davon.

Karl stand da wie ein Idiot und starrte in die Richtung, in die Anne gerade verschwunden war. Es dauerte eine Zeit, bis ihre Worte endlich in seinem Kopf angekommen waren. Dann aber breiteten sich in ihm gleichzeitig größtmögliche Freude und wahnsinnige Angst aus, und statt Anne hinterherzulaufen, blieb er einfach wie angewurzelt stehen. Erst zwei Zigaretten später und immer noch völlig im Unklaren darüber, was er nun tun sollte, fasste er sich ein Herz und machte sich auf den Weg zu Sonnebys Bauernvolk, um eine der vielen Scheunen im Ort für das große Konzert zu mieten. Notfalls tat es ja vielleicht auch ein Stall.

5 / Wie sich herausstellte, war es weit schwieriger als gedacht, eine passende «Location» zu finden. Karl hatte als Erstes, relativ wahllos, den Hof von Volker Thiesen angesteuert, ein etwas schäbiges Anwesen am Rande von Sonneby. Tatsächlich waren die Bauernhöfe in Angeln oft größer als so manches Landschloss und die Wohnhäuser, die häufig Gutshäusern ähnelten, meistens in gutem Zustand. Den Angeliter Bauern ging es früher mal nicht so schlecht. Nur Volker Thiesens Hof war von einer Schäbigkeit, die für Angeliter Bauern schon außergewöhnlich war. Neben der Hofeinfahrt türmte sich ein großer Misthaufen, überall liefen dreckige Hühner herum, und das Haupthaus hätte dringend einen neuen Anstrich gebraucht. Thiesen war seines Zeichens Kuhbauer und ein äußerst sparsamer Mensch, was sich auch an seiner Scheune ablesen ließ: Das Dach war gut und gerne an die Dutzend Mal geflickt worden. Dennoch tröpfelte es hier und dort hinein.

«Is aber nur am Rand», sagte Thiesen dazu. «Muss ja keiner da sitzen, ne? Ich meine, die Leute könnten ja auch mehr so in der Mitte hocken und zuhören. Oder nich?»

Weiter ging es zum Hof von Johann Johannsen. Der war nun wieder Schweinebauer, und obwohl das Dach seines großräumigen Schweinestalls dicht war, hätten gute zehn Kanister Chanel No. 5 nicht ausgereicht, um den Geruch aus dem Gebäude zu kriegen.

«Ich sach ma: Landluft, ne?!»

«Wird das eventuell besser, wenn die Schweine erst aus dem Stall draußen sind?», fragte Karl.

«Wieso draußen?», fragte Johann Johannsen irritiert. «Wo soll ich die denn hintun?»

«Ja, aber wir können doch nicht ein Klassikkonzert neben den Schweinen abhalten!», sagte Karl fassungslos.

«Wieso nich? Tiere mögen doch Musik! Und ich kann ja den einen Teil des Stalls abteilen. Dann is da Platz.»

Karl bedankte sich, strich Johann Johannsens Hof von seiner Liste und wanderte weiter. Als Nächstes kam der Hof von Thorsten Henningsen dran. Der hatte weder Kühe noch Schweine zu bieten, aber eine ziemlich große Lagerhalle, wo er winters Stellplätze für Segelboote vermietete. Jetzt im Frühjahr stand die Halle fast leer.

«Nicht schlecht», sagte Karl und wähnte sich schon fast am Ziel. Das Dach war dicht, die Halle sauber und geräumig, sodass mindestens vier- bis fünfhundert Personen Platz finden könnten, und die Akustik war weit weniger schlimm als befürchtet. Karl klatschte mehrfach in die Hände. Natürlich würde eine voll bestückte Halle anders klingen, aber immerhin – damit konnte man doch etwas anfangen! Und Thorsten Henningsen war ein vernünftiger Mensch. Sie würden sich bestimmt handelseinig werden.

«Und wegen der Miete, tja, also …», begann Karl, doch Thorsten Henningsen winkte ab.

«Hat allns Tiet!», sagte der. «Ich weiß ja, wie es eurem Musiksalon geht. Du kannst mich ja an den Einnahmen beteiligen.»

Da hätte Karl den Mann fast umarmt. Aber da man norddeutschen Bauern nicht einfach um den Hals fällt, streckte er einfach nur die rechte Hand aus, um ihr Abkommen zu besiegeln. Und genau in diesem Moment ging es los: Ein kräftiger Regenschauer zog von Nordosten auf und fegte über Angeln und damit logischerweise auch über die Halle von Thorsten Henningsen hinweg. Und weil die Halle ein Blechdach hatte, verstand Karl binnen weniger Sekunden sein eigenes Wort nicht mehr, so laut schlugen die Regentropfen auf das Dach auf.

«Ach ja», brüllte Thorsten Henningsen, «das hab ich vergessen zu erwähnen. Wenn dat regnet, wird dat laut hier drin.»

Karl nickte. Damit hatte sich die Angelegenheit wohl erledigt.

«Sie haben nicht zufällig einen guten Draht zum Wettergott?», schrie Karl Henningsen entgegen. «Bei Regen wird das nämlich nix mit einem Konzert hier drinnen.»

«Bei Sonne auch nicht», brüllte Henningsen zurück.

«Wieso?»

«Zu heiß!», dröhnte Henningsen und deutete auf das besagte Blechdach.

«Also hast du die perfekte Halle gefunden, sollte es bewölkt sein», sagte Maren später am Telefon.

«So in etwa», murmelte Karl. Er musste mit jemandem reden, der klar denken konnte, jemandem mit geradezu analytischem Geist, jemandem, der sich von Emotionen nicht so schnell überwältigen ließ. Also hatte er Maren angerufen.

Er saß auf einer Bank an der Ortseinfahrt zu Sonneby, sah über grüne nasse Felder, die ersten warmen Sonnenstrahlen schienen nach dem Regen auf das Land herunter, und es roch leicht nach Gülle. Es könnte alles so schön sein, wenn es gleichzeitig nicht so tierisch kompliziert wäre. Das galt sowohl für sein Liebesleben als auch für alles andere.

«Was heißt ‹in etwa›?», hakte Maren nach.

«In etwa heißt, dass es weder regnen noch die Sonne zu heiß scheinen, noch sonderlich stürmisch sein darf, sonst verwandelt sich diese so perfekte Location ganz schnell in eine lärmende, brütend heiße Hölle, wahlweise in einen Klapperkasten aus Wellblech.»

«Karl, dir ist schon klar, dass es im Lande Angeln eigentlich immer stürmt und regnet, oder?»

«Jepp.»

«Und wenn zufällig einmal doch die Sonne scheinen sollte, wäre das auch nicht gut?»

«Jepp.»

«Karl? Gib auf!»

«Bin kurz davor», gab er zu.

Aber erst wenn ich wirklich alles versucht habe, dachte Karl, erhob sich von der Bank und zog weiter, um die restlichen Höfe in der Gegend abzuklappern. Sonneby war reich an Bauernhöfen, und diese wiederum waren reich an Schweineställen, Kuhställen, ja sogar an Hühnerställen, und natürlich gab es dort allerlei Scheunen. Aber auch im zweiten Anlauf hatte Karl kein Glück. Die eine Scheune war zu baufällig, die andere denkmalgeschützt (und trotzdem halb verfallen), und der einzige Raum, der groß genug, von guter Bausubstanz und noch dazu spottbillig war, war die potthässliche Lagerhalle der Raiffeisen-Bank, und die, bei aller Liebe, war nun wirklich unter seiner Würde.

Natürlich gab es da noch die Kirche. Die war zwar schön und hatte einen Innenraum, der sicher an die 200 Menschen fassen konnte, aber das waren schlichtweg zu wenige Sitzplätze, um wirklich finanziellen Gewinn zu machen. Da hätten sie die Tickets so teuer verkaufen müssen, dass es sich kein normaler Mensch mehr leisten konnte. Und in Sonneby und Umgebung wohnten nun einmal hauptsächlich normale Menschen. Oder, dachte Karl, jedenfalls so halbwegs normale.

Kurz und gut, am Ende von Karls Scheunenwanderschaft durch Sonneby blieb nur ein einziger Hof übrig. Und auch wenn es ihn sehr, sehr große Überwindung kostete, Walter Hansen um einen Gefallen zu bitten, hatte er wohl keine andere Wahl. Und fragen kostete ja nichts.

«Hab ich mir doch gedacht, dass du früher oder später hier auftauchst.»

Walter Hansen spuckte zufrieden neben seine Auffahrt. Er schien tatsächlich nicht im mindesten überrascht, Karl zu sehen.

«Dein Bruder war auch schon da», fuhr Walter Hansen fort. «Hat vor ein paar Tagen meinen Acker gemietet.»

«Aha», machte Karl.

«Und wat willst du?»

«Dasselbe», antwortete Karl. «Na ja, fast dasselbe. Ich will die Scheune.»

Walter Hansen konnte es sich nicht verkneifen und spuckte gleich ein zweites Mal aus, diesmal traf er allerdings die Blumenrabatten seiner Frau. Er grinste. «Und was willst *du* damit?»

«Klassikkonzert», antwortete Karl kurz und knapp.

«Damit ich das richtig verstehe», wiederholte Walter Hansen und spuckte ein drittes Mal auf den Boden, wobei er diesmal den Asphalt traf, «du und dein Bruder, ihr wollt hier beide so ’ne Musikveranstaltung bei mir machen?»

«Also, Jens will hier ein Hard-Rock-Festival veranstalten. Mir schwebt dagegen ein Klassikabend vor. Hochkarätig besetzt, mit großen Namen und Stars aus der Klassikbranche.»

Karl war sich bewusst, dass das Walter Hansen wohl kaum beeindrucken würde. Trotzdem …

«Sol Gabetta und so, falls Ihnen die was sagt.»

Walter Hansen, der endlich aufgehört hatte zu spucken, baute sich daraufhin in voller Größe vor ihm auf. Er deutete auf die Scheune im Hintergrund. «Sieht das da aus wie ein Konzertsaal? Und seh ich aus, als würde ich irgendwelche Klassikdödis über meinen Grund spazieren lassen?»

«Nein», gab Karl zu.

«Du und dein Bruder, ne, ihr habt sie ja nicht mehr alle! Haben wir uns verstanden?»

«Vollkommen», sagte Karl.

«Und, mal ganz ehrlich, ich bin nun echt der Letzte, der euren Musiksalon retten will. Da bring ich mich ja quasi selbst um mein Erbe! Haha!»

«Wenn man überhaupt von Erbe sprechen kann, dann ginge es an die Gemeinde und den Posaunenchor, nicht an Sie persönlich», stellte Karl den Sachverhalt richtig. Sein Vater hätte den Musiksalon sicher nicht zur Finanzierung des Posaunenchors an die Gemeinde vererben wollen, wenn er noch mitgekriegt hätte, wer diesen Chor einmal leiten würde.

«Stimmt. Und wer leitet den Posaunenchor? Ich!», sagte Hansen stolz. «Also tschüs!» Hansen winkte Karl vom Hof wie ein kleines Kind.

«Schade.» Karl wandte sich schon zum Gehen. «Und ich hab immer gedacht, Sie wären ein Geschäftsmann.»

Das war natürlich ein ganz billiger Trick, aber er wirkte – immerhin.

«Ich bin Bauer», widersprach Hansen.

«Dann können Sie ja wohl rechnen.»

«Worauf du einen lassen kannst», stellte Hansen fest.

«Gut», sagte Karl. «Wenn wir es nicht schaffen, den Musiksalon am Laufen zu halten, dann kriegt der Posaunenchor den Zuschlag.»

«So isses.» Hansen grinste.

«Schön und gut. Nur werden Sie damit kaum reich werden. Wenn ich hier aber ein Konzert veranstalte und Sie an den Einnahmen beteilige, dann …» Karl musste den Satz gar nicht mehr zu Ende ausführen. Walter Hansen hatte verstanden.

«Wie viel?»

«Wie hören sich zwei Prozent Gewinnbeteiligung an?»

«Mies.»

«Okay. Und was wäre mit drei Prozent?»

«Immer noch mies.»

«Ach, kommen Sie Hansen, es geht nur um eine Scheune!»

«Sechs Prozent.» Hansen grinste.

«Das ist nicht Ihr Ernst!» Dieser geldgierige alte Sack, dachte Karl.

«Na gut, dann fünf!», schlug Hansen vor.

«Drei!», entgegnete Karl.

«Vier.»

«Von mir aus.»

«Abgemacht.» Hansen reichte ihm die Hand, widerwillig schlug Karl ein. Vier Prozent vom Gewinn für eine Scheune, das waren echte Wucherpreise! Andererseits – wer konnte schon sagen, ob es überhaupt einen Gewinn geben würde?

«Gut», sagte Karl, «dann gilt es. Ich bekomm die Scheune, und Sie bekommen vier Prozent vom Gewinn.»

Da grinste Hansen wieder und spuckte noch einmal in hohem Bogen über den Gartenzaun.

«Du bist echt 'ne harte Nuss, Karl! Deinem Bruder hab ich fünf Prozent abgeluchst!»

6 / Es war Punkt eins, als er den Musiksalon betrat – und Anne war nicht da. Dafür saßen Frau Köpke, mit hochrotem Kopf und leicht schwitzend, und Hartmuth vor Anton auf dem Fußboden und schoben Matchboxautos hin und her. Frau Köpke machte ein hervorragendes, weil nahezu echtes Feuerwehrsirenengeräusch, während Hartmuth aus Kartons eine Garage errichtet hatte.

«Wo ist Anne?», fragte Karl.

«Die ist schon unterwegs. Elterngespräch in der Schule», informierte ihn Frau Köpke, während sie versuchte, ihren massigen Körper vom Boden aufzurichten.

«Ach so», sagte Karl und reichte Frau Köpke die Hand, die sich mühsam aufrappelte.

Da nahm Hartmuth ihn beiseite.

«Karl, kann ich mal mit dir sprechen?»

«Ja, sicher. Das trifft sich gut. Ich wollte dich auch gerne etwas fragen.»

Hartmuth gab ihm zu verstehen, dass er ihn lieber im Büro sprechen würde und dass Anton und Frau Köpke die Unterhaltung nicht unbedingt mithören mussten, was Karl nur recht war. Das, was er Hartmuth fragen wollte, war ohnehin etwas delikater Natur. Also ging Karl hinter Hartmuth her, und die beiden setzten sich im Büro einander gegenüber.

«Karl», begann Hartmuth, «ich mach mir Sorgen.»

«Das verstehe ich, aber glaub mir, wir kriegen das hin. Der Musiksalon wird das überstehen. Denke ich», sagte Karl. «Und du und Frau Köpke, ihr bleibt uns natürlich auch weiterhin erhalten.»

Doch Hartmuth schüttelte nur still den Kopf. «Nein, Junge, das mein ich nicht. Ich mach mir Sorgen um euch, genauer gesagt, um dich und Jens. Schau mal», und Hartmuth zupfte verlegen an seiner Bundfaltenhose, «euer Vater hat gewollt, dass ihr euch für den Musiksalon zusammenrauft. Und nun streitet ihr euch ständig. Das ist nicht gut. Und dann noch die Festivalidee, wo ich auch nicht weiß, was ich davon halten soll. Und ihr beide arbeitet da auch noch vollkommen gegeneinander.»

«Ja, ich weiß. Aber das wird schon. Irgendwie.» Karl tat es leid, dass sich Hartmuth so sehr sorgte. «Jens wird schon noch einsehen, dass das mit seinem Hard-Rock-Festival eine doofe Idee ist.»

«Das wird er nicht. Dazu kenne ich euch Jungs viel zu gut. Ihr seid beide unglaublich stur. Das habt ihr von eurer Mutter.»

«Von unserer Mutter?», fragte Karl.

«O ja», betonte Hartmuth. «Wenn die sich was in den Kopf gesetzt hatte, dann konnte sie da keiner mehr von abbringen. Sie war», und er seufzte kaum merklich, «was ganz Besonderes.»

«Ja, das war sie», stimmte ihm Karl zu.

Hartmuth seufzte. «Und was wolltest du mich fragen?»

Karl atmete tief durch. Er wusste nicht so recht, wie er seine Frage formulieren sollte.

«Es geht um unsere Mutter», begann er.

«Ja?»

«Ihr zwei wart doch gut befreundet, richtig?»

«Ja, das stimmt», sagte Hartmuth. «Und mit deinem Vater auch.»

«Genau. Und deswegen wollte ich dich fragen …, also, ich wollte wissen, ob …» Puh. Das war ganz schön schwer. Karl spürte, wie sein Herz schneller schlug. Hatte er jetzt Angst vor der Frage oder vor der Antwort? Na los, Karl, dachte er, trau dich.

«Was wolltest du fragen?» Hartmuth sah ihn freundlich an.

«Weißt du, ob Mama sich mal anderweitig verliebt hatte?» So, nun war es raus.

Hartmuth wirkte mit einem Mal sehr, sehr ernst.

«Wie kommst du darauf?»

«Ich hab bei Mamas Sachen was gefunden. Und ich bin mir nicht sicher, ob es das bedeutet, was ich glaube, dass es bedeutet.»

«Das verstehe ich nicht», sagte Hartmuth.

«Ist auch schwer zu verstehen. Oder, nein, eigentlich ist es ganz einfach. Hartmuth, hatte Mama mal was mit einem anderen Mann?»

Dann stand Hartmuth ruckartig auf und räusperte sich. «Karl, die Grundfeste einer jeden Freundschaft ist Loyalität. Und die geht meines Erachtens über den Tod hinaus. Soll heißen, ich kann dir dazu nichts sagen. Ich hoffe, du verstehst das.»

Karl nickte. Er hatte verstanden. Von Hartmuth würde er zu dieser Frage nichts erfahren. Ob er es bei Frau Köpke dazu versuchen sollte? Aber die war mit seiner Mutter nie so eng gewesen. Karl war sich ziemlich sicher, dass es sinnlos war, sie zu befragen. Blieb eigentlich nur noch Jens. Aber mit dem war es ja schon schwierig, nur den normalen Geschäftsalltag zu besprechen. Ganz abgesehen von dieser bescheuerten Festivalidee und dem ganzen Schlamassel mit … Also, nein, Jens war sicher auch nicht der passende Gesprächspartner. Offensichtlich musste er die Sache mit sich selbst ausmachen.

«Ich geh jetzt wieder nach vorne», sagte Hartmuth. «Ich denke, Frau Köpke und Anton brauchen Unterstützung beim Autospielen.»

«Ist gut», sagte Karl enttäuscht. «Und ich widme mich dann mal den aktuellen Bestellungen. Könntet ihr noch so lange auf Anton aufpassen? Wird nicht lange dauern. Sehr viele Bestellungen gibt es ja derzeit nicht.»

«Ist gut», antwortete Hartmuth. Dann schlich er leise und mit immer noch ernstem Gesicht aus dem Büro hinaus, und Karl schluckte seine Enttäuschung darüber, nicht mehr erfahren zu haben, hinunter. Er seufzte. Andererseits, was machte das jetzt noch für einen Unterschied? Seine Eltern waren tot. Vielleicht war es an der Zeit, die Vergangenheit ruhen zu lassen.

Fünf Minuten später, Karl hatte gerade angefangen, sich in das Bestellsystem einzuloggen, zupfte jemand vorsichtig an seinem T-Shirt.

«Karl?»

«Ja?»

«Ich hab Hunger.»

«Er wollte die ganze Zeit nichts essen», entschuldigte sich Frau Köpke, die, leicht schnaufend, hinter ihm hergetrippelt kam.

«Ja, dann machen wir dir wohl mal Spaghetti. Ich hab welche oben.» Karl sah zu Frau Köpke. «Würden Sie auf den Laden aufpassen?»

«Sicher», sagte Frau Köpke. «Heute ist ohnehin nichts los. So wie immer.»

Zwei Minuten später thronte Anton bereits auf einem von Karls Küchenstühlen.

«Hast du Tomatensauce?», fragte Anton.

«Ich denke schon», antwortete Karl.

«Ich will gaaanz viel!», sagte Anton, der die Beinchen hochzog und Karl dabei beobachtete, wie er Spaghettiwasser auf dem Herd heiß machte und in einer Bananenkiste nach dem Saucenglas fahndete.

«Wieso bist du eigentlich nicht bei deinen Brüdern?», fragte Karl.

«Die sind bei Sven», antwortete Anton.

«Und warum bist du nicht bei Sven?»

«Ich will bei dir sein.»

«Das ehrt mich», sagte Karl lächelnd.

«Was?», fragte Anton.

«Ach, nichts.» Karl bewarf ihn lachend mit einem Küchenhandtuch. «Und warum muss deine Mami schon wieder in die Schule?»

«Andreas hat eine Scheibe zerdeppert.»

O weh. Das hatte ihr wahrscheinlich gerade noch gefehlt, dachte Karl.

«Wie hat er das denn geschafft?», fragte er.

«Mit 'nem Stein. Kann ich eine Spaghetti haben?», fragte Anton.

«Roh?»

«Ja.»

Karl holte aus der Packung eine ungekochte Nudel heraus und reichte sie Anton, der sofort knackend darauf herumkaute.

«Noch eine», bat er.

Karl holte zwei weitere harte Spaghetti heraus, reichte eine an Anton und begann selbst an der anderen zu kauen. Zusammen erzeugten sie laute Knackgeräusche in der Stille des frühen Nachmittags.

Dann aßen sie die gekochten Nudeln, später malte Anton ein großes Bild mit freundlichen Monstern und einem Mammut, und sie saßen im Verkaufsraum des Musiksalons herum, spielten mit den Autos und warteten auf Kundschaft, die nicht kam. Frau Köpke und Hartmuth waren längst gegangen, gemeinsam, behutsam untergehakt. So hatte Karl sie noch nie gesehen, und irgendwie rührte ihn dieses Bild der zwei durch den Wind davonzuckelnden Alten.

Gegen sechs Uhr wollte Karl den Laden abschließen, als er Anne auf den Musiksalon zulaufen sah. Es hatte wieder zu regnen begonnen. Er hielt ihr die Tür auf und spürte, dass sein Herz einen Sprung machte.

«Danke.» Sie schlüpfte hinein ins Trockene.

«Mama», begrüßte sie Anton, «guck mal: Ich hab einen ganz dicken Bauch!» Anton zog sein T-Shirt hoch und trommelte auf seinem Bäuchlein herum.

«Das freut mich. Und wie kommt's?», wollte seine Mutter wissen, während sie sich aus ihrer nassen Regenjacke schälte.

«Karl hat Spaghetti gekocht.»

«Na dann», sagte Anne und grinste. Als sie die Jacke ausgezogen hatte, konnte Karl sehen, dass auch Annes Pullover darunter komplett durchnässt war, genauso wie ihre Hose und ihre Schuhe.

«Fand das Elterngespräch etwa im Schwimmbecken statt?», fragte er. Er dachte, Humor würde die etwas angespannte Situation auflockern, aber eigentlich kam er sich nur albern vor. Sollte er die Szene heute Morgen erwähnen? Aber Anne ging offenbar einfach darüber hinweg und tat so, als wäre nichts gewesen. Und als hätte sie ihm keine Liebeserklärung gemacht. Stattdessen wirkte sie etwas überdreht und darum bemüht, das Ganze mit keinem Wort zu erwähnen. Sie plapperte einfach drauflos.

«Nee, aber, Mann, hab ich mich geärgert über den doofen Schuldirektor in Lönstrup! Frau Berndsen, die Klassenlehrerin, war nämlich gar nicht da, weil die heute diesen Zebrabauern geheiratet hat. Und die Sache mit der Scheibe ist passiert, als irgendein Vertretungslehrer auf die Kinder aufpassen sollte, der dann eine halbe Stunde zu spät kam. Und da wundern die sich, wenn die Jungs Blödsinn machen! Und weil ich mich so tierisch aufgeregt hab während des Elterngesprächs, bin ich hinterher an den Strand gefahren, um einen freien Kopf zu kriegen.»

«Und da hast du dann in deinen Klamotten in der eiskalten Ostsee gebadet?», mutmaßte Karl.

«War spazieren. Im Regen», sagte Anne.

Karl fuhr sich durch die Haare. Ein klärendes Gespräch würde es heute wohl nicht geben. Dann schlug er vor: «Willst du dich oben umziehen?» Er deutete mit dem Finger an die Decke.

«Sind noch Spaghetti da?», fragte sie.

Eine halbe Stunde später kuschelte Anne, nunmehr in Karls Jogginghose und T-Shirt, mit Anton auf dem Sofa und sah Karl dabei zu, wie er zum zweiten Mal an diesem Tag Spaghetti mit Tomatensauce kochte.

«Du machst das sehr gut!», lobte sie ihn.

«Danke», sagte Karl lakonisch, «ich mach das heute ja auch nicht zum ersten Mal.»

«Ich will auch welche», bettelte Anton.

«Du hattest doch heute schon Spaghetti!», warf Karl ein, doch da lachte Anne auf.

«Wenn es danach geht, ist Anton im Herzen Italiener. Der kann morgens, mittags und abends Spaghetti essen. Und nimmt dabei kein Gramm zu.»

«Was kommen da wohl für Gene durch?», fragte Karl.

«Ich hatte eine österreichische Großmutter», erklärte Anne. «Das sind die üblichen k.u.k. Wurzeln.»

«Sollte er dann nicht morgens, mittags und abends nach Strudel verlangen?»

«Tut er! Nur mach ich so selten welchen.»

«Mama kann gut Strudel machen!», lobte nun auch Anton Annes Kochkünste.

«In der Tat», stimmte ihm Anne zu. «Nur hasse ich Kochen. Ich mach das bloß unter Androhung von Gewalt.»

«Also ich hätte jetzt gerne ein Stück Strudel. Anton, geh doch mal in den Laden runter und such ein Seil raus. Wir fesseln deine Mama an den Herd», schlug Karl vor.

«Sehr witzig», sagte Anne. «Es ist ja nicht so, dass der männliche Teil der Menschheit genau das mit uns Frauen seit Jahrtausenden getan hätte … Aber bitte, ich will nicht ungerecht sein: Fesselspiele sind ja seit *Shades of Grey* wieder in. Und hier erklärt sich der tiefere Sinn – eigentlich will er sie wieder an den Herd anbinden.»

«Natürlich! Was denkst du denn, was der mit ihr machen will?», sagte Karl lachend.

«Mama, was sind Fesselspiele?», fragte Anton.

«So was wie Cowboy-und-Indianer für Große», erklärte Anne ihrem Jüngsten.

«Kann ich da mitmachen?»

«Ähm, nein.»

«Spaghetti sind fertig», verkündete Karl, und damit war das Thema erst einmal erledigt.

Mangels Fernseher spielte Anton nach dem Essen noch eine Weile mit seinen Autos, baute aus Töpfen und Deckeln ein Schlagzeug, das ihm Anne und Karl nach einer unerträglichen Viertelstunde wieder entzogen, und schlief endlich ermattet neben seiner Mutter auf dem Sofa ein.

«Und nun?», fragte Karl, nachdem er den leise schnarchenden Anton mit einer Wolldecke zugedeckt hatte.

«Tut mir leid wegen heute morgen», sagte Anne und schob Antons Köpfchen auf ihrem Schoß in eine bequemere Position. «Ich wollte dich nicht so anmotzen. Ich war nur sauer wegen Jens und wegen dieser Festivalgeschichte und weil er schon wieder Geld, das wir nicht haben, für irgendwelches Equipment ausgeben wollte.»

Karl zog sich leise einen Küchenstuhl an das alte Sofa, das sie aus Karls Elternhaus hierhergebracht hatten und auf dem neben Anne und Klein Anton noch locker zwei weitere Personen Platz gefunden hätten.

«Anne, ich …», begann Karl, aber dann verließ ihn der Mut. Was sollte er jetzt sagen? Wo sollte das hinführen? Anne war die Freundin seines Bruders, und er täte gut daran, Abstand zu ihr zu halten. Und dennoch, gegen alle Vernunft rückte er jetzt ganz nah an sie heran und sah ihr in die Augen, bis ihm beinahe schwindlig wurde. Und Anne erwiderte seinen Blick.

«Ich weiß nicht, was ich machen soll», flüsterte er. «Wir können hier nicht endlos umeinander rumeiern. Das macht mich ganz verrückt.»

«Mich auch, das kannst du mir glauben.»

«Wir können uns aber nicht einfach nicht mehr sehen», sagte Karl.

«Das weiß ich auch.» Anne legte ihren Kopf in den Nacken und blickte an die Decke.

«Dann wäre es vielleicht besser, ich geh zurück nach Hamburg?»

«Und was wird dann aus dem Musiksalon?», fragte Anne. «Denk an das Testament. Hansen wartet doch nur darauf, uns das Geschäft abspenstig zu machen.»

«Und was soll aus uns werden? Und vor allem: Was wird aus dir und Jens?»

Anne ließ den Kopf wieder sinken und sah Karl fest in die Augen.

«Jens und ich stehen das durch, irgendwie. Irgendwann wird das auch wieder anders werden. Und was da auch immer zwischen dir und mir ist …»

«Hat keine Zukunft», beendete Karl den Satz.

Anne nickte schweigend. Allein ihr Blick tröstete Karl über das hinweg, was sie da soeben gemeinsam beschlossen hatten. Anne sah unglaublich verloren und traurig aus, und in ihren Augen schwammen Tränen. Karl ging es nicht anders. Auch er nickte. Dann war es also entschieden. Sie würden es dabei belassen und Jens nicht wehtun.

«Und übrigens bin ich nicht die Einzige von uns beiden, die gebunden ist», gab Anne zu bedenken.

Da hatte sie natürlich recht, aber irgendwie hatte Maren in Karls Zukunftsplanung in letzter Zeit kaum noch eine Rolle gespielt, auch wenn sie ihm immer noch etwas bedeutete. Irgendwie.

«Soll ich dir noch einen Tee machen, bevor du gehst?», fragte er.

Anne nickte, und er stand auf und stellte den Wasserkocher an, der auf dem Fensterbrett stand, kramte eine Packung Pfefferminztee aus der Bananenkiste heraus, die ihm behelfsweise als Küchenschrank diente, und hängte einen Beutel in einen Becher. Zum Schluss durchstöberte er die Kiste mit den zahlreichen Dosen und Schachteln nach Zucker, konnte aber keinen finden.

Das alles dauerte nicht länger als zwei, drei Minuten, aber als er sich wieder zum Sofa umdrehte, lag Anne neben Anton auf dem Sofa und hatte die Augen geschlossen. Sie war eingeschlafen. Karl ließ den heißen Tee stehen, setzte sich wieder auf den Stuhl neben dem Sofa und schloss ebenfalls die Augen.

7/ Sie wurden von lauten, polternden Schritten auf der Treppe geweckt. Karl fuhr erschrocken hoch. Wie spät war es? Da riss der Treppenstürmer auch schon die Tür auf.

«Karl? Weißt du, wo Anne und der Kleine sind? Ich kann die nirgends …» Jens brach den Satz ab, als er seinen Sohn und Anne auf dem Sofa schlafen sah. Anne, ebenfalls durch den Lärm geweckt, richtete sich auf und rieb sich die Augen.

«Jens?», fragte sie. «Was ist denn los?»

«Was los ist?», fauchte Jens. «Ich komm nach Hause, und kein Mensch ist da. Ich rufe dich am Handy an, aber du gehst nicht ran. Ich rufe Sven an, aber der weiß auch nicht, wo du steckst. Dein Auto steht vor der Tür, aber du und Anton bleibt verschwunden. Ich rufe Karl an, aber der geht auch nicht ran. Verdammt! Ich hab mir Sorgen gemacht. Bin ich eben hierher, und ihr pennt da alle friedlich.»

«Tut mir leid», sagte Anne. «Ich hätte dich anrufen sollen.»

«Allerdings», sagte Jens.

«Sch, nicht so laut. Ihr weckt ja den Kleinen.» Karl richtete sich aus dem Stuhl auf.

«Danke, großer Bruder, für deine große Hilfe!», sagte Jens sarkastisch. Dann griff er behutsam mit einem Arm unter Antons Kopf und mit dem anderen unter dessen Kniekehlen und trug seinen Sohn aus dem Zimmer. In der Tür drehte er sich noch einmal mit dem schlafenden Anton auf dem Arm zu Anne um. «Kommst du?»

Anne nickte stumm, stand vom Sofa auf, streifte die Wolldecke von sich herunter, und schon waren alle drei aus Karls Butze verschwunden. Er hörte, wie unten im Musiksalon die Tür abgeschlossen wurde und kurze Zeit später Jens' Auto ansprang. Karl sah aus dem Fenster und konnte im Licht der Straßenlaterne erkennen, wie der verbeulte Bulli mit der Aufschrift *Kleves kleiner Musiksalon* davonrollte.

Karl rieb sich den Schlaf aus den Augen und sah auf die Uhr. Es war halb eins. Er war plötzlich hellwach. Also begann er, die Reste des Spaghettiessens zu beseitigen, Antons Autos, die noch immer auf dem Fußboden verstreut lagen, zusammenzuklauben und in eine Plastikschachtel zu schmeißen. Als er damit fertig war, holte er sich ein Bier aus dem Kühlschrank und ließ sich aufs Sofa plumpsen. Die Kissen waren noch immer warm, und es roch ganz leicht nach Parfüm. Ihrem Parfüm. Karl starrte auf die Wolldecke. Dann stellte er die Bierflasche auf dem Boden ab, griff nach der Decke und vergrub schließlich seinen Kopf darin. Der Parfümduft wurde stärker. Die Sehnsucht nach Anne tat schon fast körperlich weh. So hatte er sich noch nie gefühlt, nicht einmal in den ersten Wochen und Monaten seiner Beziehung zu Maren.

Maren – hatten sie wirklich heute erst miteinander telefoniert? Hamburg war so weit weg von Sonneby, fast ein anderer Kosmos. Und er war irgendwo dazwischen, sozusagen *lost in space*. Da war sein altes Leben in der Großstadt, das viel Sicherheit und noch mehr Langeweile bot, und hier sein Leben in Sonneby, voller Unwägbarkeiten und gleichzeitig aufregend, fremd und trotzdem seltsam vertraut.

Karl lachte in sich hinein. Das konnte doch nicht wahr sein, dass ihm das Leben hier in seiner alten Heimat plötzlich gefiel!? Diese unfertige Butze, der Stress mit dem bankrotten Familienunternehmen und der ewige Streit mit seinem Bruder, das konnte doch unmöglich das sein, was er wollte? Aber da war ja auch noch etwas anderes, jemand anderes. Anne hatte etwas Belebendes, fast Magisches an sich. Er war gern in ihrer Nähe, wirklich sehr, sehr gern. Und dieses Konzert, das er mit Peter zusammen plante, das war, gestand er sich ein, wohl sein Versuch, sie ein bisschen zu beeindrucken, während es ihn gleichzeitig ablenkte. Insbesondere von ihr, der Freundin seines Bruders. Die ihm gerade gesagt hatte, dass sie zwar in ihn verliebt war, zwischen ihnen jedoch niemals etwas sein würde, weil es nicht sein durfte.

«Verdammter Mist!», stöhnte Karl. Die Decke dämpfte den plötzlichen Ausbruch etwas, trotzdem erschrak er vor seiner eigenen Stimme. Ein paarmal schlug er mit der Faust in die Sofakissen, dann tauchte er aus der Decke wieder auf, griff sich sein Bier, trank es in einem Zug leer und ließ sich anschließend der Länge nach aufs Sofa sinken. Anne, Anne, Anne. Er kriegte sie einfach nicht mehr aus dem Kopf.

«Das endet böse, Karl», sagte eine leise Stimme. «Böse, böse, böse.»

«Ich weiß, Papa», stöhnte Karl.

«Dann lass dat», ermahnte ihn Karl Kleve senior. «Denk doch an Jens. Und die Kinners. Wat is denn sonst mit denen?»

«Ich denk an nichts anderes, Papa!»

«Schlag sie dir aus dem Kopf, min Jung! Anne is nix für dich.»

Er war definitiv nicht betrunken genug, um das zu ertragen. Jetzt bekam er von seinem verstorbenen Vater schon Ratschläge für sein Liebesleben.

«Du bist ja der große Experte in Liebesangelegenheiten, nicht wahr, Papa? Sieht man an deiner wunderbaren Ehe mit Mama.» Karl fingerte frustriert nach der Bierflasche. Vielleicht war ja doch noch ein Schluck drin?

Aber dann konnte er ganz leise eine vertraute Stimme hören. Es war seine Mutter. «Karlchen, wer sein Herz verleugnet, dem ist nicht zu helfen.»

Irgendwann schwiegen die Stimmen in seinem Kopf endlich. Es dauerte trotzdem noch Stunden, bis er wieder einschlief.

8 /

Der Frühling ging ins Land, und es veränderte sich nichts. Oder alles. Das kam ganz auf den Standpunkt an und ob man bereit war, tiefer zu blicken. Karl war definitiv nicht dazu bereit, tiefer in sein Inneres zu blicken, denn darin vermutete er ziemlich viele dunkle Ecken, und die auszuleuchten war nicht gerade das, was Karl unter entspannender Abendgestaltung verstand. Tagsüber teilte er sich die Arbeit im Musiksalon abwechselnd mit Anne, was gut war, denn so mussten sie einander nicht ständig sehen, und abends stürzte er sich auf die Planung des Konzerts. Er schrieb Bettelbriefe an Kulturbehörden und suchte um Förderungen an, er telefonierte mit ehemaligen Orchesterkollegen und versuchte sie zum Mitwirken zu überreden – alles ohne großen Erfolg, aber das stachelte ihn nur noch weiter an. Irgendwie wollte er es sich, seinem Bruder und natürlich auch Anne beweisen, dass er ein so großes Konzert in so kurzer Zeit auf die Beine stellen konnte.

Und dann war da noch der ganz normale Alltagswahnsinn, den er zu bewältigen hatte. Zu Ostern hatte er Arne, Andreas und Anton als braver Onkel mit Unmengen Schokoladeneiern und -hasen überhäuft und sich dann von der Familienfeier recht schnell wieder verabschiedet, indem er vorgab, dringende Elektroarbeiten in der Butze erledigen zu müssen. Tatsächlich saß er den Rest des Ostersonntags auf dem Sofa, stopfte Nougateier in sich hinein, schaute gelangweilt den Sportkanal und dachte an Anne. Dasselbe tat er auch an Ostermontag, nur wechselte er von Nougat- zu Vollmilchkrokanteiern.

Dann ging zum Glück der Alltag wieder los, und weil sein kleiner Bruder andauernd durch die Lande reiste, um sein Hard-Rock-Festival zu organisieren, mutierte Karl ganz nebenbei noch zum Dauerbabysitter seiner Neffen, während Anne den Laden schmiss. So unternahm Karl gleich zwei Ausflüge in die Tolk-Schau, wo er seine Neffen wiederum mit jeder Menge Fett und Zucker abfüllte. Dasselbe tat er gelegentlich auch mit Frau Köpke und Hartmuth, wenn diese hin und wieder Zuspruch und Löffelbiskuit benötigten. Oder aber härteren Stoff, wie zum Beispiel die von Frau Köpke so geliebten Asbach-Pralinen.

Und wegen all dieser Dinge kam Karl gar nicht dazu, sein Innenleben zu erforschen. Mal ganz abgesehen davon, dass dieses Innenleben ziemlich überzuckert war, war ihm natürlich bewusst, dass er deswegen nicht mehr in den Spiegel sehen konnte, weil er immerzu an Anne denken musste. Immer. Pausenlos! Er rechnete mögliche Gagen für die Musiker aus und dachte an Anne. Er durchforschte die Kataloge nach den besten Orchesterpartien für die Mahlersymphonie und dachte an Anne. Er telefonierte mit der Sekretärin von Sol Gabetta und dachte an Anne. (Okay, er verbrachte gute fünfzehn Minuten in der Warteschleife, bis ihn die Sekretärin darüber informierte, dass man ihn irgendwann demnächst zurückrufen würde. Was sollte er in diesen fünfzehn Minuten also sonst tun, als an sie zu denken?) Er schlief und träumte von ihr. Er wachte auf und träumte weiter. Und auf Dauer war das einfach kein Zustand.

Die Wochenenden in Hamburg verliefen eintönig unspektakulär, und Karl fragte sich insgeheim, wann er denn wohl den Mut aufbringen würde, Maren zu sagen, dass sie sich trennen mussten. Auch wenn, das war Karl bewusst, im Grunde ja gar keine Notwendigkeit bestand. Anne und er – das würde nie sein, weil es nie sein durfte. Da waren sie sich wohl mal einig. Und daher konnte er genauso gut mit Maren zusammenbleiben. War er deswegen feige? Ein verlogenes Arschloch? Karl war sich nicht sicher, denn tatsächlich empfand er für Maren ja noch etwas, um nicht zu sagen, sehr viel: Freundschaft, Dankbarkeit, Verbundenheit, Vertrautheit. Nur die Liebe war irgendwie abhandengekommen. Aber das war ja nicht gerade etwas Außergewöhnliches, dass einem die Liebe in einer langjährigen Partnerschaft mal abhandenkam, und daher musste man sich ja auch nicht gleich trennen. Karl bezweifelte zwar, dass diese Argumentation einer näheren Prüfung mittels Psychotests in Deutschlands führender Frauenzeitschrift standhalten würde, die er bei seinem Besuch mit den drei Jungs bei Lönstrups Friseur «Haar und Meer» durchgeblättert hatte, aber er hoffte darauf, dass Maren da ebenso dachte wie er selbst. So weit, so alltäglich.

Doch Alltag hin oder her: In einer der folgenden Nächte, beschloss Karl, wie immer seit Stunden wach, dass er in Sachen Konzertplanung langsam mal Gas geben musste. Natürlich hatte es auch damit etwas zu tun, dass Jens so fieberhaft an der Organisation seines Hard-Rock-Festivals arbeitete und mit seinem Kumpel Björn nächtelang über Plakatentwürfen saß, Bier trank (er konnte das Ploppen der Flensburger-Pilsener-Flaschen von unten im Büro bis hinauf in seine Butze hören) und große Pläne schmiedete. Tatsächlich wirkte Jens, wenn Karl ihn mit Björn über Rockbands mit so unsäglichen Namen wie The Devil's Choice oder Rammbock reden hörte, wenn er die Errichtung von Sanitäranlagen und über polizeiliche Genehmigungen diskutierte, wie ausgewechselt. Dann war er vollkommen in seinem Element und richtiggehend enthusiastisch, während er im normalen Alltag immer einsilbiger wurde und sämtliche zwischenmenschliche Beziehungen, mit Ausnahme der zu den Kindern, auf Sparflamme kochen ließ. Ganz zu schweigen von seinen vielen kleinen, bösen Kommentaren über Karls Klassikkonzertpläne, wie zum Beispiel: «Na, großer Bruder, schon wen gefunden, der den Schweinen das Pfeifen beibringt?» Damit meinte er den Dirigenten. Oder auch: «Wenn du nicht genügend Musiker zusammenkriegst, kannst du ja mal bei der Musikschule in Süder nachfragen.

Da gibt es bestimmt ein paar Geigenanfänger, die mitspielen möchten. Entspricht dann auch ungefähr deinem musikalischen Niveau.»

Karl antwortete dann gerne mit Sätzen wie: «Deine Bandkollegen sind doch so dauerbreit, dass sie nur noch so tun, als ob sie E-Gitarre spielen würden. Pass bloß auf, dass sie ihre Instrumente auch richtig herum halten, sonst wirkt das Playback so peinlich.»

Karl versuchte sich nicht anmerken zu lassen, wie sehr ihn Jens' Kommentare ärgerten, aber: Wer, zum Teufel, war hier eigentlich der Profimusiker in der Familie? Das war doch wohl er! Und von seinem kleinen Bruder würde er sich bestimmt nicht ausstechen lassen. Das wäre ja wohl noch schöner! Wo kämen wir denn da hin? Und wie stünde er dann da vor der Welt? Und vor ihr?

9 /

«Sag mal, dir ist schon klar, dass Musiker abends arbeiten und morgens schlafen?» Peter klang ausgesprochen missgelaunt am Telefon.

«Hab ich dich schon wieder geweckt?», fragte Karl.

«Alter, es ist nicht mal acht Uhr früh!»

«Tut mir leid», sagte Karl leichthin, dem es überhaupt nicht leid tat. «Ich wollte dich kurz sprechen, bevor ich den Laden aufsperren muss.»

«Sperr die Lauscher auf, Mann: Ich schlafe!», sagte Peter. «Was willst du?»

«Ich bin gestern Abend die Gesamtkalkulation durchgegangen. Das haut alles nicht hin. Und wir kriegen keine Förderungen. Das Kultusministerium hat gestern abgesagt.»

«Natürlich haben die abgesagt. Haben ja auch keine Ahnung von Kultur. Wie der Name schon sagt: Kultus-minusterium.»

«Und was machen wir jetzt?»

«Sponsor», sagte Peter nur knapp.

«Und wo soll ich den herzaubern?»

«Was weiß ich. Lass dir was einfallen. Dafür», Peter gähnte herzhaft ins Telefon, «hab ich gute Neuigkeiten.»

«Und die wären?», fragte Karl.

«Hab mit Sol Gabetta gesprochen.»

Na toll, dachte Karl. Peter spricht einfach so mit Sol Gabetta, und ich telefoniere fünfzehn Minuten mit der Warteschleife ihres Büros.

«Und was sagt sie?»

«Sol Gabetta kennt Gamzou.»

«Schön. Hilft uns das irgendwie weiter?»

«Ich denke doch. Die zwei freuen sich auf eine gemeinsame Zusammenarbeit.»

«Dann», sagte Karl und verschluckte sich fast vor Aufregung, «freuen wir uns auch!»

«Sie freuen sich auch über eine Mitteilung, wie hoch ihre Gage ausfallen wird», ergänzte Peter.

«Und was sollen wir Ihnen sagen?», wollte Karl wissen.

«Keine Ahnung. Ich dachte, das überlass ich dir.»

«Hm», machte Karl. «Peter, dir ist klar, dass ich kein Geld habe, oder?»

«Sicher. Du bist ein bankrottes Landei.»

«So in etwa. Und dass ich ohne Orchester auch noch keinen Finanzplan aufstellen kann, das weißt du auch, oder?»

«Sicher.»

«Also?»

Peter hustete ins Telefon. Es klang, als hätte er gestern mindestens drei Packungen Zigaretten geraucht. Wahnsinn, dachte Karl. Peter war der einzige Hornist, den er kannte, der Kette rauchte. Der Mann war wirklich komplett verrückt.

«Also, dann rechnen wir das doch mal kurz durch. Wie viele Stühle gehen in deine schicke alte Scheune rein?»

Karl überschlug die Anzahl im Kopf und sagte dann: «So circa vierhundert.»

«Fein.» Noch ein Hustenanfall. «Wir teilen den Saal in drei Preiskategorien auf, nämlich teuer, sehr teuer und wahnwitzig teuer. Das bedeutet hundert Karten zu je 125 Euro, zweihundert Karten zu je 185 Euro und noch mal hundert Karten zu 235 Euro. Macht summa summarum … Das kann ich jetzt nicht ausrechnen, dafür hab ich zu viel Restalkohol im Blut.»

Karl rechnete nach. «Ich glaube, es sind 73 000 Euro.» Da machte sich das viele Bilanzendurchgehen mit Frau Köpke doch langsam bezahlt.

«Okay», sagte Peter, «73 000 Euro sind … Gleich, mein Engel.»

«Bitte?», fragte Karl. Dann dämmerte es ihm. «Peter, stör ich dich? Ich meine, bist du nicht allein?»

«Ach, Karl», sagte Peter lachend. «Wie lange kennen wir uns jetzt? Ich bin *nie* allein! Wo waren wir? Ach ja: 73 000 Euro. Also, die kannst du dir unter die Vorhaut jubeln. Das ist gar nichts. Da gehen noch Steuern ab und dann das Personal und so weiter. Dafür kriegen wir Gamzou und, wenn's hochkommt, auch ein Orchester für den Abend zusammen, aber das deckt nicht mal alle Fixkosten. Ganz abgesehen von Sol Gabettas Gage.»

«Welche Fixkosten meinst du genau?», fragte Karl.

«Na, die Leute müssen ja mal Pipi! Das können sie wohl schwerlich aufm Gästeklo von deinem Bauern machen. Da muss man Dixis anmieten.»

«Peter, wir können den Leuten doch nicht 235 Euro für

eine Konzertkarte abnehmen und sie dann auf ein Plumpsklo schicken», gab Karl zu bedenken.

«Gut», meinte Peter, «dann eben solche Edelpissoirs. Mit Stahl und Chrom und Fließwasser. Kosten natürlich auch mehr. Ist ja klar.»

«Klar», stöhnte Karl.

«Und dann kommen noch zig andere Kosten auf dich zu. Ich denke da an das Werbebudget, die ganze Technikanlage, Bestuhlung, Security, Unterkünfte für die Musiker, Catering und so weiter und so fort. Engel, ich sag doch, jetzt nicht!»

Karl konnte Knutschgeräusche durchs Telefon hören. Dann fuhr Peter fort.

«Noch mal, Karl: Was wir brauchen, sind Sponsoren.»

«Schöne Idee, Peter. Und wo krieg ich die her? Hier? In Sonneby?»

«Na, irgendwelche Firmen wird's in deinem Kaff ja wohl geben. Oder etwa nicht?»

Karl dachte angestrengt nach, aber ihm fiel neben ihrem eigenen Musiksalon nur noch der alte Schuster Jepsen ein. Mit etwas Glück konnte er den Mann dazu überreden, zehn Euro in sein Konzertprojekt zu investieren. Es war absurd.

«Nein, Peter, ich fürchte, in Sonneby ist der Hund verfroren.»

«Dann tau ihn auf», gab Peter das Kommando.

«Wen?», fragte Karl.

«Den Hund!»

«Wuff!»

Peter lachte ein raues Lachen ins Telefon. «Und jetzt hab ich was Besseres zu tun, als mit dir zu quatschen.»

«Okay», sagte Karl. «Mach's gut.»

«Du mach's mal besser. Und übe fleißig, hörst du? Ich will mich mit dir schließlich nicht blamieren.»

«Üben?»

«Ach Karl, pack dein bestes Stück aus und fang an, damit zu spielen!»

«Du redest von meiner Klarinette, oder?», fragte Karl.

«Von der auch. Ciao, Alter.»

«Ciao.»

Das also auch noch, dachte Karl. Er musste nicht nur überteuerte Scheunen mieten, sich mit verchromten Toiletten befassen und mit der Frage, woher er einen Sponsor nehmen sollte, nein, jetzt verlangte dieser Irre auch noch, dass Karl sein Instrument entstauben und binnen weniger Monate auf Konzertniveau spielen sollte.

«Was hab ich mir bloß dabei gedacht?», sagte Karl laut zu sich selbst. Dann spritzte er sich eine Handvoll Wasser ins Gesicht und stapfte die Stufen zum Musiksalon hinunter. Vor der Eingangstür zum Laden konnte er eine große, dunkle Gestalt erkennen, die sich vor einem Frühlingsplatzregen ganz dicht unter das kleine Vordach drängte. Karl stöhnte innerlich kurz auf, aber dann gewann das Mitleid die Oberhand, und er schloss die Tür auf, obwohl sie regulär erst in einer halben Stunde öffnen würden.

«Komm rein, Manni. Du wirst ja ganz nass da draußen.»

«Dankedankedankeeymann!», brabbelte der große Manni, während von seiner regennassen Jacke mehrere Rinnsale auf den Linoleumboden flossen. «Is echt nass.»

«Ja», stimmte ihm Karl zu, «echt nass.»

«Wo ist Anne?», fragte Manni.

«Ich hab heute den Laden», informierte ihn Karl. «Anne kommt heute nicht.»

«Schade», antwortete Manni mit traurigem Gesicht. «Soll ich dir ein Geheimnis verraten?» Mannis Gesicht wurde ganz feierlich vor Ernst.

«Na, welches denn?», fragte Karl.

«Ich bin in Anne verliebt!» Dann schlug er sich die Hand auf den Mund, so als hätte er etwas Verbotenes gesagt. «Aber sag das nich' Jens!», bat er ihn.

«Nein, versprochen.» Und dann hatte Karl eine Eingebung. «Hängst du deswegen so oft hier rum?»

Manni nickte heftig.

«Und du?», fragte Manni.

«Ich arbeite hier, Manni», sagte Karl.

«Neeneenee», sagte Manni. «Mein ich nich!»

«Was meinst du denn dann?», fragte Karl. Aber da wusste er schon, was Manni ihn fragen wollte. Hätte er bloß nichts gesagt.

«Anne», sagte Manni nur. Und schon wieder schlug er sich auf den Mund, bevor er Karl vertrauensvoll seine Riesenpranke auf die Schulter legte und flüsterte: «Keine Angst. Ich sag das nich Jens. Versprochen!»

10 /

«Karlchen, nun mach schon! Wir kommen zu spät zur Probe!»

Karl Kleve senior stand in Hut und Mantel und mit nervös tippendem Finger auf seiner Armbanduhr in der Kinderzimmertür und wartete darauf, dass sein großer Sohn endlich nach Trompetenkoffer und Notentasche griff und ihm die Treppe hinunter zum Auto folgen würde.

«Gleich, Papa», rief Karl. «Ich such mein Mundstück.»

«Das Mundstück gehört in den Trompetenkoffer. Das hab ich dir schon tausendmal gesagt!»

«Ja, aber wenn ich doch Ansatz üben soll? Dazu brauch ich ja nicht die Trompete. Da nehm ich nur das Mundstück.»

«Und wo ist es jetzt?», fragte sein Vater ungeduldig.

Karl drehte sich um die eigene Achse. Dann stieß er einen kurzen Schrei aus. «Da! Ich hab's! Auf dem Fensterbrett. Zwischen dem Playmobil.»

«Na, dann los!», mahnte Karl Kleve senior.

Als sie endlich im Auto saßen, Karl auf dem Rücksitz angeschnallt, wie es sich für einen Achtjährigen gehörte, fragte er: «Papa, spielst du eigentlich gern Tenorhorn?»

«Hm», machte sein Vater nur. Karl konnte diesem «Hm» nicht entnehmen, ob es jetzt zustimmend oder ablehnend gemeint war.

«Papa?»

«Was?», fragte Karl Kleve senior, und leise murmelte er vor sich hin: «Ich frage mich, ob es noch Parkplätze vor der Sporthalle in Flensburg gibt.» Heute war die Generalprobe für das große Konzert der nordelbischen Posaunenchöre, und halb Sonneby war natürlich auch dabei.

«Papa, ich will lieber Klarinette lernen.»

«WAS?», beinahe wäre Karl Kleve senior vor Schreck im Straßengraben gelandet.

«Ich möchte lieber Klarinette lernen.»

«Ich hab dich schon verstanden, Sohn.»

Karl konnte sehen, wie sein Vater ihn im Rückspiegel des alten Mercedes musterte.

«Also Klarinette, hm?», fragte er.

«Find ich schön.»

«Schöner als Trompete?»

«Ja.»

«Hm.» Wieder dieses «Hm». Das machte sein Vater immer dann, wenn er eigentlich etwas Negatives sagen, den anderen aber nicht kränken wollte.

«Und wie kommst du ausgerechnet auf Klarinette?»

«Im Radio war doch neulich ein Klarinettenkonzert.»

Natürlich war es nicht irgendein Klarinettenkonzert gewesen, es war *das* Klarinettenkonzert von Mozart, und er hatte es zusammen mit seinem Vater am letzten Samstag im Laden gehört, als es so stark geregnet hatte, dass er nicht draußen spielen konnte.

«Ich werd mal sehen, ob ich irgendwo ein Leihinstrument herbekomme», sagte sein Vater. «Dann kannst du es mal ausprobieren. In Ordnung? Und wenn es dir gefällt, dann …»

«Mir gefällt Klarinette sicher», sagte Karl. «Ich finde sie cool! Und die Musik macht mich ganz ruhig, so innen drin.»

Da lächelte sein Vater, und Karl wusste, dass er gewonnen hatte. Eine Woche später überreichte ihm Karl Kleve senior seine erste Klarinette. Es war einer der glücklichsten Tage seines Lebens.

Nun saß Karl nach einem langen Tag im Musiksalon in seiner kleinen Butze vor der Wand mit Dagmar Berghoff und starrte auf den Instrumentenkoffer, in dem seine Klarinette lag. Durch das Fenster fielen die letzten Sonnenstrahlen des Tages. Draußen quietschten die Vögel um die Wette, und ein einzelner Lichtstahl fiel auf die kleine Küchenzeile, die Karl inzwischen dort installiert hatte, und beschien das Polaroid seiner Mutter am alten Kühlschrank, den er mitsamt dem Bild aus seinem Elternhaus in die Butze mitgenommen hatte.

Je länger er das Foto betrachtete, desto sicherer war Karl, dass der Mann auf dem Foto unmöglich sein Karl Kleve senior sein konnte. Wer also war das? Wen küsste seine Mutter dort? Wer war der Mann mit dem scheußlichen rot-schwarz gestreiften Wollpullover, mit diesem affenartigen, hässlichen Siebziger-Jahre-Kragen? Verdammte Scheiße!

«Du sollst nicht fluchen», mahnte ihn seine Mutter.

«Und du sollst nicht ehebrechen», konterte Karl.

«Musst du gerade sagen», empörte sich seine Mutter. «Wer hat denn ein Auge auf die Freundin seines Bruders geworfen?»

«Das ist etwas anderes», wollte er sich rechtfertigen. «Und außerdem ist da gar nichts zwischen Anne und mir. Und ich lüge auch nicht mein Leben lang meine Kinder an, im Gegensatz zu euch!»

«Urteile nicht über Dinge, von denen du nichts verstehst», sagte seine Mutter. «Du weißt doch gar nicht, was damals passiert ist. Und warum es passiert ist.»

«Dann klär mich auf!», forderte Karl.

Doch seine Mutter wich ihm aus. «Spiel hier nicht den Moralapostel, sondern üb schön Klarinette.»

«Und die andere Sache?», wollte Karl wissen.

«Alles zu seiner Zeit», sagte seine Mutter. «Jetzt konzentrier dich mal auf die Musik. Spiel mir was Schönes vor!»

Karl seufzte. Wahrscheinlich hatte seine Mutter recht. Er sollte sich jetzt auf die Klarinette konzentrieren. Es war nicht so, dass er in den letzten Jahren nicht hin und wieder mal musiziert hätte. Aber wenn er es tat, dann nie in der Absicht, dem Instrument mehr zu entlocken als ein paar angeberische Töne einer Melodie, die er von früher noch in- und auswendig kannte. Etwas Neues einzustudieren, nach so langer Zeit, und damit auf allerhöchstem Niveau bestehen zu müssen, das war etwas ganz anderes. Und davor, das musste er sich leider eingestehen, hatte er ganz einfach einen Heidenrespekt.

«Also gut», sagte Karl leise zu sich selbst, griff nach dem Instrumentenkoffer, öffnete ihn, baute die Klarinette zusammen und sah sich sein Instrument dann lange an.

«Hallo», flüsterte er. «Ich bin es. Erkennst du mich noch?»

Und dann spielte er die ersten Töne seit vielen, vielen Monaten, und es klang gar nicht mal schlecht, fast so, als würde die Klarinette ihm antworten: Ich hab dich vermisst. Schön, dass du wieder da bist.

11 /

«Ich hab dich vermisst!»

Maren küsste ihn erstaunlich leidenschaftlich auf den Mund.

«Schön, dass du da bist. Was machst du hier?»

Maren rückte leicht von ihm ab und sah ihm in die Augen: «Dich besuchen?»

«Das sehe ich», stellte Karl fest.

Sie standen im Türrahmen zu seiner Butze. Karl hatte gerade in den Laden hinuntergehen wollen, als er in Maren gerannt war.

«Schlechter Zeitpunkt?», fragte sie. «Ich dachte ja nur, weil du das lange Wochenende nicht nach Hamburg kommen kannst, und ich hab ja frei, da komme ich einfach zu dir, so als Überraschung. Aber wie ich sehe, war das wohl keine gute Idee.»

«Doch, doch!», beeilte er sich zu sagen. «Gute Idee, gute Idee.»

Fünf Sekunden später standen sie immer noch im Türrahmen.

«Darf ich auch reinkommen, oder verbringen wir das Wochenende im Flur?», fragte Maren.

«Entschuldige», antwortete Karl und gab den Weg in seine Wohnung frei.

Maren trat ein und sah sich um. «Ganz nett geworden», sagte sie. «Bis auf die Tapete natürlich.»

«Natürlich. Willst du einen Kaffee?», fragte Karl.

«Nein.»

«Saft? Wasser?»

«Nein und nein.»

«Duschen?»

«Später.»

«Hast du Hunger?»

«Nein.»

«Kann ich irgendetwas tun, um dich glücklich zu machen?», wollte Karl wissen.

«Schlaf mit mir», schlug Maren vor.

«Jetzt?»

«Warum nicht?»

Warum nicht? Es gab tausendundeinen Grund, warum er jetzt nicht mit Maren ins Bett wollte.

«Ich muss gleich runter in den Laden? Übrigens – wer hat dich reingelassen?»

«Dein Bruder. Und so ein komischer Typ in Grufti-Klamotten und mit ungewaschenen Haaren.»

«Björn», stellte Karl fest.

«Ach, komm schon, ich hab dich total vermisst! Du mich nicht auch?»

«Doch.»

«Dann komm!» Und schon zerrte sie ihn zum Bettsofa, das Karl gerade vor wenigen Minuten erst wieder zusammengeschoben hatte.

«Und wenn uns die anderen hören?», fragte er, während Maren schon dabei war, sich den Pullover über den Kopf zu ziehen.

«Seit wann bist du so prüde?», fragte sie. «Die hören uns nicht. Waren schon halb auf dem Weg zum Auto. Offenbar wollte Jens irgendeine Lichtanlage besichtigen fahren.»

Mist, eine Lichtanlage! Daran hatte Karl noch gar nicht gedacht. Er hatte schon eine Bestuhlung bestellt, Toiletten und ein Cateringunternehmen herausgesucht. Aber dass er für die Musiker Licht brauchen würde, wenn sie am Abend in der Scheune ein Konzert geben und dabei die Noten auch erkennen sollten, der Gedanke war ihm noch nicht gekommen. Noch etwas, das er auf seine Liste schreiben musste.

«Karl?»

Er schreckte aus seinen Gedanken auf. «Was? Ja. Ich weiß nicht recht.»

Maren, die mittlerweile nur noch in Jeans und BH vor ihm stand, hörte auf, sich auszuziehen, und sah Karl ernst an.

«Du willst nicht», stellte sie fest.

«Doch, sicher, aber …»

«Du willst *mich* nicht!» Sie sagte das ganz sachlich.

Jetzt oder nie, dachte Karl. Wenn du dich trennen willst, ist das der richtige Zeitpunkt. Also, gib dir einen Ruck und schenk ihr reinen Wein ein. Du bist in Anne verliebt, und obwohl du nie mit dieser Frau zusammen sein kannst, wirst du jetzt mit Maren Schluss machen.

«Hm», sagte Karl.

Aber Maren war eine kluge Frau. Sie begriff offenbar auch ohne lange Erklärungen, was hier gespielt wurde und dass sie weder mit Karl im Bett landen noch ein weiteres Wochenende im Lande Angeln verbringen würde. Mit ernster Miene griff sie zu ihrem Pullover, streifte ihn über, schnappte sich Socken und Schuhe und schwang sich dann ihre Jacke und die kleine Reisetasche über die Schulter.

«Das war's dann wohl», sagte sie.

«Es tut mir leid», gab Karl zu, und das war in diesem Moment tatsächlich ehrlich gemeint.

«Du bist so ein Arsch», sagte Maren bitter. «Es ist ja nicht so, dass ich nicht gemerkt hätte, das da zwischen uns etwas nicht stimmt. Aber du hättest ein einziges Mal in den letzten Wochen den Mund aufmachen können, Karl Kleve! Ein einziges Mal! Aber nix da. Stattdessen lässt du mich hier einen Striptease hinlegen und mich zum Affen machen.»

«Wie gesagt, es tut mir leid.»

«Sag jetzt noch den Satz ‹Es liegt nicht an dir, es liegt an mir!›, und ich hau dir eine runter.»

Und dann ging sie mit verschlossener Miene an ihm vorbei aus der Wohnung und war verschwunden.

Karl stand noch eine Weile unschlüssig in der Butze herum, die plötzlich ganz still und leer wirkte, dann griff er sich seine Schlüssel, sperrte zu und ging runter in den Laden. Maren war längst verschwunden, aber sein Bruder war noch da.

«Wo wollte Maren denn so schnell wieder hin?», fragte Jens, während er im Stehen an einem Körnerbrötchen kaute und gleichzeitig sein Navi fürs Auto programmierte.

«Weg», antwortete Karl kurz und knapp.

«Habt ihr euch gestritten?»

«Nein», sagte Karl. «Wir haben uns gerade getrennt.»

«Oh», sagte Jens nur und nahm noch einen Bissen von seinem Brötchen. Die Klospülung neben dem kleinen Büro ging, und heraus kam Björn.

«Hab ich das eben richtig mitgehört? Ihr habt euch getrennt?»

«Ja», sagte Karl mit ernster Miene.

«Oh Mann, voll krass! Die Weiber!»

«Ja, so kann man's auch sagen», entgegnete Karl.

«Alter, ich kenn das», sagte Björn, während er Karl vertraulich seine Hand auf die Schulter legte. «Tut verdammt weh.»

«Nein, eigentlich …»

«Reißen dir das Herz raus, und dann weißt du nicht weiter im Leben. Aber dafür hast du ja mich!», strahlte ihn Björn an und griff in die Innentasche seines schwarzen Ledermantels. Daraus zog er eine CD hervor, auf der ein silbernes Kruzifix abgebildet war, um das sich ein Schlangenkörper mit Teufelskopf ringelte.

«Hier. Das brauchst du jetzt! Spiel mal Track fünf, und du wirst dich besser fühlen. Garantiert!»

Karl zog die Stirn in Falten und besah sich die Rückseite der CD. Unter Track fünf war der Titel *Fuckin' Witches* aufgelistet.

«Danke», sagte Karl. «Promiskuitive Hexen retten mir sicher das Leben.»

«Alter, ich geb dir noch einen guten Tipp», raunte ihm Björn zu. «Wenn du es nicht mehr aushältst, dann geh da hin, wo der Schmerz am größten ist!»

«Ich werd's mir merken», sagte Karl. Insgeheim dachte er darüber nach, was ihm wohl mehr weh tun würde: mit dem Kopf gegen die Wand zu laufen oder diese CD anzuhören?

«Wir müssen jetzt los», informierte ihn Jens. «Geh nicht an die Biervorräte, um deinen Kummer zu ertränken. Die hat Björn bezahlt. Wobei ich ja verstehen kann, wenn du dich besaufen willst: Freundin weg, und dann wird dein Klassikkonzert auch noch ein Desaster. Da bleibt einem ja nur der Suff.»

«Wer sagt dir, dass mein Konzert ein Desaster wird?», fragte Karl scharf.

«Brüderchen, ich hör dich regelmäßig oben auf deiner Klarinette üben. Glaub mir, *das* wird nichts!» Dabei grinste Jens böse.

Björn klopfte Karl noch einmal mit beiden Händen auf die

Schultern und sagte zum Abschied: «Alter, nimm's uns nicht übel, aber Erkenntnis ist der erste Weg zur Besserung! Nix für ungut, ne?»

Dann waren sie weg, und Karl bebte vor Zorn. Einerseits ärgerte er sich maßlos über seinen Bruder und seinen Idiotenfreund, andererseits über sich selbst, weil ihm keine passende Antwort eingefallen war. Da hörte er draußen auf einmal einen Riesenkrach, gefolgt von wüsten Beschimpfungen, und dann wurde die Tür zum Musiksalon mit lautem Bimmeln aufgerissen, und im nächsten Moment stürmte ein vollkommen aufgelöster Hartmuth herein.

«Schnell!», rief er. «Karl! Unfall! Hannelore!»

Fast hätte Karl gefragt, wer denn, bitte schön, Hannelore sei, aber dann wurde ihm klar, dass es sich hierbei nur um Frau Köpke handeln konnte, und er rannte mit Hartmuth nach draußen.

«Was ist passiert?», rief Karl Hartmuth zu, doch der war viel zu panisch, um zu antworten. Einen Meter vom Musiksalon entfernt, halb auf dem Bürgersteig und halb auf der Straße, lag Frau Köpke, neben ihr ein weinrotes Damenrad, und ihr massiges Gesicht war sehr, sehr bleich. Karl kniete neben ihr auf dem Asphalt.

«Haben Sie sich verletzt?», fragte er.

«Keine Ahnung», sagte Frau Köpke. «Mir tut alles weh.»

«Irgendetwas besonders stark?», wollte Karl wissen.

«Mein Allerwertester», gab Frau Köpke zur Antwort. Und dann forderte sie ihn auf: «Hilf mir mal hoch, min Jung!»

Gemeinsam mit Hartmuth zog Karl Frau Köpke auf ihre dicken Beinchen.

«Puh», sagte sie. «Dat war ja wat.»

Und erst jetzt warf Karl auch einen Blick auf die Straße, und nun war ihm klar, woher der Riesenlärm gekommen war.

Direkt in der Kurve, die gleich hinter dem Musiksalon begann, waren zwei Autos ineinandergekracht. Das eine war der VW-Bus von Björn, der jetzt quer zur Fahrbahn stand und dessen linkes Vorderlicht zersplittert war, das andere war das dunkelblaue BMW-Cabriolet von Horny-Peter, das auf dem Grünstreifen stand und dessen rechter Kotflügel eine Riesenbeule und diverse Kratzer aufwies. Da sein Bruder, Björn und Peter wild gestikulierend miteinander stritten, schien keinem der drei etwas passiert zu sein. Und offenbar hatte auch niemand gemerkt, dass Frau Köpke vom Rad geflogen war.

«Mensch, Hannelore, du machst Sachen!», sagte Hartmuth, jetzt sichtlich erleichtert.

«Das hat so gerumst, da bin ich vor Schreck mit dem Rad umgefallen!», erklärte Frau Köpke.

Nachdem Karl das weinrote Fahrrad aufgerichtet und den Fahrradkorb wieder auf dem Gepäckträger platziert hatte, schob er es, da die Kette herausgesprungen war, behutsam in den Fahrradständer vor dem Laden. Dann ging er, nachdem er sich noch einmal vergewissert hatte, dass Frau Köpke wohlauf war, und Hartmuth versprochen hatte, sie nach Hause zu bringen, über die Straße und brachte sich vor Jens, Björn und Peter in Stellung.

Endlich fand Karl ein Ventil für seinen angestauten Zorn. Also brüllte er die drei streitenden Männer an, so laut er konnte: «Habt ihr den Verstand verloren? Wer von euch Schwachköpfen hat Frau Köpke auf dem Gewissen? Raus mit der Sprache! Ach, und hallo, Peter!»

«Hallo», sagte Peter, der augenblicklich aufhörte, Jens und Björn anzuschreien. «Freut mich auch, dich zu sehen! Wie du sichst, bin ich gerade damit beschäftigt, diese zwei Dorftrottel zur Schnecke zu machen. Aber das dauert nicht lange.»

«Du kennst den Vollidioten?», wollte Jens nun von Karl wissen.

«Peter, das ist mein Dorftrottel-Bruder Jens. Jens, das ist mein vollidiotischer Freund Peter», stellte Karl die beiden einander vor. «Peter, was zur Hölle tust du heute hier? Du wolltest morgen kommen.»

«Dich besuchen, du Esel. Ich hatte Zeit und dachte, ich komm mal spontan schon heute vorbei und wir planen unser Konzert, bevor wir auf Sponsorentingeltour gehen.»

«Spontan?», fragte Karl. «An einem Donnerstagmorgen, um neun Uhr früh?»

«Hab die Nacht durchgemacht», gab Peter zu.

«Ha!», schrie Björn. «Da haben wir's. Übermüdet am Steuer und bestimmt auch noch besoffen.»

«Musst du gerade sagen», fauchte Karl zurück.

Dann besann sich Jens und fragte schuldbewusst: «Wie geht es Frau Köpke?»

«Sie lebt», antwortete Karl.

«Gut», sagte Jens.

«Verdammt!», brüllte Karl wieder los. «Die Frau hat schweres Übergewicht, Zucker und wahrscheinlich ein Herzinfarktrisiko von 1 zu 10, und ihr macht so was! Ihr habt sie ja nicht mehr alle!»

«Tut uns echt voll leid, Alter», gab Björn zu. «Aber der Trottel hier ist viel zu schnell um die Kurve geschossen, und da hab ich nicht mehr ausweichen können.»

«Ich glaub, ich spinne! Du hast mir die Vorfahrt genommen mit deiner Schrottkarre! Du bist einfach ohne zu gucken auf die Straße eingebogen!», regte sich Peter auf.

«Rein mit euch in den Laden, und klärt das, wie es unter zivilisierten Menschen üblich ist», befahl Karl.

«Und das wäre wie?», fragte Jens skeptisch.

«Bei einem Bier», sagte Karl, drehte sich um und ging zurück in den Musiksalon. Die anderen folgten ihm mit kurzem Abstand, wobei Björn hörbar raunte: «Nichts für ungut, Karl, aber nur weil du Frust schiebst, musst du nicht gleich den dicken Mann markieren.»

«Welchen Frust?», wollte Peter wissen.

«Seine Freundin hat gerade mit ihm Schluss gemacht», sagte Björn.

«Danke, Björn, jetzt wissen es alle!», motzte Karl.

«War wohl zu erwarten», sagte Peter, zu Karl gewandt. «Du hängst ja auch nur noch hier in der Provinz rum. So eine Frau lässt man ja auch nicht alleine.»

«Können wir uns jetzt mal aufs Wesentliche konzentrieren?», bat Karl.

«Ich hoffe, ihr seid gut versichert», bemerkte Peter. «Mein Cabrio ist mir nämlich heilig. Und wer hier die Schuld am Unfall trägt, dürfte ja wohl klar sein.»

«Ich glaub, mein Schwein pfeift!», rief Björn aus. «Du Cabrio-Fuzzi!»

Geschlagene zwei Stunden stritten die vier Männer daraufhin über Schuld, Unschuld, Versicherungen und, der Abwechslung halber, zwischendrin auch über Fußball, kamen aber zu keiner Lösung. Karl hatte es aufgegeben, den Schlichter zu spielen. Stattdessen hatten sie alle vier bereits um zehn Uhr morgens je drei Bier und einige Schnäpse intus, was nicht unwesentlich dazu beitrug, dass sie sich beinahe an die Gurgel gingen. Am Ende schlief Peter bei Karl auf dem Sofa seinen frühmorgendlichen Rausch aus, Björn jammte angetrunken im Laden auf seinem Cello herum, und Jens reparierte mit schlechtem Gewissen die Kette von Frau Köpkes Fahrrad, was dank Bier und Köm ungefähr dreimal so lange dauerte wie üblich.

Nur Karl, der dachte, dieser Tag könne eigentlich nicht mehr schlimmer werden, ging in seiner Butze zum Kühlschrank, schnappte sich noch ein viertes Bier und tippte, schon ziemlich betrunken, eine SMS in sein Handy.

Du bist mein Lied. Ich höre nur dich. In allem. Immer. Ich will nur dich. Note für Note. K.

Eine Weile lang starrte er auf den Text, zögerte, trank, dachte nach – dann schickte er die SMS ab.

12 / Der Mittag war ungewöhnlich warm für einen Tag Anfang April. Als Peter seinen Kopf vom Sofa erhob, strahlte ihm die norddeutsche Sonne ins Gesicht, und er hielt sich die Hand vor Augen.

«Wer hätte das gedacht?», sagte er.

Karl, der, in seinem Sessel sitzend, kurz eingenickt war, starrte zu Peter hinüber.

«Was gedacht?», fragte er.

«Das hier!», sagte Peter und deutete auf das hell durchflutete Zimmer. «Sonne! Im Norden! Wer rechnet denn mit so was?»

«Peter, du bist ein Idiot», stellte Karl fest.

«Jepp. Und zwar einer, der einen Kaffee braucht. Einen starken!»

Karl gähnte, dann nickte er. «Doppelter Espresso?», schlug er vor.

«Gerne. Und ich stell derweil mal das Bier ins Klo.» Peter richtete sich mühsam vom Sofa auf.

«Ist unten im Laden», informierte ihn Karl. «Treppe runter, die schmale Tür links.»

«Okeydokey.»

Karl konnte hören, wie Peter die Treppe hinunterpolterte. Und gerade als er den Kaffee in die Espressomaschine einfüllen wollte, vernahm er einen lauten Pfiff und dann Peters Stimme: «Na, holdrio, schöne Frau! Wen haben wir denn da?»

Mist, dachte Karl. Das konnte doch nur eine sein.

«Ich bin Anne», hörte er sie sagen, und ihre Stimme klang ungewöhnlich scharf. «Und wer sind Sie?»

«Du bitte, und ich heiße Peter. Ich bin ein Freund von Karl. Enchanté!»

«Gut, angetrunkener Freund von Karl, dann geh mal aus dem Weg. Ich hab für so was heute keine Zeit.»

«Schade», lallte Peter. «Mit dir hätte ich gerne den Tag verbracht.»

Bitte, sag es nicht!, wünschte sich Karl, doch auf Peter war natürlich Verlass – wenigstens in dieser Hinsicht.

«Und natürlich auch die Nacht!», fügte Peter hinzu.

«Noch ein Wort, und es wird gleich Nacht für dich», erwiderte Anne, und da musste selbst Karl grinsen. Sich Anne vorzustellen, wie sie Peter bewusstlos schlug, war so absurd, dass es schon wieder komisch war. Aber bevor die Situation noch peinlicher wurde, lief er lieber schnell die Treppe runter und schob sich zwischen Anne und Peter.

«Hi, wir sind gerade dabei, unser Konzert zu planen.»

«Ach», sagte Anne nur und musterte Karl mit skeptischem Blick.

«Ja, deshalb ist Peter hier.»

«Aha.»

«Und jetzt stellt er ganz schnell das Bier ins … also, er muss mal, und dann schauen wir uns Sonneby und die Scheune an. Nicht wahr, Peter?»

«Jawohl!», sagte der und verschwand hinter der besagten Tür.

«Karl», sagte Anne, «bist du betrunken?»

«Jepp», antwortete Karl.

«Es ist ein Uhr mittags!»

«Jepp.»

«Welche Scheune?»

«Bitte was?» Das vierte Bier war definitiv zu viel gewesen. Alles drehte sich.

«Welche Scheune ihr anschauen wollt?»

«Die Heune von Schansen. Nein, andersrum: die Scheune von Hansen.»

«Was ist eigentlich mit Frau Köpke passiert? Die sollte heute Nachmittag den Laden schmeißen. Und nun hat mich Jens informiert, dass ich einspringen muss.»

«Überfahren», sagte Karl.

«WAS?» Annes Augen weiteten sich vor Schreck.

«Gott, was hast du nur für blaue Augen!»

«Bleib bei der Sache», sagte Anne streng, lächelte aber.

«Horny, also Peter, meine ich, und der Blöde, also Björn, sind ineinandergekracht, und vor Schreck hat es Frau Köpke vom Rad gefetzt, und nun muss sie mit Hartmuth zu Hause Löffelbiskuits essen. Anne, ich kann nicht mehr. Ich will dir nur – ich will dir nur sagen, dass …»

Da ging die Klospülung neben ihnen los, und Peter stieß die Tür auf.

«Frisch wie der Morgen», verkündete er und klatschte in die Hände. «Lass uns gehen!»

«Also, noch mal ganz langsam und zum Mitschreiben: Dein Idiotenfreund und der Idiotenfreund von Jens haben Frau Köpke überfahren, und deshalb muss ich mich heute zwischen Kinderbetüddeln und Musiksalon zerreiben?»

«Ich bin untröstlich», sagte Peter und verbeugte sich tief vor Anne, was halbwegs elegant ausgesehen hätte, wenn er beim Aufrichten nicht mit dem Kopf gegen die Klotürklinke geknallt wäre.

«Haut ab!», zischte Anne und verschwand dann durch den Laden hinaus ins Freie.

«Alter Schwede», begann Peter, der Anne zusammen mit Karl nachstarrte, «das ist ja mal ein hübsches Exemplar von Schwägerin!»

Karl nickte, und Peter pfiff leise durch die Zähne. Dann rülpste er einmal laut und wandte sich in Richtung Ausgang. «Na los! Zeig mir die Sehenswürdigkeiten von Sonneby. Und lass ja keinen Schweinestall aus! Und dann will ich was zu essen. Gibt es in diesem Kaff ein Sushi-Lokal?»

13 /

Über ihnen strahlte die Sonne in einem blitzblauen Himmel, um sie herum blühten die ersten Rapsfelder und hüllten alles in einen schweren Honigduft. Angeln zeigte sich von seiner besten Seite. Doch Peter quasselte nur den ganzen Spaziergang über Karl die Ohren voll, vornehmlich darüber, unter welchem Dirigat er in den letzten Jahren nicht schon diese oder jene Aufnahme gemacht, mit wem er in welchem Orchester gespielt und mit welchen Musikerinnen er schon geschlafen hatte. Karl hörte nur mit halbem Ohr zu. Ihn beschäftigte vielmehr die Frage, ob seine SMS angekommen war und warum Anne so abweisend reagiert hatte. Obwohl – wenn ihm eine angetrunkene, verbotene Liebschaft in Begleitung eines vollkommen manischen, sexsüchtigen Hornisten über den Weg laufen würde, dann würde er wahrscheinlich auch eher einsilbig reagieren.

Kaum waren sie beim Hof von Walter Hansen angekommen, stießen sie erneut mit Björn und Jens zusammen. Und damit ging der Streit in Runde zwei.

«Moin, Moin», begrüßte Peter Walter Hansen, «oder wie die Eingeborenen hier sagen.»

«Moin», erwiderte Hansen, und sein Blick auf Peter, der in fliederfarbenem Seidenhemd und grauer Bundfaltenhose nun vor seinem Hühnerstall stand, sprach Bände.

«Moin», sagte auch Karl. «Wir wollten uns noch mal die Scheune ansehen.»

«So, wolltet ihr das?», fragte Hansen. «Dein Bruder ist auch da.» Hansen kaute auf seiner Unterlippe herum. «Du weißt ja, wo es langgeht. Ich muss jetzt zu meinen Schweinen.» Und dann ließ er Peter und Karl einfach stehen.

«Auf geht's! Hollerdrihopp!», rief Peter fröhlich.

Karl führte ihn über den Hof zu der besagten Scheune, an die sich eine der größten Koppeln von Hansen anschloss. Und auf der stiefelten gerade, wild gestikulierend, Björn und sein Bruder Jens herum.

«Das isses?», fragte Peter, als Karl auf das Gebäude zeigte.

«Ja, das isses.»

Peter nickte. «Guter Schweinestall.»

«Das ist kein Schweinestall, das ist eine Scheune.»

«Sag ich ja.»

«Peter?»

«Ja?»

«Du hast keine Ahnung von der Landwirtschaft.»

«Nö, aber von Akustik. Lass mal reingehen.»

Und Peter ging mit ausladenden Schritten voran in die alte Scheune, sah sich interessiert um und begann dann, in die Hände zu klatschen und dem Klang nachzuhören. Karl lehnte sich derweil an die Tür an und schaute Peter dabei zu, wie er den Raum abschritt, so gut das zwischen den ganzen landwirtschaftlichen Geräten, die überall herumstanden, eben ging. Peter machte einen Bogen um eine alte Ballenpresse, drehte sich elegant um ein halbes Dutzend alter Benzinkanister und hüpfte zu guter Letzt über die Reste eines alten, morschen Kaninchenstalls, bis er den Blick schließlich nach oben richtete. Mit wohlwollendem Ausdruck besah er die großen, lichtdurchfluteten Fenster, die schöne Musterung der Backsteinmauern und nicht zuletzt das erst kürzlich instand gesetzte Reetdach.

«Nicht übel», sagte Peter. «Gar nicht übel.»

«Nicht wahr?» Na, wenigstens etwas, dachte Karl.

«Natürlich muss der ganze Krempel hier raus, aber wenn der Raum erst mal leer steht, dann sieht das schon ganz anders aus. Was sagst du, wie viele Stühle kriegen wir hier rein?»

«Ich dachte, so vierhundert müssten passen», antwortete Karl.

Peter drehte sich um seine eigene Achse. «Ich glaub, wir schaffen mehr. Vierhundert ist großzügig berechnet. Kommt auf die Feuerwehr an und was die dazu sagen, wegen der Sicherheitsbestimmungen und so weiter und wo wir die Notausgänge platzieren müssen.»

Da betraten plötzlich Jens und Björn die Scheune.

«Was wollt ihr hier?», fragte Jens.

«Wir testen die Klangfülle des Raumes», antwortete Peter.

«Wat?», fragte Björn

«Und du bist sicher, dass der Typ Cellist ist?», wandte sich Peter an Karl.

«Wir werden hier das Konzert abhalten, das Peter und ich planen.»

«Das weiß ich schon. Wann genau wird das sein?», fragte Jens.

Karl zuckte mit den Schultern. Einen genauen Termin hatten sie noch gar nicht festgelegt. Aber da verkündete Peter plötzlich: «Am 23. September.»

«Ach so?», fragte Karl.

«Ja. Hab ich dir noch nicht gesagt. Sol Gabetta kann nur an dem Tag», informierte ihn Peter.

«Gut, dann der 23.», nickte Karl.

Jens' Gesicht verdüsterte sich augenblicklich. «Das könnt ihr vergessen. Da findet unser Festival auf dem Acker statt. Das ist der einzige Tag, an dem Fury spielen kann.»

«Bitte wer?», fragte Peter.

«Fury in the Slaughterhouse. Das ist unser Hauptact bei dem Festival! Apocalyptica wollten nicht. Aber dafür haben wir Fury gekriegt, und die geben bei uns ihr Comeback-Konzert! Megapublicity, Mann. Und die können nur an dem Tag. Punktum», sagte Björn.

Da lachte Karl auf. «Jens, das geht nicht. Wenn Peter sagt, das ist der einzige Termin für uns, dann …»

«… dann ist das der einzige Termin für uns!», bestätigte Peter.

«Das geht *nicht*!», protestierte Jens, und Björn stimmte ihm heftig nickend zu. «Wir haben schon die Flyer in Auftrag gegeben und die Mischpulte bestellt und die Dixis und überhaupt!» Karl konnte sehen, wie in Jens die Wut hochkroch.

«Und überhaupt lassen wir uns unseren Supergig nicht von so einem Cabrio-Schnösel kaputtmachen. Das wäre ja gelacht, wäre das, ne, Jens?» Björn sah Beifall heischend zu Jens hinüber.

«Damit wäre dann wohl ich gemeint», stellte Peter fest. «Nur um das mal festzuhalten: *Du* bist einfach mit deinem Bulli aus der Ausfahrt gebogen, ohne zu gucken. *Ich* hatte Vorfahrt!»

Und schon brach der Streit von neuem los. Alle vier redeten durcheinander, zeigten einander einen Vogel, motzten, keiften, brüllten und benahmen sich im Großen und Ganzen wie Kinder in einem Sandkasten, die um Schippen und Eimer kämpfen. Es fehlte nicht viel, und Björn wäre im Übereifer tatsächlich auf Peter losgegangen, der ihn in einer Tour provozierte, ihm allerdings physisch weit unterlegen war. Björn maß immerhin knapp zwei Meter, wohingegen Peter ihm nur bis unters Kinn reichte. Und auch der Ton zwischen Jens und Karl war an Schärfe kaum noch zu überbieten.

Der Streit war in vollem Gange, als Hansen auf der Bildfläche erschien. Mit einem diabolischen Grinsen im Gesicht nahm er Aufstellung am Scheunentor und hörte zu, wie die vier Männer sich verbal zerfleischten.

«Du warst schon immer ein riesengroßer Egoist!», warf Jens seinem Bruder gerade vor.

«Ich bin egoistisch? *Du* rückst doch keinen Millimeter von deinen Plänen ab. Ich komm dir seit Monaten entgegen, und du bewegst dich kein bisschen!»

«Ach ja?»

«Ach ja! Wäre ich sonst wieder in Sonneby?»

«Ich hab dir schon tausend Mal gesagt, du kannst ruhig abhauen! Keiner braucht dich hier!»

«Weißt du was? Vielleicht mach ich das ja auch! Aber dann kannst du dich vom Musiksalon verabschieden! Deine dämlichen Hard-Rock-Loser werden kaum genügend Geld bringen, um den Laden zu retten.»

«Man kann nicht alles haben!», zischte Jens.

«Soll ich euch noch ein paar Mistgabeln geben, damit ihr euch gegenseitig abstechen könnt? Euer Gezeter macht meine Säue ganz verrückt», sagte Hansen.

«Ist das unsere Schuld, wenn Sie Ihre Termine nicht koordinieren?», fauchte Karl Walter Hansen an. «Das haben Sie doch mit Absicht gemacht! Zwei Konzerte an einem Tag, das haut doch allein wegen der Akustik nicht hin. Uns so vorzuführen – das ist wirklich unter aller Sau!»

«Was heißt hier koordinieren?», wollte Hansen wissen. «Du wolltest den Acker», dabei zeigte er auf Jens, «und du wolltest die Scheune, Karl. Also, was regt ihr euch so auf? Hat doch jeder bekommen, was er wollte!» Hansen setzte ein süffisantes Grinsen auf.

«Das ist nicht Ihr Ernst!», rief Jens.

«Mein voller Ernst», bestätigte Hansen. «Aber wenn es euch nicht passt: Werft 'ne Münze! Mir ist das egal.»

«Also wir ändern das Datum nicht mehr!», sagte Björn daraufhin.

«Und für uns kommt nur der 23. in Frage!», hielt Peter dagegen.

«Dann gibt es nur eine Lösung: Einer von uns sagt sein Event ab», schlussfolgerte Karl. «Und zwar derjenige, dessen Konzert die Überschrift Desaster trägt, nämlich du.» Er zeigte mit dem Finger auf Jens.

«Kommt nicht in Frage!», rief Jens. «Mach du doch deinen Scheiß woanders.»

«Genau», polterte Björn. «Sonst gibt's Zores!»

«Leute», ging Peter dazwischen, «können wir unseren brachialen Bauerntrottelcharme einpacken und vernünftig miteinander reden?»

«Nennst du mich gerade einen Bauerntrottel?», fragte Björn drohend.

«Right!», sagte Peter. «Da kannst du deinen Arsch drauf verwetten.»

Und das war dann zu viel für Björn. Die Kombination aus Restalkohol, erster Frühlingssonne und Peters Beleidigungen brachte den sonst so sanftmütigen Wikinger in Wallung, und er holte zum Schlag aus. In diesem Moment duckte sich Peter weg, und Karl, der direkt neben Peter stand, hatte die Faust von Björn im Gesicht. Wie ein nasser Sack ging er zu Boden.

«Verdammte Scheiße!», fluchte er.

Mit diesem einen Schlag war die Luft raus. Björn blickte, über seine eigene Tat leicht schockiert, verdattert auf seine Faust, während Jens und Peter Karl unter die Arme griffen und ihn vom Boden hochzogen.

Hansen, der die ganze Szene über an die Mauer angelehnt hinter ihnen gestanden hatte, lachte. Der Mann spielt uns alle gegeneinander aus, dachte Karl, während er sich die Wange hielt, und wir Idioten lassen das auch noch mit uns machen.

«Wie wäre es denn», schlug Hansen vor, «wenn ihr statt der Konzerte einen anständigen Boxkampf in meiner Scheune veranstaltet? Kein Gedudel irgendwelcher E-Gitarren oder Harfengeklimper – nur Blut, Schweiß und Tränen. Denn für das hier eben», er drehte den rechten Zeigefinger in der Luft herum, «könnte man durchaus Eintritt verlangen.»

Dann lachte er nochmals, spuckte kräftig auf den Boden, genau auf die Stelle, wo eben noch Karl gelegen hatte, und verließ die Scheune. Karl hätte es nicht gewundert, wenn aus den dreckigen grünen Gummistiefeln, die Hansen trug, ein Pferdefuß herausgeschaut hätte.

14 /

«*Wat* wollen Sie?»

Die Kellnerin im Gasthaus Grünholz guckte Peter mit großen Augen an.

«Sushi. Das ist roher Fisch mit Algen. Nein, halt, eigentlich sind das Maki.»

«Jungchen», sagte die Frau und stemmte ihre Hand in die Hüfte, «bei uns wird der Fisch gekocht! Es sei denn, Sie wollen Matjes.»

«Gut», stimmte Peter zu. «Dann Matjes.»

«Das Sushi des Angeliters», kommentierte Karl.

«Salzkartoffeln dazu?»

«Was wäre denn die Alternative?»

«Salat.»

«Dann Kartoffeln.»

«Und du?», wollte die Kellnerin von Karl wissen.

«Köm und Bier», bestellte der.

«Eis?», fragte die Kellnerin.

«Ins Bier?» Peter sah sie verwirrt an.

«Nee», sagte die Kellnerin, «für die Backe. Dein Freund sieht so aus, als wäre er in eine Faust gerannt.»

«So in etwa», bestätigte Peter.

«Ich will kein Eis, ich will nur was zu trinken», maulte Karl.

«Nur zur Info: Saufen macht es nicht besser», informierte ihn die Kellnerin.

«Schlechter allerdings auch nicht», hielt Peter dagegen. «Für mich bitte auch Köm und Bier!»

«Also einmal Matjes, zweimal Herrengedeck, und ich bring dir trotzdem einen Eisbeutel. Dann siehst du morgen nicht ganz so scheiße aus, wie du dich fühlen wirst.» Damit verschwand die Frau in der Küche.

Nach der Prügelei in Hansens Scheune war Karl vom Hof gestapft und hatte, ohne sich noch einmal umzudrehen, einen der vielen Feldwege eingeschlagen. Peter war ihm schweigend gefolgt. So liefen sie etwa eine Stunde auf matschigen Pfaden und kotigen kleinen Landstraßen, bis sie, ziemlich verdreckt, diesmal beide kettenrauchend und zumindest Peter mittlerweile auch recht hungrig, in Grünholz herauskamen. Der

Gasthof Grünholz war zwar noch nicht geöffnet, aber weil man dort gerade eine große Familienfeier vorbereitete, hatte sie die Kellnerin dann doch hereingelassen und sogar versprochen, ihnen etwas zu essen zu servieren. Dass sie dies tat, hatte wohl weniger mit Karls mitleiderregendem Aussehen als mit Peters Charmeoffensive zu tun.

Als die Herrengedecke kamen, versenkte Karl den Schnaps im Bierglas und kippte dann alles in einem Zug hinunter.

«Noch mal das Gleiche bitte», sagte er zu der Kellnerin.

«Wo hast du das denn gelernt?», fragte Peter erstaunt, der erst den Schnaps leerte und dann das Bier in Angriff nahm.

«Du machst das falsch rum», sagte Karl. «Erst Bier, dann Schnaps.»

«Das», antwortete Peter grinsend, «ist barbarisch. So etwas machen nur Engländer.»

«Hey, die Angeln sind in grauer Vorzeit von hier ausgezogen, um England zu erobern. Wenn es einer erfunden hat, dann wir! Also muss ich es ja wissen», sagte Karl.

«Du Wikinger!»

«Rheinländer!»

«Mieser Klarinettist!»

«Notgeiler Hornist, du!»

«Das notgeil lass ich gelten», sagte Peter und lachte. «Deshalb bin ich überhaupt einen Tag früher gekommen.»

«Sag jetzt nicht, du hattest Sehnsucht nach mir.»

«O Schätzchen», hauchte Peter, «du weißt doch, wie sehr ich dich liebe!»

«Ja, danke. Du mich auch! Also, warum bist du da?», fragte Karl.

«Wegen der Sponsoren?»

«Schon klar. Und weshalb bist du tatsächlich früher gekommen?»

Peter machte plötzlich ein zerknirschtes Gesicht. «Frauengeschichte. Musste mal kurz aus Hamburg verschwinden.»

«Das hätte ich mir ja denken können», sagte Karl. «Aber das wird sich doch wohl kaum innerhalb eines Wochenendes erledigen, oder?»

«Ich hoffe doch», antwortete Peter. «Oder wie lange brauchen Frauen, um ihre Siebensachen zu packen und auszuziehen?»

«Du hattest 'ne feste Freundin?» Karl fiel vor Staunen fast das Bierglas aus der Hand.

«Zwei», sagte Peter trübsinnig. «Es war perfekt. Bis Nummer zwei von Nummer eins erfahren hat. Und nun holt Nummer zwei an diesem Wochenende ihre paar Sachen bei mir ab.»

«Und dann?»

«Dann kommt hoffentlich Nummer drei aus dem Urlaub zurück, und ich muss meine Tage und Nächte nicht mehr mit dir verbringen, du Loser.»

Als Nächstes kam erst mal der Matjes, und Peter hatte anderes zu tun, als seinen Freund zu beleidigen. Kaum aber war der letzte Bissen hinuntergeschluckt, lehnte Peter sich wohlig rekelnd zurück und sagte: «Nun fehlt nur noch was Nettes zum Nachtisch. Deine Schwägerin sah sehr vielversprechend aus.»

«Schnauze!», sagte Karl lauter als beabsichtigt. «Anne ist tabu für dich, verstanden?!»

Peter vollführte eine unanständige Geste. «Ach, daher weht der Wind.»

«Welcher Wind?», fragte Karl.

Peter machte noch eine unanständige Geste, von der Karl hoffte, dass die Kellnerin sie übersah.

«Gib es zu: Du würdest selber gerne mit ihr …!»

«Kannst du das mal lassen?», bat ihn Karl. Aber nachdem

er sein zweites Herrengedeck intus hatte, seufzte er einmal tief und gestand sich selbst ein, dass es nicht der Moment zum Schweigen war.

«Ja», gab Karl schließlich zu.

«Wusste ich es doch!», rief Peter triumphierend und bestellte per Handzeichen gleich mal die dritte Runde, die bereits einen Augenblick später auf dem Tisch stand. «Und sie? Will sie auch? Mit dir?»

«Nein. NEIN! Neinneinnein», sagte Karl.

«Also ja!» Peter strahlte. Dann zog er die Stirn in Falten. «Aber du bist doch nicht etwa verliebt?»

Karl starrte in sein Bierglas. «Kann sein.»

«Och, Karl!», stöhnte Peter. «Das ist so typisch für dich! Statt einfach nur rumzuvögeln und Spaß zu haben, musst du natürlich gleich dein Herz verschenken. Und dann noch an deine Schwägerin! Gottchen, wie übel ist das denn!»

«Sehr übel», gab Karl zu.

«Und dein Bruder hat keine Ahnung?»

«Wenn er eine Ahnung hätte, wäre ich ein toter Mann», sagte Karl.

«Meinst du?», fragte Peter und schaute dabei tief in sein Bierglas. «Er wirkt auf mich eigentlich gar nicht so gewalttätig. Ganz im Gegensatz zu seinem tumben Hard-Rock-Freund.»

«Nicht Jens», sagte Karl, «Anne würde mich umbringen.»

«Gibt schlimmere Arten zu sterben als durch die Hand einer schönen Frau», befand Peter.

«Ich habe nicht die Absicht zu sterben», sagte Karl.

«Ich weiß.» Peter nickte. «Du willst sie und dich um den Verstand vögeln und viele, viele Babys mit ihr machen.»

«Andrea, Annika und Annette», sagte Karl.

«Da komm ich nicht mehr mit», gestand Peter. «Wer sind denn jetzt *die* drei?»

«Annes Kinder haben alle Vornamen, die mit einem A beginnen: Arne, Andreas und Anton. Da wäre es ja nur logisch, falls sie Mädchen bekäme, dass die dann Andrea, Annika und Annette heißen.»

«Kein Mensch nennt sein Kind heute noch Annette», sagte Peter. «Und außerdem: Wer A sagt, muss auch B sagen. Nennt sie doch Bernadette, Bianca und Berenice.»

«Du bist ein echter Experte für Frauennamen, stimmt's?», sagte Karl und orderte Runde Nummer vier.

«Worauf du einen lassen kannst!» Peter rülpste.

«Ist schon komisch», murmelte Karl.

«Was ist komisch?»

«Ich wollte nie Kinder haben. Und nun hab ich ständig die drei Neffen um mich herum, besonders Anton, und denk mir Mädchennamen aus.»

«Und?», fragte Peter, kippte sein nächstes Bier und anschließend den Schnaps hinunter. Die Trinkreihenfolge war ihm inzwischen egal.

«Und es gefällt mir», sagte Karl. «Ich bin gern mit ihnen zusammen.» Und dann begann er zu schluchzen. Ganz leise nur, und er schämte sich auch ein bisschen dafür, aber zurückhalten konnte er es auch nicht mehr.

«Verdammte Scheiße!», stieß er fluchend aus und haute mit der Faust auf den Tisch.

«Da muss ich dir ausnahmsweise mal recht geben!», stimmte ihm Peter zu.

Nach dem siebten Herrengedeck weigerte sich die Kellnerin, die beiden noch weiter zu bedienen.

«Irgendwann muss mal Schluss sein», sagte sie. «Also wenn ich denn mal bitten darf!»

Wie sich herausstellte, hatte keiner der Freunde genügend

Bargeld bei sich, um ihr Zechgelage zu bezahlen, und einen Geldautomaten gab es in Grünholz nicht.

«Wir könnten ja Weller taschen», schlug Peter vor. «Ähm, Teller waschen.»

«Danke, wir haben einen Geschirrspüler», sagte die Kellnerin.

«Dann biete ich Ihnen eine Nacht mit mir an!» Peter breitete die Arme aus, und Karl dachte, jetzt würde ihm die Kellnerin sicher eine scheuern. Aber stattdessen deutete sie schlicht auf Karls Brieftasche und Peters Armbanduhr: «Ich nehm die Rolex da und deine Kreditkarte. Wenn ihr das Zeug wiederhaben wollt, dann kommt ihr morgen mit genügend Bargeld vorbei und löst euern Kram aus. Und nun mal raus mit euch!»

Mühsam erhoben sich die beiden von ihren Stühlen. Wie sich herausstellte, war Peter mittlerweile so betrunken, dass er unmöglich den Weg nach Sonneby antreten konnte. Und Karl selbst war viel zu bedient, um seinen Freund den ganzen Weg zu stützen.

«Haben Sie nicht vielleicht ein Zimmer?», fragte Karl die Kellnerin.

«Na, das hab ich gern. Erst die Zeche nicht zahlen können und dann noch ein Zimmer mieten wollen.» Aber als sie sah, dass die beiden Männer kaum geradeaus gehen konnten, holte die Frau tief Luft, griff Peters Arm, schwang ihn sich über die Schulter, und zusammen mit Karl bugsierte sie ihn die Treppe hoch in eine der Ferienwohnungen im Gasthof.

«Sie sind ein Engel. Ein Engel!», schmachtete Peter sie an.

«Ja, du mich auch!», seufzte sie und sagte, zu Karl gewandt: «Morgen um neun Uhr holst du den hier wieder ab. Versprochen?»

Karl salutierte, und die Frau wertete das als ein Ja. Peter

hatte, kaum dass er auf dem großen Bett zu liegen kam, bereits zu schnarchen begonnen.

«Ich geh dann mal», sagte Karl und verbeugte sich vor der Kellnerin. Dann stolperte er die Treppe hinab und trat schließlich hinaus in die Dämmerung.

15 /

Die frische Abendluft tat ihm gut, und er hatte das Gefühl, langsam wieder klar im Kopf zu werden. Wie viel hatten sie getrunken? Irgendwie hatte Karl den Überblick verloren. Aber das war an so einem Tag ja auch nicht weiter verwunderlich. Sein Schädel brummte immer noch von dem Schlag, den ihm Björn versetzt hatte. Unter dem linken Auge würde er ein beachtliches Veilchen bekommen.

Die Straße lag schon im Halbdunkel, und nur gelegentlich fuhr ein Auto an Karl vorbei. Bis Sonneby würde er gut eineinhalb Stunden unterwegs sein – Zeit genug, um endgültig nüchtern zu werden und sich Gedanken darüber zu machen, was jetzt eigentlich geschehen sollte, mit ihm, mit dem Konzert, mit seinem Bruder, mit dem Musiksalon, mit ihr.

Karl war noch keinen halben Kilometer gegangen, als ein dunkelblauer Opel Corsa auf der gegenüberliegenden Fahrbahn plötzlich langsamer wurde und dann zu stehen kam. Jemand kurbelte die Scheibe hinunter.

«Was tust du denn hier?», rief Anne durchs heruntergelassene Fenster.

«Sp…sp…spazieren», lallte Karl. «Undu?»

«Ich muss Anton von einem Kindergeburtstag in Haveholz abholen. Steig ein, ich nehm dich mit», forderte sie ihn auf.

«Nein, danke, ich laufe lieber.»

«Sei nicht albern, es sind von hier mindestens sechs Kilometer bis Sonneby. Und du siehst nicht so aus, als ob du die in deinem Zustand schaffen würdest.»

Karl schwankte leicht, als er trotzig antwortete: «Ich kann sehr wohl zu Fuß gehen. Danke schön.»

Anne seufzte. «Jens hat mir erzählt, was passiert ist.»

«Aha», machte Karl nur. «Was ist denn, bitte schön, passiert?»

«Maren hat dich verlassen, Jens und du hattet Streit bei Hansen, und Björn hat dir eine reingehauen.»

«Dann bissu ja bestens informiert.» Karl wandte sich zum gehen.

Anne seufzte. «Nun steig endlich ein, du Trottel.»

Karl überlegte kurz, dann gab er jeden Widerstand auf und ging schließlich über die Straße und ums Auto herum, öffnete die Beifahrertür und ließ sich auf den Sitz fallen. Er hatte die Tür kaum zugezogen, als Anne losfuhr.

Sie duftete unheimlich gut, obwohl Karl sich nicht sicher war, ob sie überhaupt ein Parfüm benutzte. Wahrscheinlich war das einfach ihr ganz eigener Duft. Das ganze Auto war erfüllt davon. Karl war davon wie berauscht – abgesehen davon, dass er tatsächlich ziemlich berauscht war, allein schon von Bier und Schnaps. Schweigend saßen sie nebeneinander, und Karl spürte beinahe einen körperlichen Schmerz, Anne so nah neben sich zu wissen und sie nicht berühren zu dürfen. Einmal nur die Hand ausstrecken und ihre Wange streicheln, diese unglaublich zarte weiße Wange! Oder die kleinen Sommersprossen auf ihrer Nase küssen. Mein Gott, war diese Frau schön!

So langsam machte sich allerdings die kurvige Straße bemerkbar, und Karl wurde etwas schwindelig. Wo fuhren sie überhaupt hin?

«Ich dachte, du wolltest nach Haveholz», sagte Karl.

Anne antwortete nicht, sondern bog plötzlich rechts ab und dann in einen der kleinen Feldwege hinein, die von der Straße abgingen. Hinter einem hohen Knick kam das Auto zu stehen, und Anne stellte den Motor ab und machte die Scheinwerfer aus.

«Und was wird das hier, wenn ich fragen darf?»

Anne schwieg. Da erinnerte sich Karl plötzlich an seine SMS von heute Mittag.

«Hassu die SMS gekriegt?»

Sie nickte. Und dann beugte sie sich zu ihm hinüber und küsste ihn, schnell und leidenschaftlich. Karl war völlig überwältigt.

«O Gott, schmeckst du gut!», murmelte er.

«Sch.»

Er spürte ihre Hände auf seiner Brust und zog sie an sich.

«Anne.» Nur ihr Name. Einfach nur diesen Namen sagen dürfen. Nur das und sonst nichts mehr. «Anne.»

«Sch.»

Er küsste ihren Mund, ihr Haar, ihren Hals und wollte nicht mehr aufhören.

«Anne.»

«Schlaf mit mir.»

«Anne, ich hab 'ne Megafahne und bin total betrunken.» Das war die Wahrheit. Und gleichzeitig war er plötzlich ganz wach und klar im Kopf.

«Gut.»

«Gut?»

«Okay, nicht gut», sagte sie lachend.

«Nicht gut?»

«Karl, hör auf zu reden.»

«Gut.»

Sie küssten sich wieder, und mit seiner Zunge fuhr er über

ihren schiefen Schneidezahn. Gott, wie liebte er diesen Zahn! Er hielt sie so fest er konnte, so als hätte er Angst, dass sie ihm gleich wieder entwischen würde und mit ihr dieser kostbare Moment. Und dann zogen sie sich aus, so gut das in dem kleinen Auto eben ging. Er entledigte sich seiner Jacke und seines T-Shirts, Anne versuchte, sich aus ihren Jeans herauszuschälen, wobei sich ihr Fuß im rechten Hosenbein verfing.

«Fuck!», fluchte sie leise, und er musste lachen. Dann half er ihr, indem er am Hosenbein zog. Schließlich öffnete Anne seine Jeans und schwang sich auf seinen Schoß. Wieder hielt er sie fest umklammert und küsste sie, schnell und gierig. Und mit jeder ihrer Berührungen auf seiner Haut wurde er ein bisschen heiler innen drin, ein bisschen mehr er selbst. Sein Atem ging immer schneller.

«Warte», sagte sie plötzlich.

«Was?» Warten? Worauf?

Anne rutschte wieder auf den Fahrersitz und fingerte aus ihrer Hosentasche ein Kondom, das sie an Karl weiterreichte. «Drei Kinder sind genug.»

«Definitiv!», stimmte er ihr zu.

Sie lachten. Was für seltsame Familienverhältnisse *das* erst geben würde, dachte er noch. Und dann vergaß er alles um sich herum. Da war nur noch sie und dieses Gefühl von unfassbarem Glück, sie bei sich zu haben. So nah, wie es nur irgend möglich war. Nie, nicht einen Augenblick lang, wollte er sie jemals wieder loslassen.

Danach sah er sie im Dunkeln staunend an. Ihm war heiß und schwindelig, er atmete schnell und fühlte sich vollkommen außerstande, klar zu denken. Die Fenster des Corsas waren leicht beschlagen.

«Hast du eine Zigarette?», fragte Anne.

«Ja.»

Wie spät war es? Anne kurbelte, halb nackt, das Fenster hinunter und blies den Rauch hinaus. Ihre Gesichter wurden nur vom Glühen der Zigaretten erhellt.

«Ich muss los», sagte sie schließlich. «Ich bin schon viel zu spät dran.»

«Wofür?», fragte Karl verwirrt.

«Anton, Kindergeburtstag», erinnerte sie ihn.

Binnen zwei Minuten war sie wieder angezogen. Karl dagegen hatte Mühe, sein T-Shirt über den Kopf zu ziehen und sich in seine Jacke zu zwängen. Anne ließ den Motor an, aber im feuchten Ackerboden drehten die Räder des Corsas durch.

«Scheiße», schimpfte sie leise.

«Warte, ich schieb an», sagte er, stieg aus, stellte sich hinter das Auto und stemmte sich im Scheinwerferlicht mit aller Kraft dagegen, bis der Wagen wieder auf dem Feldweg stand. Karl öffnete die Fahrertür.

«Ich komm nicht mit. Ich geh zu Fuß.»

«Bist du sicher?», fragte Anne.

«Ja.»

«Lass dich nicht klauen», ermahnte sie ihn grinsend. Er warf die Fahrertür zu, und einen Moment später war der Corsa schon verschwunden. Karl hörte noch dem Motorengeräusch nach, das sich langsam in der abendlichen Landschaft verlor. Dann war alles still. Er holte einmal tief Luft und zog den Reißverschluss seiner Jacke zu. Ihn fröstelte. Dann machte er sich mit festem Schritt auf in Richtung Sonneby.

Dritter Teil

Hide it in a hiding place where no one ever goes
Put in your pantry with your cupcakes.
It's a little secret, just the Robinson's affair
Most of all you've got to hide it from the kids …

Simon and Garfunkel,
Mrs. Robinson

1/ Als Karl am nächsten Morgen aufwachte, schien ihm die Frühlingssonne hell ins Gesicht. Dann schob sich etwas zwischen die Sonne und ihn, und mit etwas Mühe konnte Karl erkennen, dass dieses Etwas ein menschlicher Schatten war.

«Hey, du Arsch!», sagte der Schatten.

«Peter!», stieß Karl seufzend hervor. «Mein Gott, hast du mich erschreckt! Wie spät ist es?»

«Kurz nach zehn», sagte Peter gut gelaunt und ließ sich in den gegenüberliegenden Stuhl plumpsen.

«Ich hab dich vergessen», stellte Karl fest.

«Richtig», bestätigte Peter.

«Wie bist du denn hergekommen?», fragte Karl.

«Die Kellnerin von gestern hat mich hergefahren. Entzückende Frau! Sie hat mich Punkt neun Uhr aus dem Bett geholt, dann in ihr Auto gesetzt, mich zur Bank gekarrt, sich ihr Geld geben lassen und mich hier rausgeworfen. Und das alles mit dem freundlichen Hinweis, dass wir ja nicht sobald wiederkommen sollen.»

«Tut mir echt leid», gestand Karl.

«Muss es nicht», sagte Peter. «Ich hätte dich auch vergessen.»

«Das ist wahre Freundschaft.»

«In der Tat. Das Veilchen hätte schließlich in meinem Gesicht aufblühen sollen. Ich denke, wir sind quitt.»

Karl rappelte sich vom Sofa hoch und hielt seinen Kopf im Spülbecken unter den Wasserhahn. Das kalte Wasser machte ihn schlagartig wach.

«Brutal, aber effektiv», kommentierte Peter gut gelaunt das Geschehen.

«Hast du keinen Kater?», fragte Karl, der in seinem Küchenschrank nach Aspirin fahndete.

«Nö, du etwa? Wahrscheinlich knabberst du noch an dem Schlag, den dir dieser wahnsinnige Hard-Rock-Wikinger versetzt hat.»

«Oder das», stöhnte Karl.

«Oder», fügte Peter grinsend hinzu, «du hast die halbe Nacht durchgevögelt und deswegen zu wenig Schlaf abbekommen.»

Rums. Karls Kopf krachte gegen die offene Hängeschranktür.

«Bingo!», sagte Peter strahlend. «Gratuliere!»

«Danke.» Karl rieb sich den schmerzenden Schädel. «Zu was gratulierst du mir?»

«Zu der Liaison mit deiner überaus reizenden Schwägerin.»

«Peter, behalt das um Himmels willen für dich!», bat Karl inständig.

«Ich bin verschwiegen wie ein Grab. Aber ich will Einzelheiten hören!»

Karl seufzte, kippte ein Glas Orangensaft hinunter und sah zu Peter hinüber. «Als ob ich dir so etwas erzählen würde.»

«Ach je, ihr schweigsamen Nordmänner! Muss ich dich erst wieder mit Bier und Schnaps abfüllen, bis du mal aus dir rausgehst?»

«Nein danke, ich glaube, ich bin ab heute Abstinenzler.»

«Das ist schade. Und darüber hinaus auch vollkommen unnötig, denn ich ziehe dir die Geschichte so oder so aus der Nase. Also: Hat sie dich mitten in der Nacht überfallen und dich in den Wahnsinn gevögelt?»

«Scht!», machte Karl, denn von unten waren Geräusche aus dem Laden zu hören.

«Jetzt beruhig dich mal», befahl Peter. «Das ist nur deine Angebetete da unten, die irgendwelche Gitarren verstaut.»

«Bist du sicher?», fragte Karl.

«Natürlich bin ich sicher. Sie hat mich ja gerade reingelassen. Na los, geh zu ihr! Bis wir auf Sponsorenwerbetour gehen, ist ja noch etwas Zeit. Ich les derweil etwas. Hast du hier überhaupt Bücher?»

Karl deutete auf einen Stapel alter Karl-May-Bände neben dem Sofa, die er als Nachttisch verwendete.

«Na bitte!», strahlte Peter. «Winnetou I und II. Der Tag ist gerettet! Ich reite in die Prärie, und du reitest …»

«Nein! Sag es nicht!», bat Karl und stolperte kurz darauf die Treppe hinunter. Im Verkaufsraum war alles ruhig.

«Anne?», fragte er leise.

Da tauchte ihr Kopf aus einem Stapel Kartons auf.

«Hallo», sagte sie. «Kannst du mir mal die Schere da reichen?»

Anne deutete auf die Ablage hinter Karl, auf der eine große Papierschere lag. Karl griff danach und reichte sie an Anne weiter.

«Danke. Und das Klebeband, bitte.»

Er gab ihr auch das Klebeband. Dann nahm Karl seinen Mut zusammen und fragte: «Kann ich kurz mit dir reden?»

Doch Anne schien ihn gar nicht gehört zu haben. «Wir haben eine riesige Lieferung mit Kindergitarren für die Schule in Lönstrup hereinbekommen, aber stell dir vor, alle beschädigt! Zehn kaputte Gitarren! So ein riesengroßer Mist! Und nun kann ich mich mit dem Zwischenhändler rumärgern und den ganzen Kram hier wieder verpacken und …»

«Anne!»

«… und das dauert ewig, und ich muss nachher noch Anton zum Kinderarzt fahren, weil der heute eine Impfung kriegt, und Jens ist schon wieder unterwegs, und die Großen kann ich aber auch nicht ohne Aufsicht lassen, sonst stellen die mir zu Hause die Bude auf den Kopf.»

«Anne, bitte, ich …»

«Und Sven hat schon wieder keine Zeit, und irgendwer, du oder Jens, muss noch mal nach Frau Köpke sehen. Ich mach mir echt Sorgen, ob sie sich gestern nicht doch verletzt hat, und Hartmuth ist da irgendwie keine große Hilfe, auch wenn er natürlich ganz lieb mit ihr ist. Aber ich denke, es wäre besser, wenn …»

«ANNE! BITTE!»

Da hielt sie endlich den Mund und sah Karl ernst an.

«Anne», begann Karl erneut, «ich, ähm, ich weiß gerade nicht, was ich sagen soll.»

«Karl, das gestern, das war sehr schön, aber es war ein Fehler.»

«Ja», antwortete Karl tonlos, und er spürte, wie sich in ihm alles zusammenkrümmte. «Natürlich. Da hast du sicher recht.»

«Hab ich», stimmte ihm Anne leise zu. «Lass uns Freunde bleiben.»

«Freunde? Ist das dein Ernst?»

«Ja, Karl.»

«Also war's das jetzt mit uns?», fragte er.

«Ja.»

«Okay.» Er seufzte tief und atmete schwer. Bloß nicht weinen, Karl, dachte er.

«Idiot!» Anne rollte mit den Augen. «Natürlich war es das nicht!»

«Du verarschst mich, richtig?»

«Jepp.»

«Mach das nie wieder!»

«Versprochen!» Und dann zog sie ihn lachend in eine der uneinsehbaren Ecken des Büros und küsste ihn, bis ihm heiß wurde. Am liebsten hätte er gleich dort weitergemacht, wo sie gestern aufgehört hatten, und so fuhr er begierig mit seinen Händen an ihrem Körper entlang und suchte Halt in ihren Haaren.

«Anne.»

«Scht», kicherte sie. «Wir sollten uns hier nicht erwischen lassen.»

«Ja», sagte er, aber im Grunde war ihm das gerade vollkommen egal. Alles, was er wollte, war sie. Also zog er Annes Körper eng an den seinen und küsste sie, als gäbe es kein Morgen.

«Aber wenn du nachher auf Sponsorentour gehen willst, sollten wir vielleicht dein Veilchen etwas kaschieren», schlug Anne vor.

«Gute Idee», stimmte ihr Karl zu. «Mit was kaschiert man denn so was?»

Anne zog aus ihrer Handtasche einen Abdeckstift hervor und begann sachte, Karl zu schminken.

«Sehr männlich», sagte der.

«Stillhalten, meine Dame», forderte ihn Anne auf.

Sie lachten, bis die Türglocke ging und Anne abrupt von ihm abließ.

«Ich geh schon», sagte sie.

«Anne», flüsterte er und hielt ihre Hand fest, «was sollen wir denn jetzt machen?»

«Ich hab noch Lippenstift dabei, wenn dir das hilft.»

«Anne, jetzt bleib doch kurz mal ernst. Ich meine, mit dir und mir!»

«Uns wird schon was einfallen.» Aber dann sah sie ihn noch einmal ernst an, und plötzlich brach ihre ganze notdürftig zusammengezimmerte kontrollierte Fassade zusammen: «Ich weiß es auch nicht, Karl! Ich bin außerstande, klar zu denken. Alles, was ich weiß, ist, wie wahnsinnig verliebt ich in dich bin und dass ich am liebsten jede freie Minute, ach was, jede Sekunde mit dir verbringen möchte. Und dass das nicht geht, zerreißt mir das Herz.»

Dann atmete sie zweimal tief durch, strich sie das T-Shirt glatt, richtete sich das Haar und bahnte sich leicht zitternd einen Weg zwischen den Gitarrenkartons in den Verkaufsraum. Karl konnte hören, wie sie dort einen alten Bekannten begrüßte.

«Hallo, Manni! Tut mir echt leid, aber Andrea Berg kann ja nicht jede Woche eine neue CD herausbringen. Tut es heute auch Helene Fischer? Willst du ein paar Bonbons?»

Karl atmete ebenfalls einmal tief ein und wieder aus und war schon dabei, die Treppe hochzugehen, als er Manni zu Anne sagen hörte: «Anne, du strahlst heute ganz doll. Wie Helene!» Dann sang Manni eine sehr schräge und mindestens zwei Oktaven zu hohe Version von *Atemlos* für Anne, und Karl dachte, was für seltsame Wesen die Liebe doch aus den Menschen machte.

2 / Eigentlich hätte dank ihres Restalkoholspiegels weder Karl noch Peter Auto fahren dürfen, aber wenn sie es rechtzeitig zu ihrem Sponsorentermin bei der Flensburger Brauerei schaffen wollten, dann hatten sie keine andere Wahl.

«Aber ich fahre!», sagte Karl.

«Wieso du? Du hast gestern genauso viel gesoffen wie ich!», protestierte Peter.

«Aber du hast gestern schon einen Unfall gebaut. Das reicht ja wohl für diese Woche!»

«Einen Unfall, den ich nicht verursacht habe …», setzte Peter an, aber offenbar fehlte ihm die Kraft, erneut in das Thema «Björn war schuld» einzusteigen. Und so ließ er zu, dass Karl sich hinters Steuer von Peters zerschrammtem BMW klemmte.

«Wir sollten uns vielleicht noch absprechen», schlug Karl vor, während sie die Alte Landstraße nach Flensburg entlangfuhren, «darüber, was wir denen sagen sollen und so weiter.»

«Lass mich das mal machen», sagte Peter. «Ich kann so was.»

«Auf keinen Fall!», protestierte Karl. «Das ist mein Metier. Schon vergessen? Du kümmerst dich um die Musiker, ich ums Geld.»

«Als ob die Klevemänner irgendwie mit Geld umgehen könnten», meldete sich Karls Mutter vom Rücksitz des Cabrios.

Karl schluckte und sah in den Rückspiegel. War er immer noch betrunken? Nein, er könnte schwören, dass er seine Eltern auf dem Rücksitz sitzen sah.

«Ach, was du immer meckern musst, Gudrun!», beschwerte sich Karls Vater. «Du hast mein Geld immer gern mit vollen Händen ausgegeben.»

«Ach, jetzt ist es plötzlich dein Geld? Ich dachte immer,

in einer Ehe gehört beiden alles gemeinsam. Aber du musst natürlich wieder den Patriarchen raushängen lassen.»

Karl Kleve senior kräuselte missbilligend die Nase.

«Und du, Karlchen», wandte sich seine Mutter an ihn, «solltest nicht Auto fahren, wenn du getrunken hast. Schäm dich!»

Vor Staunen hätte Karl den Wagen beinahe in einen Graben gesteuert.

«Pass doch auf!», rief Peter.

«Entschuldige.» Karl wischte sich kurz übers Gesicht. Als er wieder in den Rückspiegel schaute, waren seine Eltern nicht mehr zu sehen, und sie kamen ohne weitere Zwischenfälle in Flensburg an.

Karl parkte den zerbeulten BMW bei der alten Fachhochschule, und sie gingen den Rest des Weges zu Fuß zur Brauerei, nicht zuletzt deshalb, um noch ein bisschen frische Luft zu atmen in der Hoffnung, dass sie das wach, klar und vor allem nüchtern machen würde. Betrunken in eine Brauerei zu gehen wäre ja quasi so etwas, wie Eulen nach Athen zu tragen. Oder so ähnlich.

Gerade wollten die beiden den Eingang zur Brauerei betreten, als ihnen Jens und Björn entgegenkamen.

«Das gibt's doch nicht!», stöhnte Peter.

«Hallo, Stadtschinken», begrüßte ihn Björn.

Karl und Jens nickten sich finster dreinblickend zu.

«Was macht ihr hier?», wollte Karl wissen.

«Geht dich gar nichts an», schnauzte Jens ihn an. Aber Björn konnte seinen Stolz nicht unterdrücken und jubelte: «Haben gerade einen Sponsorenvertrag fürs Sonneby Rock unterzeichnet. Flens wird Hauptsponsor. Cool, ne? Und ihr zwei Loser? Was wollt ihr hier?»

«Das glaub ich jetzt nicht!», entfuhr es Peter.

«Glaub's ruhig!», strahlte Björn.

Peter stieß Karl in die Rippen, damit der auch etwas sagte.

«Gratuliere», presste Karl zwischen den Zähnen hervor.

«Danke», antwortete Jens. «Ich nehme an, ihr wollt dasselbe versuchen und Flensburger für euer Schnöselkonzert gewinnen?»

«Worauf du einen lassen kannst!», antwortete Peter für beide.

«Tja, dann viel Glück.» Doch es klang so, als würde Jens ihnen genau das Gegenteil wünschen.

Sie mussten einige Minuten warten, dann führte eine Mitarbeiterin der Brauerei sie in einen kleinen Konferenzraum. Auf dem Tisch standen ein paar Flaschen *Flens frei*.

«Sehr aufmerksam», sagte Peter.

Irgendwann ging die Tür auf und ein ziemlich gestresst wirkender Marketingfuzzi mit Dokumentenmappe unterm Arm ließ sich auf einen der Stühle ihnen gegenüber fallen.

«So, Herr Kleve, Sie sind heute bei uns, weil Sie … Moment. Kleve? Ich hatte erst vor einer halben Stunde einen Herrn Kleve bei mir zum Gespräch.»

«Ja, ich weiß», sagte Karl tonlos.

«Kennen Sie sich?», fragte der Marketingtyp.

«Mein Bruder», antwortete Karl.

«Ach, das ist ja mal interessant.» Der Mann lehnte sich in seinem Stuhl zurück. «Zwei Brüder im Musikbusiness? Sie wollen aber ein …», er durchblätterte seine Unterlagen, «… ein …, Moment, hab es gleich …»

«Wir planen ein klassisches Konzert», half Karl nach. «Im Gegensatz zu meinem Bruder, der ein Hard-Rock-Event veranstaltet.»

«Ach ja, Klassik», sagte der Marketingtyp und nickte. «In Sonneby?»

«Sehr richtig», bestätigte Karl. «Mit hochkarätiger Besetzung. Etwas ganz Einmaliges, Außergewöhnliches! Klassik in der Provinz. Das wird größer als das Schleswig-Holstein-Musikfestival.»

«Wer spielt denn mit?»

Peter nannte die Namen von Gamzou und Sol Gabetta.

«Nie gehört», gestand der Flensburger-Typ. «Und was spielen Sie da so?»

«Mahler und Dvořák», erläuterte Karl.

«Null Ahnung», sagte der Mann. «Wann?»

«September. Genauer gesagt, am 23. September.»

«Oh», machte der Typ verdutzt. «Findet da nicht auch das Hard-Rock-Festival Ihres Bruders statt?»

«Ja, leider», gestand Karl. Und dann ging es mit ihm durch. «Aber, mal im Ernst, wer braucht schon Hard Rock? Das ist doch was für unkultivierte Idioten. Ich meine, wer will so etwas schon hören?»

Ein Fehler, wie sich gleich herausstellte. Der Marketingtyp schaute ihn missbilligend an, klappte schwungvoll seine Mappe zu und setzte sich im Stuhl auf.

«*Ich* zum Beispiel, Herr Kleve, ich mag Rock. Tatsächlich spiele ich selbst in einer kleinen Indieband E-Gitarre.» Und er fügte hinzu: «Meine Herren, die Flensburger Brauerei ist immer gern dabei, wenn es um Kultursponsoring geht. Aber, ganz im Ernst, es gibt auch andere Orte im Norden als Sonneby. Wir werden keine zwei Events an einem Tag im selben Ort unterstützen, so viel steht fest. Abgesehen davon spricht Rock unsere Zielgruppe sehr viel mehr an als Klassik.»

«Sie meinen, es spricht *Sie* sehr viel mehr an!», sagte Karl beleidigt. Doch der Typ ließ sich nicht provozieren.

«Wenn Sie mich jetzt entschuldigen würden», sagte der Marketingmensch und stand auf. «Sie finden sicher alleine nach draußen. Guten Tag, die Herren!»

Und damit war er aus der Tür verschwunden.

«Super gemacht, Karl», sagte Peter zynisch. «Ganz toll. Danke!»

«Hey, kann ich was dafür, dass der lieber Rockidioten mit Bier abfüllt als kulturbeflissene Klassikfans?»

«Ach, halt den Mund, du Klassikidiot. Das nächste Mal rede ich!»

3 / «Hab ich noch eine Fahne?», fragte Karl besorgt, als sie vor einem großen, recht abweisend wirkenden Flensburger Bürogebäude standen, vis-à-vis eines überdimensionierten roten Schriftzugs mit dem Firmennamen.

«Hauch mich mal an!», befahl Peter, was Karl pflichtschuldig tat. Peter verzog das Gesicht. «Du muffelst ein wenig, aber nicht nach Bier. Hier, nimm einen Kaugummi», sagte Peter und kramte eine Packung aus seiner Hosentasche hervor.

«Und? Zu allen Schandtaten bereit?»

Karl atmete, nunmehr pfefferminzfrisch, tief durch und sagte: «Auf sie mit Gebrüll!»

Diesmal ließ man die zwei nicht warten, sondern führte sie direkt zu einem Büro mit Milchglastür, neben der ein Schild mit dem Namen *M. Vogel* hing. Sie klopften.

«Herein, herein», tönte eine tiefe Stimme von innen. Karl und Peter traten ein.

«Willkommen bei Beate Uhse!», krächzte M. Vogel mit tiefer Stimme. Tatsächlich hatten sie beide eigentlich einen Mann erwartet, aber nun standen sie einer circa fünfzigjährigen Kettenraucherin gegenüber. Hinter «M. Vogel», das verstanden sie nun, verbarg sich offenbar eine «Monika Vogel».

Das Büro sah aus, als hätte eine Bombe eingeschlagen. Überall Kartons und Papierstapel. Hinter dem überdimensionierten Schreibtisch aus Glas und weißen Schubladenelementen prangte ein Erotikkalender. Die amtierende Miss April trug nackten Busen mit gepiercten Brustwarzen zu roten Strapsen. Peter musste sichtlich schlucken.

Monika Vogel entschuldigte sich wortreich. «Es tut mir leid, dass ich Sie hier beide in so einem Chaos empfangen muss. Sie haben ja vielleicht gehört, dass ein großer Teil des Hauses von Flensburg nach Hamburg umziehen wird. Und ich bin gerade dabei, auszumisten. Hätte ich schon lange mal tun sollen. Aber nun pack ich die Gelegenheit beim Schopfe und mach mich von dem ganzen Zeug hier frei.»

«Sehr gute Idee», kommentierte Peter die Aussage von Frau Vogel. «Je freier, desto besser.» Er starrte unentwegt auf die gepiercten Brüste von Miss April.

«Darf ich zunächst einmal sagen, wie sehr wir uns freuen, dass Sie Zeit für uns haben?», brachte sich Karl ins Gespräch ein.

«Sehr, sehr freuen!», bestätigte Peter.

«Wunderbar», sagte Frau Vogel. «Dann freu ich mich auch. Erzählen Sie doch bitte etwas über Ihr Konzert. Was haben Sie denn da Schönes geplant?»

«Also», begann Peter, «wir werden ein hochkarätig besetztes Musikevent im ländlichen Rahmen abhalten, ähnlich wie auch beim Schleswig-Holstein-Musikfestival, nur besser, weil atmosphärisch dichter und mit einer Spitzenbesetzung. Kurz: Es wird der Hammer!»

«Der Hammer?», fragte Frau Vogel skeptisch.

«Wir holen zwei internationale Stars in den Norden. *Big, big, big in business*!», sagte Peter. *«You know what I mean?»*

«Ich verstehe», antwortete Monika Vogel. «Zwei große Stars. Um wen handelt es sich dabei?»

«Zwei Megastars!», holte Peter noch weiter aus. «Sol Gabetta und Yoel Gamzou.»

«Sol Gabetta sagt mir was. Von dem anderen hab ich noch nie gehört», gab Frau Vogel zu.

Karl sah leicht verzweifelt zu Peter, aber der strahlte Frau Vogel einfach nieder und sagte: «Nach diesem Konzert spricht der ganze Norden von niemand anderem mehr. *Believe me!*»

«Wieso redest du dauernd Englisch?», zischte Karl Peter an.

«It's business!», zischte Peter zurück.

«Glaub ich Ihnen gerne», sagte Frau Vogel. «Aber wieso denken Sie, Beate Uhse sei der richtige Sponsor für Sie?»

«Weil Klassik sexy ist», rief Peter aus. Frau Vogel nickte zustimmend. «Liebe, liebe Frau Vogel: Abgesehen davon, dass wir in Zeiten von David Garrett leben – nichts, ich sage, nichts ist sinnlicher, erotischer und geht tiefer unter die Haut als Musik. Richtig?»

«Richtig», stimmte ihm Frau Vogel zu.

«Und nun denken Sie an eine schöne junge Frau, die ein Instrument zwischen ihren Beinen hält, geformt wie ein Frauenkörper. Eine junge Frau, flankiert von einem der energiegeladensten Dirigenten unserer Zeit! Das», und Peter beugte sich so weit vor, dass ihn von Frau Vogel nur noch ein, von Miss April etwa eineinhalb Meter trennten, «ist purer Sex!»

Karl hatte das Gefühl, er müsste gleich kotzen. Sie würden doch keine Orgie feiern, sie spielten Mahler und Dvořák!

«Ich verstehe, worauf Sie hinauswollen», sagte Frau Vogel. «Und die Zielgruppe?»

«Best Ager», antwortete Peter. «Hohes Bildungsniveau, stilbewusst, mehrheitlich Ehepaare – genau Ihr Publikum.»

«Na ja.» Frau Vogel schien nicht überzeugt zu sein. «Was spielen Sie denn eigentlich?»

«Mahler», sagte Karl knapp. «Und Dvořák.»

«Ach», ließ Frau Vogel vernehmen, «schade. Ich hätte gedacht, Sie spielen etwas besonders Populäres. Mozart oder Bach vielleicht.»

«Aber Mahler ist megasuperpopulär», rief Peter aus. «Und denken Sie an Alma, seine Frau! Die Dame hat quasi alles genagelt, was in der Kunstwelt Rang und Namen hatte. Und, ich meine, ein besseres Testimonial für Safer Sex als Alma Mahler-Werfel finden Sie in der ganzen Klassikwelt nicht!»

Innerlich brach Karl in sich zusammen. Das war wirklich der Tiefpunkt seiner Karriere.

«Frau Vogel», ging Karl jetzt dazwischen. «Sie dürfen mir glauben: Wir lieben, was wir tun. Und wir sind, auch wenn das dank meines überdrehten Partners hier vielleicht gerade nicht so wirken mag, echte Profis. Musik ist unser Leben. Ein solches Konzert in Sonneby veranstalten zu können ist ein Traum, für den sich jede Mühsal lohnt. Wir haben bereits sehr viel Arbeit, Herzblut und Zeit in dieses Projekt investiert. Alles, was wir brauchen, ist ein Sponsor, der uns hilft, diesen Traum zu verwirklichen.»

«Wie groß wäre denn der Betrag, den Sie benötigen würden? Also, um es klar zu sagen, sollten wir uns entschließen, Sie zu unterstützen, können Sie maximal mit einem Betrag in dieser Größenordnung rechnen.» Frau Vogel kritzelte eine fünfstellige Summe auf ein Blatt Papier und hielt das Blatt hoch. Die Summe war ungefähr doppelt so groß wie der Betrag, auf den Karl und Peter insgeheim gehofft hatten.

«Wunderbar!», sagte Peter, und auch Karl, der Mühe hatte, nicht hörbar nach Luft zu schnappen, sagte: «Wunderbar.»

«Gut. Ich will ein zehnseitiges Konzept von Ihnen, die Verträge mit den Stars in Kopie und den kompletten Finanzplan fürs Konzert. Dann kommen wir eventuell ins Geschäft», sagte Frau Vogel. «Und keine Sorge: Wir würden als Sponsor sehr dezent und geschmackvoll auftreten.»

Zehn Minuten später standen Peter und Karl vor dem Bürogebäude von Beate Uhse und konnten ihr Glück nicht fassen.

«Wie zum Teufel hast du das gemacht?», rief Peter aus und umarmte Karl stürmisch.

«Leidenschaft, Peter! Das ist es, wovon die bei Beate Uhse etwas verstehen.»

«Da hast du wahrscheinlich recht», gab Peter zu.

«Hab ich, du Sexmaniac!»

«Das nehm ich als Kompliment», antwortete Peter.

4/ Den Rest des Tages stürzten sich Karl und Peter gut gelaunt auf die Planung ihres Konzerts. Als Peter sich am Freitagabend auf den Weg nach Hamburg machte, hatten sie einige Dinge klären können, etwa welches Equipment sie noch benötigten und dass Peter die Verträge mit Gamzou und Gabetta aushandeln würde. Was sich dagegen noch immer nicht geklärt hatte, war die Schuldfrage bezüglich des Unfalls zwischen Peter und Björn. Die ganze Rückfahrt von Flensburg nach Sonneby hatte Peter Karl in den Ohren gelegen, dass dieser langhaarige Nullchecker damit nicht durchkommen durfte. Doch als Peter sich am Abend in sein zerschrammtes und leicht verbeultes BMW-Cabrio schwang, sah er, dass unter dem Scheibenwischer ein Umschlag klemmte, der folgende Nachricht enthielt: *Schick mir die Rechnung von deinem Angeberauto. Läuft über meine Versicherung. Björn PS: Nix für ungut, du Wichser.*

«Na bitte», sagte Karl zufrieden. «Hat sich das also wenigstens geklärt.»

«Jepp», stimmte ihm Peter zu, «und für den ‹Wichser› lass ich noch einen Ölwechsel auf Björns Kosten machen. Ich denke, dann sind wir quitt.»

Karl grinste. «Komm gut heim!» Er klopfte einmal auf die Kühlerhaube, woraufhin Peter durch die heruntergelassene Fensterscheibe rief: «Alter! Finger weg von meinem Wagen! Und schaff noch ein paar örtliche Sponsoren ran. Irgendwelche kleinen Firmen wird es ja wohl auch in Sonneby geben. Kondome und Dildos sind zwar 'ne gute Sache, aber damit allein können wir keinen Blumentopf gewinnen!»

Und dann brauste er davon. Karl sah ihm noch eine Weile nach, dann drehte er sich um und wollte gerade zurück ins Haus gehen, als er sah, wie Jens mit seinem Wagen auf den kleinen Parkplatz vor dem Musiksalon einbog. Die beiden Brüder musterten sich durch die Windschutzscheibe, und in Karl wechselten sich Neid, Wut und schlechtes Gewissen im Sekundentakt ab. Doch weder stieg Jens aus seinem Wagen aus, noch machte Karl Anstalten, seinen kleinen Bruder zu begrüßen. Sie starrten sich ganz einfach nur an. Dann drehte sich Karl um und ging mit schnellen Schritten ins Haus zurück, während Jens, der augenscheinlich genauso wenig mit Karl reden wollte wie Karl mit ihm, den Motor wieder anwarf und davonfuhr. Reden, das war keine Stärke der Klevemänner.

5/ Das örtliche Branchenbuch verzeichnete Hunderte Klein- und Kleinstbetriebe, aber auch einige wenige ganz große. Okay, nicht ganz groß, aber immerhin groß genug, dass man dort einmal anrufen und Sponsorengelder erfragen konnte.

«Schlachterei Redlefsen, guten Tag?»

«Guten Tag, mein Name ist Kleve, und ich würde Ihre Firma gerne als Sponsor für ein Konzert gewinnen.»

«Sie haben gerade bei uns angerufen», sagte die Stimme am anderen Ende.

«Bitte?», fragte Karl irritiert. «Da müssen Sie sich irren. Ich rufe Sie zum ersten Mal an.»

«Kleve aus Sonneby, oder?»

«Das stimmt», sagte Karl. Dann dämmerte ihm, mit wem die Person gerade gesprochen hatte. «Sie haben nicht zufällig gerade mit einem Jens Kleve telefoniert?», fragte er.

«Doch, genau. Wegen dem Hard-Rock-Konzert, nich?»

Na toll, jetzt kam ihm sein Bruder auch schon bei Angelns größtem Würstchenfabrikanten zuvor.

«Nein, es geht um ein Klassikkonzert. Das Hard-Rock-Konzert veranstaltet mein Bruder Jens.»

«Das müssen Sie untereinander ausmachen», sagte die Stimme. «Wir sind ja keine Gelddrucker, ne? Wir machen Würstchen.»

Nächster Versuch. Diesmal rief Karl bei Fö in Kappeln an.

«Ja, hallo, mein Name ist Karl Kleve, und ich würde mich gerne erkundigen, ob es eine Möglichkeit gibt, Ihren Betrieb als Sponsor für ein Klassikkonzert zu gewinnen.»

«Was wollen Sie?»

«Ihren Betrieb als Sponsor gewinnen.»

«Moment, ich verbinde mal …»

«Hallo?»

«Ja, hallo, mein Name ist Karl Kleve, und ich würde Ihren Betrieb gerne als Sponsor gewinnen.»

«Für was?»

«Ein Klassikkonzert.»

«Danke, kein Interesse.»

Gib nicht auf, Karl! Dranbleiben!

«Ja, aber es wird ein ganz außergewöhnliches Klassikkonzert. So groß wie das Schleswig-Holstein-Musikfestival.»

Schweigen.

«Also mit ganz großen Namen aus der Klassikbranche.»

«Wer denn?»

«Sol Gabetta zum Beispiel.»

«Kenn ich nicht.»

«Und Yoel Gamzou.»

«Kenn ich auch nicht. Wo soll das denn stattfinden?»

«In Sonneby, im Herzen Angelns, und wir suchen noch …»

«Wir sponsern eher so Sportveranstaltungen.»

«Es geht aber um ein Klassikkonzert.»

«Das ist nicht unsere Zielgruppe.»

«Aber auch Musiker müssen was essen, zum Beispiel Ihre berühmten Aale! Oder Matjesbrötchen.»

«Also, wenn Sie jetzt gesagt hätten, Sie machen ein Schlagerkonzert, mit Andrea Berg oder so, aber Klassik ist nicht unser Ding.»

«Schade.»

«Verstehen Sie mich nicht falsch, ich mag Klassik und so. Manchmal jedenfalls. So Musicals und so Dinge. *König der Löwen* fand ich toll. Waren wir zu Weihnachten auf Betriebsausflug.»

«Wir spielen Dvořák und Mahler.»

«Ja, also, wenn Sie *Maler* sagen, dann sollten Sie sich vielleicht besser an die Firma *fln* in Schleswig wenden.»

«FLN?»

«Farben und Lackvertrieb Nord.»

So ging das den ganzen Morgen weiter. Karl rief bei gut zwei Dutzend Firmen an, doch entweder hatten sie schon Jens zugesagt, oder sie fanden, dass ihr Produkt «keinen Bezug zur Klassikwelt» hatte, wie die Besamungsstation für Schweine, mit der er telefonierte. Oder die Firma war viel kleiner als gedacht, oder sie bevorzugten ganz einfach andere Vereine, denen sie ihr Geld geben wollten.

«Ich spende ja oft was. Meistens für die DLRG.»

«Das ist wunderbar.»

«Die DLRG ist wichtig!»

«Das ist sie.»

«Ohne die DLRG wäre vielen Leuten nicht geholfen worden.»

«Das ist sicher richtig, aber …»

«Und was für ein Verein sind Sie?»

«Gar keiner. Wir veranstalten ein klassisches Konzert.»

«Ach, für die DLRG?»

«Nein.»

«Na, dann nicht.»

Am Ende war Karl so entnervt, dass er schon beinahe aufgegeben hätte. Aber dann fand sich doch noch ein Unterstützer. Der alte Schuster Jepsen aus Sonneby war gerne bereit, dreißig Euro in ihr Klassikkonzert zu investieren. Das waren ganze zwanzig Euro mehr, als Karl vermutet hätte. Immerhin. Und Beate Uhse hatte er sogar noch persönlich gekannt. Da war er, wie Schuster Jepsen sagte, doch mal in guter Gesellschaft.

6 / Was Karl wirklich Kopfzerbrechen bereitete, abgesehen von der finanziellen Lage des Salons und der Unmöglichkeit, ein halbwegs lukratives Konzert auf die Beine zu stellen, war der Umstand, dass er und Anne ständig aufeinandertrafen. Und wann immer dies der Fall war, drängte es alles andere in den Hintergrund. Dann gab es nur noch sie. Ihr Lachen, ihre zarten Hände, die Art, wie sie absurde Episoden aus ihrem Leben erzählte und sich dabei über ihre eigene Schusseligkeit kaputtlachen konnte. Meistens erzählte sie von den Kindern und ihren Unzulänglichkeiten als Mutter. Etwa wenn sie schon wieder vergessen hatte, rechtzeitig ein Geschenk für irgendeinen dämlichen Kindergeburtstag zu besorgen, und dann wieder einmal ein Freund von Arne oder Andreas mit einer billigen Blockflöte oder einer Mundharmonika aus den Beständen des Musiksalons zwangsbeglückt wurde.

«Aber das sind doch tolle Geschenke!», protestierte Karl. «Deswegen bist du doch keine schlechte Mutter!»

«Weißt du, was Arne gesagt hat, als er seinem Freund Hauke die Mundharmonika überreichte? Lern das mal spielen. Musik ist gut, um Mädchen aufzureißen!»

«Was soll ich sagen? Dein Sohn hat's begriffen! Sex, Drugs and Rock 'n' Roll.»

«Ja, aber die herumstehenden Mütter hättest du sehen sollen! Ich sage nur: Wenn Blicke töten könnten! Da schenkt man dem Jungen ein harmloses Musikinstrument, und am Ende stehst du da, als hättest du einem zehnjährigen Bauernkind etwas LSD und den *Playboy* in die Hand gedrückt und gesagt: Werd mal Rocker!» Sie hatte Tränen gelacht, als sie ihm davon erzählte.

Natürlich kam es auch vor, dass sie sich hin und wieder wild knutschend wiederfanden, wahlweise in Karls Butze, im Lagerraum oder im Auto, aber weil fast immer jemand anderes in der Nähe war, waren diese Gelegenheiten äußerst selten. Entweder hing eines der Kinder, meistens war es Anton, an Annes Rockzipfel, oder Frau Köpke und Hartmuth lungerten im Laden herum. In seltenen Fällen war auch Jens da, der mittlerweile so wenig Zeit wie möglich im Musiksalon zubrachte, wohl auch deswegen, um Karl aus dem Weg zu gehen. Ständig fuhr er Lieferungen aus oder war in Sachen Sonneby Rock unterwegs. Daher hatte Anne begonnen, die zahlreichen Kutschfahrten für ihre Kinder zeitlich so zu legen, dass sie und Karl sich hin und wieder auf einer einsamen Landstraße begegneten, möglichst bei Einbruch der Dunkelheit. Und Karl hatte das akzeptiert und war nun sehr oft auf sehr entlegenen Landstraßen und Feldwegen rund um Sonneby unterwegs, in der Hoffnung, Anne würde es schaffen, eine halbe Stunde Zeit für sie beide herauszuschinden.

Sein schlechtes Gewissen Jens gegenüber legte Karl jedoch nie ganz ab, und er dachte häufig darüber nach, ob es nicht für alle Beteiligten besser wäre, reinen Tisch zu machen.

«Für wen wäre das besser?», fragte Anne, als sie eines Vormittags auf dem Sofa in Karls Butze kuschelten.

«Für dich, für mich, für uns alle», befand Karl.

«Du findest es besser, wenn wir deinen Bruder ganz offiziell ausbooten, die Familie zerstören und den Kindern sagen, dass Papa und Mama sich trennen, weil Mama jetzt mit Onkel Karl zusammenleben will?»

«Also wenn du es so formulierst, hört es sich für mich auch nicht mehr gut an.»

«Karl», sagte Anne und rückte etwas von ihm ab, «mit unserem Gewissen müssen wir leben. Das ist unsere Sache. Wir beide wollen niemandem weh tun. Aber genau das würde passieren, wenn wir von unserer Affäre erzählen. Und damit ist eigentlich niemandem geholfen.»

Jetzt hatte sie es gesagt, das böse A-Wort, vor dem er sich schon gefürchtet hatte: Affäre. War das hier für Anne tatsächlich nur eine Affäre?

Er hatte genickt und ihr in diesem Moment zugestimmt, aber wirklich überzeugt war er von ihren Worten eigentlich nicht. Denn warum sollte eine Lüge besser sein als die Wahrheit? Und auch wenn er und Jens sich in den letzten Wochen entweder ignoriert oder angeschnauzt hatten, so wusste Karl natürlich, dass es trotzdem alles andere als in Ordnung war, mit der Freundin seines Bruders ins Bett zu gehen. Oder, wie in seinem Fall, auf den Rücksitz eines alten Opel Corsa. So was machte man einfach nicht. Und gleichzeitig wusste Karl, dass er nicht anders konnte.

Wenn Karl nun ins Nachbardorf einkaufen fuhr und im Supermarkt an den Zeitungsständern vorbeiging, durchzuckte es ihn jedes Mal beim Überfliegen der Zeitschriftencover, denn nicht selten standen dort Sätze wie: *Charlène – verlässt sie ihn trotz der Kinder?* Oder auch: *Mary von Dänemark: Hat sie einen Geliebten?* Und, ganz schlimm: *Boris Beckers reuiges Bekenntnis: Meine Untreue zerstörte unsere ganze Familie!*

Ganz rational betrachtet, war ihm natürlich klar, dass Anne keine Prinzessin und er kein schneidiger Reitlehrer, wahlweise Bodyguard, war und dass es außerhalb von Sonneby wohl niemanden interessieren dürfte, mit wem er eine heimliche Romanze hatte. Dennoch war Karl jedes Mal froh, wenn Angela Merkel auf dem Cover einer Klatschzeitschrift auftauchte, weil es in der Regel dann nicht um Sex und Betrug ging und er sich nicht angesprochen fühlen musste.

Noch schlimmer als die Klatschzeitschriften mit ihrem unseligen Gespür für die Affären der High Society war jedoch der Umstand, dass sich Karls schlechtes Gewissen plötzlich in dem widerspiegelte, was ihm wirklich heilig war: der Musik. *Don Giovanni, Carmen, Le Nozze di Figaro, Otello* – gab es überhaupt eine verdammte Oper auf diesem Planeten, die sich nicht um Eifersucht, Lüge und Betrug drehte? Wo ihn früher einfach nur die Musik begeistert hatte, stach plötzlich in jeder Oper die Handlung hervor, und nicht selten endete das Liebesdrama für alle Beteiligten tödlich! Was blieb einem da denn noch, wenn man nicht einmal mehr seine Lieblingsopern anhören konnte? Etwa Richard Wagner? Wohl kaum! Oder was sollte dann der Tristan sein? Also hörte Karl fortan nur noch Streichquartette von Joseph Haydn und vermied es, in den Spiegel zu blicken.

Als er Peter ein paar Tage später anrief, um ihm davon zu berichten, dass er außer Schuster Jepsen bislang keinen anderen Sponsor gefunden hatte, bekam dieser prompt einen Lachkrampf, als Karl auf die Frage «Was macht dein Sexleben?» antwortete, er höre nur noch Haydn.

«Karl, du spinnst! Ich meine, nichts gegen Haydn, aber ganz im Ernst: Du bist ja nicht Tristan! Oder hast du vor, den Liebestod zu sterben?»

«Eher nicht», bestätigte Karl.

«So what?», fragte Peter. «Ganz im Ernst: Männer sind doof. Die glauben immer, ihnen würde das nie passieren, dass ihre Frauen mal fremdgehen, erst recht nicht, wenn sie Mütter sind. So als würde ein gemeinsames Kind immun gegen Sex machen. Dabei sind die extrem dankbar, dass ihnen jemand mal Aufmerksamkeit schenkt. Ich hatte zum Beispiel mal eine Affäre mit einer verheirateten Bratschistin. Drei Kinder! Ihr Mann hatte nicht den blassesten Schimmer. Hat ein halbes Jahr gedauert, die Sache. War die längste Beziehung, die ich je hatte.»

«Glaub ich dir sofort», sagte Karl.

«Also mach dir keinen Kopf. Dein Bruder weiß doch von

nichts. Und selbst wenn er es je erfahren sollte: Schlechter kann euer Verhältnis wohl kaum werden.»

«Stimmt auch wieder.»

«Es sei denn, der Sex ist schlecht. Ich meine, wenn man schon riskiert, seine gesamte Familie auseinanderzubringen, und den eigenen Bruder mit dessen Freundin hintergeht, sollte wenigstens der Sex großartig sein. Und – ist er großartig?»

«Es ist der Wahnsinn», gestand Karl.

«Geile Sache!», freute sich Peter am Telefon. «Also doch ein norddeutscher Don Giovanni! Oder, halt, gibt es nicht einen berühmten nordischen Liebhaber? Moment, ich hab's gleich. Sicher irgendein teutonischer Wagner-Heldentenor mit Hammer in der Hose.»

«Könnten wir mein Sexleben mal beiseiteschieben und auf unser Konzert zu sprechen kommen?», bat Karl.

«Ach, Karl! Es gibt kein Glück, das ohne Reu!»

«Ein!»

«Bitte?»

«Ein, nicht kein. Du zitierst falsch. Es heißt ‹Es gibt *ein* Glück, das ohne Reu›.»

«Na also! Sogar der olle Schwerenöter Wagner wusste das! Und du regst dich auf wegen ein paar heißer Nächte mit deiner Isolde.»

«Also, der Vergleich hinkt. Mein Bruder ist ganz gewiss kein König Marke und ich … Aber egal. Ich hab Nachricht von unserem Sponsor.»

«Wunderbar», lobte ihn Peter. «Was will Beate Uhse?»

«Sie wollen weniger zahlen als gedacht.»

«Scheiße.»

«Aber dafür erhöht Schuster Jepsen seinen Beitrag auf fünfzig Euro.»

«Na wunderbar», stellte Peter fest. «Vielleicht gehen die beiden ja noch eine geschäftliche Beziehung ein! Schuster Jepsen könnte dann für Beate Uhse hochwertige Lackstiefel mit extrahartem Pfennigabsatz fertigen. Ich bin sicher, auch Angeln braucht Dominas.»

«Ich glaube, um dieses Bild aus dem Kopf zu kriegen, muss ich mich jetzt beim Sponsor meines Bruders bedienen», befand Karl.

«Lass es ploppen!», forderte Peter ihn auf. «Und Karl?»

«Ja?»

«Keine Sorge wegen der Finanzen. Das kriegen wir schon hin. Irgendwie.»

7 / So gingen die Tage ins Land, und es wurde schließlich Mai. Und mit dem Mai kamen auch die Wärme, der Sommer und etwas Leichtigkeit in Karls Leben. Oder lag es an Anne, dass Karl selbst die langweiligen Routinearbeiten im Musiksalon wie zum Beispiel Staubwischen in der Auslage gut von der Hand gingen? Er fühlte sich beschwingt und ein wenig so, als wäre er dauernd betrunken.

Nach dem Telefonat mit Peter hatte sich Karl weiter auf die Konzertplanung gestürzt, und die Stunden und Tage flogen nur so dahin. An dem Freitag darauf mietete sich Karl einen Leihwagen und fuhr damit nach Hamburg. Er hatte es lange aufgeschoben, aber irgendwann musste er ja mal seine Sachen bei Maren abholen. Auf der Fahrt kurbelte er die Fensterscheiben herunter, ließ sich den ersten warmen Sommerwind um die Nase wehen und drehte die Anlage im Auto ganz laut auf: Schumann, Klavierkonzert.

Er hatte seine Dinge extra an einem Freitag holen wollen,

wenn Maren noch in der Schule war. Zugegebenermaßen war das etwas feige, aber Karl wollte sich eine neuerliche Auseinandersetzung ersparen. Seinem Empfinden nach waren sie noch nicht so weit, schon wieder friedlich miteinander umzugehen. Karl war so ehrlich, sich einzugestehen, dass er daran die Schuld trug. Doch als er vor der Tür stand und vergeblich versuchte, in die Wohnung zu kommen, stellte er fest, dass Maren offenbar die Schlösser ausgetauscht hatte. Karl kam sich ziemlich blöd vor, wie er da vor seiner ehemaligen Wohnungstür stand wie der Ochse vor dem Berg.

Klopfen hatte keinen Sinn, denn Maren war ja in der Schule. Also kaute Karl gedankenverloren auf seiner Unterlippe und überlegte, wohin er bis Schulschluss gehen sollte, als plötzlich die Tür aufging und ein Mann vor ihm stand, in dem Karl einen Lehrerkollegen erkannte. Moment mal, das war … das war … Ach, Mist, wie hieß der Typ noch mal? Unterrichtete Bio und Sport, was man an den Birkenstocklatschen und dem muskulären Oberkörper deutlich erkennen konnte.

«Hallo, Karl», sagte der Mann.

«Hallo», sagte auch Karl, dem ums Verrecken der Name nicht einfallen wollte.

«Was kann ich für dich tun?»

«Ich, ähm, ich wollte zu Maren.»

«Die ist nicht da.»

«Das sehe ich. Kann ich trotzdem reinkommen?»

Der Bio-Sport-Heini verzog das Gesicht, ließ dann aber die Tür aufschwingen, und Karl trat ein.

«Willst du deine Sachen abholen?», fragte der Mann.

«Ja», bestätigte Karl. Und dann erinnerte er sich auch endlich, wen er da vor sich hatte. «Hauke!»

«Wenn du was brauchst, ich bin im Schlafzimmer. Muss Klausuren korrigieren.»

«Aha», sagte Karl und nickte. Wieso war dieser Typ hier? Na ja, es war ganz offensichtlich, warum er hier war, aber wieso um diese Uhrzeit? Musste der nicht auch in der Schule sein und Kinder mit unnützem Wissen über den Aufbau einer Zelle quälen?

«Du wunderst dich sicher, warum ich hier bin, stimmt's?», fragte Hauke.

«Ein wenig», gab Karl zu. «Müsstest du nicht in der Schule sein?»

«Och, ich hab nur eine Dreiviertelstelle und freitags immer nur zwei Stunden. Darum bin ich schon zu Hause.»

«Zu Hause?», fragte Karl verblüfft.

«Ja, das ging alles ziemlich schnell mit Maren und mir. Ich weiß, das wirkt etwas merkwürdig, weil ihr ja noch gar nicht so lange voneinander getrennt seid, aber – was soll ich sagen? Wie das Leben manchmal so spielt: Es hat halt voll eingeschlagen, verstehst du?»

Ja, das konnte Karl verstehen. Und dann auch wieder nicht. Maren war nicht unbedingt der spontane Typ. Andererseits passte dieser Bio-Sport-Muskelmann mit seinen Ökolatschen und der Langweilerfrisur ganz gut zu ihr.

«Schon okay», sagte Karl.

Hauke nickte, sah unsicher in Richtung Schlafzimmertür und dann wieder auf Karl. «Bierchen gefällig?»

Als Maren von der Schule nach Hause kam, hatte Karl mit Haukes Hilfe seinen Krempel schon in den Leihwagen gepackt, und die zwei standen noch plaudernd in der Küche bei ihrem zweiten Bier, als Maren von der Eingangstür in die Küche rief: «Ich bin wieder da, und ich hab so einen Hunger! Aber vorher zerr ich dich ins Bett und … Karl?» Maren stand, mit halb ausgezogenem T-Shirt in der Küche und starrte auf die beiden Männer.

«Hallo, Maren», sagte Karl und fügte hinzu: «Ich hab meine Sachen geholt. Hauke war so nett und hat mir geholfen.»

«Ah», machte Maren nur und zog das T-Shirt wieder über ihren Busen. Mit Karls Erscheinen hatte sie offensichtlich so gar nicht gerechnet.

«Ich mach mich dann mal auf den Weg.» Die halb volle Flasche stellte er neben der Spüle ab. «Muss ja noch fahren», sagte er. Dann klopfte er Hauke zum Dank für dessen Hilfe auf die Schulter und wandte sich Maren zu, die ihn immer noch ungläubig anstarrte. Er küsste sie auf die Wange.

«Mach's gut, Maren», sagte Karl leise. «Und danke für alles.»

«Du auch», flüsterte sie.

Dann war er aus der Wohnung verschwunden. Draußen vor der Haustür zündete sich Karl eine Zigarette an und schaute zu ihrer alten Wohnung hoch. Mit vielem hatte er gerechnet, aber nicht damit, dass Maren ihn so schnell ersetzen würde. Er fing an zu lachen, leise, erlöst und ein ganzes Stück freier als noch vor wenigen Stunden, schmiss die Zigarette in eine Pfütze, setzte sich ins Auto und warf den Motor an.

8 / Der Juni zog mit nassen Schauern über grüne Kornfelder und rot gesprenkelte Erbeerplantagen vor blauer Förde hinweg und tauchte Angeln in eine Wechselstimmung aus warmen Farben und kaltem Regenwetter. Karl arbeitete unter Hochdruck an der Organisation des Konzerts. Die gesamte Butze war mit Zetteln gepflastert, die die logistische Planung abbildeten. Auf einem Zettel stand die Liste *Stühle*, *Sitzkissen*, *Orchesterbestuhlung*, *Dirigentenpult?*, *Hustenbonbons*, auf einem anderem war zu lesen: *Catering: Fisch??? (Kühlung!), Vegetarisch??? (eklig!!!), Sekt, Bier, Selters und so weiter.*

Als Anne bei einem kurzen Stelldichein bei Karl die vielen Listen sah, runzelte sie kurz die Stirn und fragte: «Bist du sicher, dass du das alles alleine schaffst?»

«Nö», antwortete Karl wahrheitsgemäß und zog Anne eng an sich, um sie auf den Hals zu küssen.

«Nein, jetzt mal im Ernst: Wer macht eure Pressearbeit? Wer kümmert sich um die Unterbringung der Musiker? Wo sollen die denn alle hin? Und was ist mit den Autos? Wo sollen denn die Leute parken?»

Da ließ Karl von ihr ab und sah Anne in die Augen: «Lass uns jetzt nicht darüber reden, okay? Ich will nur dich. Jetzt! Hier!»

«Nein, im Ernst jetzt: Jens hat schon Frau Köpke gefragt, ob sie ihm mit der Pressearbeit hilft. Und seine Bandkollegen akquirieren halb Angeln für den Bühnenaufbau.»

Karl begann erneut, ihren Hals mit Küssen zu bedecken.

«Vergiss das doch mal alles», flüsterte er. Da klingelte Annes Telefon. «Kannst du das nicht einfach ignorieren?», fragte Karl, der dabei war, sich und Anne auszuziehen. Mittlerweile hatten sie einige Übung darin, sich möglichst schnell ihrer Kleider zu entledigen.

«Und wenn es eines der Kinder ist?», fragte Anne leise.

Karl seufzte. «Dann schau kurz drauf.»

Anne zog ihr Handy aus der Handtasche.

«Arne», sagte sie und wählte, halb nackt auf der Sofalehne sitzend, die Rückruffunktion.

Im selben Moment klingelte auch Karls Handy. Er sah aufs Display: Peter. Mal wieder. Der konnte warten.

«Ist gut. Ich komm gleich», sagte Anne. «Vor der Schule. Viertelstunde. Bis gleich, Mausebär.» Sie legte auf.

«Ich muss los. Arne hat heute überraschend früher Schluss.»

«Mist», stöhnte Karl leise und griff nach Annes Hand. «Nicht eine klitzekleine Minute?»

Doch Anne schüttelte nur den Kopf, streifte sich ihr T-Shirt über und schlüpfte in ihre Jeans.

«Leider. Ciao!», sagte sie, küsste ihn noch einmal zärtlich und war einen Augenblick später schon aus dem Raum verschwunden.

Karl ließ den Kopf aufs Kissen fallen und atmete ein paar Mal tief durch. Dann griff er zum Handy und wählte Peters Nummer.

«Hallo», sagte er.

«Good News, Karl. Ich hab das Orchester zusammen!», jubelte Peter ins Telefon.

«Wurde auch Zeit», stellte Karl fest.

«Hey, für uns nur das Beste! Will sagen: die Besten! Und ich, tja, ich bin der Beste!»

«Na klar.» Das war typisch Peter.

«Ja, und die Proben beginnen in drei Wochen.»

«In drei Wochen schon?», fragte Karl entsetzt. «Peter, ich bin noch nicht mal ansatzweise so weit gekommen, wie ich sollte. Wie stellst du dir das vor? Und wo sollen die Proben überhaupt stattfinden?»

«In Hamburg. Hab meine Beziehungen spielen lassen und einen der Säle der Symphoniker angemietet. Wird allerdings nicht billig.»

«Und wer soll das bitte bezahlen?», fragte Karl.

«Du natürlich, du Kasper», sagte Peter lachend. «Oder, besser gesagt, unser Hauptsponsor. Gamzou will wenigstens sieben Orchesterproben. Und dann noch mindestens zwei mit Sol Gabetta zusammen. Macht in Summe neun Saalmieten.»

«Und was müssen wir dafür hinblättern?»

«Na, so um die 15 000 Euro, plus natürlich die Probengehälter.»

«Peter, ist dir bewusst, dass ich noch nicht eine müde Mark von den Sponsoren gesehen habe?»

«Alles andere hätte mich auch gewundert», sagte Peter trocken.

«Warum?», wollte Karl wissen.

«Wir haben seit dreizehn Jahren den Euro, Karl!»

«Lass deine dummen Witze! Das ist ein echtes Problem.»

«Wer nicht probt, der nicht gewinnt. Wie viel hast du noch auf'm Konto?»

«Keine Ahnung. Vielleicht zweitausend Euro», überschlug Karl seine Ersparnisse im Kopf. «Und dann noch etwas auf dem Festgeldkonto.»

«Super! Das ist doch schon mal ein Anfang. Ich hab ungefähr fünftausend Miese auf'm Girokonto. Also bei mir ist nicht viel zu holen.»

«Und wie kratzen wir dann die restlichen Tausender zusammen?»

«Bank überfallen?», schlug Peter ins Blaue hinein vor.

«Wohl kaum.»

«Hast du was zum Versetzen? Schmuck, teure Uhren oder so?»

«Nein», gestand Karl. «Ich besitze eigentlich gar nichts. Mal abgesehen von der Hälfte eines fast bankrotten Ladens.»

«Das ist doch schon mal was. Damit lässt sich arbeiten. Wie wäre es, wenn du euren Bankberater um einen Überbrückungskredit bittest?»

«Dafür brauchte ich aber Jens' Zustimmung», sagte Karl. «Und da seh ich schwarz.» Aber dann hatte er eine Eingebung. «Was ist mit deinem Cabrio?»

«Ich glaub, ich hab mich verhört. Du hast nicht gerade vorgeschlagen, dass ich meinen BMW verpfänden soll?», fragte Peter ungläubig.

«Und ob. Wieso soll ich hier als Einziger meine Ersparnisse in den Topf werfen?»

Karl konnte hören, wie Peter am anderen Ende der Leitung an seiner Zigarette zog und den Rauch ins Handy blies.

«In Ordnung», sagte er schließlich. *«No risk, no fun.»*

«Dann wäre das also geklärt», sagte Karl erleichtert, nur um dann die Stirn zu runzeln und, von erneuten Zweifeln übermannt, zu sagen: «Peter? Wir übernehmen uns doch nicht, oder? Ich meine, das wird klappen, oder?»

«Logo!», sagte Peter. «Würde ich sonst mein geliebtes Cabrio setzen?»

Karl war sich nicht sicher, ob ihn der Umstand, dass Peter sich nun auch finanziell an der ganzen Sache beteiligte, eher beruhigte oder ob das Gegenteil der Fall war. Horny-Peter als Geschäftspartner, ob das gut ging? Und als hätte Peter seine Zweifel durchs Telefon gerochen, sagte er: «Mach dir keine Sorgen, Alter! Wir sehen uns in drei Wochen zur Probe!»

Für den Augenblick, beschloss Karl, musste ihm das genügen. Dann blickte er neben sich und entdeckte, dass Anne ihre Weste unterm Sofa liegen gelassen hatte. Er griff sich das Kleidungsstück, roch kurz daran, dann stand er auf, zog sich an und ging in den Laden hinunter. Annes Weste platzierte er im Büro dezent auf einem der zwei Stühle, die dort herumstanden, sodass es aussah, als ob sie sie bei der Arbeit abgelegt und dann dort vergessen hatte.

9 /

Drei Wochen nach dem Telefonat mit Peter war Karl kein Stückchen weitergekommen, zumindest was seine Fähigkeiten als Klarinettist betraf. Das lag einerseits an einem zu geringen musikalischen Selbstbewusstsein und andererseits an einem zu hohen Ausmaß an Familie.

«Ich will auch mal telefonieren», bat Anton und griff nach dem Hörer.

«Nein, Schätzchen, ich hab grad ein wichtiges Gespräch und …», versuchte Frau Köpke dem Kind zu erklären, aber Anton schaltete auf stur.

«Auch telefonieren!», brüllte er.

«Min Lütten, willst du nicht vielleicht einen Löffelbiskuit?», versuchte es Hartmuth freundlich, doch Anton ließ sich von seinem Vorhaben einfach nicht abbringen.

«TELEFONIEREN!», schrie er.

«Karl, so wird das nichts!», stellte Frau Köpke fest. «Wenn ich dir bei diesem Konzert helfen soll, dann musst du wenigstens das Kind beschäftigen.»

Das sah Karl ein. Und dann auch wieder nicht. Immerhin waren Frau Köpke und Hartmuth zu zweit, und im Laden war, wie immer, nichts los. Während er also versuchte, vom Handy aus diverse Dinge für das Konzert zu organisieren, hatte er gehofft, den beiden Klein Anton umhängen zu können. Selbiges hatte heute Morgen nämlich schon Anne mit ihm gemacht.

«Kannst du heute auf Anton aufpassen?», hatte sie gefragt. «Ich muss mit Andreas zum Arzt.»

«Ähm, ich bin nicht sicher, ob …», hatte er noch gesagt, aber dann war sie auch schon aus dem Laden verschwunden, und Karl sah auf seinen kleinen Neffen hinunter, der mit laufender Nase vor ihm stand.

«Was hast du denn heute?», fragte er.

«Schnupfen», teilte ihm das rotzende Kind mit.

«Aha. Ich hab aber viel zu tun. Bleibst du ein bisschen bei Frau Köpke und Hartmuth?»

«Nö», informierte ihn Anton und zog die Nase hoch. «Ich will bei dir sein.»

«Okay. Ein paar Minuten nur, dann hab ich Zeit für dich, ja?»

Anton verzog das Gesicht. Offenbar gefiel ihm die Aussicht darauf, mit Frau Köpke und Hartmuth im langweiligen Büro herumzusitzen, gar nicht. Also griff er, kaum dass Karl versuchte, den Raum zu verlassen, zum Hörerkabel und versuchte, Frau Köpke das Telefon zu entwenden, während die gerade mit dem *Flensburger Tageblatt* telefonieren wollte. Karl hatte sich Annes Hinweis durch den Kopf gehen lassen und Frau Köpke gebeten, ob sie sich eventuell auch um seine Pressearbeit kümmern würde. Diese hatte, nach einigem Hin und Her, schließlich eingewilligt. Zwar hatte sie Bedenken, durch ihre Mithilfe in den Konflikt zwischen Jens und Karl hineingezogen zu werden – ein durchaus berechtigter Einwand. Allerdings ließ Anton es gar nicht erst zu, dass sie auch nur ein ruhiges Telefonat führen konnte. Und auch Hartmuth, der heute Morgen im Laden vorbeigeschaut hatte, konnte Anton nicht von Frau Köpke und dem Telefon fernhalten. Hartmuth hatte schließlich aufgegeben und widmete sich stattdessen sowohl den Plakaten zu Sonneby Rock als auch denen von Karls Klassikkonzert, indem er sie, sauber gefaltet, in große Umschläge steckte und diese dann gemäß einer Liste, die ihm Frau Köpke gegeben hatte, adressierte. Logisch, dass das keinen Vierjährigen hinter dem Ofen hervorlocken konnte, so gerne Anton Hartmuth auch hatte.

«Ist gut», sagte Karl resigniert zu seinem Neffen. «Dann komm mal mit nach oben. Hast du deine Autos dabei?»

«Nö.»

«Irgendwelches Plastikspielzeug?»

«Nö.»

«Malsachen vielleicht?»

«Nöhö.»

Was zum Teufel sollte er mit dem Kind anfangen?

«Hör mal, Anton, ich muss jetzt gleich ein paar wichtige Telefonate führen und danach ...»

«Telefonieren ist langweilig!», stellte Anton fest. Karl ahnte, dass er damit bei Anton wahrscheinlich ebenso wenig durchkommen würde wie Frau Köpke. Aber versuchen musste er es trotzdem.

«Also, ein paar wichtige Telefonate, und dann muss ich dringend Klarinette üben. Wirklich, wirklich dringend! Morgen ist die erste Probe und da ...»

«Jaaa! Klarinette üben!», jubelte der Kleine plötzlich los und wedelte vor Aufregung und Begeisterung mit seinen Patschehändchen.

«Dir ist schon klar, dass *ich* übe und *du* zuhörst?», fragte Karl.

Anton nickte heftig und strahlte ihn an. Na gut, dachte sich Karl, dann probieren wir eben das. Er packte sein Instrument aus, setzte es zusammen, klappte den Notenständer auf, legte sich die Noten zurecht und begann zu spielen.

Und war das zu fassen, der Kleine hockte sich mucksmäuschenstill aufs Sofa (wie merkwürdig, dieses Kind hier zu sehen, wo er vor kurzem noch mit dessen Mutter ...) und schaute seinem Onkel gebannt dabei zu, wie dieser mit Mahlers Erster Symphonie begann. Doch das war bei weitem nicht das Erstaunlichste. Nachdem Karl gut fünf Minuten in Ruhe gespielt und geprobt hatte, sagte Anton laut und vernehmlich in eine Umblätterpause hinein: «Das ist Mahler.»

Karl ließ seine Klarinette sinken und starrte auf seinen Neffen.

«Ja», stimmte er ihm zu. «Und woran hast du das jetzt erkannt?»

«Na, an der Musik, du Dummerchen!», antwortete Anton und begann zu kichern.

«Ja, aber ich spiele die Klarinette, verdammt. Wie kannst an der Stimme Mahler wiedererkennen?»

«Weil das so klingt», sagte Anton schlicht und forderte ihn dann auf: «Spiel weiter, Onkel Karl. Du musst noch üben!»

Karl fand, dass es ein gutes Zeichen war, wenn sogar ein Vierjähriger erkannte, was er da spielte. Dann konnte die Probe morgen ja eigentlich nicht mehr schiefgehen.

10 /

Schief ging bei der Probe am nächsten Tag tatsächlich nichts, wenn man mal von dem Umstand absah, dass sie gar nicht stattfand. Gamzou hatte die Grippe. Und weil Gamzou in Kassel dirigierte und das halbe Orchester aus Kassel kam, hatte auch das halbe Orchester die Grippe. Darum hatte Peter am Morgen alle Musiker angerufen, die er erreichen konnte, um die Probe abzusagen. Drei von ihnen hatte er nicht mehr rechtzeitig erwischt, weshalb sie jetzt mit einem Bratschisten, einem Schlagwerker und einer Cellistin in einer Hamburger Kneipe saßen und Bier tranken, statt Mahler und Dvořák zu üben.

«Was für ein Scheiß!», sagte Peter. «Und dabei hatten wir heute den großen Saal.»

«Und müssen ihn bezahlen», stöhnte Karl.

«Und das ganze Ensemble!», fügte Peter hinzu.

«Mach mich nicht extra fertig», bat Karl, der frustriert in

sein leeres Bierglas starrte, während sich die Bratsche, das Cello und der Trommler dreckige Witze erzählten, die Peter natürlich ausnahmslos alle kannte. Darum lachten weder Peter noch Karl mit.

«Und nun?», fragte Karl.

«Und nun hoffen wir, dass unser Dirigent bald genesen wird, senden ihm auf deine Kosten eine Packung Aspirin und beenden diesen traurigen Tag mit einem anständigen Besäufnis. Kellner? Noch zwei Bier, bitte!»

«Nein, nicht für mich», informierte Karl den Ober, der gerade die nächste Runde aufnehmen wollte.

«Wieso nicht?», fragte Peter.

«Ich fahr jetzt nach Hause», beschloss Karl.

Da begann Peter zu grinsen. «Ach ja, ich vergaß: Du bist ja dauerlibidinös!»

«Scht!», machte Karl.

«Als wenn das hier irgendjemanden interessieren würde, mit wem du rumvögelst! Wie läuft es denn so? Immer noch die große Liebe?»

Karl nickte stumm.

«Und darf ich mir das so vorstellen, dass ihr in jeder freien Minute übereinander herfallt?»

«Du darfst dir gar nichts vorstellen», erwiderte Karl.

«Und wie oft findet sich so eine freie Minute?»

«Ich fahr jetzt», wiederholte Karl, der bei den drei anderen Musikern dreimal auf den Tisch klopfte und dann die Hand zum Gruß hob.

«Viel Spaß!», rief ihm Peter hinterher.

«Danke! Und du sorg nächstes Mal dafür, dass die Probe stattfindet», rief Karl zurück.

«Leck mich am Arsch, du Bauer!», brüllte Peter durch die ganze Kneipe, wirkte allerdings kein bisschen verärgert, sondern hob ebenfalls grinsend die Hand und gab Karl, von der Cellistin unbemerkt, ein Zeichen, dass er sich jetzt an die einzige anwesende Frau heranpirschen würde. Karl deutete ihm durch das Verdrehen seiner Augen an, dass er dies für keine gute Idee hielt, und verschwand durch die Tür nach draußen.

Die Fahrt von Hamburg nach Sonneby kam ihm heute endlos lang vor, und Karl war froh, als er endlich Süderbrarup erreichte. Er hatte Anne aus dem Zug eine SMS geschickt und sie gebeten, ihn abzuholen. Gleich würde er Anne sehen, sie umarmen, festhalten, ihr Haar riechen. Gleich konnte er diese dumme Probe, die nicht stattgefunden hatte, und die Geldsorgen, Peters unpassendes Verhalten gegenüber weiblichen Orchestermitgliedern und Kleves kleinen Musiksalon mal für einen Augenblick vergessen.

Er stieg aus dem Zug und suchte am Bahnsteig nach Anne ab, als ihm das Herz stehen blieb. Denn dort neben dem Gleis stand nicht seine Geliebte – sondern sein Bruder.

Durchatmen, Karl! Das hat sicher nichts zu bedeuten. Wahrscheinlich will er nur irgendetwas mit dir besprechen. Also, lass dir nichts anmerken.

«Hi», sagte Karl kurz und knapp.

«Hallo.» Jens verzog keine Miene. Dann sah er auf Karls kleinen Rucksack und den Klarinettenkoffer. «Ist das dein ganzes Gepäck?», fragte er.

«Ja, wieso?» Karl war irritiert.

«Weil Anne gesagt hat, ich soll dich abholen. Da dachte ich, du kommst vielleicht mit extra viel Gepäck, irgendwelchen Möbeln oder so.»

«Nee, ich hab heute keinen IKEA ausgeraubt. Obwohl ich dringend ein weiteres Regal bräuchte. Ich war zur Orchesterprobe in Hamburg», sagte Karl, der sich aus Unsicherheit humorvoll gab, während er fieberhaft darüber nachzudenken begann, warum Anne dieses Zusammentreffen der beiden Brüder eingefädelt hatte.

«Na dann.» Jens drehte sich um und ging voraus zum Auto, Karl folgte ihm mit einem unguten Gefühl in der Magengegend.

Schweigend saßen die Brüder nebeneinander. Karl starrte durch das Seitenfenster nach draußen. Wenigstens hatte sein Bruder diesmal keine seiner schrecklichen CDs aus Eigenproduktion aufgelegt. Aus dem CD-Player dudelten, ganz leise, die *Dire Straits*. Karl war sich nicht sicher, ob er das als ein Zugeständnis von Jens an ihn werten sollte. Wenn es auch nicht viele musikalische Überschneidungen zwischen Jens und ihm gab – auf die *Dire Straits* konnten sie sich notfalls einigen. Und natürlich auf *Simon and Garfunkel*, die Lieblingsband ihrer Eltern. Eigentlich erstaunlich, dachte Karl, dass seine Eltern, so verschieden wie sie waren, dieselbe Musik gehört hatten.

«Das lag am Film», meldete sich seine Mutter vom Rücksitz. «Das war der erste gemeinsame Kinobesuch von deinem Vater und mir.»

Karl zuckte zusammen.

«Welcher Film?», fragte sein Vater.

«*Die Reifeprüfung*, Schatz.»

«Ach so, ja der.»

Sein Vater hatte tatsächlich den Titel vergessen. Für ihn hieß er einfach nur «der Film». Logisch, wenn man bedachte, dass er und Karls Mutter danach nie wieder zusammen im Kino gewesen waren.

«Ich mag die Musik nicht», beschwerte sich Karls Mutter von hinten. «Macht ihr mal was anderes an?»

Karls räusperte sich. «Du hast nicht zufällig was von *Simon and Garfunkel* da?», fragte er.

«O ja! Das wäre schön!», freute sich seine Mutter.

«Was? Nein», antwortete Jens.

«Schon okay», murmelte Karl. Er holte tief Luft und sah entschuldigend nach hinten. Die Rückbank war leer.

Schweigend fuhren sie einige Kilometer über Land, als Jens sagte: «Du solltest dir echt mal ein eigenes Auto zulegen. Dann muss man dich nicht überall hinkutschieren.»

Da hatte er natürlich recht. Aber wenn das alles war, was sein Bruder ihm zu sagen hatte, dann … ja, was eigentlich?

«Hm», brummte Karl nur, aber Jens schien sich auch nicht großartig für ein Gespräch mit ihm zu interessieren. Bis er plötzlich den Blinker betätigte und auf einen kleinen Feldweg einbog, der Karl ziemlich bekannt vorkam. Hatte er nicht genau hier vor ein paar Tagen mit Anne im Auto gesessen? Jens stellte den Motor ab, und Karl begann zu schwitzen. Das konnte doch kein Zufall sein, dass sein Bruder mit ihm auf diesen Feldweg fuhr. Karl rieb sich mit dem Handrücken über die Stirn und blickte Jens verstohlen an. Doch der starrte nur durch die Windschutzscheibe nach draußen in einen der Holunderbüsche, an dem schon die ersten, noch grünen Beeren hingen.

Irgendwann hielt Karl es nicht mehr aus. Wenn sein Bruder ihn zur Rede stellen wollte, dann jetzt und hier. Dieses Schweigen konnte ja keine Sau mehr ertragen!

«Was wird denn das jetzt hier?», fragte Karl in die Stille hinein und erschrak vor seiner eigenen Stimme, die plötzlich so brüchig und unsicher klang. Wusste Jens etwas über ihn und Anne? Ahnte er etwas? Und hatte er vor, ihn deswegen zu erwürgen und hinter den Holunderbüschen zu vergraben?

«Das wird nichts», sagte Jens plötzlich.

«Was?», fragte Karl irritiert. «Was wird nichts?»

«Mit eurem Konzert. Ihr müsst das absagen.»

«Bitte? Deswegen stehen wir hier so doof in der Landschaft rum?», stieß Karl hervor und hoffte, Jens würde ihm die Erleichterung in seiner Stimme nicht anhören. Das Konzert! Darum ging es also.

«Ja, sicher. Was dachtest du denn?», fragte Jens. «Also, zwei Konzerte am gleichen Tag zu veranstalten ist wirklich Blödsinn. Da kommen wir uns nur in die Quere. Darum erwarte ich, dass ihr das absagt.»

«Warum solltet wir? Ich meine, sag du doch deine Hard-Rock-Sache ab.»

«Sonneby Rock», sagte Jens mit drohendem Unterton in der Stimme.

«Jens, dir ist doch wohl klar, wie lächerlich ihr euch damit macht!»

«Lächerlich?», fauchte Jens. «Ich werd dir gleich zeigen, wer hier lächerlich ist! Du hattest deine Chance auf eine Musikerkarriere und hast sie vergeigt! Total vergeigt! Während du große weite Welt gespielt hast, durfte ich hier Mutti und Vati pflegen, brav das Geschäft führen, Annes Kinder großziehen und immer hübsch die Schnauze halten. Das kotzt mich so an! Alter, du schuldest mir was! Und ich schulde mir selbst dieses Rockfestival! Das ist meine Chance. Meine, verstanden?! Und das lass ich mir von dir nicht kaputtmachen! Und nun raus aus meinem Auto!»

«Du kannst mich doch nicht einfach hier mitten in der Walachei rausschmeißen!», empörte sich Karl.

«Wieso? Du hast mich doch auch jahrelang im Stich gelassen. Dann siehst du mal, wie das ist. Also, RAUS!», brüllte Jens. «Mach 'nen Abflug!»

Da stieg Karl aus dem Wagen und blickte Jens nach, der mit quietschenden Reifen davonbrauste.

«Scheiße!», fluchte Karl laut. Dann machte er sich zu Fuß auf den Heimweg. Immerhin hatte Jens noch seine Tasche und seine Klarinette im Auto. Also musste Karl nur sich selbst durch den Regen samt Sturmböen aus Nordost in Richtung Sonneby schleppen.

Als er zwei Stunden später endlich vor der Eingangstür zum Musiksalon stand, wartete dort eine komplett durchnässte Tasche und ein von Regenwasser glänzender Klarinettenkoffer auf ihn, und in Karl stieg beim Anblick seines geliebten Instruments der Zorn hoch. Wenn er noch irgendwelche Zweifel gehegt hätte, ob er seinem idiotischen Bruder wegen des Konzerts vielleicht entgegenkommen sollte, dann waren die jetzt weggefegt.

11 /

Als es nur noch dreizehn Wochen bis zum Konzert waren, wurde Karl nervös. Es war bereits Ende Juni, und Karl hatte nicht das Gefühl, die Planung im Griff zu haben.

In der ersten Woche übte er wie ein Wahnsinniger in seiner mittlerweile recht stickigen, weil sommerlich überhitzten Butze auf seiner Klarinette, bis er das Gefühl hatte, wenigstens annähernd wieder auf dem Niveau zu spielen, das er für annehmbar hielt. Zu seiner Umwelt ging er in diesen Tagen auf Abstand, auch zu Anne. Karl brauchte einen klaren Kopf. Und das Gefühlschaos lenkte ihn von der Musik ab. Also lagerte er einen Kasten Flens frei und ein gutes Dutzend Fertigpizzas bei sich ein und ernährte sich vorwiegend von Pizza und Bier. Er legte binnen der sieben Tage zwei Kilogramm zu.

Die zweite Woche hielt er es nicht länger aus und suchte, wann immer es ging, die Nähe von Anne, was dazu führte, dass sie zweimal fast erwischt worden wären, einmal von Klein Anton, das andere Mal von Jens, der weitere Plakate für Sonneby Rock aus dem Lager holte, während Karl und Anne oben in Karls Butze nackt auf dem Sofa lagen und den Atem anhielten.

Außerdem buchte er die Hotelzimmer für die Musiker, was sich als ziemlicher Drahtseilakt herausstellte, denn keines der umliegenden Hotels oder keiner der Gasthöfe war groß genug, um ein ganzes Orchester aufzunehmen. Schon gar nicht, wenn die Musiker alle Einzelzimmer forderten. Nach viel Herumtelefoniererei hatte Karl es geschafft, alle auf drei Häuser zu verteilen. Dirigent und Solistin kamen im Alten Meierhof in Glücksburg, dem einzigen Luxusschuppen der ganzen Umgebung, unter. Allein schon diese Hotelrechnung verursachte bei Karl stechende Kopfschmerzen, die sich nur mit viel Aspirin in den Griff kriegen ließen, was seinem Magen nicht besonders guttat.

In der dritten Woche fanden endlich die ersten beiden Proben statt. Sie liefen erstaunlich gut. Gamzou entpuppte sich als äußerst gewinnender Charakter, der aus der zusammengewürfelten Truppe in kurzer Zeit tatsächlich so etwas wie ein Orchester machte. Karl stellte kurzfristig auf Sushi um und versackte mit Peter in einer Hamburger Bar, die Karl gegen sechs Uhr früh allein verließ, nachdem Peter sie bereits um vier Uhr früh und in Begleitung verlassen hatte.

In der vierten Woche begannen die Sommerferien der Kinder, und Karl bekam Anne nur noch äußerst selten und nie allein zu Gesicht. Sein Magen spielte immer noch verrückt. Also stellte er von Bier auf Käsepappeltee um.

In der fünften Woche ließ Karl endgültig die Fertigpizzas

sausen und begann zu joggen. Leider hatte er Joggen schon immer gehasst. Er bekam schlechte Laune, verlor aber zwei Kilo Gewicht.

In den Wochen sechs und sieben kümmerte er sich verstärkt um die Logistik fürs Konzert. Dabei wurde der Wettkampf zwischen ihm und Jens neu entfacht. Wer rief wo zuerst an? Wer kriegte den offiziellen Zuschlag der Gemeinde für zusätzliche Parkplätze? Karl bekam zwar von der Gemeinde Sonneby die Parkmöglichkeiten genehmigt und stach damit Jens aus, dafür konnte Jens die Mehrheit der Dorfjugend als Hilfspersonal anwerben, sodass Karl Mühe hatte, Parkplatzwärter und Platzanweiser zu finden. Also streckte Karl seine Fühler bis in Süderbrarups Eissalon aus, wo er einen Zettel aufhängte, auf dem er für zehn Euro die Stunde nach Mitarbeitern für eine Abendveranstaltung suchte. Tatsächlich meldeten sich drei Jugendliche, denen er nicht einmal einen Rasenmäher anvertraut hätte.

«Wie alt seid ihr drei denn?», fragte Karl, als die Jungs vor dem Musiksalon standen.

«So achtzehn», sagte der Kleinste der drei, den Karl kaum älter als sechzehn geschätzt hätte.

«Achtzehn?», fragte er ungläubig.

«Na ja, fast», gab der Zwerg zu.

«Was heißt fast?», wollte Karl wissen.

«Also gut, siebzehn.»

Karl sah ihn scharf an.

«Sechzehn», korrigierte er. «Nächsten Monat.»

«Aber dann dürft ihr doch noch gar nicht Auto fahren», sagte Karl, was von den dreien mit Kopfnicken bestätigt wurde, und ein dünner, schlaksiger Junge mit vielen Pickeln im Gesicht und am Hals fügte hinzu: «Aber ich hab einen Treckerführerschein.»

«Das wird nicht reichen», gab Karl zu bedenken, aber der Zwerg ließ nicht locker. «Ja, aber das soll doch auf'm Hof stattfinden, oder? Auf der Straße dürfen wir vielleicht nicht fahren, aber auf'm Hof schon.»

Karl war sich ziemlich sicher, dass das nicht stimmte, aber mangels Alternative sagte er: «Ist gut, ihr seid engagiert. Trinkgelder dürft ihr behalten. Klaut nix, fahrt nix zu Schrott und seid ja nüchtern!»

«Klaro!», sagten die drei im Chor.

Der Kartenvorverkauf war mittlerweile in vollem Gange. Dessen Organisation hatte Karl mangels Alternativen ebenfalls in die Hände von Frau Köpke und Hartmuth gelegt, die nun ständig am Telefon des Musiksalons saßen und Vorbestellungen entgegennahmen – jeweils eine Liste für Karls und Jens' Musikevent neben dem Telefonapparat liegend. Tatsächlich lief es für beide gar nicht so schlecht. Bis Mitte August hatte Karl um die fünfundvierzig Prozent verkauft, Jens lag dicht dahinter mit etwa vierzig Prozent Auslastung.

Ende August, also gut vier Wochen vor dem Konzert, ereilte Karl ein heftiger Schnupfen, den er sich bei einem mitternächtlichen Bad in der Ostsee zugezogen hatte (die Flensburger Förde war um diese Zeit oft schon ziemlich kalt), sowie ein Brief vom Gewerbeaufsichtsamt mit der Aufforderung, als Veranstalter ein Gewerbe anzumelden, den er geflissentlich ignorierte. In derselben Woche bekam Gamzou plötzlich einen Wutanfall in der Probe, weil ein paar der Musiker unangekündigt nicht erschienen waren. Wie sich herausstellte, hatten drei der Streicher und ein Cellist einen Job auf einem Kreuzfahrtschiff angenommen, ohne Peter etwas davon zu sagen. Die zweite Stimme war daher etwas unterbesetzt. Es kostete Peters ganzen Charme, Gamzou zu überreden, die Probe trotzdem stattfinden zu lassen.

Drei Wochen vor dem Konzert meldete Karl nach nicht weniger als zwölf Telefonaten mit der Gewerbeaufsicht sein Konzert offiziell als Veranstaltung an und besorgte eine Genehmigung wegen der Feuerschutzbestimmungen für die alte Scheune. Wie sich herausstellte, musste dazu der Hauptmann der freiwilligen Feuerwehr Sonneby ein Gutachten erstellen. Der Feuerwehrhauptmann war niemand anderes als Walter Hansen. Das Gutachten (eine DIN-A4-Seite, auf der nur zwei Sätze standen) kostete Karl zweihundert Euro, die Flasche Köm, die er sich selbst zulegte, um seinen Ärger zu betäuben, nicht eingerechnet.

Einen Tag später beschloss Karl, nie wieder in seinem Leben einen Tropfen Alkohol anzurühren. Das restliche Bier, das er noch bei sich eingelagert hatte, schenkte er den drei Parkplatzjungs, die er zusätzlich für die Logistik angeheuert hatte, wodurch er in ihrem Ansehen enorm stieg und einen Streit mit Anne heraufbeschwor, was er sich eigentlich dabei denke, minderjährige Jungs mit Alkohol zu versorgen! Karl schämte sich ordnungsgemäß und goss die halbe Flasche Köm, die noch bei ihm herumstand, still und heimlich in den Ausguss seines Spülbeckens.

Zwei Wochen vor dem Konzert hörte Karl auf zu schlafen, weil ihn in der Nacht zu jeder Stunde ein Albtraum schweißgebadet aufwachen ließ. Das eine Mal träumte er, dass das Catering nur Fertigpizza vorbereitet hatte, und zwar drei Pizzen für vierhundert Leute. Das andere Mal hatten ein paar Hardrocker seinen Dirigenten auf einem Dixi eingeschlossen und das Klo umgekippt.

Am schlimmsten aber war der Traum, in dem seine Mutter und sein Vater lautstark miteinander stritten, wie sie es früher oft getan hatten, zu welchem Konzert sie denn nun gehen würden, zu dem von Jens oder dem von Karl. Am Ende entschieden sie sich, zu Hause zu bleiben und fernzusehen. Währenddessen trug Karl seine Klarinette auf dem Sonnebyer Friedhof zu Grabe. Auf dem Grabstein stand folgende Inschrift: *Hier ruht die Klarinette von Karl Kleve. Schweige sie in Frieden.*

12 /

Als Erste fielen die Hard-Rocker in Sonneby ein. Schon zwei Tage vor Festivalbeginn tauchten im Ortskern ein paar alte Pick-ups auf, denen, das konnte Karl durch das Schaufenster des Musiksalons beobachten, wüste Gestalten in dunkler Montur, mit Sonnenbrillen und Rauschebärten, entstiegen. Sie sahen zum Fürchten aus, und sie hörten sich auch zum Fürchten an, denn tatsächlich ließen sie die Fenster ihrer Autos herunter und spielten aus ihren getunten Musikanlagen einen Willkommensgruß für Sonneby: *Thunderstruck.*

«Was auch sonst», murmelte Karl.

«O Gott, Karlchen!» Frau Köpke klang mit einem Mal ganz verängstigt. «Das sind doch nicht etwa …?»

«Doch, Frau Köpke, das sind Hard-Rocker.»

«Achje, ich hatte mir die alle so vorgestellt wie Jens. Aber dass die so laut sind und so wild aussehen, damit hatte ich nicht gerechnet.»

Doch statt Frau Köpkes Sorgen zu zerstreuen, konnte Karl es nicht unterlassen, Salz in die Wunde zu streuen, und sagte nur: «Na, geben Sie es zu: Klassikfans wären Ihnen jetzt lieber!»

Frau Köpke antwortete mit einem kläglichen Seufzer. «Kannst du nicht mal mit Jens reden?», bat sie ihn.

«Genau das hab ich vor», bestätigte Karl und sah auf die Uhr. «Er müsste gleich hier sein.»

Da ging die Tür auf, aber statt Jens trat Hartmuth in den Laden. Er trug einen uralten blauen Strickpullover, der so aussah, als hätte er schon existiert, als Willy Brandt noch Kanzler war. Oder Kiesinger. Oder …

«Habt ihr die gesehen?», fragte Hartmuth und deutete auf die dröhnenden Autos in Sichtweite des Musiksalons.

«Haben wir», bestätigte Karl. «Gesehen und gehört.»

«Die Ersten sitzen schon in Fietes Gaststube und trinken Bier – um neun Uhr früh!», berichtete Hartmuth weiter.

«Wieso hat Fiete denn offen?», fragte Frau Köpke. «Der hat doch nie offen. Oder so gut wie nie.»

«Der wittert offenbar das Geschäft seines Lebens. Auf seinem Parkplatz hinterm Haus steht alles voll mit Flens-Fässern. Fietes Frau hat mir gestern erzählt, er hat auch im ganzen Wohnhaus Bier gelagert, sogar im Badezimmer. Sie komme kaum noch zur Toilette.»

«O Gott», murmelte Frau Köpke nur, «die Arme! Dabei hat sie es doch mit der Blase.»

Alle drei starrten fasziniert auf das, was sich da vor ihrer Haustür abspielte. Mittlerweile hüpften zwei grölende Typen auf der Ladefläche ihres Pick-ups herum und testeten die Federung ihres Wagens, während sie sich gegenseitig mit Isomatten und Zelten bewarfen und alle paar Sekunden einer der Herumstehenden «Sonneby Rooooock!» schrie.

Karl sah, wie sich zwischen diesen Irren Jens seinen Weg bahnte, der den freundlich gegrölten Gruß der Hardrocker kurz erwiderte und dann auf den Musiksalon zusteuerte.

«O Jens», begrüßte ihn Frau Köpke, «was sollen wir nur machen?»

«Wieso?», fragte Jens irritiert.

«Frau Köpke ist besorgt wegen deiner Rockerfreunde da draußen», erklärte Karl.

«Keine Sorge, Hannelore, ich begleite dich nachher zu deinem Haus», bot sich Hartmuth ritterlich an.

«Danke», sagte die arme Frau Köpke sichtlich erleichtert.

«Du wolltest reden», wandte sich Jens nun an Karl. «Was gibt's?»

«Gehen wir ins Büro», schlug Karl vor. Jens folgte ihm und ließ sich auf dem großen Drehstuhl am Schreibtisch nieder. Karl blieb lieber stehen.

«Also, ich höre», sagte Jens.

«Es geht um die Proben», begann Karl. «Wir haben morgen Generalprobe in der Scheune. Aber da ich annehme, dass ihr auf eurer Feldbühne auch so etwas wie Soundchecks durchführt, müssen wir uns absprechen.»

Jens dachte kurz nach, dann nickte er. «Dir ist schon klar, dass mir dein Geigengedudel in der Scheune relativ wurscht ist, oder?»

«Ist mir klar», sagte Karl.

«Gut. Wann probt ihr?»

«Um zwei Uhr nachmittags.»

Jens kaute auf seiner Unterlippe herum. Das hat er schon immer gemacht, dachte Karl, schon, als wir ganz klein waren.

«Ihr habt zwei Stunden», sagte Jens schließlich. «Zwei Stunden, keine Minute mehr.»

Karl war nicht sicher, ob das reichen würde. Aber weil sein Bruder ihm entgegenkam, wollte er nicht gleich wieder herummeckern. Also sagte er: «Einverstanden. Und übermorgen ist noch eine Probe. Und dann am Abend das Konzert. Da brauchen wir nochmals Ruhe.»

«Du verlangst aber 'ne ganze Menge», stellte Jens fest.

Karl blickte gespannt auf seinen Bruder. Erst jetzt fiel ihm auf, wie müde und erschöpft Jens aussah.

«Tu ich das?», fragte er.

«Karl, ich sag dir was. Der einzige Grund, weshalb ich hier bin und dir mit deinen Probenterminen entgegenkomme, ist Anne. Sie hat mich bekniet, mich mit dir zu einigen. Also bedank dich bei ihr.»

«Werde ich», antwortete Karl. «Ich sehe sie eh heute Abend.»

«Ach so? Na gut», sagte Jens, der mit den Gedanken schon wieder ganz woanders zu sein schien. «War's das?»

«Ja, das war's.»

«Dann», und Jens erhob sich aus seinem Bürostuhl, «muss ich jetzt los.»

Er war schon auf dem Weg nach draußen, als Karl ihm hinterherrief: «Jens?»

«Was?», fragte der.

«Viel Glück», sagte Karl.

Jens deutete so etwas wie ein Kopfnicken an und verschwand. Als die Tür zum Musiksalon aufging, schwoll das Dröhnen der Rockmusik aus den Autos so an, dass die Klangschale im Regal neben dem Computer zu scheppern begann.

13 /

«Wie kommst du voran?», fragte Anne.

«Gut», log Karl. Er hatte jetzt wirklich keine Lust, sich mit Anne über den Konzertstress zu unterhalten. Sie hatten nur eine Stunde, und die wollte er zu etwas Besonderem machen. Dafür hatte Karl extra eine kleine Flasche Champagner gekauft, teuren Käse, gutes Brot und ein paar andere Kleinigkeiten, alles in einen sündhaft teuren kleinen Picknickkorb gepackt und zwei mit LED-Lichtern bestückte kleine Laternen besorgt. Nun saßen sie auf einer windgeschützten kleinen Bank an einem Feldweg in der Nähe von Grünholz und genossen einen ruhigen Augenblick zu zweit. Anne hatte sich kurz aus den Festivalvorbereitungen ausgeklinkt und behauptet, es fehle noch an Senf und Ketchup für die Grillsachen. Also war sie, ohne Kinder, angeblich zum Einkaufen unterwegs. Stattdessen traf sie sich aber hier mit Karl, der gerade eine warme Wolldecke um sie beide herumwickelte, denn eigentlich war es für ein Picknick im September schon viel zu kalt.

«Ich muss gleich wieder los», sagte Anne.

«Nein, bleib noch», bat Karl sie, der den Moment und sie noch nicht gehen lassen wollte.

«Und was sag ich Jens, wenn der fragt, warum ich ohne Senf und Ketchup nach Hause komme?»

«Sag halt, der Supermarkt hatte schon zu», schlug Karl vor und küsste ihren Hals. Und diesmal gab Anne nach.

«Ich weiß nicht recht.»

«Bleib noch. Bitte!» Karl konnte nicht aufhören, sie zu küssen, überall.

«Das kitzelt», sagte Anne lachend.

In diesem Moment glitt das Licht eines Autoscheinwerfers über sie hinweg.

«War da jemand?», fragte Anne verunsichert.

«Nein, mach dich nicht verrückt. Küss mich lieber!», bat Karl.

Das tat sie. «Danke», sagte Anne leise. «Das war wirklich sehr schön.»

«Ich muss mich bedanken», sagte Karl.

«Wofür?», fragte sie.

«Du hast meinen Bruder überredet, sich wegen der Proben mit mir zu einigen. Und Jens hat mich gebeten, mich bei dir zu bedanken, was ich hiermit tue.»

«Gern geschehen.» Anne lächelte ihn an. «Ich hoffe, die

friedliche Stimmung zwischen dir und Jens hält etwas an. Das Festival macht nämlich genug Stress.»

«Das wird sie. Versprochen!», sagte Karl.

«Gut. Soll ich dich noch nach Sonneby mitnehmen?»

«Du kannst mich ja vor dem Ortsschild absetzen.»

Er zog sie noch einmal an sich und küsste sie.

«Spar dir deine Kräfte fürs Konzert», sagte sie grinsend, stand auf, griff nach den Picknicksachen und begann, sie zum Auto zu tragen, das sie am Feldweg abgestellt hatten. Karl sah ihr nach. So wie heute sollte es immer sein, dachte er.

14 /

Am nächsten Tag war die Generalprobe mit Sol Gabetta, Gamzou und dem gesamten Orchester in Hansens Scheune. Karl stand sehr früh morgens auf und musste sich als Erstes vor Anspannung beinahe übergeben. Würgend stand er über das Spülbecken gebeugt. Natürlich kannte er das Gefühl von Lampenfieber, aber das hier war viel, viel schlimmer.

«Du schaffst das, Karl», sagte er leise zu sich selbst und hielt den Kopf unter den Wasserhahn. «Du schaffst das.» Das Wasser half. Langsam wurde sein Kopf klarer, sein Magen beruhigte sich etwas. Doch bei dem Gedanken daran, was alles auf dem Spiel stand und wie viel Geld er und Peter schon in dieses Projekt investiert hatten, wurde ihm gleich wieder schlecht. Peter hatte letztlich ja sogar seinen BMW als Garantie gesetzt, um noch ein paar Tausender lockerzumachen. Sie hingen beide bis zum Hals in der Sache drin.

Während sich Karl die Zähne putzte, dudelte im Hintergrund das Radio. Auf Beethovens *Die Wut über den verlorenen Groschen* folgte der Wetterbericht für die nächsten Tage.

Bei dem Wort «Sturmböen» horchte Karl kurz auf, hörte dann aber darüber hinweg. Sturmböen waren hier in Angeln schließlich an der Tagesordnung. Als der Meteorologe im Radio dann jedoch die Worte «Unwetterwarnung» und «orkanartig» benutzte, wurde Karl gleich wieder übel. Er hörte auf, seine Zähne zu schrubben, und drehte das Radio lauter.

«... ist in der Nacht von Freitag auf Samstag mit orkanartigen Böen im gesamten Ostseeraum zu rechnen. Besonders betroffen ist die Flensburger Förde. Dort werden Böen mit bis zu 150 Stundenkilometern erwartet. Die Fehmarnsundbrücke und die Rendsburger Hochbrücke werden heute voraussichtlich ab dem frühen Abend für leere LKW und Anhänger gesperrt. Auch morgen halten die Sturmböen weiter an. Es ist mit zahlreichen Sperrungen zu rechnen. Die deutsche Küstenwache gibt eine Unwetterwarnung für den gesamten Ostseeraum ...»

Er stellte das Radio aus. Dann griff er zum Handy und rief Peter an.

«Alter! Schläfst du eigentlich gar nicht mehr? Es ist 6.30 Uhr, verdammt!», fluchte Peter ins Telefon.

«Ja, aber ich muss mit dir reden. Hast du den Wetterbericht gehört?»

«Nein, wieso? Regnet es bei euch Hühner und Schweine vom Himmel?»

«Fast. Die haben für Samstag Sturm angesagt.»

«Ist doch super! Dann muss dein Bruder sein doofes Konzert absagen, und wir sind fein raus, weil wir sicher in der Scheune sitzen.»

«So sicher wie die drei kleinen Schweinchen.»

«Schweinchen?», fragte Peter.

«Ja», erklärte Karl, «das Märchen von den drei kleinen

Schweinchen. Wenn der Wolf kommt und die Scheune wegpustet.»

«Welcher Wolf?»

«Na, der Wolf eben. Das personifizierte Böse!», führte Karl weiter aus.

«Und wer soll dieser Wolf sein? Und wer die Schweinchen? Doch wohl nicht ich!», beschwerte sich Peter.

«Doch.»

«Ich protestiere! Ich hab gerade drei Kilo abgenommen. Sex hält schlank!» Peter gähnte ins Telefon.

«Jetzt lass doch mal die Schweine. Wann bist du hier?»

«Ich dachte, so gegen elf.»

«Gut. Wir sehen uns dann. Lass dich nicht vom Weg pusten.»

Zur Antwort grunzte Peter in den Hörer und legte auf.

Karl sah aus dem Küchenfenster. Die großen Pappeln an der Straße bogen ihre Äste im Wind. Überall lagen nasse Blätter herum oder schwammen in den vielen Pfützen, die sich am Wegesrand gebildet hatten. Alles in allem wirkte es reichlich ungemütlich da draußen. Er machte sich einen Kaffee, doch als er die bittere Brühe an den Mund setzen wollte, bekam er sie nicht hinunter. Er kippte den Kaffee ins Spülbecken. Dann stieg er in einen der zwei Anzüge, die er sich in Flensburg bei C&A gekauft hatte. Ein Blick in den Spiegel sagte ihm, dass er besser ein- oder zweihundert Euro mehr ausgegeben hätte. Der Anzug passte nur mäßig gut. Er sah aus, als würde er bei der Raiffeisenbank als Kundenberater anheuern wollen.

Karl griff nach seinen Schlüsseln und seinem Handy. Mist, der Akku war fast leer. Also steckte er das Gerät an die Steckdose und verließ ohne Telefon die Butze. Er würde es später holen.

Im Musiksalon war es stickig. Er öffnete ein Fenster und spürte der Nachtluft hinterher. Die Uhr über dem Durchgang zeigte kurz nach sieben. Karl sah zu der Peter-Kraus-Gitarre.

«Morgen ist es so weit, Papa. Morgen gibt dein Sohn hier ein großes Konzert. In Sonneby!»

Doch die Stimme seines Vaters antwortete nicht. Da war nichts, kein guter Geist, der ihn begleitete. Nur das Ticken der Uhr.

«Papa?», fragte Karl leise in den Raum hinein. «Papa, bist du da?»

Durch das geöffnete Fenster konnte Karl hören, wie draußen eine verirrte Amsel trällerte und, weit entfernt, ein Moped seinen Weg durch die Landstraßen knatterte. Sonst blieb es ruhig, bis auf das Brausen des Windes. Da war keine vertraute Stimme, die ihm aufmunternde Worte zusprach, keine Hand, die sich beruhigend auf seine Schulter legte, oder einfach nur ein freundlicher Blick, der ihm gesagt hätte: Wird schon werden.

Noch nie zuvor hatte Karl sich so einsam gefühlt. Waise – was dieses Wort bedeutete, das begriff er erst jetzt. Und dass es noch jemanden geben musste, dem es ähnlich ging wie ihm. Jemand, der dieselben Stimmen vermisste, dieselben Blicke, dieselbe Hand auf seiner Schulter.

Die Stille dröhnte in seinen Ohren. Er schluckte seine Einsamkeit hinunter und verließ den Musiksalon durch die Eingangstür. Mit einem vertrauten Klingeln fiel die Tür ins Schloss, und er machte sich zu Fuß auf den Weg.

15 / Vor Hansens Hof war das Chaos ausgebrochen. Halb verschlafene Rocker lungerten in der Einfahrt herum, Bandmitglieder luden ihr Equipment aus den Autos, Bierkisten und Fässer wurden zu der geplanten Bar vor Hansens Haus geschleppt. Zwischen all dem Treiben rannte bellend der Hofhund umher.

Karl ging auf die Scheune zu und passierte die denkwürdigste Allee, die er je gesehen hatte. Zu seiner Linken standen etwa ein Dutzend Dixi-Klos, während sich auf der rechten Seite acht voll verchromte Toilettenhäuschen aneinanderreihten.

«Wenn man sich das so anschaut, könnte man denken, das wird ein echtes Scheißfestival!», rief ihm eine vertraute Stimme entgegen.

Walter Hansen hatte sich hinter den Toilettenhäuschen platziert und deutete mit grimmigem Blick nach oben. «Und wat dat hier sein soll, dat kannst du mir ma vertelln!»

Karl folgte Hansens Blick und traute seinen Augen nicht: Vor ihnen ragte, befestigt an der großen Platane in der Hofeinfahrt, ein aufgeblasener rosafarbener Riesenpenis in den Himmel, auf dem groß und breit der Schriftzug *Beate Uhse* prangte. Genau gegenüber dem Riesenpenis thronte eine überdimensionierte, gleichfalls aufblasbare Flensburger-Pilsener-Bierflasche. Zwischen diesem Arrangement hing ein Banner, auf dem stand: *Sonneby rockt! Welcome to the Devil's Edge!* Karl schüttelte nur ungläubig den Kopf.

«Das», sagte Karl so sachlich wie möglich, «ist ein Penis.»

«Das seh ich auch, dass das kein Schweinerüssel ist», antwortete Walter Hansen. «Also, damit das klar ist: Das da muss weg! Sonst denken die Leute noch, hier ist ein Puff oder so was.»

«Damit», und Karl deutete auf den Penis, «werden Sie wohl leben müssen. Das ist von unserem Sponsor. Und jetzt entschuldigen Sie mich, ich muss in der Scheune nach dem Umbau sehen.»

«Da wirst du nicht reinkommen», sagte Hansen und setzte wieder sein diabolisches Grinsen auf.

«Wieso?», wollte Karl wissen.

«Ist zugerummelt», sagte Hansen nur, tippte mit dem rechten Zeigefinger an die Stirn und spazierte davon.

In Karl kroch die Wut hoch. Die Bühnenarbeiter konnten jeden Moment hier auftauchen, ganz abgesehen von der Lieferung mit über 450 Stühlen, und er sollte nicht in diese verdammte Scheune kommen?

Als er um die Ecke bog, wurde ihm klar, was Hansen mit «zugerummelt» gemeint hatte. Vor dem Eingang zur Scheune sowie um die halbe Scheune herum stapelten sich Holzpaletten, alte Kanister, Autoreifen und landwirtschaftliche Geräte, dazu zwei kaputte Karnickelställe und, soweit Karl das erkennen konnte, die Überreste eines alten Wohnwagens. Das konnte ja wohl nicht wahr sein! Vor ein paar Tagen, als Karl die Scheune hatte ausräumen und reinigen lassen, war noch alles in bester Ordnung gewesen. Und jetzt das! Das war Sabotage!

Er hätte platzen können vor Wut. Mit ganzer Kraft riss Karl an ein paar leeren Kanistern und schleuderte sie über den gepflasterten Vorplatz. Dann stürzte er einen der beiden Karnickelställe um, riss an einer alten Plastikplane und schmiss sich in Rage gegen das Wrack des alten Wohnwagens. Dass sein Anzug dabei noch vor seiner ersten Begegnung mit Sol Gabetta vollkommen ruiniert wurde, bemerkte Karl zu spät. Als er dann in einer Atempause an sich herunterblickte, wurde er gleich noch wütender.

«JENS!», brüllte er den Namen seines Bruders. Es klang wie ein Schlachtruf, der alle anwesenden Helfer, allen voran

Björn, auf den Plan rief. Die standen nun ein paar Meter von Karl entfernt und schauten sich aus sicherer Entfernung an, wie der sich wie ein Berserker aufführte.

«JENS!»

«Was schreist du hier rum?»

Da war er, ganz in schwarzer Rockermontur, sein Bruder. Jens schlurfte auf Karl zu, und das mit einem selbst für seine Verhältnisse äußerst angespannten Gesichtsausdruck.

«Was soll das?», tobte Karl und zeigte auf die Müllhalde vor der Scheune.

«Irgendwo mussten wir den ganzen Schrott, der auf dem Feld rumlag, ja abladen», sagte Jens ganz ruhig. «Wir mussten schließlich die Koppel noch mähen. Und das geht wohl schlecht, wenn der ganze Mist noch da ist.»

«Und diesen Mist musstet ihr ausgerechnet vor *meiner* Scheune abladen?»

«Da war Platz», antwortete Jens knapp und kniff die Augen zusammen.

«Aber ICH habe sie für heute gemietet, für mein Konzert. Ihr räumt das weg, und zwar SOFORT!», tobte Karl.

«DEINE Scheune, DEIN Konzert. Dir gehört 'ne ganze Menge, nicht wahr, Karl? Und ich Idiot bin dir wegen der Proben noch entgegengekommen. Aber damit ist jetzt Schluss! DU», und damit zeigte er mit dem Finger auf Karl, «hast hier gar nichts mehr zu melden!»

«Was soll der Mist?», rief Karl.

Da stürmte Jens auf Karl zu und traf ihn mit seiner rechten Faust voll im Gesicht. Karl war auf solch einen Angriff nicht vorbereitet und ging sofort zu Boden.

«Scheiße!», fluchte er und rappelte sich mühsam wieder auf. Er hielt sich die linke Wange und starrte voller Wut auf Jens. «Spinnst du? Schlägst deinen eigenen Bruder!»

«Weil DU deine Finger nicht von MEINER FREUNDIN lässt!»

O Gott, das war es also. Er hatte es herausgefunden. Jens wusste Bescheid. Karls Wut und Widerstandskraft brachen sekundenschnell in sich zusammen.

«Jetzt guckst du blöd aus der Wäsche, nicht wahr? Hat der dumme Jens es doch rausgekriegt! Nachdem ihr mich wahrscheinlich seit Monaten hintergangen habt!» Er trat nochmals auf Karl zu und versetzte ihm einen kräftigen Schubs. «Vögelt mit der Freundin seines eigenen Bruders! Du ARSCH!»

Und damit drehte sich Jens um und stapfte wieder in Richtung Feld davon. Karl wollte ihm nach, aber eine harte Hand hielt ihn plötzlich zurück.

«Immer sutje, großer Macker!», sagte Björn. «Wem nützt das was, wenn ihr euch hier die Birne einschlagt?»

«Mir!», rief Karl und entwand sich dem Griff. «Mir, verdammt!»

«Wohl kaum», antwortete Björn ganz ruhig. «Macht nur mieses Karma, Mann. Aber deins ist eh schon versaut.»

Da trat Karl mit voller Wucht gegen den Autoreifen des Wohnwagens, was seinem Fuß wohl mehr schadete als dem Reifen. Scheiße! Wie zum Teufel hatte Jens das mit Anne und ihm herausgefunden? Wusste Anne davon? Und was bedeutete das jetzt für sie beide, nun, wo die Katze aus dem Sack war? Karl kramte mit zitternden Fingern nach seinem Handy, bis ihm einfiel, dass er es in der Butze gelassen hatte. Dann marschierte er dreckig, aus einem kleinen Schnitt überm linken Auge blutend und mit einer Mordswut im Bauch durch die Menschenmenge vom Hof.

16 /

«Ich denke, ich hänge mein Horn an den Nagel und werde Umzugshelfer. Von dem Geschleppe heute kriege ich sicher riesengroße Muckis!»

Peter streckte seine Arme aus, zuckte aber auf halber Strecke zusammen. Offenbar hatte er schon jetzt einen gewaltigen Muskelkater.

«Ich weiß wirklich nicht, wie ich das ohne euch geschafft hätte», sagte Karl mit einem Seufzer, als er sich auf einen der hinteren Stühle fallen ließ, die sie allesamt in die Scheune geschleppt hatten – nachdem sie erst den Krempel vor und dann den in der Scheune vom Hof getragen hatten. Es war ein Wunder, dass sie sich überhaupt noch rühren konnten, und auch die anderen ließen sich erschöpft da nieder, wo sie gerade herumstanden. Die «anderen» waren Sven, die drei Parkplatzjungs und natürlich Peter, der auf dem Weg von Hamburg nach Sonneby jede Geschwindigkeitsbegrenzung überschritten haben dürfte, nachdem Karl ihn vom Musiksalon aus angerufen und ihm geschildert hatte, was passiert war. Offenbar hatte Karl es geschafft, ihn am Telefon so in Panik zu versetzen, dass er sich tatsächlich beeilt hatte, um mithelfen zu können.

«Wie spät ist es?», fragte Karl in die Runde.

«Viertel nach eins», antwortete Sven.

«Unsere Probe beginnt in einer Dreiviertelstunde», sagte Karl mit einem Blick auf Peter. «Wir sollten uns besser noch in Schale schmeißen.» Karl hatte zuvor seine Kopfwunde notdürftig versorgt und seinen verdreckten Anzug gegen Jeans und T-Shirt getauscht, die jetzt ebenfalls voller Staub und Dreckspuren waren. Die anderen sahen auch nicht weniger dreckig und verwarzt aus.

«Wieso haben wir eigentlich keine Nudistenkapelle gegründet?», fragte Peter.

«Hätte auch eindeutig besser zu eurem Sponsor gepasst!», sagte Sven.

«Haha. Erinnere mich daran, dass ich mich bei denen noch für den rosa Riesenpenis bedanke!», forderte ihn Karl auf.

«Mach ich», sagte Sven grinsend.

«Und gleich danach erschieße ich die Typen von der Bestuhlungsfirma», sagte Karl mit düsterer Miene. Die hatten ihnen nämlich, als sie sahen, dass die Scheune noch gar nicht frei geräumt war, kurzerhand die vierhundertfünfzig Stühle fürs Publikum plus die fürs Orchester einfach vor der Tür abgeladen und waren wieder abgefahren.

«Das nenn ich einen Plan!», sagte Peter.

«Ich spendier die Knarre!», stimmte Sven zu.

«Ich mach's!», meldete sich der Zwerg. «Ich bin noch minderjährig, da muss ich nicht so lange sitzen.»

«Scht!», mahnte Karl. «Du bist erwachsen, klar? Total erwachsen und weit über achtzehn. Sonst kannst du den Job morgen vergessen.»

«Oh, ja, stimmt. Total erwachsen.» Der Zwerg grinste.

«Ich glaube, ich hab mir 'nen Bruch gehoben», stöhnte Peter beim Aufstehen.

«Wehe dir! Mit wem sollen dann die Cellistinnen und Harfenistinnen dieser Welt ihr Glück finden?», fragte Karl.

«Haha», machte Peter. «Komm, lass uns abhauen.»

Als sie vor das Scheunentor traten, stießen sie auf eine der Bands, die Jens für Sonneby Rock verpflichtet hatte. Offenbar zuckelten die schwarz bekleideten Typen mit den wilden Frisuren gerade zu ihrer ersten Probe auf der Bühne, die Jens, Björn und ihre Helfer direkt auf dem Feld gegenüber errichtet hatten.

«Schau sie dir an», sagte Peter und stieß Karl leicht in die Seite, «so viel Geschmacklosigkeit auf einem Haufen!»

«Schnösel», brummelte einer der Rocker zurück, während ein anderer seine E-Gitarre hochhielt und brüllte: «We will rock you!»

«Ach, rockt euch doch selber», sagte Peter nur und spazierte zu seinem BMW, der ja, streng genommen, gar nicht mehr sein BMW war, weil er ihn einem privaten Geldverleiher namens Gold-Herbert als Sicherheit überschrieben hatte.

«Und du mach mir die Ledersitze nicht dreckig, hörst du?», mahnte er Karl.

«Werd mich bemühen», antwortete der.

«Das will ich hoffen. Wenn ich nämlich das gute Stück hier beim goldenen Herbert wieder ausgelöst habe, dann will ich damit reihenweise Frauen aufreißen. Und sollte was schief gehen, reißt Herbert, dem der Wagen dann gehört, mir den Arsch auf, wenn auch nur ein kleiner Fleck auf den Sitzen zu sehen ist. Also pass auf, wo du deine schmutzigen Füße hintust, du Bauernlümmel.»

«Peter», sagte Karl, «du bist ein Idiot.»

«Ich liebe dich auch, Schatzi!», antwortete Peter mit einem breiten Grinsen im Gesicht. Dann setzte er eine ernste Miene auf. «Hast du schon mit Anne sprechen können?»

Karl schüttelte traurig den Kopf. «Fahr einfach los, Alter.»

17 /

Sie schafften es gerade noch rechtzeitig, sich umzuziehen. Karl schnappte sich in Windeseile sein Handy – keine Nachricht von Anne –, hätte aber in der Aufregung beinahe noch seinen Klarinettenkoffer vergessen. Kurz darauf saßen sie wieder im Wagen, und während Karl versuchte, Anne zu erreichen, nahm Peter eine der Kurven auf dem Weg so scharf, dass sich der BMW um ein Haar um eine der alten Platanen am Weg gewickelt hätte. Zum Glück bekam er das Auto gerade noch unter Kontrolle, und sie kamen mit quietschenden Reifen vor Hansens Hof zum Stehen.

Karl schnappte sich die Klarinette und sprang aus dem Wagen. In einer Viertelstunde sollte die Probe beginnen, und er war im Geiste längst dabei, Sol Gabetta und Yoel Gamzou zu begrüßen, als er plötzlich in Anne hineinrannte. Sie tauchte ganz unvermittelt zwischen zwei in schwarze Lederkluft gekleideten Typen auf, die sie jeweils um gut einen Kopf überragten und von denen jeder ungefähr zehn Meter Kabel um sich geschlungen hatte. Auf ihren T-Shirts stand *Friesenrock.*

«Hi!», brachte Karl hervor.

«Hi», sagte auch Anne und deutete auf Karls Wunde überm Auge, die Peter noch einmal mit einem sauberen Pflaster überklebt hatte. «War das Jens?»

«Ja.»

Natürlich war ihm klar gewesen, dass Anne hier sein musste. Und natürlich war es auch logisch, dass sie Jens bei den Vorbereitungen zu seinem Rockfest half. Aber dass sie hier nun so ganz unvermittelt vor ihm stand, damit hatte Karl in diesem Moment irgendwie nicht gerechnet. Nicht nach allem, was passiert war.

«Warum gehst du nicht ans Telefon? Ich hab dich sicher einhundert Mal angerufen! Jens weiß Bescheid, hast du …»

«Karl, ich kann das jetzt nicht mit dir diskutieren. Ich muss Jens helfen. Das schulde ich ihm. Lass uns später reden.»

Sie wandte sich um, ging schon zwei Schritte voraus, um den schwarzen Mannen des friesischen Undergrounds den Weg zu zeigen, als Karl seine Hand ausstreckte und Anne am Unterarm zu fassen bekam.

«Anne!»

«Nicht hier», flüsterte sie. «Und nicht jetzt.»

«Wie hat er es rausbekommen?»

Da lachte Anne kurz auf. «Du hast es ihm gesagt.»

«Ich?», fragte Karl.

«Du hast Jens gestern gesagt, du würdest mich am Abend noch treffen. Ich hab Jens erzählt, ich wollte Grillzeugs kaufen, nur habe der Supermarkt leider zugehabt. Zähl eins und eins zusammen, Karl. Jens ist nicht blöd. Der hat gewusst, dass etwas nicht stimmt. Also hat er mich gestern zur Rede gestellt, wir haben gestritten, und dann hab ich ihm alles gesagt. Es war furchtbar, Karl. Jens war total fertig. Wir beide können uns nicht mehr sehen. Wir haben schon genug Schaden angerichtet. Und jetzt muss ich los.»

Da stand er, ein großer Junge, und wusste nicht mehr weiter. Die Leute um ihn herum, sein Bruder, das Konzert – alles war mit einem Mal so unwichtig, so weit weg. Sie war alles, was er wollte, was er je gewollt hatte, was er je wollen würde. Und jetzt war sie dabei, aus seinem Leben zu verschwinden.

«Uuuund Cut!», rief Peter, der Karl gefolgt war. «Falls du es vergessen haben solltest, wir müssen jetzt Klarinette spielen gehen. Komm, Karlchen, ich bring dich zu deinem Platz. Schönen Tag, die Herren und Damen.»

Und damit zog Peter Karl von Anne fort und in Richtung Scheune. Als er das Gebäude betrat, drehte er sich noch einmal nach ihr um, aber sie war bereits im Getümmel verschwunden, so verzweifelt Karl auch den Hofplatz mit seinen Augen nach ihr absuchte.

«Karl? Karl!» Peter stupste ihn gegen die Schulter, und Karl erwachte endlich aus seiner Starre. «Darf ich dir unseren Star vorstellen? Das ist Sol Gabetta, Sol Gabetta, das ist Karl Kleve.»

«Junior», fügte Karl reflexartig hinzu und schüttelte die ihm dargebotene Hand. Sol Gabettas blondes Haar leuchtete in der Septembersonne. Sie wirkte in natura noch mal fünf Jahre jünger als im Fernsehen.

«Oh», sagte Sol Gabetta mit großen, wachen, dunklen Augen und sehr klarer Stimme, «gibt es noch einen Karl Kleve?»

«Gab», korrigierte sie Karl. «Meinen Vater. Er ist im Januar an Krebs gestorben.»

«Das tut mir aufrichtig leid», sagte Sol Gabetta, und es klang tatsächlich nach echtem Bedauern. Sie sah Karl direkt ins Gesicht und bemerkte das Pflaster überm linken Auge.

«Haben Sie sich verletzt?», fragte sie.

«Nichts Schlimmes», antwortete Karl.

«Und nun würde ich sagen, wir haben genug über Veilchen und tote Väter geplaudert», unterbrach Peter das Gespräch. «Auf zu Dvořák.»

Sol Gabetta guckte etwas irritiert, ließ sich dann aber von Karl ins Innere der Scheune begleiten. Peter schritt vorneweg.

«Sie sind also ein Freund von Peter?», fragte sie leise.

«Ich gestehe, das bin ich wohl, irgendwie», raunte Karl.

«Er ist manchmal so schrecklich taktlos», sagte Sol Gabetta.

«Nein», sagte Karl kopfschüttelnd, «nicht manchmal. Immer!»

Da fing sie an zu lachen.

«Möglich», stimmte sie ihm zu. «Wenn er nicht so ein verdammt guter Musiker wäre, hätte ich den Job hier auch nicht angenommen.»

«Ich fühle mich sehr geehrt, dass Sie trotz Peter hier sind! Vielen Dank für Ihre Unterstützung», sagte Karl.

Wieder ein Lächeln. Und dann kam die Frage, mit der Karl schon längst gerechnet hatte: «Und was, bitte, hat es mit diesem Rock-Festival auf sich? Das findet doch wohl nicht zeitgleich statt?»

Zum Glück kam in diesem Moment der Dirigent auf Karl zugeeilt, und er sparte sich die Antwort. Dummerweise stellte Gamzou genau dieselbe Frage.

«Hallo! Karl, wer sind diese Leute da draußen?»

Karl fiel leider nichts Besseres ein, als sich dumm zu stellen.

«Welche Leute?», fragte er.

«Die, die so aussehen wie Lederfetischisten.»

Tatsächlich konnte Karl beobachten, wie in diesem Moment ein paar Mitglieder einer Band in langen schwarzen Ledermänteln grölend ihren Weg zur Feldbühne suchten.

«Ja, also, es ist so, dass zeitgleich ein Rock-Festival stattfindet.»

«Rock?», fragte Gamzou.

«Hard-Rock, um genauer zu sein.»

«Wunderbar», sagte Gamzou, «ich fand auch immer, dass Dvořák und Mahler einen Hauch von Hard-Rock vertragen könnten.»

«Wirklich?», fragte Karl überrascht.

«Natürlich nicht.»

«Aha.»

«Wann ist dieser Zirkus hier zu Ende?», wollte Gamzou wissen.

«Übermorgen.»

«Übermorgen?»

«Ja.»

«Soll das heißen, dieses *Ding*», und bei dem Wort Ding wedelte Gamzou mit beiden Händen in der Luft herum, «wird direkt neben unserem Konzert stattfinden?»

«Nicht ganz», erklärte Karl. «Wenn wir spielen, haben die Pause.» Hoffe ich zumindest, dachte er. Ob Jens ihre Abmachung wohl einhalten würde, nach allem, was passiert war?

«Die?»

«Die Hard-Rocker.»

Gamzou sah zu Sol Gabetta, und die zog eine Augenbraue hoch. Mehr war gar nicht nötig.

«Okay», sagte der Dirigent. «Karl, Peter: Ihr seid zwei sehr nette Typen, gute Musiker, und ich arbeite gerne mit euch. Aber das hier», und wieder wedelte er mit den Armen in der Luft herum, «ist vollkommener Wahnsinn.»

«Wahnsinn, der aber funktionieren kann», gab Peter zu bedenken.

«Aber bin ich bereit, mich auf diesen Wahnsinn einzulassen?» Gamzou sah wieder zu Sol Gabetta. Die atmete zweimal tief durch und sagte dann: «Lass uns die Probe machen. Dann sehen wir weiter.»

Karl fiel ein Stein vom Herzen, und Peter ging es ganz offensichtlich ähnlich. Also begaben sich alle auf ihre Plätze, und für die nächsten zwei Stunden arbeiteten die Musiker hoch konzentriert und überaus effektiv miteinander. Und auf einmal passte alles zusammen. Der Dvořák entpuppte sich als sehr gute Wahl, weil sich hierbei Raum und Orchester besser entgegenkamen, als sich Karl das je hatte träumen lassen. Das Orchester wuchs zu einem überaus homogenen Klangkörper. Und bei den letzten Tönen des Konzerts fielen mit einem Mal die Sonnenstrahlen direkt durch die alten Oberlichter der Scheune und tauchten alles in einen satten, warmen Glanz. Es war beinahe magisch.

Im Tor zur Scheune, das nur angelehnt gewesen war, tauchten nach und nach ein paar der Rockmusiker auf, die sich still und leise an die Rückwand lehnten und zuhörten. Immer mehr und mehr strömten in die alte Scheune, und am Ende waren es sicher gut dreißig Leute, die da ganz ruhig und achtsam im Hintergrund lauschten und die, als der letzte Ton verklungen war, zu einem begeisterten Applaus anhoben.

Diese hartgesottenen Rockmusiker klatschten und pfiffen um die Wette, und für einen kurzen Augenblick löste sich um Karl und die anderen herum alle Anspannung in Freude auf. Das war es! Dafür hatte sich dieser ganze Wahnsinn gelohnt, für einen Augenblick vollkommener Harmonie.

Dann brach leider Metallica über sie herein. Punkt vier Uhr dröhnte vom Feld her der Soundcheck einer Metallica-Coverband bis zur Scheune, und Gamzou musste die Probe unterbrechen.

«Okay, wir sind weit gekommen. Das war sehr gut heute. Aber», und er sah zu Karl und Peter, «wenn ihr das da nicht in den Griff bekommt, sehe ich schwarz – sozusagen Gothic-schwarz. Oder Black-Sabbath-schwarz. Oder ganz einfach schwarz-schwarz! Schwärzer geht's nicht.»

Karl und Peter nickten. Sie hatten verstanden.

«Dann danke ich dir, Sol, für diese wunderbare Probe …», allgemeines Geklopfe auf die Notenständer, «… und wir machen in einer halben Stunde mit Mahler weiter. Und bis dahin», er deutete auf Karl, «ist das da draußen beendet.»

Karl nickte nochmals, diesmal mit angemessen zerknirschtem Gesichtsausdruck.

Die Musiker legten ihre Instrumente beiseite, begannen zu plaudern, die meisten verließen die Scheune und machten sich auf zu einem kleinen Spaziergang. So auch Sol Gabetta, die ihr Instrument einpackte und sich dann eine Jacke überwarf. Karl bahnte sich zwischen all den Notenständern einen Weg nach vorne und schritt auf sie zu.

«Kennen Sie den Weg ins Hotel?», fragte er.

«Danke, aber nein. Ich fahre gleich wieder nach Hamburg. Ich bin heute Abend in der NDR Talkshow zu Gast. Wir sehen uns dann morgen früh zur zweiten Generalprobe.»

«Aber es wird stürmisch», wagte Karl einzuwenden.

«Das hoffe ich!», antwortete Sol Gabetta lachend.

«Nein, wirklich. Es wird stürmen. Orkan. Ganz heftig.»

«Oh», sagte sie. «Dann fahre ich wohl besser gleich los.»

Karl sah verzweifelt zu Peter hinüber, aber der war gerade dabei, mit einer Violinistin zu flirten, und hatte kein Auge für Karls verzweifelte Blicke.

«Es wäre möglich, dass Sie morgen Schwierigkeiten haben, rechtzeitig wieder da zu sein», sagte Karl.

«Keine Sorge, ich bin ein sehr pünktlicher Mensch», versicherte ihm Sol Gabetta.

«Das glaube ich Ihnen gerne, aber wenn erst mal die Brücken gesperrt sind, dann …»

«Ganz ruhig, Karl. Es wird alles gut!» Und dabei lächelte Sol Gabetta so zuversichtlich und bestimmt, dass jeder Widerstand zwecklos war. Also griff Karl nach ihrem Cello und trug es ihr bis zum Wagen nach draußen. Er würde sie wohl oder übel ziehen lassen müssen. Was wäre ihm auch sonst übrig geblieben? Er konnte sie ja schlecht ans Scheunentor ketten.

«Wo geht denn unser Star hin?», fragte Peter, der sich eine Abfuhr von der Violinistin geholt hatte und sich nun zu Karl gesellte.

«Hamburg», sagte Karl tonlos.

«Ach so», sagte Peter, aber dann kamen die Worte in seinem Kopf an. «Wieso das denn?», fragte er mit wachsender Panik in der Stimme. «Du hast ihr doch extra in diesem Edelhotel in Glücksburg was besorgt.»

«Alter Meierhof.»

«Und warum fährt sie dann weg?»

«Sie sagt, sie hat einen Auftritt in der NDR-Talkshow.»

«Ach so.»

Eine erste Windböe fegte über den Platz vor der Scheune

und zerzauste Karls dunkle Locken, bevor er sich die Haare selbst raufen konnte.

«Hast du ihr das mit dem Sturm gesagt?», fragte Peter.

«Hab ich.»

«Sturm ist vielleicht untertrieben. Du hättest das Wort Orkan benutzen sollen!»

«Hab ich.»

«Schwerer Orkan!!!»

Sol Gabetta winkte den beiden noch einmal zu, während sie in den Wagen stieg. Dann fuhr sie vom Hof.

«Karl?»

«Ja?»

«Das wird ein Desaster. Die Probe war phantastisch – immer ein schlechtes Zeichen! Unsere Star-Cellistin wird von einer Brücke geweht werden, ein herber Verlust für die Klassikwelt, und dein Rockerbruder crasht Gustav Mahler mit AC/DC.»

Tatsächlich wehten vom Feld her ein paar Versatzstücke von *Thunderstruck* herüber. Schon wieder. Das war wirklich zu viel. Er musste etwas unternehmen, zumal Gamzou, der mit ein paar der anderen Musiker zusammenstand und sich unterhielt, ihm einen strengen Blick zuwarf.

«Mein Gott, kennen die nix anderes als Metallica und AC/DC?», donnerte Karl los und ging dann mit ausladenden Schritten in Richtung Feldbühne, um der Tonprobe ein Ende zu bereiten, damit sie zu Mahler übergehen konnten.

Sich bei diesem Lärm mit jemandem verständigen zu wollen war nicht möglich, zumal ihn niemand beachtete, egal, wie laut er schrie und wie sehr er mit den Armen herumfuchtelte. Björn und ein paar seiner Bandkollegen standen vor der Bühne und lieferten sich eine Schlacht im Luftcellospielen. Also griff Karl zu härteren Mitteln. Er ging um die Bühne herum und suchte den Hauptschalter. Den fand er zwar nicht, dafür aber den Kabelverteiler mit allen wichtigen Stromkabeln. Karl zog den Stecker und – es herrschte plötzlich himmlische Ruhe. Er atmete einmal tief durch.

«Hey? Was soll der Scheiß?», rief ihm eine vertraute Stimme zu. Björn.

«Wir proben», informierte ihn Karl. «Und es war ausgemacht, dass ihr uns in Ruhe proben lasst und eure Bum-Bum-Balla-Balla-Musik in der Zeit Pause hat.»

«Das ist AC/DC, verdammt!», rief Björn erbost und baute sich in voller Größe vor Karl auf. Er überragte ihn um gut einen Kopf.

«Als gäbe es keine anderen Hard-Rock-Bands!», rief Karl zurück.

«Als hättest du Ahnung von Musik!»

«Ich bin PROFIMUSIKER!»

«Ein frustrierter Musiklehrer bist du, Karl Kleve! Sonst nichts.»

«Ich bin MUSIKER, zur Hölle! Da ist mein Orchester, du Depp. Und jetzt spielen wir GUSTAV MAHLER! VERSTANDEN?»

Wo war Jens? Er wollte unbedingt jemandem eine in die Fresse hauen. Stattdessen legte sich eine ruhige Hand auf seine Schulter, und jemand sagte leise, aber bestimmt: «Komm, Karl, lass gut sein.»

Karl fuhr herum. Vor ihm stand Hartmuth. Karl starrte ihn fassungslos an. Hartmuth trug einen Wollpullover, einen alten rot-schwarz gestreiften Wollpullover mit einem affigen blauen Kragen Es war *der* Wollpullover. Schlagartig wurde Karl klar, wo er dieses Kleidungsstück schon mal gesehen hatte.

«Karl, alles in Ordnung?», fragte Hartmuth besorgt, als Karl ihn weiterhin anstarrte.

«Sag du es mir, Papa.»

«Karl», antwortete Hartmuth sehr ernst, «ich glaube, ich muss dir etwas erklären.»

18 / «Das war schon ziemlich gruselig, wie du so in Schockstarre dastandest. Ich dachte echt, du kriegst jetzt 'nen Nervenzusammenbruch.»

Sie saßen alle zusammen in Karls Butze: Karl, der sich an einer Schnapsflasche festhielt, Peter, der dasselbe mit einer Bierflasche tat, und Hartmuth. Der trank Kräutertee. Draußen war es längst dunkel, und der aufbrausende Nordostwind schlug die Äste der alten Kastanie gegen das Dach des Musiksalons.

«Danke. Nicht hilfreich», stöhnte Karl.

«Immer wieder gern, Karlchen», antwortete Peter.

«Nenn mich nicht Karlchen.»

«In Ordnung, Karlchen.» Peter fing an zu lachen. «Gamzou war ziemlich angepisst, dass du die Mahler-Probe verpasst hast. Ich bin nicht sicher, ob der morgen so gut auf dich zu sprechen sein wird.»

«Muss er mit leben.»

Peter stellte seine leere Bierflasche neben dem Herd ab und sagte: «Ich fahr dann mal mit meinem Luxusschlitten in mein Luxusheiabettchen. Wenn Sol ihr Zimmer nicht haben will – ich nehm's gern! Gute Nacht, du Waisenknabe! Und bis morgen.» Er streckte Karl die Zunge raus, nickte Hartmuth aufmunternd zu und entschwand durch die Tür. Hartmuth setzte sich mit einem Seufzer neben Karl aufs Sofa.

«Schön hast du es hier», sagte er. «Ist nett geworden, deine Butze.»

«Danke», sagte Karl. Er war nicht in der Stimmung zu reden. Eigentlich wollte er nur allein sein.

«Hartmuth, mir ist nicht nach Reden zumute.»

«Verstehe, verstehe.»

Er machte allerdings keine Anstalten, Karl allein zu lassen. Stattdessen blickte sich Hartmuth in der Butze um, stand auf, ging umher und blieb vor dem Kühlschrank mit dem Polaroid von Karls Mutter stehen, die einen bärtigen Mann küsst. Einen bärtigen Mann mit einem grässlichen rot-schwarz gestreiften Pullover mit blauem Kragen.

«Ich erinnere mich gar nicht, dass wir dieses Foto gemacht haben. Und dieser Bart! Scheußlich. Aber Bart war damals modern. Ist es ja jetzt auch wieder. Na ja, auch schlimme Moden kommen zurück.» Hartmuth lachte leise, dann seufzte er. «Deine Mutter und ich, wir standen uns eine Weile sehr nahe. Das durfte natürlich keiner wissen. Aber dein Vater hat es trotzdem bald rausgekriegt. Nur war es da dann schon zu spät.»

«Zu spät für was?», fragte Karl.

«Da war es dann schon passiert. Ab da war der Wurm drin. Deine Mutter und dein Vater – damals ließ man sich ja noch nicht so mir nichts, dir nichts scheiden, jedenfalls nicht hier, in Angeln, aufm platten Land, erst recht nicht, wenn schon ein Kind da war.»

«Ich», sagte Karl tonlos.

«Ja, du. Das wollte dir natürlich keiner von uns antun. Aber die Ehe deiner Eltern war danach eigentlich kaputt. Und ich hab mich deswegen jahrelang schuldig gefühlt, obwohl oder auch gerade weil wir uns wirklich sehr geliebt haben, deine Mutter und ich. Und dein Vater und ich waren ja Freunde.

Sind wir auch geblieben, später. Aber die Schwangerschaft hat dem Ganzen die Krone aufgesetzt. Ab da war es für alle ziemlich schwierig.»

«Jens», sagte Karl tonlos.

«Richtig.»

«Du bist der Vater von Jens», wiederholte Karl völlig überwältigt.

«Jo. Ich nehme an, das kommt jetzt etwas überraschend für dich.»

«Allerdings. Ich habe irgendwie gedacht, dass ich … also, dass du mein Vater wärest. Ich meine, ich hab doch nie dazugehört. Nie! Ich fiel hier immer aus dem Rahmen. Und als Papa diesen Satz damals gesagt hat, dass nicht alles Kleve sei, was Kleve heißt …»

«Da hast du das auf dich bezogen. Klingt logisch», gab Hartmuth zu. «Deine Eltern und ich, wir haben damals ein Abkommen getroffen. Nämlich, dass wir es Jens nie sagen werden. Karl war der Vater und Jens der Sohn. Schluss und aus. Und ich konnte ihn ja oft sehen und war immer in der Nähe.»

«Und Mama?»

«Ach, deine Mutter. Weißt du, wir haben uns wirklich sehr geliebt, aber trennen wollte sie sich trotzdem nicht von deinem Vater. Das hätte ich auch nie von ihr verlangt. Immerhin gab es da ja noch …»

«Mich», ergänzte Karl.

«Richtig.»

Da fing Karl an zu lachen. «Schon komisch, wie man sich irren kann.» Dann fiel Karl etwas ein. «Was ist mit Walter Hansen? Hat der es gewusst?»

«Wieso», fragte Hartmuth, «hat der irgendetwas gesagt?»

«Er so komische Andeutungen gemacht», bestätigte Karl.

Hartmuths Miene verfinsterte sich plötzlich, und ungewöhnlich heftig sagte er: «Der alte Saftsack!»

«Also hat er es gewusst!», sagte Karl.

«Dass Jens mein Sohn ist? Nein, das hat er höchstens vermutet. Aber er wusste von Gudrun und mir.»

«Und wie kam das?»

«Hat uns erwischt», sagte Hartmuth betreten. «Irgendwann wurden deine Mutter und ich unvorsichtig, und da hat Hansen uns mal bei einem seiner Äcker zusammen gesehen. Und hat das brühwarm deinem Vater erzählt. So hat Karl es überhaupt erfahren. Und warum? Weil Hansen eifersüchtig war. Er war selbst jahrelang in deine Mutter verliebt. Schon bevor sie mit deinem Vater zusammenkam. Hansen war, auch wenn man sich das heute schwer vorstellen kann, mal ein schnieker Junge. Und er war sozusagen die frühe Jugendliebe deiner Mutter. Die waren mal für ein paar Wochen zusammen. Ist ewig her und war auch alles ganz harmlos. Aber für Hansen ging das offenbar tiefer. Als Gudrun, also deine Mutter, wegen deines Vaters mit ihm Schluss gemacht hat, da hat ihm das wohl einen ziemlichen Knacks versetzt. Na ja, und als er sie dann Jahrzehnte später mit mir gesehen hat, da sah er dann seine Möglichkeit gekommen, sich an ihr und deinem Vater zu rächen.»

«O nein!»

«Doch, leider. Aber, Karl, dein Vater war ein toller Mann. Weißt du, was der Hansen geantwortet hat? Er hat gesagt: Das geht dich Döskopp gar nichts an, was wir in und außerhalb unserer Ehe machen. Er hat sich voll vor deine Mutter und mich gestellt. Und gedroht hat er Hansen auch noch, wenn er es rumerzählen würde, dann würde er dafür sorgen, dass alle erfahren, wo Hansen illegal seinen Schrott und das Altöl entsorgt. Da war erst mal Ruhe im Karton.»

«Das hat Papa gemacht?» Karl konnte es nicht glauben.

«Jawohl, das hat er. War ein wunderbarer Mensch, dein Vater. Und ein guter Freund. Ein Kleve eben. So wie du.»

Da lächelte Karl.

«Das tut mir alles sehr leid, Karl, das musst du mir glauben. Ich wollte deinem Vater nie weh tun. Aber manchmal spielt das Leben eben verrückt.»

Karl schüttelte den Kopf. «Wem sagst du das. Aber jetzt, wo die Eltern tot sind, meinst du nicht, Jens hätte ein Recht darauf, es zu erfahren?»

«Ich weiß nicht», sagte Hartmuth. «Damit würde ich das Versprechen gegenüber deinen Eltern brechen. Allerdings muss ich zugeben, dass wir auch nicht damit gerechnet haben, dass das nach so langer Zeit doch noch herauskommt.» Hartmuth ließ sich, von der Unterhaltung erschöpft, auf einem der zwei Küchenstühle nieder. «Aber da ist noch etwas anderes, was mich bekümmert.»

«Nämlich?»

Hartmuth räusperte sich. «Ich seh ja, wie sich die Geschichte wiederholt, nur mit anderen Vorzeichen. Und das hat schon von uns Alten keinen glücklich gemacht. Ihr sollt nicht dieselben Fehler machen wie wir, Karl.»

«Welche Fehler?»

«Weißt du, ich hab Jens und dich wirklich sehr gern. Aber auch wenn Jens mein leiblicher Sohn ist, muss ich doch sagen, dass du und Anne eigentlich viel besser zusammenpasst. Und ich bin mir ziemlich sicher, dass du sie sehr liebst. Richtig?»

Karl nickte.

«Anne und Jens – die haben sich bestimmt auch mal geliebt, aber denen geht es schon lange nicht mehr gut miteinander. Ich sehe das doch jeden Tag. Und wenn Jens immer nur weiter stillhält und sich verleugnet, dann wird er sehr unglücklich werden. Und Anne auch. Mal ganz abgesehen von dir, Karl.»

«Ich?»

«Du bist ein Kleve! Du gehörst hierher, nach Sonneby. Und Jens – der muss mal raus in die Welt, sich ausprobieren, endlich mal leben und nicht immer nur tun, was andere von ihm erwarten. Das macht der schon viel zu lange.»

«Hartmuth, ist dir klar, dass wir da einfach so eine Familie auseinanderreißen würden? Jens, Anne, die Kinder? Ich meine, immerhin ist Jens Antons Vater!»

«Das bleibt er ja auch», hielt Hartmuth dagegen. «Aber mal ehrlich: Du würdest doch sofort mit ihm tauschen, wenn du könntest, oder etwa nicht?»

Wieder nickte Karl. «Ja, auf jeden Fall. Sofort.»

«Dann tu das, in Gottes Namen! Wir hätten das damals auch tun sollen. Aber stattdessen haben wir heile Welt gespielt, und keiner wurde damit richtig glücklich. Besonders nicht deine Eltern.»

Hartmuth stand langsam auf, schritt noch einmal durch die Wohnung, warf einen letzten Blick auf das Polaroid und ging dann zur Tür. Auf der Schwelle blieb er einen Augenblick schweigend stehen, ehe er sich zu Karl umdrehte: «Bitte, Karl. So darf das nicht weitergehen. Tu etwas.» Und dann war er verschwunden.

19 /

In der Nacht hatte der Sturm deutlich an Stärke zugelegt, und Karl konnte nicht schlafen. Das lag auch an seinem schmerzenden Schädel, denn Jens hatte ihn wirklich ziemlich heftig erwischt, hauptsächlich aber an den vielen Dingen, die ihm durch den Kopf gingen. Er dachte an Anne, an Jens, auf den er einerseits unglaublich wütend war und den er, wenn er ganz ehrlich in sich hineinhörte, doch ein wenig verstehen konnte, und er dachte an seine Eltern und Hartmuth und was für eine merkwürdige Ménage-à-trois das wohl gewesen sein musste.

In seinem Kopf wechselten sich im Sekundentakt Bilder ab: seine Mutter, wie sie mit seinem Vater über Einkaufslisten sitzt und am Ende beide über Geld streiten. Er und Jens, wie sie vor dem Spiegel stehen, um sich für irgendeine blöde Familienfeier schön anziehen zu lassen, und Jens, obwohl er vier Jahre jünger war, ihn schon mit dreizehn überragte und so anders aussah als er selbst. Und immer wieder sah er Anne vor sich. Anne, wie sie lachte, Anne, wie sie ihn heute traurig angesehen hatte, bevor Peter ihn von ihr weggezogen hatte. Anne, wie sie in seinem Arm lag und sie sich küssten. Ihr Haar, ihr Duft, diese unglaublich zarte Stelle zwischen ihren Schlüsselbeinen, kurz unter der Kehle, die er so gern küsste.

Immer wieder schlugen die Äste der alten Kastanie an die Dachziegeln an und gaben den Takt für eine unruhige Nacht vor. Bum – bumbum. Karl nahm sich fest vor, wenn dies hier alles vorbei war, würde er diesen verdammten Baum umsägen!

Erst in den Morgenstunden fiel er in einen unruhigen Schlaf. Als um sechs Uhr früh sein Wecker klingelte, war er todmüde und fühlte sich hundeelend.

Karl stürzte einen Kaffee hinunter und streifte ein Jackett über, dann rannte er die Treppe zum Musiksalon herunter. Er wollte gerade zur Hintertür raus, als er bemerkte, dass im Laden Licht war. Hatte er das gestern Abend nicht abgedreht? Karl lauschte kurz, und, tatsächlich, jetzt konnte er auch Geräusche aus dem Verkaufsraum hören. Zögernd machte Karl kehrt, um nachzuschauen, wer um diese Uhrzeit dort war.

Nach kurzem Suchen entdeckte er Jens, der hinter dem Verkaufstresen kniete und offenbar nach etwas suchte. Sollte er sich jetzt heimlich davonstehlen? Noch schien ihn Jens nicht bemerkt zu haben. Aber dann wäre er sich furchtbar feige vorgekommen, also nahm er sich ein Herz und sprach ihn an.

«Was suchst du denn da?»

Jens fuhr erschrocken mit dem Kopf hoch und stieß sich am Tresen.

«Autsch!», machte er und rieb sich den Hinterkopf. «Ich brauch die Steckerleiste», sagte Jens und hielt sie dann in die Höhe, um Karl zu demonstrieren, dass dies auch tatsächlich stimmte. «Irgendein Blödmann hat uns in der Nacht ein Dutzend Kabel entwendet und Schäden an der Anlage verursacht. Riecht nach Sabotage. Du hast nicht zufällig was damit zu tun?»

Jens richtete sich auf und trat dicht an Karl heran. Jetzt standen die beiden Brüder einander gegenüber, und Karl konnte deutlich die tiefen, dunklen Ringe unter den verquollenen Augen seines Bruders sehen.

«Für wie fies hältst du mich eigentlich?», fragte Karl.

«Ziemlich fies.»

«Hast du überhaupt geschlafen?», fragte Karl.

«Geht dich einen Scheißdreck an.»

Er könnte jetzt gehen, ohne Aussprache, ohne ein weiteres Wort, einfach nur gehen und alles totschweigen. Das wäre wohl die klassische Kleve-Lösung, dachte Karl. Aber irgendwann musste damit Schluss sein. Da hatte Hartmuth wohl recht. Also …

«Eigentlich wollte ich nur wissen, wie es dir geht.»

Jens stemmte angriffslustig die Hände in die Hüften und richtete sich zu voller Größe auf.

«Was glaubst du denn? Beschissen!»

Karl nickte. «Verständlich», sagte er.

«Danke für dein Verständnis», antwortete Jens mit bitterer Ironie in der Stimme. «Wenn man bedenkt, dass du daran schuld bist.»

«Ich weiß», sagte Karl.

Jens holte tief Luft und atmete einmal durch. Karl konnte sehen, wie viel Kraft es seinen Bruder kosten musste, nicht auf ihn loszugehen.

«Warum Anne?», fragte Jens. «Es gibt Millionen Frauen auf dieser Welt – warum meine?»

«Ich liebe sie», antwortete Karl.

«Und sie?»

«Sie liebt mich auch.»

Jetzt war es Jens, der nickte. «Und seit wann geht das schon so?»

Sollte er ihm wirklich die ganze Wahrheit sagen? Trotz aller Differenzen zwischen ihnen – er war immer noch sein Bruder, und er wollte ihm nicht noch mehr weh tun. Aber wenn er schon fragte, dann war es wohl auch an der Zeit, reinen Tisch zu machen.

«Seit ein paar Monaten», sagte Karl.

«Du bist so ein verdammtes Arschloch», fluchte Jens.

«Ja», stimmte ihm Karl zu. «Und nun?»

«Keine Ahnung!», sagte Jens. «Wollt ihr heiraten? Kinder kriegen? Die große Liebe spielen?»

«Wir spielen nicht», antwortete Karl.

«Schon klar», sagte Jens bitter.

«Was ist mit dir?», fragte Karl. «Liebst du sie denn noch?»

«Spielt das noch eine Rolle?»

«Für mich schon. Ja!»

Jens überlegte kurz, dann sagte er: «Ganz ehrlich – ich

weiß es nicht. Im Augenblick bin ich einfach nur sauer auf euch beide. Und ich hätte die größte Lust, dir noch eine reinzuhauen.»

«Das ist dein gutes Recht.»

«Ja, ist es, verdammt noch einmal! Was meinst du, wie ich mich fühle? Erst lässt du mich jahrelang mit dem ganzen Mist hier sitzen, und dann klaust du mir auch noch meine Freundin. Am liebsten würde ich hier alles hinschmeißen! Den beschissenen Laden, meine Beziehung zu Anne, einfach alles! Und dann mit den Jungs von der Band über Land touren. Musik machen. Endlich mal raus hier, einfach mal leben dürfen.»

«Dann tu das, in Gottes Namen!»

«Du bist so naiv, Alter! Manchmal frag ich mich wirklich, wer hier der große und wer der kleine Bruder ist. Du», und dabei richtete er sich zur vollen Größe auf, «hast echt keine Ahnung vom Leben, Karl Kleve junior.»

Und daraufhin griff Jens sich seine Steckerleiste, verließ den Musiksalon und schlug die Tür hinter sich zu.

20 /

Als Karl auf dem Hof von Walter Hansen ankam, bot sich ihm ein Bild der Verwüstung. In der Nacht hatte der Sturm zahllose Äste heruntergerissen, die jetzt überall verstreut herumlagen. Das Banner mit dem Schriftzug «Sonneby Rock» hatte es komplett zerfetzt. Die Reste davon hatten sich in den umliegenden Sträuchern verfangen. Außerdem hatte irgendein Scherzkeks ein paar Rollen Klopapier aus den Toiletten entwendet, die jetzt in nassen Fetzen überall herumlagen oder von den Bäumen hingen, gleich neben dem aufblasbaren Penis.

Weil der Boden nach den starken Regenschauern in der Nacht aufgeweicht war, hatten die Autos der Hardrocker das Areal komplett verwüstet, tiefe Reifenspuren zogen sich durch die Grünfläche zwischen Hof und Dorfstraße, und der Platz vor der Scheune war mit Erdschollen verdreckt.

Die Scheune selbst schien nichts abbekommen zu haben, soweit Karl das sehen konnte. Dafür sah die Feldbühne ziemlich mitgenommen aus. Und der Sturm legte gerade noch an Stärke zu. Karl beobachtete, wie Björn mit ein paar anderen Musikerkollegen damit beschäftigt war, einen umgeknickten Lichtmast zu sichern. Das Ganze sah ziemlich halsbrecherisch aus, und Karl hoffte inständig, dass Jens sein Equipment entsprechend versichert hatte, ganz abgesehen von einer Versicherung gegen Personenschaden.

Auf dem Weg zur Scheune sah er noch einmal auf seine Wetter-App. Die besagte nichts Gutes. Der Sturm würde noch Stunden lang andauern, möglicherweise bis in die frühen Morgenstunden, mit einer kurzen Atempause am Nachmittag. Die Brücke über den Nord-Ostsee-Kanal war für leere LKW und Anhänger gesperrt, und eine Vollsperrung war offenbar nicht ausgeschlossen. Karl hoffte inständig, dass es die Konzertbesucher, die von weiter weg anreisten, rechtzeitig hierher schafften. Ganz abgesehen von Sol Gabetta.

Karl würde noch eine letzte Generalprobe mit Gamzou, Orchester und Cellistin abhalten, ehe Sonneby Rock am Mittag offiziell eröffnet wurde. Dann würde Punkt zwölf nach dem Vorbild von Wacken auch hier die Dorfkapelle, sprich: der Posaunenchor unter der Leitung von Walter Hansen, den Startschuss für das Rockfestival geben. Um achtzehn Uhr hatten die Rocker dann Sendepause, sodass Karl und seine Kollegen ihr zweistündiges Klassikkonzert geben konnten. Und danach waren dann wieder die Rocker dran. So der Plan.

Jetzt war es Viertel vor acht, und es tummelte sich bereits eine Horde Hard-Rocker auf der Wiese, die, Bierdosen und Kippen in der Hand, tapfer versuchten, dem Sturm und dem matschigen Untergrund zu trotzen und, angeleitet von Björn, den Soundcheck in Angriff zu nehmen. Endlich sprangen die Lautsprecher an, und über den Platz dröhnte Creed mit *With Arms Wide Open*.

«Sehr schmuserockig, findest du nicht?», sagte Peter, der plötzlich hinter Karl aufgetaucht war. «Ich meine, für so ein Hard-Rock-Ding.»

«Musst du dich immer so von hinten anschleichen?», fuhr Karl ihn an.

Peter überging das einfach und sagte: «Du siehst ja echt beschissen aus! Wahnsinn! Du hast ja ein richtiges Veilchen. Ein echtes Déjà-vu.»

«Das ist doch jetzt egal», sagte Karl. «Was ist mit Sol Gabetta?»

«Was soll mit ihr sein?»

«Hat sie sich schon bei dir gemeldet? Wird sie es rechtzeitig zu ihrem Auftritt schaffen?»

«Keine Ahnung», gestand Peter. «Ich hab mich noch nicht getraut, sie anzurufen.»

«Tu das bitte», sagte Karl. «Und ruf auch gleich Gamzou an und frag ihn, ob wir ihn vom Hotel abholen sollen.»

«Aye, aye, Captain!», sagte Peter und salutierte vor Karl. «Und was treibst du in der Zwischenzeit?»

«Ich führe ein Gespräch mit dem Teufel», antwortete Karl.

«Wunderbar! Ich bin sehr für einen Pakt mit den Mächten des Bösen, solange die uns einen geregelten Ablauf des Konzerts garantieren. Denk immer dran: Mein BMW steht auf dem Spiel!»

Und damit zückte Peter sein Handy und wählte Sol Gabettas Nummer, während Karl den Weg zum Haupthaus des Bauernhofs einschlug, um ein ernstes Wort mit dem Herrn der Finsternis zu reden.

21 / Walter Hansen saß bei Zeitung und Kaffee in der Küche, während er einen fetten schwarzen Kater kraulte, der auf seinem Schoß saß. Im Hintergrund dudelte NDR Welle Nord. Und nach wie vor besagte der Wetterbericht nichts Gutes.

«... Sturm nimmt gegen Abend weiter an Stärke zu. Es ergeht eine Unwetterwarnung für den gesamten Norden Schleswig-Holsteins, insbesondere für den Landkreis Schleswig-Flensburg. Des Weiteren ist mit zahlreichen Sperrungen zu rechnen ...»

Hansen blickte nicht einmal von seiner *Moinmoin* auf und brummelte nur: «Na, noch alles dran an dir? Oder hat dein Bruderherz dir den letzten Grips aus dem Kopf geschüttelt? Hab gehört, du bist zu Boden gegangen wie ein Mädchen.»

«Ja, alles noch dran. Danke der Nachfrage», schnaubte Karl.

«Da nich für», sagte Hansen. «Also, was willst du?»

«Dass Sie uns nicht weiter in die Suppe spucken», antwortete Karl.

«Was soll das heißen?», erwiderte Hansen, der mit größtem Interesse die Kleinanzeigen studierte und sich alle Mühe gab, Karl zu ignorieren. Da riss Karl der Geduldsfaden. Er hatte die Schnauze voll. Mit einem Satz war er beim Küchentisch, entriss dem verdutzten Walter Hansen die *Moinmoin* und pfefferte sie auf den Boden, sodass sich die fette Hofkatze, aufgeregt maunzend, unter den Tisch verkroch.

«Was zur Hölle …!», fuhr Hansen hoch.

«Sehr richtig! Genau da bring ich Sie hin, Hansen, wenn Sie es wagen sollten, noch einmal unsere Veranstaltungen zu stören, indem Sie alle gegeneinander aufhetzen. Oder heimlich irgendwelche Stromkabel entwenden! Haben wir uns verstanden?»

Für Karl stand außer Frage, wer die Steckerleisten von der Feldbühne entwendet hatte.

«Willst du mir drohen, Karl Kleve?» Hansen grinste höhnisch auf ihn herab. «Du Lusche kommst ja nicht einmal gegen deinen kleinen Bruder an!»

«Ich habe nicht die Absicht, mich mit Ihnen zu prügeln», stellte Karl fest. «Nein, ich werde Sie verklagen! Ich hab einen Freund in Hamburg, der ist Anwalt und Spezialist für solche Fälle.» Das war natürlich gelogen, aber das konnte Hansen ja nicht wissen.

«Was für Fälle?», knurrte Hansen.

«Vertragsbruch», sagte Karl. «Geschäftsschädigung und Vertragsbruch. Und noch so einiges mehr! Wenn hier heute noch irgendetwas schiefgehen sollte, dann mach ich Sie dafür verantwortlich, Hansen! Dann krieg ich Sie dran! Und ich kann Ihnen versprechen – das wird teuer!»

«Spielst du dich jetzt als großer Rächer auf? Ich dachte, Jens' bescheuertes Rockertreffen interessiert dich nicht. Hast wohl ein schlechtes Gewissen.»

Karl kniff die Augen zusammen. «Also geben Sie es zu, dass Sie es waren, der die Anlage der Feldbühne sabotiert hat?»

«Gar nix geb ich zu», lachte Hansen, «und überhaupt: Eure Konzerte werden so oder so ein einziges Desaster, da muss man gar nicht nachhelfen Das Ganze war von Anfang an eine Schnapsidee. Und dann gehört euer Laden bald mir, ihr Pleitegeier! Und ich hab das große Vergnügen, euch live und in Farbe beim Scheitern zuzusehen. Bisher macht's riesengroßen Spaß, muss ich sagen.»

Karl zeigte Hansen den Stinkefinger und wollte gerade aus der Küche gehen, als Walter Hansen ihm nachrief: «Ihr braucht sowieso keine Bühne. Da kommt keiner. Ist alles gesperrt. Keine Sau fährt bei dem Sturm freiwillig in Richtung Angeln. Ihr solltet das Ding absagen, Karl *Kleve.*»

Darauf drehte sich Karl nochmals um, ging ganz nah an Hansen heran und sagte drohend: «Jawohl, ich bin ein Kleve. Und mit einem Kleve legt man sich besser nicht an. Das müssten Sie doch inzwischen kapiert haben, Hansen! Hat Ihnen doch auch mein Vater schon gesagt, damals, als Sie meine Mutter bei ihm verpfeifen wollten. Hätte fast funktioniert, Ihr Plan, einen Keil zwischen die Familie zu treiben. Aber eben nur fast! Finden Sie es nicht ein bisschen albern, diese Fehde wegen einer verschmähten Jugendliebe in zweiter Generation fortzusetzen?» Dann richtete sich Karl zu voller Größe auf und fügte hinzu: «Kommen Sie uns nicht in die Quere, Hansen! Sonst wird es böse enden. Und zwar für Sie!»

Dann verließ Karl die Küche, indem er die Tür zuschlug, und rannte in Richtung Feldbühne. Dort hielten die ersten Rockfans tapfer gegen alle Wind- und Regenböen aus und warteten auf den Beginn des Konzertreigens.

«Jens?», rief Karl. «Jens?» Da sah er Björn auf der Bühne stehen, wie er immer noch versuchte, gegen das Sturmgeheul einen Soundcheck durchzuziehen.

«Björn, wo ist Jens?»

Björn ließ sein E-Cello sinken und starrte Karl finster an.

«Mann, ey, hast du nicht schon genug abbekommen? Du siehst voll scheiße aus!»

«Danke, das weiß ich. Aber ich muss dringend mit meinem Bruder reden. Ist er noch nicht hier?»

«Er war gerade da, aber ich glaub, der wollte kurz was aus dem Auto holen. Geh dem man lieber aus dem Weg! Ich mein, ich brauch hier keine Toten und so.»

«Ist schon gut», sagte Karl.

Björn zog die Stirn in Falten. «Nee, jetzt echt, Mann. Der steht so unter Strom, wenn wir noch Kabel übrig hätten, würde ich ihn daran anschließen und als Akku verwenden.»

«Haha», machte Karl.

Björns Miene wurde immer düsterer. «Ich hab dich gewarnt, Alter!»

«Wovor hast du wen gewarnt?», fragte Jens, der plötzlich am Bühnenrand aufgetaucht war. Dann entdeckte er Karl.

«Das hier ist nicht dein Turf», sagte Jens kurz und knapp.

Karl ignorierte den Einwand. «Hast du den Wetterbericht gehört?», fragte er.

«Ja.»

«Und?»

«Und was?», fragte Jens, während er seinen E-Bass im hinteren Teil der Bühne aufstellte und anschloss.

«Jens, der Sturm wird in den nächsten Stunden immer stärker werden. Das Konzert unter diesen Umständen hier draußen durchzuziehen wäre himmelschreiender Wahnsinn! Denk doch mal daran, wie gefährlich das sein kann, für die Besucher, für die Musiker, für euch alle!»

«Na super», sagte Jens. «Das kommt dir ganz gelegen, oder? Du sitzt ja schön sicher in deiner Scheune. Dir und deinen Klassikheinis kann da sicher nichts passieren. Also mach dir nicht ins Hemd, Mann! Mach du dein Ding, wir machen unseres!»

«Du hast mir nicht zugehört», wiederholte Karl. «Es kommt heute noch ein Wahnsinnssturm, der ...»

«Es reicht jetzt!», rief Jens. «Ich weiß schon, was ich hier tue. Denk mal an Jübek. Die haben das abgesagt und waren hinterher pleite. Also verschwinde!»

Karl gab auf. Beinahe jedenfalls, denn er sah mit besorgtem Gesicht zu Björn und sagte, sodass nur er es hören konnte: «Wenn es brenzlig wird, blast ihr das Ganze ab! Versprochen?»

Björn blickte Jens verstohlen an, der ihnen den Rücken zugedreht hatte, dann hob er die Hand, was so viel heißen sollte wie: «Alles klar, Alter, ich pass auf alles auf, inklusive deines leicht wahnsinnigen Bruders.» Karl war zwar nicht unbedingt beruhigt, aber immerhin hatte er das Gefühl, sein Bestmögliches getan zu haben, auch wenn das Bestmögliche Björn war.

Zurück bei der Scheune, lief Karl in Peter hinein, dessen Miene noch düsterer war als der Sturmhimmel über ihnen.

«Was ist los?», fragte Karl nur.

«Sie kommt nicht», sagte Peter zerknirscht.

«WAS???,» kreischte Karl.

«Sie kommt nicht», wiederholte Peter. «Sol schafft es nicht zur Probe. Sie haben gerade die Brücke über den Kanal gesperrt.»

«Bitte sag, dass das nicht wahr ist!»

«Ich fürchte, es ist wahr. Aber», sagte Peter und versuchte dabei etwas Zwangsoptimismus zu verbreiten, «vielleicht haben wir Glück, und sie heben die Sperrung bis zum Nachmittag wieder auf.»

«Das glaubst du doch selber nicht», seufzte Karl resigniert.

«Kann doch sein! Ich hab sie jedenfalls gebeten, gegen Mittag loszufahren und notfalls in Rendsburg zu warten, bis sie die Brücke wieder öffnen.»

«Was ist mit der Eisenbahnbrücke?», fragte Karl.

«Sinnlos.»

«Und mit Schiffen?»

«Selbes Problem», antwortete Peter.

«Verdammt!», schrie Karl. «Wieso graben die auch so einen Scheißkanal durch Schleswig-Holstein?!»

«Gibt es ein Problem?», fragte Yoel Gamzou, der gerade aus seinem Taxi gestiegen war, um die letzte Probe abzuhalten.

«Sag du es ihm», befahl Karl seinem Freund.

Peter brummte: «Sol steckt in Hamburg fest.»

«Steckt fest?», fragte Gamzou irritiert. «Was heißt das?»

«Es liegt am Sturm», erklärte Peter. «Die Brücken über den Nord-Ostsee-Kanal sind gesperrt. Sie kommt bis auf Weiteres nicht durch. Wir werden also die Probe ohne Sol absolvieren müssen.»

«Das», sagte Gamzou, «ist eine Katastrophe!»

«Nein, nein», beeilte sich Peter zu sagen, «ich bin mir sicher, dass sie es rechtzeitig zum Konzert schaffen wird. Wir beginnen doch erst um 18 Uhr! Da kann der Sturm längst abgeflaut haben.»

Gamzou schien nicht überzeugt. «Ka-ta-stro-phe!», wiederholte er und dehnte jede einzelne Silbe dramatisch aus. Dann schlurfte er in Richtung Scheune. Karl und Peter sahen ihm mit sorgenvollen Gesichtern nach. Beim Scheunentor drehte sich der junge Dirigent noch einmal zu ihnen um.

«Aber den Mahler proben wir jetzt trotzdem! Also, worauf wartet ihr zwei Clowns?»

«Kommen schon», bestätigte Peter.

«Das ist doch alles sinnlos», zischte Karl, doch Peter packte ihn am Arm und sagte eindringlich: «Reiß dich zusammen! Es wird noch alles gut! Glaub mir!»

Vom Feld her drang in unfassbarer Lautstärke ein uralter Van-Halen-Song. Offenbar hatten sie die Anlage wieder flottgekriegt. Gamzou, der immer noch im Scheunentor stand und auf Karl und Peter wartete, zog seine dunklen Augen zu zwei Schlitzen zusammen.

«Und *das*», er zeigte in Richtung Feld, «hat jetzt ein Ende!»

Sagte es und stapfte mit wild entschlossenem Gesichtsausdruck an Karl und Peter vorbei in Richtung Feldbühne.

«Was hat er vor?», flüsterte Peter.

Karl zuckte mit den Schultern, und mit kurzem Abstand folgten sie dem Maestro, der sich durch die nun schon zahlreich erschienenen Rockfans drängte und direkt auf die Bühne zuging. Dort schnappte er sich Björn, der am Reglerpult stand, und brüllte, lauter als Van Halen, das Getratsche von einhundert Rockern und der Sturmwind zusammen: «MACHEN SIE DAS AAAUS!!!»

In Björns Augen spiegelte sich Panik, und auch die anderen Musiker, die an der Bühne herumlungerten, wichen automatisch einen Schritt zurück.

Björn drehte sofort die Lautstärke herunter, und Van Halen hatte Sendepause.

«WUNDERBAR!», schrie Gamzou. «Wir proben bis zwölf Uhr. Dann können Sie Ihren Mist gerne wieder anmachen. Aber bis dahin herrscht hier Ruhe. VERSTANDEN?!»

Und mit zufriedenem Gesichtsausdruck stapfte Gamzou zurück zur Scheune.

Beeindruckt sah Karl ihm nach, und in diesem Moment glaubte er tatsächlich, es könne vielleicht doch noch alles gut werden.

22 /

Mangels ihres Stars fiel die Probe für den Dvořák aus. Also spielten sie nur Mahler und als Zugabe Brahms' *Ungarischen Tanz Nr. 5* und hofften auf das Beste. Die letzte

Probe verlief reibungslos, und Karl hatte zum ersten Mal das Gefühl, dass er sich beim Konzert später nicht komplett blamieren würde. Auch Yoel Gamzou wirkte zufrieden mit dem Ergebnis und nickte ihm, nachdem der letzte Ton verklungen war, mit zufriedenem Gesichtsausdruck zu.

Als die Musiker um kurz vor zwölf vor die Scheune traten, um frische Luft zu schnappen, bot sich ihnen ein ziemlich skurriles Bild. Inzwischen waren mehrere hundert Rockfans in Sonneby eingetroffen, die laut grölend durch die Matschpfützen sprangen, Luftgitarrenwettbewerbe abhielten und sich aufführten, als wären es dreißig Grad im Schatten und der Sturm um sie herum wäre nur ein laues Sommerlüftchen. Da flatterten lange Mäntel, wehten lange Haare wild um bärtige Gesichter, und wer auch immer versuchte, seinen Mitstreitern eine Bierdusche zu verpassen, indem er gefüllte Plastikbecher in die Luft warf, konnte damit rechnen, dass das meiste Bier vom Wind davongetragen wurde. Während Karl vergeblich versuchte, sich eine Zigarette anzuzünden, überlegte er, ob das Bier in der Luft eigentlich irgendwann zu Wolken werden würde und ob sich der Alkoholanteil in der Luft über Sonneby nun merklich erhöhen und das Bier irgendwo wieder herunterregnen würde. Wie auch immer – so stark verdünntes Bier war ja wohl unter der Würde eines jeden Norddeutschen.

Peter gesellte sich zu Karl, schlug ihm auf die Schulter und rief: «Lass das Rauchen!»

Karl blickte ihn verdutzt an. «Du rauchst doch selber wie ein Schlot.»

«Ich bin ja auch Profiraucher. Jahrelanges Training. Aber du brauchst deine Lungen heute noch! Gegen Bier ist allerdings nichts einzuwenden», sagte er und steuerte schon auf den Bierausschank zu.

Karl, Peter und ein paar der anderen klassischen Musiker reihten sich in die Schlange ein, die sich vor dem Ausschank bereits gebildet hatte. Da ihr Konzert ja erst in ein paar Stunden stattfinden sollte, nutzten viele die Gelegenheit, sich auf dem Festivalgelände, sprich: auf Bauer Hansens Terrasse, mit Getränken und Würstchen einzudecken, die sie dann in einer der wenigen windgeschützten Winkel des Hofes verspeisten.

Es dauerte eine Weile, bis Karl bemerkte, wer da hinter dem Ausschank stand und Bier in Plastikbecher füllte.

«Hallo», sagte Anne kurz angebunden, als sie schließlich an der Reihe waren. «Zwei?»

Karl brachte kein Wort heraus. Etwas schnürte ihm die Kehle zu. Er hatte noch immer nicht mit Anne reden können, über Jens oder darüber, wie es jetzt weitergehen sollte. Annes blaue Augen sahen traurig aus, sie hatte Ringe unter den Augen und wirkte erschöpft.

«Ja», antwortete Peter schließlich für Karl. Der starrte Anne weiter an.

«Hier.» Anne drückte Peter zwei Plastikbecher in die Hand. «Macht sechs Euro.»

Peter zog seine Börse aus der Hosentasche und wollte schon einen Zehn-Euro-Schein rüberreichen, aber dann fand Karl seine Stimme wieder und fragte: «Anne, ist das wirklich alles? Das war's mit uns? Das kannst du nicht ernst meinen! Anne, ich …»

Anne sah ihn ernst an. In ihren Augen standen Tränen.

«Doch, Karl. Es geht einfach nicht.»

«Anne, das kann nicht sein!»

Hinter ihnen machte sich Unruhe in der Schlange breit. «Geht das da auch mal weiter?», riefen zwei Hünen in Metallica-T-Shirts, die Karl und Peter um gut zwanzig Zentimeter überragten.

«Gemach, Gemach», sagte Peter.

«Anne, ich bitte dich! Du weißt genauso gut wie ich, dass wir zusammengehören! Das kann doch nicht plötzlich alles vorbei sein», flehte Karl. «Ich liebe dich, Anne! Hörst du? ICH LIEBE DICH!»

«Bitte, hör auf», flehte Anne, während ihr die Tränen übers Gesicht liefen. «Hat dir das vorgestern nicht gereicht? Müsst ihr beiden euch erst totschlagen? Wie stellst du dir das vor, mit Jens, mit den Kindern? Karl, mir wird das alles zu viel, ich kann einfach nicht mehr!» Mit zitternden Fingern und immer noch weinend begann Anne wieder damit, den Zapfhahn zu bedienen. Aber vielleicht musste sie sich auch nur an etwas festhalten, um nicht umzukippen. Karl rührte sich derweil nicht vom Fleck.

«Hey, andere wollen auch Bier!», schrien die Hünen von hinten.

«Ja doch!», rief Peter zurück. «Ihr könnt doch wohl mal zwei Minuten warten!»

Da schob sich einer der Rockerriesen durch die Reihe nach vorne und baute sich vor Peter auf.

«Mach, dass du Land gewinnst!», knurrte der Wikinger ihn an. Peter schluckte und zog dann an Karls Ärmel.

«Karl?»

Doch der hatte nur Augen für Anne – und spürte, dass die Zeit der Ausflüchte vorbei war.

«Anne, hast du mir nicht zugehört? Ich liebe dich! Ich will mit dir zusammen sein. Bitte!»

Das konnte doch nicht sein, dass das mit ihnen jetzt einfach so vorbei war! Sie liebte ihn doch auch. Da war sich Karl ganz sicher. Aber dann …

«Geh jetzt, Karl», flüsterte sie mit tränenerstickter Stimme. «Ich kann das nicht.»

«Komm, wir hauen ab», forderte ihn nun auch Peter auf, der unter allen Umständen eine Auseinandersetzung mit dem blonden Riesen vermeiden wollte.

Anne wischte sich mit einer entschlossenen Geste die Tränen aus dem Gesicht und widmete sich wieder dem Zapfhahn.

«Zwei Bier?», wandte sie sich an den Hünen. Der nickte.

Peter zog den fassungslosen Karl weg vom Bierstand und drängte ihn wieder in Richtung Scheune. Um sie herum flogen Papierservietten, leere Wurstpappen und Plastikbecher, und Peter platzierte seinen schwer angezählten Freund auf einen Hackblock hinter der Scheune.

Mit zitternden Fingern holte Karl sein Zigarettenpäckchen aus der Jackentasche. In seiner Brust wütete ein Schmerz, der unbeschreiblich war. Am liebsten wäre er auf der Stelle tot umgefallen. Da er das nicht tat, wollte er, Peters Vortrag zum Thema Rauchen zum Trotz, dem Tod wenigstens ein kleines Stückchen entgegengehen. Er drehte wie verrückt das Rädchen an seinem Feuerzeug, aber er bekam keine Flamme zustande. Genervt warf er die Zigarette auf den Boden.

«Ist wohl auch besser so», kommentierte Gamzou Karls unfreiwilliges Nichtraucherdasein. Er lehnte lässig an der Rückwand der Scheune und tippte auf seinem Handy herum.

«Entschuldigung», sagte Peter. «Wir haben Sie gar nicht bemerkt.»

«Schon okay», sagte der junge Dirigent. «Es gibt noch etwas, das ich dir, Karl, sagen wollte.»

Karl schluckte. Da kam jetzt sicher nichts Gutes, denn dass die Organisation ihres Konzerts reichlich zu wünschen übrig ließ, konnte selbst ein Blinder nicht übersehen. Und schon gar kein Tauber überhören. Auf der Feldbühne dröhnten nun die Beastie Boys mit *Fight For Your Right* aus den Boxen, während eine Horde bereits schwer betrunkener, aber dafür enorm gut gelaunter junger Frauen auf einem der Feldwege auftauchte und grölend an ihnen vorbei zur Bühne zog. Nur war Karl sich nicht sicher, ob er eine vernichtende Kritik seines Dirigenten heute noch vertragen konnte.

«Karl, Peter: Als Organisatoren seid ihr komplette Nullen. Ich meine, das hier», und Gamzou deutete auf die Rockerfrauen, «ist die Hölle! Versprecht mir, dass ihr so etwas nie wieder macht! Aber», und er wirkte ganz ernst, als er das sagte, «als Musiker, Karl, bist die letzten Wochen über dich hinausgewachsen. Ich sage es ungern, aber unser Peter hier hatte tatsächlich recht: Du bist ein begnadeter Klarinettist. Also, wenn der ganze Wahnsinn vorbei ist und wir das alles überlebt haben und du nicht mehr aussiehst, als wäre ein Traktor über dein Gesicht gefahren, dann würde ich mich sehr freuen, dich in meinem Orchester willkommen zu heißen.»

War das jetzt der Wind, oder was trieb ihm die Tränen in die Augen? Karl musste schwer schlucken, streckte dann einfach wortlos seine Hand aus, und Gamzou schlug ein.

Dann wandte sich Gamzou an Peter: «So, und nun zu dir. Schaff mir Sol Gabetta rechtzeitig her, oder ich reiß dir den Kopf ab! Haben wir uns verstanden?»

«Vollkommen!», sagte Peter.

«Bier her!», befahl Gamzou, und Peter reichte ihm pflichtschuldigst seinen unangetasteten Plastikbecher mit Flensburger Pilsener rüber. Gamzou prostete ihnen zu, nahm einen Schluck und verschwand dann mitsamt Peters Bier ums Eck.

«Was für ein …», begann Peter.

«… feiner Kerl», beendete Karl den Satz.

Peter grinste. «Dann werde ich jetzt mal meinen Kopf retten und unseren Star anrufen. Wehe, die öffnen nicht bald diese verdammten Brücken. Notfalls rudere ich die Frau auf ihrem Cellokasten über den Kanal!»

23 / Was hatte Björn noch gesagt? Wenn du es nicht mehr aushältst, dann geh da hin, wo der Schmerz am größten ist. Karl hatte lange mit sich gerungen, aber dann mischte er sich einfach unter die Zuhörer, die zur Bühne strömten. Mit einer knappen Stunde Verspätung begann das Rockkonzert. Zum Auftakt spielte der Posaunenchor Sonneby die Schleswig-Holstein-Hymne und dann, zur allgemeinen Erheiterung, eine ziemlich schräge Variation von *Hard Rock Café* von Carole King. Mehr Hard-Rock bekamen die Sonnebyer Bläser nicht hin. Von Walter Hansen war weit und breit nichts zu sehen, obwohl er den Chor eigentlich hätte dirigieren müssen.

Als erster Act des Tages trat die Band von Jens und Björn auf. Da die Männer ihre eigenen Familien als Fanclubs dabeihatten, war die Stimmung gut, trotz der widrigen Bedingungen. Der Sturm hatte zwar kurzzeitig nachgelassen, war aber noch stark genug, um nicht nur die Haare der knapp fünfhundert Besucher zu zerzausen, sondern auch einen überwiegenden Teil der Musik mit sich davonzutragen.

Jens und Björn legten los mit einigen sehr miesen Coverversionen von Motörhead. Immerhin – Björns Celloeinlagen bei den folgenden zwei Apocalyptica-Songs rissen das Ganze wieder raus. Karl musste neidlos anerkennen, dass Björn tatsächlich ein sehr talentierter Musiker war, wenn auch komplett wahnsinnig, so wie er da mit seiner wilden Mähne den Kopf rhythmisch vor- und zurückschleuderte. Dann spielten sie ihre eigenen Songs, darunter auch *The Devil Is A Heartbreaker*. Karl dachte an die Autofahrt zum Notar, während der ihm sein Bruder dieses Lied das erste Mal vorgespielt hatte. Wie ewig weit weg ihm das vorkam – und doch war seitdem erst ein Dreivierteljahr vergangen. Ein Dreivierteljahr, in dem so unglaublich viel passiert war. Er war nach Sonneby gezogen, hatte das Geschäft mit übernommen, seinen alten Job aufgegeben, sich von Maren getrennt und sich neu verliebt. Er hatte wieder Klarinette zu spielen begonnen. Und am Ende hatte er sich von seinem Bruder, der, wie er jetzt wusste, eigentlich sein Halbbruder war, verprügeln lassen. Und zu guter Letzt war Karls Herz gebrochen worden.

Karl studierte aus der Ferne das Gesicht seines Bruders. Ob er darin wohl auch Anzeichen eines gebrochenen Herzens entdecken konnte? Aber er war zu weit weg, um das beurteilen zu können. Was er aber sah, war, dass Jens und Björn ihr Bestes gaben. Na ja, was halt ihr Bestes war. Nein, *The Devil Is A Heartbreaker* würde wohl nicht sein Lieblingslied werden, aber den übrigen Festivalbesuchern schien es zu gefallen. Karl blickte sich um und konnte in etwa drei Meter Entfernung Manni ausmachen, der seinen Oberkörper rhythmisch vor- und zurückbewegte. Offenbar hatte er sein musikalisches Spektrum erweitert. Da brauchte es nicht einmal Korsagen tragende Schlagerqueens und deutsche Texte. Und sehr weit vorne, nahe der Bühne, sah er Sven mit den Kindern stehen. Von Anne war weit und breit keine Spur zu sehen.

Nach etwa einer halben Stunde hatte Karl genug und machte sich zu Fuß auf den Heimweg. Bis zum Konzert waren noch ein paar Stunden Zeit, es war so weit alles aufgebaut, und er brauchte ein wenig Ruhe.

Seine Butze über dem Musiksalon kam ihm auf einmal sehr, sehr still vor. Und auch in Karl wurde es mit einem Mal sehr, sehr still. Er saß auf dem Sofa, starrte auf die grell gemusterte Wand mit Dagmar Berghoff und hörte in sich hinein. Aber – da war nichts. Keine Antwort auf die Frage, wie es jetzt weitergehen sollte, was nach dem Konzert käme. Nur Stille und eine grenzenlose Traurigkeit.

Er dachte an Jens, der da auf der Bühne gerade seinen Traum lebte, und an seine Eltern und Hartmuth, die mit ihren Träumen gescheitert waren. Das sollte ihnen nicht passieren, hatte Hartmuth ihn gewarnt. Aber Karl hatte keine Ahnung, wie er aus dieser verfahrenen Situation herausfinden sollte.

Immerhin wusste er jetzt, wer er war: ein Kleve. Wer hätte das gedacht? Er war tatsächlich der Sohn seines Vaters und Jens das Kuckuckskind. Das Leben spielte einem schon seltsam mit. Irgendwann würde Hartmuth es Jens sagen müssen. Karl fand, Jens hatte ein Recht darauf zu erfahren, wer sein wirklicher Vater war. Aber wann er das tat, das musste Hartmuth selbst entscheiden.

Karl saß sicher zwei Stunden so da, ließ seinen Gedanken freien Lauf und starrte ins Nichts, bis es schließlich Zeit war, zur Scheune zurückzukehren. Er zog sich seinen besten schwarzen Anzug an und wollte durch den Musiksalon nach draußen gehen, als er einer Eingebung folgend im Verkaufsraum innehielt. Er stieg auf einen Stuhl und griff sich die heilige Peter-Kraus-Gitarre. Er konnte einen Glücksbringer für den heutigen Abend gebrauchen. Und dieser hier war genau der richtige.

Karl trat vor die Tür und sah in den Himmel hinauf. Über ihm war eine wilde Wolkenstimmung, deren Formen und Farben sich von Sekunde zu Sekunde änderten. Schwer zu sagen, wie sich das heute noch entwickeln würde. Als er auf seinem Handy nachsehen wollte, wie die Wettervorhersage für den Abend lautete, stellte er fest, dass er es nach der Orchesterprobe heute Mittag nicht wieder angemacht hatte. Nachdem er den PIN-Code eingegeben hatte, piepste das Gerät wie verrückt: Das Display zeigte dreiundzwanzig Anrufe und fünf Nachrichten von Peter an. Das konnte nichts Gutes bedeuten. Karl wählte Peters Nummer.

«Wo steckst du Sackgesicht?», rief ihm Peter zur Begrüßung ins Ohr.

«Bin gleich da.»

«Komm zur Scheune. Ich muss mit dir reden! JETZT!»

Als Karl das Festivalgelände erreichte, tigerte Peter unruhig vor dem Tor auf und ab. So nervös und von Sorgenfalten zerfurcht hatte Karl die rheinische Frohnatur noch nie gesehen. Es musste also etwas wirklich Schlimmes passiert sein.

«Was ist los?», fragte Karl.

«Sie kommt nicht!»

«Mit *sie* meinst du Sol Gabetta?»

«Wen sonst?», rief Peter. «Ja, natürlich Sol Gabetta.»

«Wegen der Brückensperrung?», hakte Karl nach. «Vielleicht heben sie die ja noch rechtzeitig auf. Ich meine, wenn wir den Dvořák erst nach der Pause spielen und den Mahler vorziehen, dann könnte es doch noch klappen, oder nicht?»

«Einen Scheiß wird es», antwortete Peter. «Es ist AUS! VORBEI! In zwei Stunden beginnt unser Konzert, und Sol sitzt irgendwo in Rendsburg fest. So wie sicherlich die Hälfte unserer Konzertbesucher auch wetterbedingt nicht kommen wird. Und wenn dein Bruder nicht bald das Festival abbricht, fliegen uns auch noch die ganzen Rockerheinis um die Ohren. Tu was, Karl!»

«Was soll ich denn tun, deiner Meinung nach? Den Sturm stoppen?», brüllte Karl gegen eine Windböe an. «Wir werden es genau so machen, wie ich es gerade gesagt habe: erst den Mahler, dann den Dvořák. Und Schluss.»

«Da wird Gamzou vor Begeisterung quietschen», sagte Peter bitter.

«Es bleibt ihm gar nichts anderes übrig.»

Und genau so wurde es dann auch gemacht. Karl wies zunächst noch einmal seine drei Parkwächterjungs an, wie sie die Autos der Gäste auf dem Parkplatz zu dirigieren hätten, und sie versprachen ihm, es würde «kein piekfeiner Reichenschlitten» zu Schaden kommen.

«Ihr werdet nicht nur Mercedes herumkutschieren. Ein paar Leute kommen sicher auch in normalen Autos», gab Karl zu bedenken.

«Wir crashen auch keinen VW-Golf», versprachen die drei einhellig.

«Wie beruhigend», fand Karl.

Dann erklärte er den anderen Musikern, dass sie heute erst einmal ohne ihren Star anfangen mussten. Er hoffe aber auf ihre volle Unterstützung und darauf, dass es Sol Gabetta doch noch irgendwie schaffen werde. Er werde ein paar erklärende Worte ans Publikum richten bezüglich des Programms.

«Aber wir sind uns sicher, dass Sol es noch rechtzeitig schaffen wird», fügte Peter wenig glaubhaft hinzu.

Daraufhin bekam Gamzou erst einen hysterischen Lachkrampf, der in gemurmelte Flüche überging und damit endete, dass er sich jede öffentliche Äußerung der Veranstalter, also Karl und Peter, verbat. Er werde persönlich dem Publikum beibringen, dass sie heute noch alle rechtzeitig zur *Tagesschau* zu Hause sein würden und dass es keinen Dvořák zu hören gebe. Und dass sie den Kartenpreis erstattet bekämen, wenn Sie dies wollten. Peter nickte mit Tränen in den Augen. Wahrscheinlich dachte er an sein Cabrio.

Auf der Feldbühne war die Show in vollem Gange, und tatsächlich strömten immer noch Rockfans auf den Hof. Unter diese mischte sich nach und nach das Klassikpublikum, das deutlich aus der dunklen Masse der Sonneby-Rocker herausstach. Hier Lederklamotten, Band-T-Shirts und lange Haare, da Perlenkette und Blazer und entgeistertes Staunen in den Gesichtern; dort lautes Grölen, auf der anderen Seite heimliches Tuscheln; links die Dixis, rechts Chrom und Edelstahl. Es waren Welten, die da aufeinanderprallten.

Nach und nach füllten sich erst der Parkplatz, dann die Edelstahlwaschräume und zuletzt die Scheune. Und weil der Wind pfiff und rauschte, was das Zeug hielt, waren zwischen lauten Ausrufen der Rocker wie «Is ja wie in Wacken!» und «Matschbaaaadeeeen!» spitze Schreie zu hören, weil die betonierten Fönfrisuren der Klassikdamen bei elf Windstärken in sich zusammenzufallen drohten.

Karl hatte ursprünglich für Anne und seine drei Neffen sauteure Plätze in der ersten Reihe reserviert, was er Peter tunlichst verschwiegen hatte, und tatsächlich tauchten die drei Kinder pünktlich auf und nahmen auf ihren Stühlchen Platz, aber von Anne war weit und breit nichts zu sehen. Als Anton Karl am Rande der Orchesterbühne sah, winkte er ihm freudig zu. Karl konnte sehen, dass Antons Hände voller Matsch waren und dass seine Hose von Erdflecken übersät war. Ach, der Lütte, dachte Karl und musste zum ersten Mal an diesem Tag lächeln.

Um kurz vor sechs war lediglich die Hälfte der Stühle besetzt, obwohl sie nahezu ausverkauft waren, und vom Feld her waren noch immer laute Bässe zu hören, die bis in das Innere der Scheune vordrangen. Dann aber war deutlich Björns Stimme zu vernehmen, der über Lautsprecher das Publikum wissen ließ, «dass jetzt die Klassikheinis gegenüber» dran seien und sie mal kurz Sendepause hätten. Die lauten Buhrufe des Publikums waren auch ohne Verstärker bis zur Scheune zu hören.

Das Orchester nahm seine Plätze ein, darunter Karl und Peter, und kurz darauf betrat auch Gamzou die Klassikbühne. Nach einem herzlichen Auftrittsapplaus informierte er das Publikum über die Programmänderung. Man spiele den

Mahler zuerst. Das Warum blieb er den Zuhörern schuldig, denn dass Sol Gabetta es heute vielleicht nicht mehr nach Sonneby schaffen würde, konnte man den Leuten ja auch nach der Pause noch erklären. So würden sie wenigstens den Mahler in Ruhe zu Ende bringen können, bevor ein Sturm der Entrüstung auf sie niederging. Karl rechnete fest damit, dass die Mehrheit der Leute ihr Geld zurückfordern würde. Niemand zahlte zweihundert Tacken für ein Konzert, das ohne den Stargast stattfand.

Karl liebte diesen kurzen Moment absoluter Ruhe, bevor bei einem Konzert die erste Note erklang. Heute Abend allerdings wurde dieser Moment durch das Pfeifen und Zischen des Windes zunichtegemacht, der hier und da eine Ritze fand, durch die er in die Scheune eindringen konnte. Aber was dann folgte – war der Himmel auf Erden. Es war, das konnte Karl bereits nach wenigen Takten feststellen, der schönste erste Satz, den sie je gespielt hatten. Es war vollendet: Das Tempo, die Klangfarben des Orchesters im Raum, ja sogar der Wind ergaben eine fast magische Kombination aus Herz, Rhythmus und Gefühl. Karl konnte sehen, wie sich in den Mienen der Musiker ebenso wie in den Gesichtern der Zuhörer so etwas wie Verzückung ausbreitete. Davon hatte er geträumt, diesen Klang nach Sonneby zu bringen. Und tatsächlich: Er hatte es geschafft. Einen magischen ersten Satz Mahler lang hatte er es geschafft. Und dann brach das Chaos über sie herein.

Es begann mit einem leisen Trommeln, das sich binnen Sekunden zu einem dröhnenden Donnern ausweitete. Es dauerte ein paar Augenblicke, bis Karl begriff, woher dieses Geräusch kam. Draußen tobte ein Hagelsturm!

Kurz darauf wurde die Tür zur Scheune aufgerissen, und eine Menschenmenge strömte herein, die vor Hagel und Sturm Zuflucht suchte. Es waren etwa zweihundert Rockfans, die sich auf die leeren Stühle fallen ließen oder sich in die Gänge dazwischen schoben, um Platz für die nachfolgenden Menschen zu machen. Die meisten waren ganz außer Atem, weil sie über das Feld gerannt waren, um irgendwo Schutz zu suchen.

Gamzou ließ resigniert die Arme sinken. Das Konzert war unterbrochen. Karl versuchte zwischen den hereinströmenden Rockfans Anne und seinen Bruder auszumachen, konnte sie aber nirgends entdecken. Er gab Peter und Gamzou ein Zeichen, dass er nachschauen wollte, was da draußen wirklich los war, und bahnte sich an der Seite seinen Weg durch die Menschenmassen, während Peter kurz entschlossen zum Mikrophon griff und darum bat, nach vorne durchzugehen und keine Panik aufkommen zu lassen.

Mit Mühe quetschte sich Karl zwischen ein paar Hard-Rock-Fans aus Eckernförde (unschwer zu erkennen an ihren T-Shirts mit dem Aufdruck *We rock Eckernförde*) vorbei in Richtung Scheunentor und schließlich nach draußen. Dort bot sich ihm ein wahrlich fürchterliches Bild.

Der Boden war weiß. Es hatte binnen weniger Minuten so stark gehagelt, dass Rasen und Kieswege komplett mit kleinen Eisstückchen bedeckt waren. Der eiskalte Nordostwind blies ihm so stark entgegen, dass es ihm schier den Atem verschlug. Als Karl den Blick hob, sah er Blitze hoch über Sonneby am Himmel. Es folgte ein heftiges Donnergrollen. Das reinste Inferno!

Da entdeckte er Sven, der panisch auf ihn zugerannt kam.

«Sven!», brüllte Karl. «Sven! Wo sind Jens und Anne?»

«Ich weiß es nicht!», schrie Sven zurück. «Wahrscheinlich noch da draußen! Wo sind die Kinder?»

«Drinnen. Alles okay!», brüllte Karl zurück. Dann zog er sein Jackett aus und breitete es über den Kopf. Er rannte los.

«Anne!», rief er gegen den Wind an. «Anne!»

Karl versuchte zur Feldbühne zu gelangen, aber er konnte bei dem Hagelsturm keine drei Meter geradeaus gucken. Und dann stand sie plötzlich direkt neben ihm.

«Karl!», schrie Anne. «Ich bin hier!»

Karl drehte sich um seine eigene Achse, und endlich sah er sie. Er hielt sein Jackett über sie beide, und zusammen rannten sie zurück zur Scheune. Dort angekommen, ließ er das Jackett sinken und fragte, ganz außer Atem: «Bist du okay?»

«Ja.»

Und da konnte er nicht anders. Er nahm sie vor allen Leuten in die Arme und küsste sie.

«Es tut mir so leid, Karl», sagte Anne weinend, als er sie wieder zu Atem kommen ließ.

«Was tut dir leid?»

«Alles. Einfach alles. Dass ihr euch geprügelt habt und dass ich vorhin so doof zu dir war und dass ich Jens nicht schon eher …» Plötzlich hielt sie inne. «Mein Gott, Jens ist noch da draußen!»

«Wo?», wollte Karl wissen.

«Zuletzt hab ich ihn gesehen, als er versucht hat, die Bühne zu sichern.»

Karl drehte sich um, betrachtete kurz die vielen verstörten Gesichter der Konzertbesucher, die da zusammengewürfelt in der Scheune durcheinanderstanden und -saßen wie eine musikalische Schicksalsgemeinschaft und tuschelten. Dann wandte er sich um und sagte zu Anne: «Es wird alles gut! Hörst du? Bleib hier, ich suche Jens!»

«Nein!», rief Anne panisch. «Das ist die Hölle da draußen!»

«Ich muss!», schrie Karl. «Er ist doch mein Bruder.» Karl küsste Anne rasch auf die Stirn und drängte nach draußen, als er auf einmal Jens in der Menschenmenge beim Scheuneneingang entdeckte, reichlich durchnässt, atemlos, aber gesund und in einem Stück.

«Jens!», rief Karl. Und noch einmal: «Jens! Hier!»

Sein Bruder hatte ihn gehört und bahnte sich einen Weg zu Anne und Karl.

«Du willst doch da nicht raus?», rief er ihm entgegen.

«Ich wollte dich suchen», gestand Karl.

«Spielst du seit neuestem den Superhelden?»

«Ja, du Vollidiot», sagte Karl. Trotzdem war er sehr erleichtert, Jens zu sehen. «Ist noch jemand da draußen?»

«Alles okay, ich glaub, es haben sich alle in Sicherheit bringen können. Ein Teil der Leute ist ins Wohnhaus gerannt, die meisten hier herüber. Und viele sind zu den Autos geflüchtet.»

In dem vollkommen überfüllten Raum machte sich Unruhe breit. Einige der Klassikfans riefen: «Sabotage!», und hier und da forderten die Leute ihr Geld für die teuren Tickets zurück. Die Rockfans wurden daraufhin ihrerseits immer genervter und begannen, die klassischen Konzertbesucher anzupöbeln.

«Wir müssen was tun!», rief Karl Jens zu und deutete zur Bühne, von der aus Gamzou und seine Musikerkollegen ziemlich ratlos in die brodelnde Menge blickten.

Jens nickte. Er hatte verstanden. Zusammen gingen sie durch das Gewimmel in Richtung Bühne, wo Karl sich von Peter ein Mikrophon reichen ließ. Jens schnappte sich von einem der Eckernförder Bandkollegen, der etwas abseits stand, eine Gitarre und gesellte sich zu Karl.

Karl nickte Jens zu, und sie legten los: *Mrs. Robinson* war das Erste, was Karl in den Sinn kam. Jens griff beherzt in die Saiten, und binnen Sekunden zogen sie die Aufmerksamkeit der Leute im Raum auf sich. Gemeinsam begannen die

Brüder zu singen, nicht schön, nicht einmal in der richtigen Tonlage, aber dafür mit sehr viel Nachdruck.

Karls Plan ging auf. Die Stimmung im Saal wurde binnen Sekunden besser. Die Rockfans begannen zu grölen und zu klatschen, die Klassikfans ergaben sich ihrem Schicksal, und die Gesichter entspannten sich langsam. Die Leute wippten mit den Füßen, beim Refrain sangen zig Stimmen mit, und als Karls Orchesterkollegen sahen, dass Jens und Karl beinahe um ihr Leben spielten, fingen sie an zu klatschen und begleiteten sie, teilweise singend, teilweise mit ihren Instrumenten. Das klang schräg, aber es funktionierte. Sogar Gamzou, der die ganze Zeit mit finsterer Miene im Hintergrund gestanden hatte, setzte sich geschlagen zum Perkussionisten und machte mit. Auf Simon and Garfunkel folgte *Nothing Else Matters* von Metallica, und das Unglaubliche passierte: Ein paar der Rocker hatten ihre Instrumente in die Scheune gerettet und erklommen nun die Bühne, gesellten sich zu den Streichern und Bläsern, die daraufhin einer nach dem anderen einfielen und so eine Art von Fusion-Rock in die Ohren ihrer Zuhörer zauberten, die Karl früher immer abgelehnt hatte, die ihn jetzt aber fast zu Tränen rührte. Es ging weiter mit Deep Purples *Smoke on the Water* und Aerosmith, *I Don't Want to Miss a Thing*.

Karl wechselte von Klarinette zu Gesang und zurück, und Jens begleitete ihn auf der Gitarre. Tatsächlich waren die beiden Brüder von Lied zu Lied besser aufeinander eingespielt, und nach einer Viertelstunde hatten sie den Saal endgültig zum Kochen gebracht. Die Leute stapelten die Stühle von der Gangmitte nach außen und stellten sie am Rand ab, um mehr Platz für die Musikfans zu schaffen, die nach dem Ende des Hagelsturms ihre Unterstände verlassen hatten und nun ebenfalls in die Scheune strömten. Ganz vorne aber, in der ersten Reihe, stand Anne mit ihren drei Kindern, und wenn Karl es aus dem Augenwinkel richtig sehen konnte, strahlte sie vor Freude, während ihr gleichzeitig Tränen über die Wangen rannen. Der kleine Anton warf seine Ärmchen hoch und klatschte im Takt, und auch Arne und Andreas gingen voll mit.

Nach einer guten Stunde Rock-Klassiker fand Karl, dass es Zeit war für ein letztes Lied. Und jetzt fiel ihm auch wieder ein, dass er ja etwas aus dem Musiksalon mitgenommen und hinter der Orchesterbühne verstaut hatte, nämlich seinen Glücksbringer: die Peter-Kraus-Gitarre. Karl schlüpfte durch die Orchesterreihen nach hinten durch und schnappte sich das wertvolle Stück. Dann drängelte er wieder nach vorne und überreichte Jens wortlos das Familienerbstück. Jens legte die andere Gitarre ab und betrachtete das Instrument sichtlich bewegt.

«Ich?», fragte er.

«Natürlich du! Einmal Kleve, immer Kleve!», antwortete Karl.

Da zog Jens seinen großen Bruder zu sich heran und umarmte ihn fest. Und nun standen auch Karl Tränen in den Augen. Dann flüsterte Karl Jens einen Songtitel ins Ohr, und Jens nickte ihm zu. Karl trat ans Mikrophon.

«Wir würden uns gerne von Ihnen allen verabschieden mit einem Lied, das meinem Bruder und mir sehr viel bedeutet, weil es das Lieblingslied unseres Vaters war.»

Jens begann mit einigen Takten, und Karl schloss die Augen. Dann griff er zum Mikrophon und sang *Bridge Over Troubled Water*.

Als die letzte Note verklungen war, war für einen Augenblick nur der Wind in der Scheune zu hören. Nichts weiter. Dann brandete ein ohrenbetäubender Applaus auf. Die Leute jubelten und klatschten, bis ihnen die Hände brannten. Karl sah Jens an. Der wischte sich über das Gesicht, blickte in den Raum, suchte sie mit den Augen und fand sie. Er drehte sich wieder zu Karl um, nickte ihm zu und lächelte. Da umarmte Karl ihn nochmals heftig und stieg von der Bühne herunter, zu ihr. Anne legte ihre Arme um ihn und hielt ihn fest, als würde sie ihn nie wieder loslassen wollen.

«Du», flüsterte sie, «singst viel schlechter als ich!»

«Ich weiß», sagte Karl, drückte Anne glücklich an sich und küsste sie. Er war angekommen. Bei Anne, in Sonneby. Er war endlich da, wo er hingehörte.

Epilog

Das Licht fiel durch die trüben Schaufenster und ließ die Staubkörner durch den Musiksalon tanzen. Der gammelige Teppich und die schwere Holztheke waren noch da, ansonsten war der Laden so gut wie leer geräumt. Nur die alte Uhr über dem Durchgang zum Lagerraum tickte noch in die Stille hinein. Sie war das Einzige, was Walter Hansen nicht hatte mitgehen lassen. Die Instrumente, die Regale, ja selbst das Bonbonglas ohne Deckel hatte der Bauer eingestrichen. Als Jens und Karl nach dem desaströsen Konzertabend Konkurs anmelden mussten, war Hansen ein paar Tage später mit seinem Trecker vorgefahren und hatte wortlos alles auf seinen Anhänger verladen, was irgendwie zu Geld zu machen war. Der Rest, also im Wesentlichen das Grundstück und das Gebäude selbst, ging an die Bank. Den beiden Brüdern blieben nur persönliche Erinnerungsstücke, darunter auch die Peter-Kraus-Gitarre, die Jens nach dem Konzert vorsorglich bei sich zu Hause versteckt hatte, damit Hansen sie nicht in die Finger bekam.

«Schade», sagte Jens, als er nun seinen Blick durch den Raum wandern ließ, «dass auch die alte Stereoanlage weg ist. Das wäre der perfekte Augenblick für einen musikalischen Abschiedsgruß gewesen.»

Karl runzelte die Stirn. «Und was hätte dir da, bitte, vorgeschwebt? Doch wohl keine deiner schrecklichen Rock-Nummern à la *Welcome To The Devil's Edge*?»

Jens lachte. «Du magst meine Musik immer noch nicht, stimmt's?»

«Erfasst», antwortete Karl.

«Du hast einfach keinen Geschmack!», sagte Jens und knuffte seinen Bruder in den Oberarm.

«Sound of Silence», schlug Karl vor. «Das wäre ganz passend.»

«Ja, hier wird es ziemlich ruhig werden», stimmte ihm Jens zu.

«Kein Hard-Rock mehr», sagte Karl mit zufriedenem Gesicht.

«Kein Musiksalon mehr», seufzte Jens.

Karl nickte zustimmend. Dass sie es nicht geschafft hatten, den Musiksalon vor dem Konkurs zu retten, war eigentlich keine Überraschung. Dagegen war es ein echtes kleines Wunder, dass weder einer der Sponsoren noch das Orchester, noch eine der Hard-Rock-Bands die beiden Brüder verklagt hatte. Zwar hatten sie, wie erwartet, einigen Gästen das Geld für die Tickets zurückzahlen müssen, aber Gamzou und Sol Gabetta hatten freiwillig auf ihre Gagen verzichtet, so wie auch die meisten der Rockbands. Somit waren Karl und Jens zwar pleite, aber, nachdem der Musiksalon der Bank übereignet worden war, schuldenfrei.

«Tja», sagte Jens,

«Tja», sagte auch Karl.

Draußen hupte ein Auto. Jens deutete mit dem Daumen in Richtung Tür.

«Das ist sicher Björn. Ich hab ihm gesagt, er soll mich hier abholen.»

«Wie lange werdet ihr unterwegs sein?», fragte Karl.

«Zwei Monate, vielleicht ein bisschen länger. Kommt drauf an, ob wir den Gig in Kopenhagen noch dazukriegen oder nicht. In jedem Fall wird es eine lange Konzerttour!»

Karl lächelte. So strahlend vor Begeisterung hatte er seinen Bruder schon lange nicht mehr gesehen.

«Hast du dich von Anne und den Kindern schon verabschiedet?», fragte Karl.

«Ja klar. Wo denkst du hin? Heute früh schon.» Dann räusperte sich Jens und fügte mit ernster Stimme hinzu: «Pass mir gut auf meine Jungs auf, hörst du? Und auf Anne. Dass mir keine Klagen kommen, verstanden!»

«Verstanden», sagte Karl.

Von draußen war abermals das Hupen zu hören.

«Ich muss dann los», sagte Jens.

«Ja, scheint so.» Karl streckte seinem Bruder die Hand hin. «Mach's gut, Jens. Und pass auf dich auf!»

Jens zögerte kurz, dann schlug er ein. «Werd ich. Und dir viel Glück in Kassel. Schon cool, dass Gamzou dich da als Orchestermitglied vorgeschlagen hat, nach allem, was er mit dir und dem Konzert durchgemacht hat.»

«Erst mal nur zur Probe. Und, ja, er ist ein cooler Typ», stimmte ihm Karl zu. «Das Pendeln zwischen Sonneby und Kassel wird zwar etwas lästig, aber hey, ich hab ja jetzt ein Auto.»

«Vorsicht, Alter! Das ist mein Auto! Und ich hab es dir auch nur geliehen!»

Da musste Karl grinsen, zog Jens zu sich heran und umarmte ihn.

«Bis bald, kleiner Bruder!»

«Bis bald.»

Dann war Jens verschwunden, und Karl blieb allein im

Musiksalon zurück. Wieder lauschte er auf das Ticken der Uhr. Ob er die Zeiger anhalten sollte, wo doch der Musiksalon heute für immer schließen würde?

«Nu werd ma nich melanchlüderich», sagte da sein Vater. «Es ist nur ein Laden.»

«Na, das hättest du auch schon mal eher sagen können!», kommentierte Karls Mutter.

«Ach, du nu wieder! Die Hauptsache ist doch, dass die Jungs wieder miteinander reden. Oder nich?»

Da lächelte Karls Mutter nur, gab seinem Vater einen Kuss auf die Wange – und beide verschwanden.

«Tschüs, Mama, tschüs, Papa», flüsterte Karl. Er knipste das Licht aus, öffnete die Eingangstür, die genauso laut bimmelte wie eh und je, und zog sie hinter sich zu. Er schloss ab und ließ den Schlüssel sachte in seine Jackentasche gleiten. Einen kurzen Moment noch sah er auf die Tür und betrachtete den geschwungenen Schriftzug: *Kleves kleiner Musiksalon.* Dann drehte er sich um und ging mit schnellen, leichten Schritten die Dorfstraße hinunter.

Handlung und Figuren sind frei erfunden. Jede Ähnlichkeit mit lebenden oder toten Personen ist rein zufällig und nicht beabsichtigt.

Susanne Falk
bei Kindler und rororo

Das Wunder von Treviso

Liebe aus Nordnordost

Liebe in Schwarzbunt

Schöne Tage in Weimar

Susanne Falk

Liebe in Schwarzbunt

Pleite und von ihrem Freund verlassen, kehrt Birgit zurück in die norddeutsche Provinz. Ein Albtraum, der sich nur mit viel Alkohol ertragen lässt. Folglich rast sie gleich bei ihrer Ankunft betrunken in den Koppelzaun ihrer Jugendliebe Sören, der sie seit der Trennung abgrundtief hasst. Doch als eines Morgens ein Zebra auf seiner Kuhweide steht und der Amtstierarzt das Tier zum Abschuss freigeben will, sind sich Birgit und Sören plötzlich einig: das Zebra muss gerettet werden. Und Sörens tüdeliger Opa Henningsen weiß auch schon, wohin die Reise gehen soll: nach Afrika …

304 Seiten

«Eine Geschichte mit liebenswerten (norddeutschen) Charakteren und Schmunzel-Szenen.»

Magazin LandGang

MIX
Papier aus verantwortungsvollen Quellen
FSC® C083411

Das für dieses Buch verwendete Papier ist FSC®-zertifiziert.